TEMPÊTES DU SUD

COMPASS SERIES # 1

BRITTAINY C. CHERRY

Titre de l'édition originale : *Southern Storms* (*Compass series* # 1)

Ce livre est un ouvrage de fiction. Les noms, personnages, lieux et événements sont le produit de l'imagination de l'auteur ou utilisés de façon fictive. Toute ressemblance avec des faits réels, des lieux ou des personnes existants ou ayant existé serait purement fortuite.

Ouvrage dirigé par Isabelle Solal
Édition en langue française : *Tempêtes du Sud* (Série *Compass* #1)
Photographie et design de couverture : © Rafa G. Cátala / Hang Le
Modèle de couverture : Emilio Alcaraz
Collection New Romance® fondée par Hugues de Saint Vincent,
dirigée par Arthur de Saint Vincent

34-36, rue La Pérouse
75116 – Paris
www.hugoetcie.fr

ISBN : 9782755694086
Dépôt légal : mars 2022
Imprimé en France par CPI Brodard et Taupin - N°d'impression : 3046288

NEW ROMANCE®

TEMPÊTES DU SUD

COMPASS SERIES # 1

BRITTAINY C. CHERRY

Roman

Traduit de l'anglais (États-Unis)
par Marie-Christine Tricottet

Hugo Roman

Cet ouvrage est dédié à tous les cœurs meurtris
cherchant un peu de réconfort.

« Ton sort est le sort commun à tous,
dans la vie de chacun il faut que tombe quelque pluie. »
Henry Wadsworth Longfellow

Prologue
Jax
Treize ans

Sun,

Excuse-moi si je t'ai contrariée dans mes dernières lettres. Je ne sais pas quoi faire. J'ai tout gâché et je n'ai plus personne à qui parler. Mon frère me déteste. Mon père me déteste. Il me déteste vraiment, et je ne sais pas quoi faire. Je n'arrête pas de pleurer et je voudrais m'enfuir loin sans jamais me retourner. Tu disais que je pourrais toujours m'enfuir s'il le fallait, tu t'en souviens ? Est-ce que je peux ? Est-ce que je peux venir chez toi ? Tes parents pourraient peut-être venir me chercher ? Tu connais mon adresse. Si tu viens, je t'attendrai. Je déteste cet endroit. Tout est de ma faute. Il faut que je parte. Je t'en prie, permets-moi de venir chez toi.

Est-ce que je te fais peur maintenant, à cause de ce que j'ai fait ? C'est pour ça que tu ne me réponds pas ? C'était une erreur. Je ne l'ai pas fait exprès. C'était ma meilleure amie, tout comme toi.

Je t'en prie, réponds-moi.

Je suis désolé, désolé, désolé.

Je n'en peux plus d'être ici. Je ne veux plus ressentir ce que je ressens. Tout ça me fait horreur. Excuse-moi.

Je t'en prie, réponds-moi.

Je t'en prie, Sun. J'ai besoin de toi.

Moon

1
Kennedy
Aujourd'hui

– S'il te plaît, ne me fais pas honte ce soir, dit Penn en ajustant sa cravate pour la cinquantième fois de la soirée.

Dans notre maison, le papier peint était imprégné de fumée de cigarette et de promesses non tenues. Non tenues par mon mari, pour certaines, mais il y en avait d'autres que j'avais moi-même fait voler en éclats. Est-ce que la vie de couple se réduisait à cela ? Des jours qui devenaient des semaines qui se transformaient en mois et en années de promesses non tenues ? Le mot « Oui » était suivi de lignes en petits caractères que personne ne lisait jamais vraiment. Nous survolions les termes du contrat avant de cocher la case « Lu et approuvé » en bas de page, ignorant les attendus de ce que l'on signait.

J'avais trahi mes vœux, mais il avait trahi les siens, lui aussi.

Des promesses, des promesses, tant de promesses non tenues.

Ce soir-là, je lui avais promis de ne pas partir en vrille devant ses collègues et clients au cours de la réception donnée par l'agence immobilière pour laquelle il travaillait. Cette soirée était pour Penn l'occasion de dîner avec des personnes très riches à la recherche de grosses propriétés. Il était important pour lui que tout se passe bien afin de consolider ses relations avec des acheteurs potentiels, ses clients. Il aurait préféré que je ne l'accompagne pas, mais son patron avait insisté pour que les conjoints soient présents.

J'avais promis à Penn de ne pas faire d'allusion à notre passé, non plus. J'étais bien déterminée à ne pas trahir mes promesses au cours du dîner. J'avais pris mes anxiolytiques. J'avais fait mes exercices de respiration. Je m'étais contentée de fermer les yeux aux carrefours durant le trajet en voiture. Une fois sur l'autoroute, j'allais bien. J'étais normale, même – enfin, si tant est que je puisse être normale.

Mes promesses étaient intactes.

Tout était parfait, aussi parfait que possible étant donné mes problèmes, mais c'est alors que Marybeth – la belle, la superbe Marybeth – s'est penchée vers moi au cours du repas. Il y avait cinq couples à notre table, et parmi eux, la collègue de Penn, Marybeth. Les autres étaient des clients potentiels qui pesaient plus d'argent que ce que j'aurais jamais pu imaginer.

J'aurais voulu ressembler à Marybeth. Elle était parfaite. La maman parfaite, l'épouse parfaite, la courtière en immobilier parfaite. Il émanait d'elle des effluves de Chanel N°5, et à son cou scintillaient des diamants. Son sourire aux dents éclatantes poussait les autres femmes à garder les lèvres closes parce qu'elles savaient qu'elles ne pourraient jamais rivaliser dans l'admiration que déclenchait Marybeth en souriant. Elle était tout ce que je n'étais pas et tout ce que j'avais rêvé de devenir.

À une époque, dans ma vie, je m'aimais suffisamment pour ne jamais envier la vie d'une autre femme.

Que m'était-il arrivé ? À quel moment ma force m'avait-elle abandonnée ?

La parfaite Marybeth effleura mon poignet en souriant des lèvres et aussi de ses yeux noisette.

– Curieux tatouage, Kennedy. Qu'est-ce qu'il signifie ?

À ce moment précis, la promesse faite à Penn explosa. Elle commença par se fêler dans un coin avant de voler en éclats.

– C'est… ma…

J'inspirai profondément en me tournant vers Penn qui me dévisageait avec intensité. Je lus la déception dans son regard bleu. Il savait reconnaître les signes avant-coureurs de mes défaillances. Il voyait bien que j'étais en train de glisser, de glisser, de glisser. Il percevait les tremblements qui agitaient mon corps, la fêlure dans ma voix et la difficulté que j'éprouvais à chaque respiration.

– C'est… enfin…

Je baissai les yeux vers le tatouage qui ornait ma peau : une pâquerette avec un D en guise de cœur.

– Ma… c'est…

J'avalai péniblement le souffle qui se coinçait dans ma gorge et fermai les yeux. Mes larmes étaient au bord de mes paupières et j'avais horreur de penser que j'allais les laisser couler.

– C'est pour mes parents et ma…

J'ouvris les yeux et me tournai vers Penn dont les yeux me criaient en silence « *Non !* ». Mais maintenant que j'avais commencé, il fallait que j'aille jusqu'au bout.

– Notre fille. Le D à l'envers, c'est pour notre fille.

Elle entrouvrit les lèvres en prenant conscience de ce que je venais de dire. Elle se rassit, avec un regard coupable. Bien sûr elle savait, pour l'accident. Tout le monde savait, seulement ils préféraient contourner le sujet sur la pointe des pieds plutôt que l'affronter directement. La mort, cela mettait les gens mal à l'aise, et je ne pouvais pas leur en vouloir d'éviter le sujet. C'était tellement étrange de parler de cela.

Je passai le doigt sur le D renversé sur ma peau alors que les larmes se mettaient à couler sur mon visage.

– Ma fille s'appelait…

Je voulais le lui dire. J'avais besoin de continuer à parler d'eux pour les garder en vie pour moi. C'était une petite consolation dont j'avais besoin, mais parfois les mots hésitaient un peu trop longtemps à passer mes lèvres.

– Kennedy.

Une main vint se poser sur mon poignet, recouvrant le tatouage. Je levai les yeux. Penn me regardait fixement en secouant la tête tout en serrant mon poignet un petit peu plus fort qu'il n'était nécessaire.

– Je pense que tu devrais aller te refaire une beauté, prendre un petit moment pour toi.

Ce qui signifiait : *Tu me fais honte, une fois de plus – ressaisis-toi.*

Il n'était plus triste pour moi. Pourquoi l'aurait-il été ? Plus d'un an avait passé, il était parvenu à surmonter notre tragédie. J'aurais dû être capable d'en faire autant, mais pourtant, quelle qu'en fût la raison, je n'allais pas mieux.

J'aurais tellement voulu aller mieux.

J'essuyai les larmes qui coulaient sur mes joues, mais je ne réussis qu'à les faire couler de plus belle.

– Oui, bien sûr, désolée. C'est juste que…

Je repoussai ma chaise et m'excusai auprès des autres convives.

– Je suis vraiment désolée, murmurai-je.

La culpabilité emplit le regard de Marybeth. Elle porta les mains à sa poitrine. Comme je m'éloignais, je l'entendis chuchoter des excuses à Penn.

– Non, non, tu n'as rien à te reprocher, Marybeth, dit Penn, l'air de s'excuser en réconfortant sa collègue plutôt que sa propre épouse. Ça lui arrive. Ce n'est pas de ta faute. Elle est trop émotive. Il faut qu'elle apprenne à se maîtriser. Vraiment, à son âge…

Trop émotive.

Je me dirigeai vers les toilettes pour aller me rafraîchir le visage. En me regardant dans le miroir, je fus saisie par l'image qu'il me renvoyait. Quand était-ce arrivé ? Quand avais-je perdu mes couleurs et mon éclat ? Est-ce que les poches sous mes yeux avaient toujours été aussi gonflées ? Combien avais-je perdu de poids pour que mes joues soient aussi creuses ?

Soudain la porte des toilettes s'ouvrit et une femme entra – Laura, l'épouse d'un collègue de Penn.

C'était une femme d'un certain âge, probablement la cinquantaine bien passée. Elle était toujours très gentille avec moi, même quand, ce qui était souvent le cas, j'apparaissais comme empruntée et maladroite dans la plupart des situations. Au cours de l'année qui venait de s'écouler, Penn m'avait laissé entendre que j'étais plus un boulet qu'un atout dans ses soirées professionnelles. Il me disait tout le temps que je ferais mieux de rester à la maison.

– Tout va bien, mon petit ? demanda Laura, l'air totalement sincère.

Elle ne cherchait pas à dissimuler les mèches naturellement grisonnantes qui apparaissaient dans ses cheveux châtain foncé et, lorsqu'elle souriait, on sentait que ce n'était pas factice.

Je laissai échapper un petit rire tout en séchant mes larmes du mieux que je pouvais.

– Oui, excusez-moi. Je suis seulement un peu trop émot…

Elle m'interrompit et vint vers moi, un mouchoir en papier à la main.

– Vous n'êtes pas trop émotive. Votre réaction n'est pas disproportionnée. J'ai perdu un enfant lorsque j'étais plus jeune – une fausse couche, mais un enfant quand même – et cela a failli me détruire. Mon mari m'a sauvée du désespoir. C'était le roc auquel me raccrocher lorsque je m'effondrais. Écoutez, je ne voudrais pas être indiscrète, mais je n'ai pas pu m'empêcher de remarquer la façon dont Penn s'est comporté avec vous tout à l'heure. Mon petit, ne prenez pas mal ce que je vais vous dire, mais je trouve que ce n'est pas le comportement qu'un mari devrait avoir avec sa femme. Il ne devrait jamais vous rabaisser, surtout lorsque vous êtes au plus bas. Il devrait vous aider à vous relever au lieu de vous enfoncer.

J'entrouvris les lèvres pour réagir, mais ne sus quoi dire.

Laura tamponna mes yeux et m'adressa un petit sourire.

– Encore une fois, ce ne sont pas mes affaires et Jonathan me tuerait s'il savait que je me mêle de ce qui ne me regarde pas, mais… vous avez le droit de faire votre deuil et vous devriez avoir le droit de parler de votre fille sans en avoir honte. Vous devez être consciente de votre valeur. Et être plus exigeante.

Je déglutis avec difficulté alors qu'elle me serrait dans ses bras. Cette démonstration d'affection était juste ce dont mon âme avait besoin sans que je le sache, alors je me laissai aller contre Laura et me mis à pleurer dans ses bras.

– Ce n'est pas grave, mon petit. Tout va bien. Il faut que ça sorte. Laissez-vous aller à ce que vous ressentez.

Après m'avoir laissée prendre le temps nécessaire, elle me lâcha et me sourit.

– Au fait, j'ai lu tous vos romans. Ce que vous écrivez est précieux. Je meurs d'impatience de lire les suivants.

Cela faisait cinq ans que j'écrivais et publiais des romans, mais depuis l'accident, je n'avais plus écrit une ligne. Mon agent m'avait dit de prendre mon temps, que l'inspiration me reviendrait, mais je commençais à en douter. J'avais perdu ma muse, et avec elle les mots aussi m'avaient quittée.

Nous fîmes le trajet de retour en silence, je tournai le dos à Penn et gardai les yeux clos durant tout le chemin. Mais, à peine entré dans la maison, Penn laissa libre cours à sa colère contenue.

– Tu m'avais pourtant promis de ne pas faire ça, dit-il avec un soupir, tout en passant ses doigts dans ses boucles plaquées en arrière par le gel. Tu avais juré de ne plus faire de scène en public, putain ! Je veux dire, bon sang, Kennedy ! Tu n'en as pas marre de passer pour une fichue tarée ?

Ses propos étaient cinglants.

Je m'y attendais, parce que, chaque fois que je craquais, les mêmes reproches tombaient invariablement. Les premières fois, il s'était montré compréhensif parce qu'il éprouvait du chagrin lui aussi. Mais, au fil des mois, son attitude compatissante s'était transformée en amertume. Il ne me supportait plus, et je ne pouvais pas lui en vouloir. J'avais du mal à me supporter moi-même. Toutefois, j'aurais aimé qu'il voie que je faisais des efforts. Je faisais tout mon possible pour redevenir normale, pour redevenir moi.

J'essayais.

Je le regardai fixement, incapable de répondre. Les excuses semblaient vidées de sens après toutes ces tentatives malheureuses de redevenir celle que j'étais auparavant.

Il retira sa veste et la lança sur une chaise du salon avant de déboutonner ses manches de chemise.

– Non mais quelle idée, ce tatouage idiot ! C'est rien d'autre que l'évocation complaisante d'une époque de merde, Kennedy. Je ne pige pas ce que ça t'apporte d'avoir en permanence ce souvenir sous les yeux, chaque jour que Dieu fait.

Sa remarque était brutale, mais encore une fois, je ne pouvais pas lui en vouloir. Je me contentai de rester silencieuse, les yeux baissés sur mon poignet. Il ne comprenait pas, mais moi j'avais besoin de cette piqûre de rappel quotidienne. J'avais besoin de sentir ma petite fille dans ma peau. J'avais besoin de me donner l'impression qu'elle était toujours là, avec moi.

– T'as rien à dire ? demanda-t-il en détachant la boucle de son pantalon.

Il inclina la tête vers moi comme l'aurait fait un parent déçu au lieu d'un époux aimant et inquiet.

– Rien du tout ?

– Je suis…

Je déglutis péniblement en baissant les yeux.

– Je suis dé… déso…

– Tu es désolée. Évidemment. Tu es toujours désolée. Ta vie entière n'est qu'une excuse perpétuelle.

Il était en colère et je pouvais l'entendre, mais je ne comprenais pas son besoin de m'agresser comme ça. C'était peut-être dû aux nombreux verres de whisky qu'il avait ingurgités au dîner. Mon mari était beaucoup plus frontal et belliqueux avec moi lorsqu'il avait bu. Tout devenait prétexte à disputes.

– Tu sais quoi… ? J'en peux plus.

Il soupira et se passa la main dans les cheveux avant de se laisser tomber sur le canapé en face de moi. Il sortit un paquet de cigarettes et en alluma une.

– J'en ai assez.

– Je… je sais.

Je déglutis avec difficulté et fermai les yeux.

– Je sais que je peux être pénible parfois…

– Parfois ? Mais, Kennedy, c'est tout le temps. Cela fait un temps fou que tu ne te conduis plus normalement. Et c'est épuisant. C'est difficile. Cela fait des mois que tu as arrêté d'écrire. Tu ne sors pratiquement plus de la maison. Le simple fait de monter en voiture, c'est déjà toute une histoire pour toi. Cela m'étouffe. Tu m'étouffes. Je ne peux pas continuer comme ça. Je ne peux pas…

Il secoua la tête.

– Je n'aurais jamais dû faire ça, pour commencer.

– Faire quoi ?

– T'épouser. Nous n'aurions jamais dû nous marier. Mes parents m'avaient dit que c'était une très mauvaise idée, mais j'étais jeune et stupide, et regarde où cela m'a mené. Ils m'avaient prévenu que tu voulais juste me mettre le grappin dessus, mais je ne voulais pas l'admettre.

Je secouai la tête et tournai les yeux vers lui.

– Penn…

– Et voilà où j'en suis, pris au piège. J'aurais dû les écouter. Je serais parti en courant si j'avais été moins bête.

– Tu… tu es contrarié. Je sais que j'ai tout gâché aujourd'hui, mais…

– Oh arrête ! Mais tu ne comprends pas, Kennedy ? Je ne t'ai épousée que parce que tu étais en cloque, et maintenant, je n'ai même plus de fille pour le justifier, à cause de toi, persifla-t-il en se passant les doigts dans les cheveux.

Un sentiment de vide m'envahit et j'eus l'impression que mes poumons se creusaient complètement.

Malgré la distance qui s'était installée entre nous et qui aurait dû me rendre indifférente à ses reproches, ces mots me firent mal. Cela faisait un moment que nos rapports s'étaient distendus pour se cantonner au sexe machinal et à mes participations à ses soirées professionnelles. Je n'aurais su dire quand nous avions ri ensemble pour la dernière fois. Les battements de mon cœur ne lui étaient pratiquement plus jamais destinés.

Cependant, le venin contenu dans ses propos provoqua des ravages dans mon esprit, s'insinua dans les cellules de mon cerveau et vint empoisonner mon amour-propre ou le peu qu'il en restait.

Il poursuivit son travail de sape. S'ingéniant à me détruire par ses commentaires.

– Mon père avait raison, tu aurais mieux fait d'avorter. Cela nous aurait fait gagner beaucoup de temps.

Mon cœur…

Ses battements…

Ils s'arrêtèrent net.

Le noir…

Je m'écroulai.

Mes genoux fléchirent sous moi et le contact du parquet froid et dur arrêta ma chute. Les mains sur le visage, j'éclatai en sanglots, il n'y avait personne pour me consoler. Penn était fatigué, fatigué de moi, fatigué de tout ça, de mes crises d'angoisse, mes dépressions, mes difficultés.

La réalité m'apparut à cet instant précis.

Notre relation, notre couple, nos promesses, c'était fini.

Il inclina la tête dans ma direction, apparemment indifférent à tout cela.

– Il serait peut-être préférable que tu ne restes pas ici cette nuit. Et même un peu plus longtemps, en fait. Quelques semaines, quelques mois… Il faut que tu trouves une solution, parce que ta présence dans cette maison, ce n'est plus possible, en fait.

– Mais je vais aller où ?

Je m'étranglai, je n'étais pas sûre de comprendre.

– J'en sais rien, Kennedy. Va chez ta sœur, je ne sais pas, moi.

Yoana…

Cela faisait plus d'un an que je ne l'avais pas vue. J'aurais l'air de quoi si je me pointais comme ça, après tout ce temps, sans avoir donné de nouvelles ? Que dirait-elle ? Pourquoi m'aiderait-elle alors que j'avais disparu des radars depuis si longtemps ? Tout ce qu'elle avait reçu de moi, c'était quelques textos, de temps en temps, disant que j'allais bien alors que ce n'était pas vrai. Mais elle, qui ne me devait rien, continuait de se montrer généreuse avec moi. Elle m'envoyait de longs messages pour me parler de sa vie et me tenir au courant de tout et de rien. Alors que moi, je n'étais capable que de lui envoyer quelques émojis, par-ci, par-là, parce que, alors que sa vie poursuivait son cours, la mienne était à l'arrêt.

Le dernier message qu'elle m'avait adressé, c'était pour me parler de son voyage de noces, qu'elle allait enfin pouvoir faire au bout de deux ans de mariage. Le précédent, c'était pour m'inviter à venir lui rendre visite. Et encore avant ? Elle m'avait laissé un long message vocal me racontant comment elle et Nathan retapaient une maison pour la revendre ensuite. Depuis qu'ils s'étaient mariés, ils s'étaient totalement investis dans cette idée de rénover des maisons. Cette capacité qu'ils avaient de travailler ensemble, sans que cela porte préjudice à leur bonheur, faisait vraiment penser à nos parents. Papa et maman avaient été exactement comme ça.

Penn et moi ? On ne pouvait pas être plus différents. Lorsque je lui avais parlé de mes intentions de devenir écrivaine, il m'avait ri au nez, me disant que je n'avais pas le bagage universitaire nécessaire. Lorsque j'avais signé mon premier contrat d'édition, il avait dit que c'était de la chance. Lorsque mes premiers droits d'auteur étaient arrivés, il m'avait conseillé de les mettre de côté parce que ce serait probablement les derniers.

Penn se rendit dans son bureau et en revint avec une liasse de documents à la main.

– J'avais l'intention de te les donner avant l'accident, mais finalement j'ai attendu. Tu n'auras qu'à signer aux endroits indiqués et les déposer dans l'entrée en partant.

Puis il sortit de la pièce, me laissant en tête à tête avec ma nature trop émotionnelle, après avoir planté le clou final dans le cercueil de notre mariage. Les papiers du divorce.

Je signai tout, la mort dans l'âme.

J'empaquetai mes affaires dans trois valises, n'emportant que les choses essentielles, que les objets qui avaient une signification pour moi. Puis j'appelai un taxi et m'embarquai pour le trajet de quarante-cinq minutes qui me conduirait auprès d'une sœur qui ne pouvait pas imaginer une seconde que j'allais surgir devant sa porte pour la supplier de m'accueillir.

Une fois que le chauffeur de taxi m'eut laissée devant chez elle, à Rival, petite ville du Kentucky, je traînai mes valises jusqu'à sa porte.

En voyant leur voiture garée dans l'allée, je poussai un soupir de soulagement.

Je m'empressai de frapper. Il était plus de vingt-deux heures, et il y avait de fortes chances que Yoana soit déjà couchée. Elle n'avait jamais été du genre oiseau de nuit et s'était toujours levée aux aurores.

– Qui est-ce ? demanda une voix grave, celle de Nathan, bien sûr.

– Yoana, c'est moi, dis-je d'une voix étranglée par mes sanglots contenus. C'est Kennedy. Je, enfin, j'ai besoin…

Je ravalai avec difficulté la crainte qui me serrait la gorge et fermai les yeux.

– J'ai besoin de toi.

La porte s'ouvrit brusquement et elle apparut, en pyjama, l'air plus inquiète que jamais en me voyant.

Même comme ça, tirée de son sommeil en plein milieu de la nuit, ma sœur aînée avait l'air d'une déesse. Bon sang, comme j'avais besoin d'elle. J'avais tellement besoin d'elle que cela me donnait littéralement mal au ventre de voir ses yeux agrandis par la surprise posés sur moi… des yeux qui me rappelaient tellement ceux de maman.

– Tout va bien ? demanda-t-elle, et ces trois mots suffirent à fendre en deux la carapace qui recouvrait mes blessures.

La sincérité dans sa voix me toucha plus que j'aurais su le dire – le souci, la douceur, l'amour. Depuis un an, je mentais à ma sœur au sujet de mon bien-être, par stupidité, toute au combat que je livrais contre mes démons intérieurs, et elle, sans hésiter une seconde, me demandait si j'allais bien.

J'ouvris les lèvres, mais aucun son n'en sortit. Les larmes affluèrent à mes yeux et, enfouissant mon visage dans mes mains, j'éclatai en sanglots incontrôlables.

– Excuse-moi, Yoana, m'écriai-je, gênée et malheureuse. Je suis désolée, désolée, désolée.

Elle ne semblait pas attendre mes excuses. Elle ne me bombarda pas de questions. Elle ne me reprocha pas de l'avoir tenue à distance. Au contraire, elle fit un pas vers moi, me prit dans ses bras et me serra bien fort contre elle.

– Tout va bien, Kennedy. Tout va bien. Je suis là. Je suis là.

Elle me serrait fort. Pour la première fois depuis un an, je recommençais à respirer librement et ma sœur ne me laissait pas tomber.

Alors qu'elle me tenait contre elle, elle me posa une question de la plus grande importance, probablement la plus importante que j'aie entendue depuis longtemps.

– Ça te dirait, un petit verre de vin ?

– Oh oui, dis-je en riant, déconcertée par l'évidence de cette idée. Volontiers.

2
Kennedy

Les nouveaux départs devraient être accompagnés d'une notice d'avertissement.

Avertissement : Les nouveaux départs n'empêcheront pas les souvenirs lointains d'envahir votre cerveau, provoquant des crises d'angoisse, de la gêne sociale, des vagues d'émotion diverses, allant de la dépression à la gratitude, et émaillées d'accès de colère. Aucun sentiment n'est laissé derrière soi.

Cela faisait trois jours que j'occupais la chambre d'amis de ma sœur, et Penn n'avait pas une seule fois tenté de me joindre. Je faisais de mon mieux pour ne rien laisser paraître des pensées confuses qui m'agitaient. Je ne voulais pas faire peser le poids de ma détresse sur ma sœur et Nathan, ils ne méritaient pas ça. Ils méritaient de n'avoir que ma reconnaissance, pas la tristesse que je traînais avec moi depuis toute une année. C'était le problème avec Penn, il avait vu ma tristesse et m'avait démontré que cet aspect de moi n'était pas digne d'être aimé. Et donc, je faisais de plus en plus attention à ne pas le laisser transparaître. Je ne voulais plus éloigner les autres avec mon chagrin.

Je voulais qu'ils restent.

Fais semblant, Kennedy, et tout ira pour le mieux.

C'est un fait attesté que plus on sourit, plus les gens pensent qu'on est heureux. C'est un principe de base. Je souriais tellement depuis que j'étais arrivée chez Yoana que j'en avais mal aux joues. Parfois, je m'isolais dans les toilettes uniquement pour lâcher le sourire un petit moment avant de me le recoller sur le visage.

Personne ne m'avait percée à jour jusqu'à présent, ce qui aurait dû me valoir l'Oscar du meilleur sourire.

– Bon, on ne regarde pas, d'accord ?

Yoana me guidait par la main le long des rues d'un village du nom d'Havenbarrow.

Ce n'était qu'à un quart d'heure de chez elle, et elle prétendait que c'était l'endroit le plus charmant du monde. Depuis plusieurs jours, elle n'arrêtait pas de vanter le charme de cette petite ville.

Je n'aurais pas pu le vérifier, même si je l'avais voulu, à cause du bandana qui recouvrait mes yeux. Cela faisait un moment que nous marchions et je trébuchais tous les cinq mètres alors que Yoana faisait de son mieux pour me maintenir en vie.

– C'est vraiment nécessaire, ce bandeau ? demandai-je, intriguée par tous les mystères que ma sœur faisait en me guidant.

Tout de suite après que nous nous étions garées en ville, Yoana m'avait ordonné de fermer les yeux. Puis elle m'avait entraînée dans cette aventure.

– Oui ! Maintenant, tais-toi et continue d'avancer. On y est presque. Attention ! Arrête-toi ! Voiture ! cria-t-elle d'une voix suraiguë en me tirant en arrière.

– Qu'est-ce qu'il y a ?

Yoana éclata de rire.

– Je rigole. On n'est pas du tout au bord du trottoir. J'ai juste trouvé ça marrant.

– Oh, c'est vrai que ton sens de l'humour m'a manqué.

J'avais dit ça sur un ton ironique, mais la réalité était que son humour m'avait effectivement manqué. En fait, pratiquement tout ce que la proximité avec ma sœur représentait m'avait manqué, et depuis que j'étais venue lui demander de l'aide, elle avait été une sainte pour moi.

– Allez, un dernier virage à gauche, me dit-elle en posant les mains sur mes épaules, avant de me pousser vers la droite. Droite, je voulais dire à droite ! Okay, encore quelques pas en avant… deux pas en arrière.

– On va faire la danse de Paula Abdul, *Opposites Attract* ? Si c'est le cas, il faut que je change de chaussures.

– Silence, meuf. On est arrivées. Bouge juste un peu sur la gauche. (Je m'exécutai.) Encore un peu. (Je bougeai encore un peu les pieds.) OK. C'est ça, bien. Maintenant, juste un poiiiil sur la droite.

– Yoana !

Elle se mit à rire, ce qui suffit à me faire rire aussi.

– D'accord, d'accord, désolée. Je veux juste que la surprise soit parfaite, c'est tout.

– Bon, alors dis-moi ce que je dois faire. Je peux voir la surprise à présent ? Bien que tu ne me doives rien étant donné que tu as déjà fait plus qu'il n'en fallait en me laissant utiliser ta chambre d'amis. En plus du fait que…

– Kennedy.

– Oui.

– Ferme-la.

– D'accord.

– OK, merci. Maintenant, à trois, je te retire ton bandeau pour te montrer la chose la plus excitante du monde. Un… deux… trois !

Elle m'arracha mon bandeau. Nous étions devant une maison. Une adorable petite maison fraîchement repeinte avec une barrière en bois entourant le jardin envahi d'une végétation luxuriante. Nathan – le mari de Yoana – nous attendait sur les marches du perron avec deux bouteilles de champagne à la main et le sourire le plus niais qui soit.

Je jetai un regard à ma sœur, complètement perdue.

– On fête quoi, exactement ?

– Surprise ! cria-t-elle d'une voix aiguë. C'est ton nouveau chez-toi !

– Mon nouveau…

Je fis volte-face pour regarder Yoana, bouche bée.

– Mon nouveau quoi ? m'écriai-je, n'en croyant pas mes oreilles.

– Ton nouveau chez-toi. Comme tu le sais, Nathan et moi avons entrepris de rénover des maisons, et celle-ci, c'est notre dernier chantier dans la plus charmante petite ville du monde. On avait l'intention de la mettre en vente, mais on a décidé d'attendre pour que tu aies un endroit bien à toi.

Elle disait ça comme si ce n'était pas une idée complètement folle, tout en se dirigeant vers le porche.

– Il reste à faire le jardin, mais les paysagistes doivent commencer dans quelques jours, Bon, c'est vrai, elle est vide, mais j'ai commandé quelques trucs qui devraient te plaire et qui devraient arriver ces jours-ci. J'ai choisi une machine à laver et un sèche-linge qui vont être livrés, et pour le moment dans la cuisine il y a un réfrigérateur bleu, haut de gamme, vintage, que Nathan et moi t'avons dégoté dans notre garage. J'ai aussi demandé à Nathan de faire un saut au supermarché pour te prendre les trucs de base, un chouette matelas gonflable, queen-size, des ustensiles de cuisine, une table de cuisine pas chère, tous les trucs de base pour la salle de bains. Et…

– Pourquoi tu fais tout ça ? dis-je d'une voix étranglée, complètement stupéfaite et gênée par la gentillesse imméritée dont Yoana faisait preuve à mon égard. C'est de la folie.

Je ne méritais pas tout cela. Je ne pouvais pas habiter dans une maison qu'ils s'apprêtaient à mettre en vente. Je ne pouvais pas accepter tant de choses de ma sœur alors que j'avais fait si peu pour elle depuis un an.

t quand bien même, je l'avais privée des choses qui ptaient le plus dans sa vie.

– Pourquoi je fais tout ça ? demanda-t-elle, surprise par ma question.

Elle posa les mains sur mes épaules et plissa les yeux.

– Kennedy… tu es ma sœur. Je ferais n'importe quoi pour toi.

Quand j'imaginais des anges sur terre, je pensais toujours immédiatement à ma grande sœur. Yoana était une sainte parmi les saints, une bienfaitrice. On ne rencontre que très rarement des cœurs aussi gros que le sien. Elle était aussi belle à l'intérieur qu'à l'extérieur, même si c'était sa beauté extérieure que les gens remarquaient en premier. Yoana McKenzie Lost était le portrait craché de notre mère. Elle avait les boucles noires de maman, sa peau couleur café, ses yeux de biche et la profonde fossette qui sculptait sa joue gauche. Chaque fois que ma mère me manquait, j'avais la chance de pouvoir la retrouver dans les yeux de ma sœur.

Moi, en revanche, j'étais un parfait mélange de mes deux parents, l'incarnation de leur histoire d'amour. J'avais hérité du sourire et de la lèvre supérieure en arc de Cupidon de maman. J'avais le nez fin et légèrement busqué de papa et ses joues rebondies. Maman et moi avions la même tache de naissance sur l'omoplate, et une fossette sur le menton. Mes boucles lâches, couleur de miel, étaient un mélange hérité de mes deux parents.

Quant à mes yeux ? Ils me venaient directement de mon père. J'avais les yeux dorés de papa, aux iris rehaussés de paillettes brunes et vertes. Si jamais il me manquait, il me suffisait de me regarder dans une glace. En me voyant, certains diraient que je suis métisse, mais pour moi, je suis simplement la fille d'Aaron et Renée.

Ma sœur et moi étions la preuve tangible et vivante de l'histoire épique de nos parents, leur plus grand objet d'amour. Papa n'était pas le père biologique de Yoana, mais il ne faisait aucun doute qu'il était son papa. Alors que ma mère s'était retrouvée perdue et abandonnée avec une petite fille de deux ans, papa les avait enlevées toutes les deux et il avait aimé Yoana comme sa fille dès l'instant où il avait posé les yeux sur elle pour la première fois.

Tous les hommes ne sont pas capables d'aimer un enfant qui n'est pas de leur sang. Mais pas un seul instant mon père n'a fait de différence entre Yoana et moi. Parfois, lorsque j'étais plus jeune, il m'est même arrivé de penser qu'il l'aimait plus que moi. C'était sans intention de sa part, bien sûr, et en grandissant, je l'ai mieux compris. Dans le roman de la vie de Yoana, un chapitre manquait et papa faisait tout pour qu'elle sache que son histoire était pleine d'amour, quand bien même elle ne connaîtrait jamais son père biologique.

Elle était sa fille, peut-être pas de sang, mais sans conteste de cœur. Leurs cœurs battaient à l'unisson, et parfois, j'avais même l'impression que Yoana avait le sourire de papa.

Il ne se passait pas un jour sans que mes parents me manquent, mais maintenant, j'avais la chance que ma sœur soit là pour me soutenir. Je regrettais de ne pas m'en être rendu compte plus tôt. Au lieu de cela, je l'avais repoussée parce que je m'étais mis dans la tête qu'elle m'en voulait pour l'accident.

Grâce à Yoana, il me semblait aujourd'hui que le ciel si lourd qui m'avait plombée depuis un an se dégageait enfin pour laisser place à des jours ensoleillés et à des nuits plus calmes. Jusqu'à la fin de ma vie, je lui serais redevable pour l'amour inconditionnel dont elle me gratifiait. Ils me firent visiter la maison, et je n'en revins pas qu'elle soit aussi belle, surtout en comparaison avec les photos prises avant la rénovation, qu'ils m'avaient montrées.

Quand approcha l'heure où ils devaient prendre l'avion pour s'envoler pour leur lune de miel, Yoana ne manqua pas de me donner toute une liste des choses à faire pendant leur absence.

– À présent, répète-moi ce que je t'ai dit, m'ordonna-t-elle.

– Méditer matin et soir, quoi qu'il arrive, ne serait-ce que cinq minutes, pour respirer. Oui, maman, grognai-je, sarcastique.

Elle m'agaçait mais, en vérité, je lui étais reconnaissante d'exprimer son amour pour moi.

Comme maman, elle avait un cœur en or. Avec elle à mes côtés, j'avais la sensation d'être enveloppée dans la plus chaude de ces couvertures qui vous procurent un réconfort instantané.

– Et tu vois ces bois derrière la maison, tu peux t'y promener sans crainte. Je sais qu'ils ne font pas partie de cette propriété, mais je doute que le propriétaire s'en soucie ni même qu'il le remarque. Quand Nathan et moi faisions des travaux dans la maison, nous nous y sommes perdus et cela m'a rappelé les fois où maman et papa nous emmenaient randonner lorsque nous étions enfants. Tu te souviens du nombre de fois où nous nous sommes perdus ?

Je rigolai.

– Oh là là, oui. Et quand maman s'inquiétait de voir que le ciel s'assombrissait, papa disait toujours : « On n'est jamais perdus quand on est en pleine nature. Nous y sommes chez nous. »

En y repensant, un sourire me monta aux lèvres, mais s'estompa aussitôt.

– Ils me manquent, avoua Yoana.

– À moi aussi.

Plus que je ne pouvais le dire. Il était clair que j'allais me retrouver à me balader dans ces bois pour des sessions de méditation. Lorsque nous étions plus jeunes, mes parents stimulaient notre énergie, à ma sœur et moi, tous les matins et tous les soirs. Papa nous enseignait le yoga et maman des techniques de respiration. Ces leçons m'avaient réellement aidée à façonner ma vie, mais lorsque les choses tournèrent mal, la méditation fut la seule chose qui disparut de ma routine quotidienne. Il est curieux de voir comment, lorsque notre monde est bouleversé, on a tendance à perdre de vue nos principes et nos certitudes.

Les autres tâches sur ma liste de choses à faire donnée par Yoana ?

- Trouver chaque jour une raison de sourire.
- Tenir un journal pour me réhabituer lentement à écrire.
- Profiter du soleil chaque jour où le temps le permet.
- Découvrir Havenbarrow.

Yoana me donna un coup de coude.

– À présent que tout est en ordre, ça te dirait d'aller manger un morceau quelque part ?

– En fait, je suis un peu fatiguée. Et puis, tu n'as pas un avion à prendre pour le Costa Rica ?

Son visage s'allongea lorsqu'elle jeta un coup d'œil à sa montre.

– Ah, c'est vrai. Il y a ça.

– Oui, il y a ça, dis-je en gloussant. Seulement la première étape du plus épique des voyages de noces.

Elle me lança un regard de chien battu.

– Tu es sûre de ne pas vouloir nous accompagner ?

– Euh, non. Crois-moi, je n'aurais rien contre tenir la chandelle au cinéma avec vous deux, mais taper l'incruste dans votre voyage autour du monde, ce serait dépasser les bornes.

– Comme tu veux. Mais je me demande comment je vais faire sans toi pendant tout ce temps. J'ai l'impression que je viens juste de te retrouver. (Elle marqua une pause et se mordilla la lèvre inférieure, son regard devint maussade et humide.) Je n'ai pas envie de te perdre de nouveau.

– Ne t'en fais pas. À ton retour, je serai de nouveau moi-même, et même plus. Tu ne me perdras plus jamais.

Je reniflai un peu en voyant l'émotion de Yoana.

– Ne te mets pas à pleurer, sinon, tu sais que je vais fondre en larmes moi aussi. Serre-moi dans tes bras et fiche le camp, tu veux ?

Elle me serra sur son cœur.

– On s'appelle tous les jours, d'accord ? Je me fiche du décalage horaire. On se contacte sur les réseaux sociaux, et si tu as besoin de moi, quoi qu'il arrive, je serai là pour toi.

– Je sais. Merci. Maintenant, vas-y ! ordonnai-je en poussant l'heureux couple vers la sortie.

Je me penchai vers Yoana pour l'embrasser sur la joue, puis serrai Nathan dans mes bras.

– Prends bien soin d'elle, ou tu auras affaire à moi, compris ?

– Oui, chef. Écoute, il y a en ville plusieurs chouettes endroits à découvrir, ou pour aller dîner. N'hésite pas non plus à nous contacter si quelqu'un t'embête. Je sais que les habitants de ces petites villes peuvent se montrer grossiers. Tu es ma sœur à présent, et ça ne me ferait pas peur de botter des fesses, par-delà les mers.

Je me mis à rire.

– Allez-y, les enfants, je vous aime, prenez soin de vous, et comme maman et papa disaient toujours au cours de leurs aventures, n'ayez pas peur de l'inconnu.

– C'est valable pour toi aussi, sœurette. N'aie pas peur de l'inconnu, reprit Yoana en écho.

Nathan me dit au revoir avant de sortir pour nous laisser un moment d'intimité, à Yoana et moi. Mon cœur se serrait à l'idée qu'elle me quitte, mais je fis de mon mieux pour ne pas le montrer.

– Penn a été cruel avec toi, et si j'en avais l'occasion, je n'hésiterais pas à lui couper les couilles, mais ce chapitre de ta vie est clos. Tu te rappelles ce que papa et maman nous disaient de faire quand une personne te rabaisse et te met en position de faiblesse ?

Je hochai la tête, sentant les larmes me monter aux yeux.

– Quand quelqu'un te met en position de faiblesse, accomplis une action qui t'aide à te sentir forte.

– Exactement, et c'est justement ce que tu es en train de faire. Tu repars à la découverte de toi-même. Tu prends un nouveau départ, et cela demande de la force et du courage de faire ça. Tu es très forte. Papa et maman seraient si fiers de toi. Moi, je le suis en tout cas.

Yoana avait vraiment le don de me faire pleurer.

– Purée, tu vas te barrer, oui ou non ? Je vais me retrouver à sangloter comme une imbécile toute seule dans une petite ville de province.

– D'accord, je t'aime. Je t'appelle de l'aéroport.

Nous nous dîmes au revoir encore une fois, parce que nous dire au revoir avait toujours exigé un rituel extrêmement long. Lorsque ma sœur referma la porte d'entrée, je pris une longue inspiration et laissai enfin libre cours à mes larmes.

En m'adossant à la porte, je fermai les yeux et sentis le vide de la solitude s'installer dans ma poitrine. Je m'en rendais compte à présent, que la maison soit grande ou petite, chaude ou froide, richement meublée ou non, lorsque la solitude s'y installe, on est toujours aussi triste.

À ce moment-là, une alerte de mon téléphone me signala un message.

Yoana : J'ai oublié de te dire ! Je t'ai laissé un petit cadeau de consolation. Tu le trouveras dans l'allée.

Je déglutis avec difficulté et me ressaisis en sortant pour voir la surprise. Dès que je mis le pied dehors, les larmes me montèrent aux yeux de nouveau.

Là, garée juste devant la maison, un cadeau venu du passé destiné à me procurer quelque réconfort, la décapotable de papa et maman. Cette voiture, qui n'était pas de la première jeunesse, symbolisait mes deux personnes préférées, des personnes que j'avais perdues. Elle était d'un jaune pisseux et recouverte de dessins. Pendant toute notre enfance, papa et maman nous avaient fait dessiner nos meilleurs moments sur la voiture, créant des souvenirs durables sur lesquels nous pouvions nous retourner au fil des ans.

En faisant le tour de la voiture, je revivais ces moments immortalisés par les inscriptions. Des goûters d'anniversaire. Des expositions. Des vacances en famille. Je ne pus retenir un petit sourire. C'était un rappel instantané de qui j'étais vraiment, au plus profond de moi.

Je me revis sur l'autoroute en famille, écoutant Lauryn Hill, les cheveux dans le vent, sans peur et tellement heureuse. Yoana était assise à côté de moi et son rire était communicatif. Elle piquait des fous rires tandis que nous faisions des bulles sur le siège arrière de la voiture. On ne pouvait qu'être heureux avec trois personnes aussi joyeuses dans sa vie.

Je m'installai derrière le volant et inspirai profondément une odeur tellement particulière qui m'envahit.

Maman.

Je jetai un coup d'œil vers le siège passager sur lequel était posé un panier contenant des petits cadeaux et une lettre. Il y avait le parfum préféré de maman et je sus que c'était ça que je sentais. Yoana devait en avoir vaporisé les sièges.

Lilas et miel.

En plus du parfum, il y avait une bouteille de whisky et un paquet de café.

J'ouvris la lettre.

Kennedy,

Cela me coûte de devoir te quitter si tôt après t'avoir retrouvée, mais je me suis dit qu'un petit souvenir de ta famille te ferait du bien pendant que tu te redécouvres. Pour cela, je te laisse un paquet du café préféré de maman, pour le matin, et une bouteille du whisky préféré de papa pour le soir.

Je t'aime, petite sœur. Appelle-moi si tu as besoin de moi. Je suis juste à côté, en avion.

Et essaie de ne pas trop réfléchir. Tu es sur la bonne voie, même si certains jours tu en doutes.

Yoana

En levant les yeux vers le ciel étoilé d'Havenbarrow, je débouchai la bouteille de whisky et passai le reste de la nuit à faire des vœux sur les étoiles, en espérant des jours meilleurs. Je demandai à papa et maman de m'envoyer un signe, n'importe lequel, tout était bon à prendre. Je demandai qu'ils me guident, qu'ils prient pour moi, qu'ils fassent des miracles.

J'avais bien besoin d'un miracle dans ma vie.

Au matin, j'eus vraiment l'impression que j'allais enfin revoir le soleil après tant de jours plongés dans l'obscurité.

3
Kennedy

– Regarde où tu mets les pieds, Louise. Ne piétine pas ces buissons, dit une voix chuchotante alors que je bâillais sur le siège arrière de la décapotable dans laquelle j'avais dormi.

J'avais été tirée de mon sommeil par des bruissements dans le jardin.

Mon cœur bondit dans ma poitrine et je me redressai pour me mettre en position assise.

– Oh, ça va, Kate. Ces buissons ne seront pas pires si je les écrase, crois-moi, répondit l'autre femme d'une voix de fausset.

Elles faisaient le tour de la maison sur la pointe des pieds ; tenant des boîtes en plastique dans les mains, tout en jetant des regards furtifs par les fenêtres.

– Tu crois que c'est une famille nombreuse ? demanda Louise. Il ne manquerait plus qu'on ait des hordes de gamins qui courent partout dans le quartier.

– J'en sais rien, mais vu le peu de meubles qu'il y a dans la maison, ils ne doivent pas être très fortunés.

Je haussai les sourcils en regardant ces dames indiscrètes qui ne m'avaient pas remarquée, assise à quelques mètres d'elles.

– J'espère qu'ils vont engager quelqu'un pour arranger ce jardin, c'est une vraie porcherie. Je n'ai pas envie que le prix des maisons baisse à cause de ces nouveaux venus. Les anciens occupants ont déjà fait assez de dégâts comme ça, souffla Louise d'un ait dégoûté.

– Je peux vous renseigner, Mesdames ?

Au son de ma voix, les deux curieuses firent un bond dans leurs Louboutin. Elles se rétablirent, heureusement sans lâcher leurs boîtes, et se retournèrent pour me voir assise dans ma voiture.

– Oh mon Dieu, ma chère, ce n'est pas bien de tomber sur les gens par surprise comme ça, dit celle qui portait une robe d'été jaune – Kate, d'après ce que je compris – en portant la main à sa poitrine. J'ai failli faire une crise cardiaque.

Je manquai lever les yeux au ciel devant l'ironie de la situation, mais je lui fis mon plus beau sourire en descendant de voiture et en m'avançant vers elles.

– Désolée. Je ne voulais pas vous faire peur.

Louise jaugea d'un regard mes vêtements aux couleurs vives, puis me regarda droit dans les yeux.

– Oui, eh bien, vous devriez faire plus attention.

– J'y penserai la prochaine fois. Alors, qu'est-ce que je peux faire pour vous ?

Kate s'avança d'un pas en faisant danser ses boucles blondes parfaites qui lui tombaient sur le visage.

– Oh oui. Nous sommes vos voisines. On vous a vue emménager hier soir, et on s'est dit qu'on pourrait passer vous dire un petit bonjour. Je m'appelle Kate et voici Louise.

– Aucun lien de parenté, dirent-elles à l'unisson avant de se mettre à glousser. C'est une blague, nous sommes jumelles.

Je m'en serais doutée.

– J'habite dans la deuxième maison à votre gauche et Kate dans la deuxième maison sur votre droite, dit Louise. Ce qui fait que vous êtes prise en sandwich entre les jumelles.

Quelle chance.

– Eh bien, moi c'est Kennedy. Ravie de faire votre connaissance.

Tout en continuant à sourire largement, elles jetaient des coups d'œil à la décapotable de mes parents. Puis elles me détaillèrent de nouveau des pieds à la tête avant de reprendre leur examen de la voiture.

– Je dois dire, elle n'est pas banale, cette voiture, dit Louise d'un air songeur et clairement désapprobateur. Vous vous déplacez avec, ou bien est-ce plutôt une sorte de… manifeste artistique ?

– Elle appartenait à mes parents. Elle porte quelques marques de notre histoire familiale. Je ne l'ai pas encore fait démarrer pour m'aventurer sur la route, mais je finirai peut-être par le faire.

Peut-être demain. Peut-être dans un an. Qui sait…

Les femmes firent la grimace.

– Intéressant, dirent-elles à l'unisson, une fois de plus.

– Est-ce que c'est pour moi ? demandai-je en faisant de mon mieux pour détourner la conversation.

S'il y avait une chose dont j'étais sûre à propos des petites villes en me fondant sur mes lectures, c'était que ces deux-là disposaient de tous les ingrédients nécessaires pour créer des problèmes.

– Ah oui. On a toutes les deux fait une tarte pour vous. Les meilleures tartes aux fraises et tartes aux pommes que vous ayez jamais mangées. On a veillé tard hier soir pour les faire quand on vous a vue emménager.

– Vous n'auriez pas dû.

– Mais bien sûr que si, ma chère. Vous êtes quand même notre nouvelle voisine. On ne plaisante pas avec l'hospitalité légendaire du Sud par ici, commenta Kate qui regardait mon jardin d'un air soucieux.

– Puisqu'on parle de jardinage – *on parlait jardinage ?* – qui s'occupe du vôtre ? Je peux vous indiquer plusieurs personnes qui font du très bon travail.

– Merci, mais tout est déjà arrangé. En fait, je ne suis pas la propriétaire des lieux.

– Oh, mon Dieu, gémit Kate en portant la main à ses lèvres. Vous squattez la maison ? Vous n'habitez pas vraiment ici ? Je veux dire, je suppose que cela explique la voiture, mais c'est totalement illégal.

– On devrait prévenir Reid, le shérif, affirma l'autre sur un ton sévère.

Non, mais elles sont sérieuses, là ? Elles se paient ma tête ou quoi ? Il y a une caméra cachée dans les buissons piétinés par les Louboutin ?

– Non, non. Ce que je veux dire, c'est que ma sœur et mon beau-frère me louent cet endroit pour quelques mois avant de le vendre. Les paysagistes sont censés venir dans les jours qui viennent pour commencer le travail.

– Ah, Dieu merci ! s'exclama Louise. Je n'aurais pas supporté cette forêt vierge encore longtemps. Déjà qu'on tolère cette folle de Joy Jones, la voisine, avec son jardin laissé à l'abandon. Si je pouvais, je lui rachèterais sa maison, à cette dingo.

Elle disait dingo comme si c'était une mauvaise chose. Personnellement, j'étais plutôt attirée par les dingos de ce monde. Ils me semblaient tellement moins moralisateurs.

Je regardai la maison d'à côté grâce à laquelle je n'étais pas la voisine immédiate de Louise. Elle était exactement comme elle l'avait décrite – plutôt négligée –, mais justement, je la trouvai parfaite. Des fleurs sauvages s'épanouissaient comme si on les avait plantées au petit bonheur la chance. Il n'y avait pas vraiment d'organisation dans la façon dont elles poussaient, mais on aurait dit une œuvre d'art.

Ces femmes m'auraient probablement détestée si je leur avais dit que j'adorais ce jardin. La liberté qui y régnait chantait une petite musique à la partie emprisonnée de mon âme. J'aurais voulu me mouvoir de la même façon que ces fleurs dansaient.

Libre. Sans entraves. Comme le vent.

– Son mari est mort il y a des années, et cette folle de Joy n'est pas sortie de chez elle depuis, expliqua Louise. Vous connaissez *Hey Arnold!*, ce dessin animé des années quatre-vingt-dix ? Il y avait ce personnage, Stoop Kid, qui avait trop peur pour quitter son porche ? Eh bien, c'est exactement cette folle de Joy. Elle a trop peur pour quitter son jardin depuis la mort de son mari.

– S'il ne lui avait pas laissé d'argent et que leur maison n'était pas complètement payée, je suis sûre qu'elle serait à la rue. Je ne suis pas du genre à faire des commérages, Dieu m'en garde, mais cette femme est complètement timbrée, renchérit Kate. On dit qu'elle croit que des aliens vont envahir le monde un de ces jours. Elle passe ses matinées sur son porche à écrire des lettres adressées à la Zone 51. Une vraie cinglée.

Plus elles en parlaient, plus j'avais envie de connaître cette voisine.

– Quoi que vous fassiez dans votre jardin, surtout ne faites pas les mêmes erreurs que Joy, m'avertit Kate. Surtout ça, insista-t-elle en pointant du doigt le jardin de Joy.

Je haussai un sourcil interrogatif.

– Quoi ?

Elle ouvrit de grands yeux surpris.

– Vous ne voyez pas ?

– Quoi ?

– Ces fleurs bleues ! dit-elle à voix basse en agitant les mains comme une malade. Elle a planté des fleurs bleues partout !

J'attendis un moment qu'elle aille au bout de sa pensée, mais elle pinça les lèvres en guise de conclusion.

Louise dut s'apercevoir de ma perplexité.

– Des fleurs bleues ! C'est tout simplement pas naturel.

Oh là là. Si Yoana et Nathan avaient su qui étaient mes voisines, je suis quasiment certaine qu'ils auraient réfléchi à deux fois avant de me dire de m'installer dans cette maison.

Je souris à ces deux folles.

– Je m'en souviendrai. Maintenant, je ferais mieux de retourner…

– Je ne voudrais pas me montrer indiscrète, ma chère, mais vous dormiez dans votre voiture lorsque nous sommes arrivées ? Vous n'avez pas de lits dans la maison ? demanda Louise.

Et vous, vous n'avez pas d'éducation ?

C'était le genre de femmes à inventer les histoires les plus absurdes à partir de tout et n'importe quoi. Moi, j'avais tendance à toujours voir le bon côté des gens – ce qui, c'est vrai, m'apportait parfois des déconvenues –, mais Louise et sa sœur avaient à l'évidence tendance à voir le pire.

Je tournai ma langue sept fois dans ma bouche, je n'avais pas intérêt à me mettre mes voisines à dos. Ces deux femmes semblaient tout à fait capables de faire de ma vie un enfer si elles se sentaient investies du devoir de le faire.

– J'aime dormir à la belle étoile, de temps en temps. Et puis, on ne me livrera mes meubles que la semaine prochaine. Encore merci pour les tartes, Mesdames. J'ai été ravie de vous connaître.

Elles me regardèrent de la tête aux pieds une fois encore, tout en me gratifiant d'un sourire à faire flipper. Stephen King s'en serait donné à cœur joie avec ces deux-là.

– On se reverra, j'en suis sûre. Bienvenue à Havenbarrow. Si vous ne tenez pas à être vue en ville dans cet… euh… héritage familial, je suis sûre que vous pourrez vous procurer l'application Cuber, dit Louise avec ce sourire sinistre.

– Vous voulez dire Uber ?

Louise gloussa et me fit un petit signe de la main.

– Non, ma chère, je dis bien Cuber. Nous n'avons pas ces trucs, Uber ou Lyft, ici, mais Connor Roe a créé sa propre application, qui s'appelle Cuber. Il n'a que dix-sept ans, mais il est futé. De plus, sa voiture est plus... sûre que la vôtre, me semble-t-il.

Si seulement elle savait à quel point, par cette remarque, elle me donnait encore plus envie de me balader en ville dans la voiture de papa et maman ! J'avais, par le passé, été assez souvent en contact avec des harceleurs. Je n'avais plus de place dans mon cœur pour leurs perfidies.

En même temps, je n'avais pas touché un volant depuis l'accident. Pour tout dire, je ne savais pas si j'en serais capable avant longtemps.

– Ne vous isolez pas pendant votre séjour parmi nous. N'oubliez pas, si vous avez besoin de renseignements à propos de quelque chose ou de quelqu'un dans cette ville, vous pouvez toujours vous adresser à nous, ma chère. Nous sommes plutôt bien au courant de tout ce qui se passe ici. Le maire, c'est le mari de Kate, après tout, alors c'est notre boulot de nous tenir informées. Si ça vous dit, vous pourrez venir faire un tour jusque chez nous pour glaner des idées pour l'agencement de votre jardin. Rappelez-vous, la deuxième maison à gauche et la deuxième maison à droite, nous sommes là, dit Louise avant de s'éloigner précipitamment avec sa sœur.

Note mentale : Ne tourner ni à gauche ni à droite en sortant de la maison.

Lorsque midi arriva, j'avais reçu la visite d'une dizaine de voisines venues m'apporter des desserts sous le prétexte de se présenter. Si je n'avais pas déjà été submergée par ma vie avant de venir m'installer à Havenbarrow, ç'aurait été chose faite après avoir reçu mon quatrième gâteau à la banane sans gluten, sans fruits à coque et sans saveur.

À en juger par le nombre de questions et de remarques intrusives que j'avais dû subir, j'étais rassurée sur le fait que les femmes de la ville auraient plein de choses à dire sur moi au cours de leur prochaine réunion du club de lecture.

Pour m'éloigner de cette folie, j'enfilai une paire de baskets et saisis mon journal. J'avais mon compte de contacts humain pour un moment. J'avais besoin de me ressourcer. J'avais besoin de retourner aux fondamentaux.

Rien que moi, mon journal et les bois.

4
Kennedy

Quelque chose dans la nature me procurait toujours un sentiment de paix, quelque chose dans la façon dont les arbres croissaient à leur propre rythme et se penchaient en avant vers le soleil pour embrasser la lumière. Quelque chose me parlait dans la manière dont leurs branches se balançaient et dansaient sous l'effet du vent alors que leurs racines restaient solidement plantées en terre, dans la manière dont l'air frais transportait un mélange de senteurs florales et de verdure.

Les chants des oiseaux… j'adorais écouter leurs chansons au début du printemps chaque année, qui révélaient leur éveil à un nouveau départ. J'adorais leur façon d'aller et venir dans les espaces naturels comme s'ils étaient chez eux, où qu'ils soient, de se déplacer librement, sans entraves. C'est ce que j'avais toujours voulu, me déplacer librement comme les oiseaux tout en gardant mes racines plantées fermement dans le sol. Cela pouvait sembler stupide – cette envie de voler tout en restant stable·–, mais mon rêve était d'appartenir à un endroit tout en restant libre.

Je me baladais au hasard dans la forêt derrière chez moi depuis environ trois quarts d'heure à la recherche d'un emplacement propice à me détendre et noter dans mon journal mes souhaits, mes rêves et mes espoirs.

Je n'avais laissé derrière moi aucune trace me permettant de rentrer à la maison et j'espérais être capable de retrouver mon chemin sans aide. Au pire, je dormirais sous les arbres. Ce ne serait pas la première fois, et sans doute pas la dernière.

En me frayant un chemin au travers des branchages, j'eus la surprise de me retrouver soudain dans une prairie, sans aucun arbre, et couverte de fleurs de toutes sortes. Mais j'eus le souffle coupé en voyant celles qui ressortaient en plus grand nombre et dominaient toutes les autres.

Des pâquerettes.

Des centaines et des centaines de fleurs blanches au cœur jaune éclatant qui semblaient avoir été placées là à dessein. Les larmes me vinrent aux yeux et je m'efforçai de contrôler ma respiration du mieux que je pus. Au milieu du champ se trouvait un banc blanc et, sans réfléchir, j'empruntai le chemin qui y menait. C'était magnifique. La façon dont le soleil dardait ses rayons sur les fleurs en magnifiant leur couleur était splendide.

Je n'aurais pu imaginer un meilleur endroit pour m'asseoir, respirer et écrire.

C'est donc exactement ce que je fis.

Je me mis à griffonner dans mon carnet, m'oubliant, tout en déversant toutes les pensées qui me venaient à l'esprit. Je laissai courir ma plume sur le papier sans me soucier du temps qui passait. J'étais plus occupée à exprimer par écrit la vérité de mes pensées, aussi embrouillées fussent-elles.

Lorsque le ciel commença à s'assombrir, des lampes solaires disséminées parmi les fleurs commencèrent à éclairer l'espace, rendant le lieu encore plus extraordinaire.

– Qu'est-ce que vous fichez là ?

Je fis un bond sur mon banc, au son de la voix peu amène qui s'adressait à moi, et lâchai si brusquement mon stylo et mon carnet qu'ils s'envolèrent et atterrirent parmi les fleurs. Je me retournai. Un homme se tenait debout derrière moi. Je fus saisie d'effroi.

– Oh, bonjour. Je suis Ke…

– Je ne vous ai pas demandé qui vous êtes, m'interrompit-il d'une voix basse et sévère. Je vous ai demandé ce que vous fichez là.

C'était un homme bien bâti. Ses épaules étaient larges, ses biceps impressionnants, et son sourire était, eh bien, inexistant. Et ses yeux ? Je me perdis dans ces yeux sombres qui s'accordaient au ciel de minuit. Je savais que c'était ridicule, mais j'aurais juré avoir déjà vu ces yeux auparavant. Peut-être dans un rêve, ou dans un fantasme, mais quoi qu'il en soit, je me sentis attirée par cet inconnu hargneux. Je connaissais ces iris sombres qui m'aspiraient, et la façon dont il inclina la tête vers moi, l'air intrigué, me donna l'impression que peut-être il me connaissait lui aussi.

Mais d'où ?

Depuis quand ?

– Est-ce que je vous…

Il ne me laissa pas continuer.

– Vous êtes sourde ou quoi ?

Peut-être que je ne le connaissais pas, après tout. Comment oublier une personne aussi grossière ? Ou alors je me serais arrangée pour me tenir à bonne distance de lui et passer au large.

– Non, non. Pas du tout.

Je me précipitai pour ramasser mon journal et mon stylo. En avançant, déstabilisée, je m'emmêlai les pieds et trébuchai tout en faisant tout mon possible pour ne pas perdre l'équilibre.

– Attention ! cria-t-il sur un ton à la fois agacé et inquiet.

Pas pour moi apparemment. Il semblait plutôt inquiet pour les fleurs.

Heureusement, je ne tombai pas. Je fis de mon mieux pour marcher sur la pointe des pieds parmi les fleurs pour aller récupérer mes affaires.

– Désolée. Je me promenais dans les bois et je…

– C'est interdit.

– Pardon ?

– C'est interdit. Vous êtes sur une propriété privée.

Je ricanai en serrant mon carnet sur ma poitrine.

– Oui, j'ai entendu, mais…

– Alors, vous le saviez ?

– Eh bien, oui, mais…

– Il n'y a pas de mais. Vous le saviez et vous avez enfreint la loi. Sortez de ma propriété avant que j'appelle la police.

Je soufflai, stupéfaite.

– C'est vraiment aussi grave que ça ? Je voulais juste prendre l'air et découvrir et…

– C'est interdit, me coupa-t-il, *encore une fois.*

– Arrêtez de me couper la parole !

La colère montait en moi et son attitude me faisait monter le rouge au front.

– Dès que vous aurez déguerpi de ma propriété.

Cet homme au regard intense et triste commençait à m'échauffer les oreilles. Qu'est-ce qui lui faisait croire qu'il pouvait se permettre d'être aussi grossier avec une personne qu'il ne connaissait même pas ? Il était tellement brutal, dur et froid.

Je décidai ironiquement de le surnommer M. Personnalité, vu que la sienne était remarquable de charme.

– Vous n'êtes pas obligé de vous montrer si impoli, marmonnai-je en secouant la tête, incrédule. Je ne fais rien de mal en étant là. L'idée que les humains peuvent posséder la nature est un concept totalement absurde, de toute façon. Ces arbres étaient là bien avant votre naissance et le seront encore longtemps après votre mort, et pourtant vous revendiquez le droit de les considérer comme votre propriété. Cela n'a aucun sens à mes yeux.

– Je suppose donc que vous ne voyez pas d'inconvénient à ce que des étrangers pénètrent dans votre maison sans y avoir été invités ?

– Ce n'est pas la même chose.

– Est-ce que le terrain sur lequel votre maison a été construite n'était pas là avant votre naissance ? Ne sera-t-il plus là une fois que votre maison sera détruite et que vous aurez disparu ? Mais je suppose que ce serait différent parce que ce serait chez vous et pas chez moi.

– Je vous dispense de vos sarcasmes, répondis-je d'un ton tranchant, sans laisser transparaître ma nervosité dans ma voix.

En avançant pour sortir du champ de fleurs, j'écrasai involontairement quelques pâquerettes au passage. Il bondit dans ma direction.

– Attention ! hurla-t-il.

Il se pencha vers le sol et tenta de réparer les dégâts que j'avais causés. La grimace sur son visage se mua en un masque de contrariété devant les fleurs qui gisaient inertes sous ses doigts. Il avait des mains si grandes qu'on aurait dit un géant jouant avec des arrangements floraux miniatures. Je vis ses lèvres bouger imperceptiblement, il marmonnait quelque chose à voix basse, mais je ne pus saisir ses paroles.

– Excusez-moi, je n'ai pas entendu.

J'avais toujours la gorge serrée d'énervement.

– Probablement parce que je ne m'adressais pas à vous.

– D'accord. Désolée. Et je m'excuse aussi pour les dommages que j'ai fait subir à vos fleurs.

Il marmonna dans sa barbe, *encore*. Vous connaissez l'homme qui murmurait à l'oreille des chevaux ? Eh bien, moi, en ce moment, je me trouvais en présence de M. Personnalité, l'homme qui murmurait à l'oreille des humains, non pas parce qu'il avait une profonde connaissance des humains mais parce qu'il n'arrêtait pas de murmurer.

– Si je peux faire quelque chose…

– Déguerpissez, dit-il d'une voix sourde et contrôlée.

– Sans vouloir vous vexer, votre comportement est odieux.

– Sans vouloir vous vexer, je me fous royalement de ce que vous pensez de moi.

– Connard !

– Donc, vous êtes au courant.

– Au courant de quoi ?

– De mon personnage dans le récit merdique de cette ville, grommela-t-il. Je suis le connard de la ville. J'essaie juste de me conformer au rôle qui m'est assigné.

– Je constate que vous prenez ça très au sérieux.

– Je suis un professionnel.

– J'espère que vous ne tenez qu'un rôle mineur dans cette histoire.

– Il n'y a pas de rôles mineurs dans une petite ville, seulement des caricatures d'esprits étroits. Je suis sûr que vous allez parfaitement vous adapter. Maintenant, si vous voulez bien me faire le plaisir de foutre le camp de chez moi, ce serait super.

Waouh.

OK, M. Personnalité.

Il prenait son rôle très à cœur, un adepte de l'Actors Studio – cool. Je pouvais sans problème soutenir une personne qui prenait au sérieux sa carrière théâtrale. Et lui, il était bon. Il méritait un Oscar pour sa performance. Je n'avais aucun mal à croire toutes les remarques arrogantes qu'il me balançait.

Si Louise, Kate et M. Personnalité étaient les points forts de cette ville, j'allais rigoler.

Il ne se retourna pas pour me regarder partir. Ces yeux sombres et mystérieux ne recroisèrent pas les miens. Il les gardait fixés sur les pâquerettes, et son visage était si fermé qu'on aurait pu croire que j'avais piétiné à mort l'élue de son cœur.

Je marmonnai encore quelques mots d'excuse sans obtenir plus de réaction et me mis en route pour rentrer chez moi – enfin, pour essayer de retrouver mon chemin. Je m'aperçus que je tournais en rond lorsque je me retrouvai devant le même champ de pâquerettes. M. Personnalité était assis sur le banc peint en blanc. Il poussa un soupir exaspéré en me voyant.

– Allez par là, tout droit jusqu'à ma maison. Vous arriverez dans Merry Road. Espérons que vous serez capable de retrouver où vous habitez en arrivant dans une grande rue.

– D'accord. Bien sûr. Merci.

Il ne dit pas un mot de plus.

En tournant au coin de la rue pour retrouver le chemin pour rentrer chez moi, je ne pus m'empêcher de rire en pensant que M. Personnalité vivait dans une rue baptisée Merry[1]. Il était loin d'être joyeux. Scrooge[2] Avenue aurait été plus approprié.

---

1. *Merry* : joyeux. (NdT, ainsi que pour les notes suivantes)
2. *Scrooge* : ronchon.

5
Jax

Le pire, c'était les gens.

Malheureusement pour moi, mon boulot me contraignait à être en contact avec des humains à longueur de temps. J'étais le seul et unique plombier de la ville, et donc il va sans dire que je passais un paquet de temps avec la merde d'Havenbarrow. Le nombre de fois où je regrettais de ne pas être écrivain, ou sculpteur, ou n'importe quoi qui n'impliquait qu'un minimum de contacts humains ! *Ah, vous cherchez quelqu'un pour rester confiné sur Mars pendant cinquante ans ? Pas de problème, patron. Je signe tout de suite.*

Bon sang, j'aurais encore préféré être véto. Au moins j'aurais pu interagir avec de mignons petits animaux de compagnie tout en ayant affaire à leurs propriétaires imbéciles qui pensaient que c'était une bonne idée de filer du vin à boire à leur chien parce qu'on peut bien rigoler, quand même.

Il est clair que je n'étais pas une personne très sociable. Je trouvais les autres trop sociables à mon goût. J'avais croisé un tas d'individus différents dans ma vie et j'avais vite compris que la plupart d'entre eux n'étaient pas faits pour moi. Dans ces conditions, avoir trouvé une femme dans mes bois la veille n'était pas l'expérience la plus fascinante de ma vie. D'accord, elle était belle, mais c'était quand même un être humain, après tout. Sa beauté ne constituait pas une raison suffisante pour que j'accepte de la trouver chez moi. J'attendais d'elle la même chose que j'attendais de pratiquement tout le monde dans cette ville, qu'elle me fiche la paix.

– Mais qu'est-ce qui est coincé là-dedans, bon sang ? grommelai-je en regardant dans le lavabo bouché de la salle de bains principale des Jefferson.

Mary Jefferson était une femme d'un certain âge au regard bienveillant. Elle devait avoir la soixantaine et arborait à tous moments son collier de perles, ainsi que les vêtements les plus chics et chers qu'on puisse imaginer. Elle ne portait que des vêtements de grandes marques, et si ce n'était pas des marques, ils valaient quand même un paquet de fric. La plupart des habitants d'Havenbarrow bénéficiaient de revenus substantiels, ou bien étaient issus de familles qui bénéficiaient de revenus substantiels, et Marie était comme les autres. Simplement elle n'avait pas la même attitude snob que la majorité de la ville.

Sur l'échelle des gens que je détestais, elle était l'une des très rares que je pouvais tolérer, ce qui était une bonne chose si l'on pense qu'Eddie, son mari, était mon psy, et ce depuis mes treize ans.

– Eh bien, en fait…

Marie haussa les épaules et enroula un doigt dans ses cheveux teints blond vénitien.

– Hier soir, Eddie et moi on s'est un peu lâchés, et… enfin…

Elle se racla la gorge et ses joues devinrent écarlates.

– Jax, c'est un peu gênant. Eddie m'a dit de ne pas te dire la vérité, mais je suis une effroyable menteuse.

Elle détourna les yeux et regarda Connor, mon assistant, qui venait de finir sa deuxième année de lycée. Il était mon seul et unique employé pour la simple raison que personne en ville n'avait assez de cran pour travailler avec moi. Mais Connor était différent. C'était le petit futé de la ville, le champion de la débrouillardise. Au moindre truc qui pouvait rapporter, Connor était sur l'affaire. Je ne n'aurais pas été surpris qu'il devienne millionnaire avant d'atteindre ses vingt et un ans. Les rouages de son cerveau tournaient en permanence et fourmillaient d'idées sur comment se faire encore plus d'argent.

Cela faisait presque un an que je travaillais avec lui maintenant, ce qui était beaucoup plus long qu'avec aucun de mes précédents employés. Tous, avant lui, étaient partis en pleurant ou en me traitant de connard. Certains étaient partis en pleurant *et* en me traitant de connard en même temps.

Connor était différent. Il ne prenait aucune de mes remarques agressives et blessantes personnellement. Il était bien déterminé à être là pour toucher son chèque sans se prendre trop la tête. Même quand j'étais d'humeur massacrante, Connor se comportait comme si nous étions les meilleurs amis du monde.

En fait, cela jouait plutôt en ma faveur. Nous étions le parfait couple désaccordé. C'était comme si Grincheux avait monté une affaire de plomberie avec Joyeux. Quand les clients me trouvaient trop râleur, Connor usait de son charme pour gagner leur confiance. Il faisait beaucoup plus de pourboires que moi en général parce que les gens l'aimaient bien. Je pouvais les comprendre.

C'est dur à admettre, mais avec le temps, je m'étais attaché à ce petit con, moi aussi.

Je me passai le bras sur le front.

– Écoutez, ne soyez pas gênée, Marie. Soit vous nous le dites tout de suite, soit je démonte les tuyaux. Nous trouverons ce qu'il y a là-dedans, de toute façon. Mais si vous me le dites maintenant, cela m'évitera peut-être du travail inutile au cas où ce serait plus facile qu'on pourrait le croire.

– Oh, mon Dieu !

En rougissant, elle tripota ses perles entre ses doigts.

– Très bien, bon, je vais vous le dire. Ce sont des perles anales qu'il y a là-dedans. Pas des très grosses, non ! Juste un très petit chapelet.

Connor éclata de rire. Je le fusillai du regard pour le faire taire, tout en frissonnant à l'idée de ce que Marie venait de me dire. L'idée de cette petite Marie, si douce, utilisant des perles anales me mettait dans un état de gêne que j'avais du mal à assumer. Dans quel genre de délire glauque pataugeait mon psy ? Perturbant était un euphémisme pour décrire ce que j'éprouvais.

– On ne les a utilisées qu'une fois pendant qu'Eddie et moi étions, euh… enfin…

En rougissant jusqu'à la racine des cheveux, elle se pencha vers moi.

– Tu vois, j'étais à quatre pattes sur le meuble du lavabo.

Elle s'interrompit et désigna l'ensemble de la pièce.

– Ne t'inquiète pas, j'ai tout passé à l'eau de Javel avant que tu arrives. Il n'y a pas de…

– D'accôôôrd… Vous savez quoi, Marie ? Je crois que j'ai compris le problème. Que diriez-vous d'aller faire ce que vous avez à faire dans la maison ? J'en ai pour une minute pour régler tout ça.

En jetant un coup d'œil par-dessus mon épaule, je vis Connor, les bras croisés et le visage écarlate. Il avait les joues gonflées comme un hamster, et je savais que si je lui donnais un coup de coude dans les côtes, il allait éclater.

Lorsque Marie fut hors de vue, Connor ne se retint pas plus longtemps. Penché en avant et en se tenant le ventre, il explosa d'un rire tonitruant.

– Oh la vache, je n'avais jamais rien entendu d'aussi dégueu ! Elle doit avoir au moins cent ans !

– D'abord, elle a la soixantaine, pas cent ans, et tu pourras t'estimer heureux si à son âge tu as encore une vie sexuelle.

Il frissonna à cette idée.

– C'est dégoûtant. Je n'ai pas envie d'imaginer ma bite toute ridée pénétrant quelqu'un de cet âge-là.

– Surveille ton langage, Connor.

– Je dis juste que c'est crade, putain.

– Ton *langage,* Connor.

Il grogna.

– Excuse-moi, Jax.

– Passe-moi une pince, tu veux ?

Je remontai mes manches et m'affairai sous le lavabo pour commencer.

– Hé, Jax, toc, toc, dit Connor en me tendant la pince.

Ce type pouvait faire encore plus de mauvaises blagues qu'un daron du Midwest.

– Qui est là ?… Les perles anales de Marie.

Pour l'amour du Ciel.

– Les perles anales de Marie qui ?

Il ricana avant d'éclater de rire de nouveau.

– Non, c'est tout. C'est ça, la blague. La blague, c'est que tu t'apprêtes à toucher les perles anales de Marie, et si ça, c'est pas comique, je ne sais pas ce qui l'est.

Il continua de ricaner pendant tout le temps où je travaillais, mais je ne pouvais pas m'attendre à autre chose de la part de ce gamin débile.

Après avoir réussi à sortir le chapelet anal de la bonde du lavabo, je me décrassai les mains à fond puis fermai le robinet.

– Va ranger le matériel dans le camion, je te rejoins.

– Oui, chef. Bien, chef.

Il s'éloigna rapidement.

En sortant de la salle de bains, je vis Eddie entrer dans la maison avec une mallette à la main. Lorsqu'il ne travaillait pas, il passait ses matinées dans le parc à lire le journal.

Eddie avait la soixantaine lui aussi, et les rides sur son visage racontaient les histoires de son passé. Les petites rides étaient profondes, et toutes les autres avaient différents degrés de profondeur. Il me fit un signe de tête en souriant.

– Je vois que tu es toujours vivant après deux semaines où tu as manqué tes séances de thérapie, remarqua-t-il avec un sourire narquois.

– J'avais du boulot.

Il fit un signe de tête compréhensif et posa sa mallette au sol. Il se passa la main dans sa chevelure grisonnante.

– Et Amanda ? Comment va-t-elle ? Comment ça va, tous les deux ?

– On n'est plus ensemble. On a rompu il y a quelques semaines.

– Pfff.

Le regard d'Eddie exprimait toujours beaucoup plus de choses que ses paroles.

Je soupirai.

– OK, allez-y.

– Allez-y quoi ?

– Dites ce que vous pensez de mon histoire avec Amanda.

– Ce que je pense ? murmura-t-il en lissant son épaisse moustache. Je n'en pense rien du tout.

Je haussai un sourcil.

– Vraiment ?

– Vraiment.

Il marqua une pause en continuant de me scruter de son regard de thérapeute. Le fait que nous ne soyons pas installés dans son cabinet ne voulait pas dire qu'il n'allait pas user de ses compétences sur moi. Quelque part, je le soupçonnais presque d'avoir demandé à Marie de mettre le chapelet anal dans la bonde du lavabo uniquement pour me faire venir parce que j'avais manqué plusieurs séances.

Cela ne m'aurait pas étonné d'Eddie, je l'en croyais tout à fait capable.

– Pourquoi ? questionna-t-il en plissant les yeux. Je devrais en penser quelque chose ? Et toi, qu'est-ce que tu en penses ?

Et voilà.

Ses remarques semblaient si anodines, mais je savais qu'il me forçait à creuser plus profondément dans ma psyché pour me demander pourquoi ça n'avait pas marché entre Amanda et moi. Il faisait son boulot de psy.

– Vous voulez que j'aille m'allonger sur votre divan et que je vous dise mes pensées ? dis-je pour plaisanter.

Eddie eut un petit sourire narquois.

– Mon divan est toujours prêt à t'accueillir.

– Ouais, ben, pas aujourd'hui. Et puis, nous avons des règles. Les séances, c'est seulement dans votre cabinet, je vous rappelle. De plus, j'ai d'autres boulots qui m'attendent avec Connor, alors ne m'en veuillez pas si je ne tiens pas à rentrer dans les détails de ma rupture.

– Hum.

Ah zut. Je connaissais le ton de ce hum. Rien de bon ne sortait jamais de ce genre de hum prononcé par Eddie. Il désigna le canapé de la main.

– Tu es sûr que nous ne pourrions pas en parler un peu ? Ne serait-ce que cinq minutes ?

Je ricanai.

– Bien essayé, Doc. Mais il faut vraiment que je file.

– Qu'est-ce que tu fuis, exactement ? dit-il en croisant les mains et en inclinant la tête sur le côté.

– Là, tout de suite ? Un chapelet anal.

Il leva les mains en l'air.

– Pour l'amour du Ciel, Marie, tu n'as pas pu t'empêcher de dire à Jax ce qui était tombé dans le lavabo de la salle de bains ? hurla-t-il en direction de la pièce d'à côté.

– Les perles, c'était une idée à toi, mon chéri. Ne viens pas me reprocher d'être incapable de mentir, hurla-t-elle en retour. C'est pour ma franchise que tu es tombé amoureux de moi, il y a tout ce temps.

– Oui, eh bien, tout change, gronda-t-il en secouant la tête.

Je me retins de rire.

– Vous êtes sûr que vous ne voulez pas aller vous allonger sur le divan pour me parler de vos pensées et de vos sentiments ?

Il me fusilla du regard, ce qui me le rendit moins Dr Jefferson et plus Eddie, l'être humain.

– Je croyais que tu devais y aller.

Je souris.

– C'est comme si c'était fait.

– Passe à mon cabinet à l'occasion. Nous aurons une vraie séance.

– C'est ça.

– Ah, au fait, Jax ?

– Ouais ?

– Je suis vraiment désolé pour ton père.

Je restai muet quelques secondes. Ce n'était même pas la peine de lui demander comment il était au courant, parce que je savais que les habitants de notre petite ville étaient tous journalistes sans en avoir les qualifications. C'était une ville dont les commérages étaient le sport favori, alors qu'en réalité les gens se fichaient pas mal de mon père ou de moi.

En fait, ils couraient partout en chantant leur joie de le savoir presque mort. Dans pas longtemps, j'entendrais sur mon passage les louanges des habitants de la ville : *Ding dong, le vieux con est mort. Lequel ? Le plus con de tous les cons !*

Je n'aimais pas mon père, mais les gens de la ville l'aimaient encore moins. Si j'avais dû compter le nombre de fois où on l'avait comparé au personnage de M. Potter dans le film de Frank Capra *It's a wonderful Life* (*La vie est belle*), j'aurais été épuisé avant d'arriver au bout. Et je ne pouvais même pas contredire ce jugement.

Mon père n'était pas un mec bien, et maintenant, il se trouvait dans une maison de retraite, luttant contre les séquelles de son troisième AVC qui l'avait laissé en partie paralysé et souffrant de démence vasculaire. Il ne se rappelait plus qui il était, et je n'étais plus en mesure de m'occuper de lui. Il était récemment entré dans cette maison de retraite où on pourrait lui procurer les soins dont il avait besoin.

Avant qu'il ne soit placé là, j'avais passé les douze années précédentes à l'assister dans ses problèmes de santé – qui étaient nombreux. Il n'avait jamais pris soin de lui, ce qui ne me facilitait pas la tâche. Pendant toutes ces années, il n'avait jamais hésité à me frapper pour me rappeler que c'était lui le patron. Mon frère aîné, Derek, était parti le jour de ses dix-huit ans pour ne jamais revenir. Maman avait eu Derek d'un premier mariage, mais au cours de mon enfance, j'avais toujours entendu Derek parler de mon père comme de son propre père – jusqu'au jour où notre mère mourut et que papa commença à se servir de nous comme de ses punching-balls.

Aujourd'hui, papa avait été sorti de la maison dans laquelle j'avais grandi et placé entre les mains d'autres personnes qui allaient s'occuper de lui. J'avais beau le détester, la maison me paraissait un peu plus froide le soir.

C'est drôle comme on peut regretter les démons avec lesquels on a pris l'habitude de jouer, une fois qu'on nous les a retirés.

Eddie s'en était donné à cœur joie lorsque j'avais révélé cette vérité.

Je hochai la tête en m'efforçant de ne pas laisser transparaître mes sentiments au sujet de l'état de mon père. Pour tout dire, j'avais manqué mes séances parce que je n'étais pas prêt à en parler. Je ne savais pas quoi dire.

Eddie fit une grimace. Je l'avais connu plus habile à maîtriser ses réactions pendant nos séances de thérapie, mais plus nous vieillissions, plus nous devenions comme les membres d'une famille, et Eddie avait du mal à cacher son inquiétude pour moi.

– Si tu as besoin d'en parler… commença-t-il.

– Votre divan est toujours prêt à m'accueillir, ouais, Eddie, je sais.

Je sortis de la maison pour aller rejoindre Connor au camion, mais je fus étonné de le trouver à la barrière en grande conversation avec la nouvelle voisine d'Eddie et Marie, l'intruse.

Il lui tendait une de ses cartes de visite et parlait beaucoup trop, comme toujours.

– Alors, oui, je suis le fondateur, propriétaire et PDG de Cuber Inc. Et en tant que nouveau membre, vous avez droit à la première course gratuite. Mais comme vous me semblez être un diamant dans cette ville de minerai de charbon, je vous offre les deux premières courses. Vous n'aurez qu'à télécharger l'application et entrer le code « diamant ».

Il se tut et plissa le nez.

– Bon, ne le faites pas tout de suite parce que je dois encore faire une mise à jour pour que ça marche, mais dans environ seize heures, je pourrai vous offrir une course.

Il remua ses sourcils de façon suggestive.

– Connor, on y va.

Il tourna la tête brusquement et leva son index

– Une seconde, partenaire, je parle affaires. À ce sujet, je n'ai pas que Cuber. Je suis aussi associé chez Kilter et Roe, entreprise de plomberie et…

– Tu n'es pas mon associé, tu es mon employé, et encore, là tout de suite, ça ne tient même qu'à un fil.

Connor se mit à rire et fit un geste dédaigneux dans ma direction.

– Ne l'écoutez pas, avant treize heures, c'est juste un vieux ronchon. Laissez-lui le temps de se réveiller et il deviendra un être humain aussi convenable que nous tous, plaisanta-t-il.

L'intruse sourit et rigola en me regardant.

– J'aimerais bien voir ça, dit-elle.

Je fis une grimace, décidé à ne pas les suivre sur ce terrain.

– Connor, dans le camion. Tout de suite.

– D'accord, partenaire.

– Encore une fois, tu n'es pas mon partenaire.

Il leva les yeux au ciel.

– Certaines personnes résistent à employer des titres, vous n'êtes pas d'accord ? dit-il en souriant, et l'intruse rigola encore une fois.

Un joli rire, et ça me gonflait de l'admettre.

– Bon, tant pis, il faut que j'y aille, sinon Monsieur Ronchon risque de péter une durite. N'oubliez pas, si vous avez besoin d'une voiture, Connor est à votre disposition. Et aussi si vous avez le moindre problème de plomberie, n'hésitez pas à m'appeler au deuxième numéro sur cette carte.

Il lui tendit une autre carte de visite et lui fit un clin d'œil.

– Je serai absolument ravi de jeter un coup d'œil à votre tuyauterie.

Bonté divine. Les sous-entendus que ce gamin pouvait sortir étaient désolants.

– Connor, ramène ton cul, aboyai-je.

– Monsieur Ronchon, en effet.

L'intruse sourit d'un air narquois, ce qui m'agaça encore plus parce que même ce sourire était assez beau. Je retournai au camion et m'installai au volant.

Quelques instants plus tard, Connor me rejoignit, attacha sa ceinture et se frotta les mains.

– J'allais pas manquer l'occasion d'élargir la clientèle. Tu peux comprendre ça, patron.

Je haussai un sourcil.

– Ah, parce que maintenant je suis ton patron ?

– Écoute, Jax, il faut que tu comprennes, les femmes respectent les hommes qui ont leur propre affaire. Cela me fait paraître plus professionnel quand je dis que je suis ton associé.

– Ou bien ça te fait passer pour un menteur.

– Question de point de vue.

– Fais voir cette carte de visite que tu lui as donnée pour nous.

Il en sortit une de sa poche. Je lui jetai un coup d'œil et secouai la tête.

– « Kilter et Roe, Plombiers : Même merde, nouvelles toilettes. » *C'est ça* ton slogan ?

– C'était soit ça, soit « Nous pompons, vous payez », expliqua-t-il, je trouve que celui que j'ai choisi sonne mieux quand on le dit. Maintenant, étant donné que j'ai développé la clientèle et que je t'ai assisté pour l'extraction des perles anales, je me dis que c'est le moment pour se faire une pause déjeuner avant notre boulot suivant, suggéra-t-il en agitant les sourcils.

– On a pris le petit déjeuner juste avant d'aller chez les Jefferson.

– Ouais, il y a au moins deux heures de ça. Je sais que tu es vieux, que tu as déjà dépassé ton pic de croissance et que tu n'as plus rien d'autre à attendre de l'avenir que des chapelets de perles anales, mais moi je suis en pleine croissance, Jax. J'ai besoin d'un max de glucides.

Je tournai la clé dans le contact.

– On déjeunera au bureau comme prévu. J'ai déjà apporté le repas.

Connor fit une grimace de dégoût.

– Ah non, tu ne vas pas encore me faire manger un sandwich peanut butter-jelly, avec ton infecte boisson protéinée. J'en ai ras le bol de ce truc.

– C'est plein de protéines, ça t'aidera à te faire du muscle.

– Tu sais ce qui serait bon pour ça ? Un Royal Tasty de chez McDonald.

Je souris.

– Libre à toi de dépenser ta paye pour t'acheter ces trucs sur ton temps libre, mais quand tu es au travail avec moi, c'est sandwich et boisson protéinée.

– Avec de l'herbe dedans.

– Ce n'est pas de l'herbe, c'est du kale.

– Je ne voudrais pas mettre en doute ta virilité, Jax, mais ajouter du kale à tes boissons protéinées te fait pas mal ressembler à ces nanas qui portent des Ugg et qui sont addicts à Starbucks.

– Tu me traites de pétasse de base ?

Il allait répondre, mais hésita en haussant un sourcil.

– Tu vas me dire de surveiller mon langage si je te traite de pétasse de base ?

– Oui.

– Alors arrête d'être une pétasse de base et de manger du kale. Si ça continue, tu vas finir par mettre des photos de toasts à l'avocat sur Instagram en buvant du kombucha.

– C'est quoi le kombucha ?

– Ah, Dieu merci, soupira Connor en se passant la main sur le front. Tu as encore des couilles.

– Ne dis pas couilles, ordonnai-je en pointant un doigt sévère sur lui. Et ne dis pas pétasse de base.

Il se renfonça dans son siège et croisa les mains sur sa nuque, balançant les pieds sur mon tableau de bord avant que je les lui fasse rapidement retirer.

– OK, je ne dirai plus pétasse de base. Au fait, on pourrait prendre une minute pour parler de la bombasse qui vient de s'installer à côté des Jefferson ?

– Non.

– Arrête, Jax. C'est pas possible que tu ne l'aies pas remarquée. Elle est vraiment canon ! Et ses yeux ? J'ai jamais vu des yeux aussi extraordinaires. On dirait du… caramel. Tu as vu, Jax ? Tu as vu ses yeux ?

– Oui, Connor.

J'avais vu ses yeux, et il avait raison, ils étaient superbes, mais cela ne me concernait en rien, en tout cas, ce n'était pas mes affaires… et c'est pour ça que je me demandais bien pourquoi je n'arrêtais pas d'y penser, à ses yeux.

Les travaux de plomberie de la journée se succédèrent avec Connor qui n'arrêta pas de jacasser. Vraiment ce gamin pouvait parler pour ne rien dire vingt-quatre heures sur vingt-quatre. J'arrivais assez bien à ne pas l'écouter parce que la moitié de ce qu'il racontait n'était rien de plus que du bavardage d'ado. C'est peut-être pour cela que je l'aimais bien, d'ailleurs, parce qu'il n'avait rien de commun avec moi. Il était chaleureux, sociable et complètement idiot, bien sûr, mais quand même j'aimais bien l'avoir avec moi. Bien sûr, je ne le lui dirais jamais parce que, sinon, il ne me lâcherait plus.

Comme nous arrivions devant chez lui à la fin de la journée, le visage de Connor pâlit légèrement. En un clin d'œil, le garçon vivant et disert perdit tout son éclat lorsqu'il regarda sa maison et vit sa mère qui en faisait le tour pour rentrer.

Il vivait seul avec sa mère qui luttait contre un cancer, et c'était extrêmement dur pour tous les deux. Si Connor travaillait si dur, c'est qu'il voulait pouvoir s'occuper d'elle. Il avait un cœur en or, et elle avait beaucoup de chance de l'avoir.

Je baissai la tête en continuant de serrer le volant.

– Si toi ou ta mère avez besoin de quoi que ce soit…

Je me sentais mal pour ce pauvre gamin. J'aurais aimé pouvoir alléger ses difficultés.

Il secoua la tête.

– Nan. Ça ira. On se débrouille. Ce soir, je vais regarder un film de Disney avec elle pour essayer de lui remonter le moral. Elle adore ces trucs de Disney.

Il faisait toujours comme si le cancer ne l'atteignait pas, mais je savais très bien à quoi m'en tenir. C'était injuste qu'il soit obligé de devenir adulte plus vite qu'il ne le méritait.

– Envoie-moi un texto si tu as besoin de quelque chose.

– Carrément. Bon, à demain. Avec un peu de chance, on aura encore des perles anales !

Il plaisantait, mais la pâleur n'avait pas quitté son visage même s'il essayait de cacher ses souffrances sous l'humour.

– Ça, ça m'étonnerait.

– Bonsoir, Jax.

Il sauta du camion et monta précipitamment les marches menant à sa porte. J'attendis pour être sûr qu'il était bien rentré.

Au lieu de rentrer chez moi comme j'en avais envie, je me rendis au seul endroit où j'aurais aimé ne pas aller, pour voir la seule personne dont j'aurais aimé ne plus avoir à me soucier. J'allai tout droit à la maison de retraite voir mon père.

Je savais que je le trouverais probablement endormi. Il dormait pratiquement toute la journée depuis quelque temps, pendant que son corps luttait soit pour se maintenir en vie soit pour se rapprocher de la mort – je ne savais pas trop.

Ce qui était sûr, c'est que depuis son entrée dans cette maison de retraite, j'étais là tous les soirs, assis à côté de son lit à le regarder dormir profondément.

Je remarquai un vélo garé devant la maison de retraite, que je reconnus comme appartenant à Amanda, une des aides-soignantes de mon père qui se trouvait être aussi mon ex-petite amie.

En entrant dans le Centre, je la vis assise à la réception en train de lire. Elle lisait toujours des romans parlant de chevaliers en armure qui sauvaient le monde.

Je supposais que c'était à cause de ces romans que je n'avais jamais été à la hauteur de ce qu'elle attendait de moi. Même lorsque j'essayais de m'impliquer totalement dans notre relation, je savais toujours au fond de moi qu'il manquait quelque chose. La passion ? Un attachement plus profond ?

Allez savoir.

Peut-être que j'avais été trop marqué par mes traumatismes passés pour être capable d'aimer quelqu'un comme il fallait. En tout cas, après qu'on étaient sortis ensemble pendant deux ans sans réel engagement de ma part, elle s'était lassée. Quand elle avait commencé à parler d'avoir un enfant sans passer par la case mariage, j'ai su qu'il était temps de rompre.

– Salut, dis-je en lui faisant un signe de tête.

Elle ne m'avait pas vu entrer. Lorsqu'elle avait les yeux rivés sur son livre, elle se coupait du reste du monde et s'immergeait totalement dans son récit à moins qu'un patient ne requière son aide.

Elle referma son livre et me fit un pâle sourire.

– Salut.

– Comment il va ?

– Oh tu sais, toujours pareil.

Elle se leva de son siège et serra son livre contre sa poitrine. Ses cheveux châtains étaient relevés en une queue-de-cheval nouée à la va-vite, et elle avait l'air vraiment épuisée. J'avais l'impression que son boulot n'était pas facile.

Il était clair que mon père n'avait plus beaucoup de temps devant lui, et pour être honnête, je ne savais pas trop ce que cela me faisait. Mon père n'était pas un homme bien. Il était méchant avec tout le monde.

Il suffisait de jeter un coup d'œil chez moi pour savoir comment il s'était comporté avec moi pendant mon enfance. Il avait fait assez de trous dans les murs quand sa rage éthylique se manifestait à travers ses poings. Quand ceux-ci n'entraient pas directement en contact avec les murs, il y avait de fortes chances qu'ils finissent dans ma figure. Je n'avais pas assez de mes deux mains pour compter le nombre de fois où il m'avait frappé, dans toutes les pièces de la maison, pour les choses les plus anodines.

Si la machine à laver n'avait pas fini de tourner avant le journal du soir, une raclée.

Si on trouvait des inconnus en train de se balader sur notre propriété, une raclée.

S'il m'entendait ronfler la nuit, une raclée.

Si ma mère lui manquait, une putain de raclée.

J'essayais toujours de resituer le moment où mon père était devenu la brute qu'il était. Il était déjà violent avant la disparition de ma mère, mais il est devenu fou quand elle est morte. Je n'en veux pas à mon frère d'avoir quitté la maison. J'aurais fait la même chose sauf que je n'avais jamais trouvé le courage de laisser mon père tout seul.

Peut-être que quelque part j'éprouvais le besoin de m'occuper de lui.

Peut-être qu'une partie de moi pensait que je méritais ces raclées.

En tout cas, j'étais resté.

J'aurais dû reboucher les trous dans les murs, mais en même temps je n'avais pas envie d'oublier les dégâts qu'il avait causés.

Amanda croisa les bras et son regard s'adoucit.

– Comment tu tiens le coup ? demanda-t-elle.

– Oh tu sais, toujours pareil, marmonnai-je en reprenant les termes qu'elle avait employés.

Je sortis un bouquin de la poche de mon blouson et l'agitai en l'air.

– Je peux y aller ?

– Oui, bien sûr.

– OK. Merci, Amanda.

Des éclairs zébrèrent le ciel et, en quelques secondes, il se mit à pleuvoir des trombes.

– Zut, maugréa-t-elle en roulant les épaules, il tombe des cordes et je suis venue travailler à vélo.

– Je peux te raccompagner chez toi en repartant, si tu veux.

En lui disant ça, je vis l'étincelle d'espoir briller dans ses yeux et j'aurais préféré ne pas faire partie de ce genre d'imbéciles qui remarquent les émotions des femmes. Cela devait être plus facile.

– Ah ouais, ce serait super, dit-elle en essayant de ne pas sourire.

Ne souris pas pour moi, Amanda, je n'en vaux pas la peine.

Je me dirigeai vers la chambre de mon père et lorsque j'entrai, il dormait, ce qui m'arrangeait. Si cela avait été le contraire, j'aurais eu envie de faire demi-tour et de m'en aller. Il avait beau être en fin de vie, il était toujours capable de se montrer cruel, même lorsqu'il ne me reconnaissait pas.

Mais lorsqu'il dormait, je pouvais voir l'être humain en lui plutôt que la brute.

J'avançai une chaise à côté de son lit et me mis à lire. *Guerre et paix,* son roman préféré. Je lui lisais quelques chapitres tous les soirs, même s'il ne m'entendait pas. Ce roman était une des seules choses qui nous rapprochaient. En dehors d'aimer le même roman, j'étais diamétralement opposé à l'homme frêle qui était allongé en face de moi.

Je lus pendant environ trois quarts d'heures avant de refermer le livre et de me lever. Mon père avait l'air si brisé et fatigué. Parfois, je comptais ses respirations pour m'assurer que son souffle était toujours régulier. À d'autres moments, je posais la main sur sa poitrine pour sentir les battements de son cœur.

Mon cœur sec ne savait pas comment réagir face à ce qui arrivait à cet homme que j'avais toujours connu dur et brutal. Le voir si diminué était plus pénible que ce que j'aurais pu imaginer.

En sortant de sa chambre, je me dirigeai vers la réception où Amanda m'attendait déjà.

– Prête ?

Elle hocha la tête et rassembla ses affaires.

Nous nous dirigeâmes jusqu'à mon camion, où elle s'empressa de changer ma station de radio rock pour sa fréquence de musique pop.

– Merci de me ramener. Je ne savais pas qu'il allait pleuvoir, dit-elle en se frottant les mains sur les cuisses.

– C'est pas un problème.

– Tu as reçu l'invitation pour le mariage d'Alex et Morgan ? Je veux dire, elle est arrivée à notre ancienne adresse, mais Morgan m'a dit qu'elle t'en enverrait une autre puisque nous ne sommes plus ensemble. À moins que…

Elle se mordit la lèvre inférieure, et putain, tout ce dont j'avais envie, c'était d'une bière fraîche et de silence.

– À moins que tu ne veuilles qu'on y aille ensemble quand même.

Je me passai les doigts dans les cheveux.

– Je crois que nous savons tous les deux que ce n'est pas une bonne idée.

– Cela pourrait, si on essayait. Je veux dire – vraiment –, on pourrait tenter le truc des ex qui restent amis ? Je crois que je suis suffisamment remise de notre rupture.

Elle dit ça sur un ton léger, mais je savais qu'elle était sérieuse.

– Amanda, le week-end dernier encore, tu m'as appelé, tu étais en larmes.

– C'était parce que j'avais trop bu. Je ne tiens pas l'alcool.

Elle se mit à rire, mais je savais que c'était nerveux. Je me sentais mal au sujet de la rupture, non pas que ce ne fût pas une bonne chose pour nous – ça l'était – mais parce que cela la rendait si malheureuse.

Je me garai devant son immeuble et mis le moteur au point mort.

– Amanda, arrête. On en a déjà parlé. Ça ne peut pas marcher entre nous. Je trouve que tu es une fille super, et tu le sais…

Elle m'interrompit :

– Arrête de me diminuer avec tes compliments à la noix, marmonna-t-elle. Cela ne rend pas les choses moins douloureuses.

Je baissai la tête.

– Si le fait de travailler pour mon père te rend la séparation trop difficile, je peux me renseigner pour le faire transférer…

– Je peux faire mon boulot, répondit-elle sur un ton tranchant. Je n'ai pas besoin que tu remettes en question mes capacités à cause de mes sentiments pour toi. En plus, je plaisantais en parlant des ex qui restent amis. Je suis sûre que tu vas vite te trouver quelqu'un d'autre, de toute façon, et ce sera comme si je n'avais jamais existé.

– Je ne vois personne.

Si seulement elle savait à quel point elle se trompait ! Sortir avec une fille était la dernière de mes préoccupations. Je me disais que si une fille comme Amanda, qui était quelqu'un de bien et qui avait bon cœur, n'avait pas réussi à faire de moi un père de famille, peut-être que je n'étais pas fait pour ça.

Il y avait juste une partie de moi, inconnue, qui ne me voyait pas tomber amoureux d'elle et élever des enfants avec elle, et je n'allais pas être l'enfoiré qui la mènerait en bateau. Je serais l'enfoiré qui lui briserait le cœur.

On pouvait parler d'une situation de perdant-perdant.

– Est-ce qu'à un moment au moins, tu m'as aimée ?

Putain, ça craignait, cette question. Elle connaissait la réponse. Je me demandais pourquoi elle se faisait du mal.

Je la regardai et vis que ses yeux s'emplissaient de larmes.

– Je suis désolé, Amanda.

– Peut-être que tu es comme ton père, après tout.

Ma peau se hérissa quand elle dit ça.

– Peut-être que ton cerveau est si bousillé que tu es incapable d'aimer quelqu'un ni de laisser quelqu'un t'aimer.

Je serrai les mâchoires en essayant d'effacer ce qu'elle avait dit.

Peut-être que tu es comme ton père.

C'était un coup bas et Amanda le savait. S'il y avait une chose au monde que je ne voulais surtout pas, c'était être comme mon père.

– Bonsoir, Amanda.

– Sérieux ? C'est tout ? Tu ne vas pas essayer de te justifier ?

Bien sûr que non. Elle me tendait un piège dans lequel je n'avais pas l'intention de me fourvoyer. Elle voulait à toute force me faire réagir, mais je n'avais aucun argument à lui opposer. J'allais garder ma contrariété pour moi, parce qu'en vérité, je n'étais pas du tout comme mon père. Je ne laissais jamais ma colère prendre le dessus.

Elle descendit du camion sans un mot et rentra précipitamment dans son immeuble.

Je poussai un soupir en réglant la radio de nouveau sur la station de rock.

En me garant devant la propriété familiale – plus de quarante hectares de terres qui avaient été plus ou moins laissés à l'abandon depuis des années –, je poussai un soupir de soulagement. J'aurais pu travailler pour l'aménager, mais chaque fois que je l'avais proposé, mon père avait fait en sorte de me dire de ne toucher à rien jusqu'à ce qu'il soit mort et enterré. Il disait qu'une fois qu'il serait mort, tout serait à moi, et je savais déjà ce que je voulais en faire. Maman avait des rêves à l'époque, sur ce à quoi elle voulait que ça ressemble. Je ferais tout mon possible pour les réaliser.

Je ne croyais pas aux anges, mais cela ne voulait pas dire qu'il était impossible qu'ils existent. Si c'était le cas, j'étais sûre que ma mère en était un, et si elle me regardait, j'espérais que si je réalisais ses rêves, ça la rendrait fière de moi.

Comme toutes les semaines, j'appelai mon frère dans la soirée pour le tenir au courant de l'état de santé de papa.

Derek vivait à Chicago et, depuis quatorze ans, il disait qu'il allait venir nous rendre visite. Mais en fait, c'était toujours moi qui montais dans le Nord, une fois pas an, pour le voir.

Lorsque je lui parlai ce soir-là, je sentis bien que la détérioration de la santé de notre père ne l'attristait pas vraiment.

– Eh bien, il est peut-être temps pour toi de lâcher l'affaire. Franchement, Jax, il ne mérite pas tout ce que tu fais pour lui. Tu n'es pas obligé de continuer à t'occuper d'un mec qui ne s'est jamais occupé de toi correctement.

Je m'assis dans le fauteuil relax préféré de papa et soupirai.

– C'est facile à dire.

– Je suis sérieux, Jax. Tu en as déjà assez fait.

Je ne répondis pas parce que depuis l'accident avec maman, toutes ces années auparavant, j'avais le sentiment que je n'en ferais jamais assez pour compenser ce qui avait été détruit.

– J'ai beaucoup de karma à rattraper, Der. Le moins que je puisse faire, c'est de m'occuper de lui à la fin de sa vie.

Il soupira dans le téléphone.

Je l'imaginai passant sa main dans ses cheveux ondulés qui ressemblaient tellement aux miens.

– Si tu parles de l'accident…

– Non, non, rien à voir.

Bien sûr, c'était un mensonge.

Tout dans ma vie était une conséquence de l'accident qui avait eu lieu des années plus tôt. Tous les choix que j'avais faits de repousser les autres résultaient des erreurs que j'avais commises par le passé.

– Jax.

Je perçus la tristesse de Derek pour moi.

– Ce qui est arrivé n'était pas de ta faute. Tu ne peux pas garder ça sur ton âme pour la vie. Crois-moi quand je te dis ça… ce n'était pas de ta faute, putain.

Il me disait ça chaque fois que nous en parlions.

Je ne le croyais jamais.

Après avoir raccroché, j'allai me coucher et me laissai bercer par l'obscurité de la nuit encore une fois.

6
Kennedy

« Si vous offrez un muffin à Kennedy, vous pourrez probablement fouiner pour apprendre des choses. »

Cela semblait être le mot d'ordre qui circulait parmi les habitants d'Havenbarrow.

Dès mon réveil, j'avais vu encore d'autres voisines bien intentionnées se présenter avec des cadeaux pour m'accueillir dans la ville. Le nombre de fois où on m'avait tendu des petits plats tout en essayant de jeter un coup d'œil chez moi était vertigineux. Ce qui était encore plus préoccupant, c'était de voir qu'il suffisait que je dise une chose à une visiteuse pour qu'en arrivant, la suivante sache déjà tout de ma vie.

Je réalisais que les nouvelles se répandaient dans Havenbarrow comme une traînée de poudre, et au fur et à mesure, elles devenaient un peu plus mauvaises qu'au départ. C'était comme le jeu du téléphone à l'école élémentaire. Aux dernières nouvelles, j'étais une célibataire sans emploi qui squattait chez sa sœur à son insu.

Je ne m'étais jamais vraiment considérée comme citadine jusqu'à aujourd'hui. Là d'où je venais, tout le monde se fichait de savoir qui vous étiez, et le seul cadeau qu'on vous offrait, c'était un coup de klaxon si vous vous attardiez deux secondes de trop quand le feu passait au vert.

Le seul point en faveur de cette petite ville, mis à part mes voisins pas trop curieux les Jefferson ?

Mon autre adorable voisine, Joy Jones.

Joy était un personnage intéressant à observer. Ce matin-là, lorsque le soleil s'était levé, elle était sortie sur son porche et s'était assise dans son rocking-chair avec un sourire sur les lèvres et une grande tasse de café à la main. Certains de mes visiteurs fouineurs m'avaient informée que c'était son rituel du matin.

Ses cheveux argentés étaient relevés en un chignon informe retenu par deux aiguilles à tricoter et ses lunettes à monture épaisse d'un orange criard étaient posées sur le sommet de son crâne. Elle portait un ruban de couleur vive dans les cheveux, assorti à sa robe du jour, et elle saluait tous les gens qui passaient devant chez elle, qu'ils lui répondent ou non.

Quand personne ne passait, elle se parlait à elle-même – ou plus exactement, à son mari, qui n'était plus de ce monde. Aussi, elle griffonnait sur du papier, écrivant des lettres comme si sa vie dépendait de l'encre qui coulait sur les pages.

C'était un spectacle poignant, et je n'aimais pas la façon dont les habitants l'ignoraient lorsqu'elle s'extrayait de ses illusions. Lorsqu'elle saluait les passants, elle le faisait très gentiment, mais ce sentiment n'était pas partagé. C'était comme s'ils avaient peur de lui faire un salut de la main, de lui dire bonjour, bonsoir ou bonne nuit au cours de leur promenade autour du pâté de maisons.

Ce qui me déplaisait encore plus, c'était qu'ils avaient vite tendance à la ridiculiser. Si elle leur parlait, ils se moquaient d'elle, l'appelant Joy la Folle, la femme qui ne quittait jamais son perron. On disait qu'elle n'avait pas mis les pieds au-delà du périmètre de sa maison depuis la mort de son mari. Parfois, des ados se moquaient d'elle et lui faisaient des gestes obscènes en riant entre eux.

– Salut, Joy la Folle ! Vous avez fait cuire quelqu'un dans votre maison récemment ?

Ils la harcelaient avant que je les réprimande et les fasse déguerpir.

– Bonne journée, mes petits, disait Joy en les saluant de la main, sans s'offusquer le moins du monde.

Et malgré tout, Joy continuait à saluer tous ceux qui passaient, sans jamais se départir de son sourire. C'était comme si les jugements et la cruauté des autres ne l'atteignaient pas, comme si leurs opinions n'entamaient pas sa joie.

Elle méritait vraiment bien son nom. J'aurais aimé pouvoir être comme elle – ne pas être affectée par le monde qui m'entourait –, mais mes sentiments étaient beaucoup plus portés par le vent, ils fluctuaient suivant les directions où il soufflait. C'était un de mes défauts, que mon mari n'avait jamais manqué de me reprocher.

« *Ressaisis-toi, Kennedy. Tu ne peux pas réagir et prendre tout ce que je dis comme une attaque personnelle*, me disait-il toujours. *Tes émotions vont gâcher tout ce que nous avons de bien.* »

Je faisais tout ce que je pouvais pour effacer ses paroles de mon esprit, mais c'était plus facile à dire qu'à faire. Quand une personne vous rabaisse en permanence, votre esprit reste bloqué sur vos imperfections.

– Je suis désolée qu'ils soient si méchants avec vous, dis-je à Joy.

Elle me regarda avec un grand sourire et secoua la tête.

– Qui a été méchant, mon petit ?

Je lui souris.

Peu importe.

Je repris ma lecture sur mon propre porche en me laissant réchauffer de la tête aux pieds par les rayons du soleil. C'était étrange de penser que Joy n'était pas sortie de chez elle depuis des années. Cela pouvait paraître dingue aux yeux des autres, mais je la comprenais. Je n'avais pas touché un volant depuis plus d'un an pour des raisons qui m'étaient personnelles, Joy avait les siennes pour ne pas s'aventurer à l'extérieur.

Je ne disais pas que c'était raisonnable, mais je la comprenais. Parfois, même si elles s'efforcent de les combattre, certaines personnes se sentent tellement assaillies par leurs peurs qu'elles essaient par tous les moyens de les empêcher de devenir réalité. J'ignorais de quelle nature étaient les peurs de Joy ou ce qui l'empêchait de sortir de chez elle, tout ce que je savais, c'est que je comprenais.

La vie est dure. Nous devons faire de notre mieux pour nous sentir à l'aise, physiquement et moralement. Pour moi, cela impliquait de ne pas conduire. Pour Joy, de ne pas sortir de chez elle.

Toutefois, je me demandais comment elle faisait. Comment elle continuait à vivre sans mettre un pied dehors. Elle ne semblait pas avoir d'enfants ni même d'auxiliaire de vie qui vienne l'aider, d'après ce que je voyais.

Plus tard dans la matinée, j'eus la réponse à mes questions lorsqu'un pick-up bleu s'arrêta devant chez elle. Inutile de dire que je restai bouche bée en voyant M. Personnalité lui-même sortir du véhicule. Il monta directement sur le porche de Joy, les bras chargés de sacs d'épicerie.

Il salua Joy qui se leva de son rocking-chair alors qu'il déposait les sacs sur le sol. Puis il la serra dans ses bras.

Il la serra dans ses bras !

Je n'aurais jamais cru qu'un homme aussi hargneux que M. Personnalité soit capable de serrer quelqu'un dans ses bras. Ils pénétrèrent ensemble dans la maison pour aller ranger les courses, me laissant complètement ahurie et incapable de me remettre à ma lecture. Il en fallait beaucoup pour me distraire d'un livre, et quand je dis « beaucoup », ça veut dire *beaucoup, beaucoup.* Il aurait pu y avoir le feu chez moi, ou des extraterrestres auraient pu m'enlever sur un rayon lumineux que je serais encore à essayer de finir ma page. Lorsque mon histoire d'amour s'était terminée, je m'étais tournée vers la fiction pour guérir les blessures de mon cœur brisé. Depuis que mon univers s'était écroulé, les romans perpétuaient l'idée qu'on peut croire à l'amour éternel. Ces livres venaient à mon aide les jours où je sentais que mon âme était aux prises avec la plus terrible des tempêtes.

Mais, contre toute attente, M. Personnalité m'arracha aux pages de mon roman. Il piqua ma curiosité en entrant chez Joy. En le voyant bavarder avec elle, les rouages de mon cerveau se mirent en mode grande vitesse. Quelques minutes plus tard, lorsqu'ils ressortirent chacun avec un verre à la main – du vin pour l'une et un liquide ambré que je présumai être du whisky pour l'autre –, je ne pus m'empêcher de les observer. Joy continuait de parler et M. Personnalité de lui répondre. Même sans entendre ce qu'ils se disaient, je voyais bien que Joy avait l'air positivement sous le charme en l'écoutant, ce qui provoqua un ou deux arrêts des battements de mon propre cœur.

Mais enfin, c'était quoi, ça ?

Je me pâmais devant le connard patenté de la ville.

Je détournai les yeux avant qu'il ne s'aperçoive que je le dévisageais comme s'il venait de sauver un chaton coincé dans un arbre.

Je repris le cours de ma lecture, mais les battements de mon cœur ne ralentirent pas, et au fond de moi j'aurais aimé être une mouche posée sur la rambarde du porche de Joy pour savoir ce que ces deux-là pouvaient bien se dire.

Lorsque j'entendis un rire masculin, je tournai la tête suffisamment rapidement pour le voir rejeter la tête en arrière en rigolant.

Waouh !

Il était capable d'être amusé.

Qui aurait pu penser ça ?

Ils continuèrent à bavarder encore un petit moment, puis quand vint le moment pour M. Personnalité de s'en aller, il se leva et donna une nouvelle accolade à Joy.

– À demain pour le petit déjeuner, lui dit-il. Je vous ferai des pancakes.

– D'accord, mon petit. N'oublie pas de me passer un coup de fil pour me dire que tu es bien rentré.

– Je suis juste au bout de la rue, Joy. Il ne peut rien m'arriver.

– Appelle-moi dès que tu seras rentré, dit-elle encore une fois, plus sévèrement cette fois.

Il eut un semblant de sourire en se penchant vers elle pour l'embrasser sur le front.

– D'accord, Joy.

Mon cœur ?

Il s'affolait, bon sang.

Joy rentra chez elle et M. Personnalité retourna à son camion. Je le suivis du regard tout le long du chemin. Il ne me regarda pas une seule fois, mais il ouvrit la bouche.

– Si ça vous intéresse tellement, vous pourriez aussi bien apporter une chaise sur son porche, ça vous évitera d'écouter aux portes la prochaine fois, dit-il, toujours sans me regarder. Ça ne devrait pas m'étonner, d'ailleurs, à en juger par votre habitude de vous introduire sans autorisation, d'abord sur mon terrain, ensuite dans mes conversations.

Je me redressai sur mon siège.

– Ce n'était pas une intrusion.

Il ouvrit la portière de son camion.

– Ouvrez un moteur de recherche sur internet, regardez le mot intrusion, prenez conscience que vous étiez en faute – et ensuite assumez pendant le restant de votre vie.

Sur ce, il claqua sa portière, tourna la clé de contact et s'écarta du trottoir sans un mot de plus.

Et mon petit cœur affolé ?

Ses battements ralentirent tandis qu'il lui faisait un doigt d'honneur.

Donc le connard restait bien un connard, même s'il buvait des coups avec la gentille Joy.

Ce soir-là, je suis effectivement allée regarder le mot « intrusion » sur Google.

Intrusion

Nom féminin

1. Fait de s'introduire de façon inopportune dans un lieu, un groupe, sans y être invité.

2. Fait d'intervenir dans un domaine où il ne conviendrait pas de le faire.

D'accord, d'accord. Je m'étais introduite dans sa propriété sans y être invitée, mais je n'étais pas intervenue dans sa conversation. J'avais écouté. C'est totalement différent. Là, je marquais un point, à mon avis.

7
Jax

Joy Jones était sans conteste ma personne préférée à Havenbarrow, mais la plupart des gens de la ville gardaient leurs distances avec elle. À l'exception d'Eddie, de sa famille et de moi-même. Elle allait vers ses quatre-vingt-dix ans et la plupart du temps son esprit vivait dans une époque où le monde était bien différent. Depuis la mort de son mari, il y avait plus de vingt ans, Joy vivait comme une recluse.

La plupart des gens la traitaient de folle, moi je la trouvais géniale. Peu d'interactions avec les autres êtres humains ? C'était mon truc, à moi aussi.

Lorsque j'étais plus jeune, j'avais fait une fugue après que mon père en état d'ivresse m'avait menacé de me battre jusqu'à ce que je ne me réveille plus jamais, et j'avais fini par me cacher dans le jardin derrière la maison de Madame Jones pendant plusieurs jours. Lorsqu'elle m'avait découvert, elle ne m'avait pas fait la morale ni dit de rentrer chez moi et d'aller me faire voir. Au contraire, elle m'avait fait des cookies. Elle m'avait donné à manger. Elle m'avait posé des questions sur moi.

Cela faisait plus de quinze ans, maintenant, et depuis ce temps-là, j'allais chez elle prendre le café le matin et dîner pratiquement tous les soirs. Pour le reste du monde, elle était Joy la Folle, mais pour moi, elle était mon amie, une des rares.

– Qu'est-ce que tu penses de ma nouvelle voisine ? me demanda-t-elle un soir, alors que j'arrivais pour notre dîner rituel. Eddie et Marie sont venus déjeuner et ils ne tarissaient pas d'éloges à son sujet.

– Je n'en pense rien du tout, dis-je pendant que nous nous asseyions à table.

Il y avait devant nous de quoi ravitailler une chorale de gospel au grand complet.

Joy avait tendance à toujours cuisiner en trop grande quantité, mais je savais qu'elle le faisait intentionnellement pour me donner les restes. Je suis sûr qu'elle était convaincue que je n'étais pas fichu de faire cuire une pizza surgelée sans la faire brûler.

Je ne refusais jamais les restes qu'elle me donnait lorsque je repartais. Pour être honnête, j'avais fait brûler suffisamment de pizzas surgelées pour que les inquiétudes de Joy soient fondées.

– Je la trouve très gentille. Et belle en plus, commenta Joy en se servant avant de me passer le saladier.

– Ah bon ? dis-je, l'air détaché.

En réalité, il aurait fallu être complètement abruti pour ne pas avoir remarqué à quel point la jeune femme qui venait d'emménager dans la maison d'à côté était jolie.

Jolie, c'était un euphémisme. Elle était magnifique. Ses courtes boucles dorées rebondissaient chaque fois qu'elle souriait, et quand elle souriait, bon Dieu…

Ce sourire donnait même à un cœur froid comme le mien l'envie d'un peu de chaleur. Elle avait des jambes qui n'en finissaient pas, des vêtements colorés et des shorts très courts qui mettaient ses courbes en valeur. Et puis ces yeux…

Ces foutus yeux. Pourquoi me semblaient-ils si familiers, comme s'ils étaient la clé d'un souvenir que je ne parvenais pas à percer ? Ces yeux souriaient encore plus que ses lèvres. Lorsqu'elle était triste ou effrayée, ses yeux se fronçaient plus que ses lèvres, aussi. C'était comme si ses prunelles étaient le chemin qui menait à son histoire, mais je n'avais pas été capable d'y plonger suffisamment profondément pour saisir leur langage, je n'en avais pas déchiffré le code. Je ne savais pas quelle histoire ce regard racontait. Je ne comprenais pas les mots qui flottaient dans ses yeux.

Putain, je n'avais même pas essayé de les comprendre.

Je n'avais pas envie d'essayer.

– Elle m'a l'air d'être une fille bien, poursuivit Joy. Une bonne personne. Tu sais que, chaque matin, elle me salue avec un grand sourire et me demande si je n'ai besoin de rien ? Elle est adorable. Le monde aurait bien besoin de plus de gentilles filles comme elle.

Pourquoi ? Pour pouvoir les détruire ?

S'il y avait une chose que je savais au sujet des gens gentils, c'était que le reste du monde ne pouvait s'empêcher de leur faire du mal. C'était comme si la gentillesse était une maladie et que tout le monde était déterminé à rouer de coups quiconque en montrait les symptômes. Au cours des vingt-huit dernières années, la moindre étincelle positive que je possédais avait été détruite sous les coups, et si j'avais appris une chose, c'était qu'il n'y avait pas de place en ce monde pour les gentils. Ce monde avait été conçu pour les détruire, au contraire.

Je gardai le silence pendant que Joy poursuivait au sujet de sa voisine.

– Tu devrais lui parler plus souvent, faire sa connaissance.

Je ricanai.

– Me faire des amis, c'est pas trop mon truc, Joy.

Elle le savait. Ce n'était pas un secret. La preuve en était que mon meilleur pote était mon putain de psy et que ma meilleure copine avait pas loin de quatre-vingt-dix ans.

– Et puis, je t'ai, toi.

J'avais toujours pensé que si vous avez un véritable ami, vous avez beaucoup de chance, plus que la plupart des gens. Et moi ? J'en avais plusieurs, si je comptais Connor. Si l'on en croyait les statistiques, c'était probablement déjà un de trop.

– Oui, ben, un jour je ne serai plus là, et il t'en faudra un autre. Tu ferais bien de commencer à tâter le terrain. Je ne vais pas en rajeunissant, mon petit. Et puis, je crois que cela ne lui ferait pas de mal d'avoir un ami, à elle aussi. Elle a perdu quelqu'un, tout comme nous deux.

Je haussai les sourcils.

– C'est elle qui vous l'a dit ?

Joy secoua la tête.

– Le deuil est une chose qui n'a pas besoin d'être dite. Cela se voit dans les yeux d'une personne. Les gens qui ont perdu un être cher ont une façon légèrement différente de se mouvoir. Son deuil est récent, la douleur est encore fraîche, c'est comme si elle ne savait pas comment évoluer chaque jour. C'est une chose que je peux comprendre. Je crois que toi aussi tu peux comprendre, alors ce serait peut-être une idée de faire sa connaissance. Penses-y.

Je plissai les yeux.

– Vous ne seriez pas en train de jouer les entremetteuses parce que j'ai rompu avec Amanda, si ?

– Non, non, pas cette fois. Je ne te cherche pas une femme, juste une amie. Contrairement à ce que tu crois, tout le monde a besoin d'amis, Jaxson, même la brebis galeuse dans une petite ville comme Havenbarrow.

– Je m'en souviendrai.

– Et d'ailleurs, je suis contente que tu aies rompu avec cette Amanda. Elle était trop sur ton dos, dit-elle avec un geste dédaigneux. À toujours vouloir que tu sois quelqu'un d'autre, à essayer de te changer pour que tu te conformes à ce qu'elle voulait, elle, que tu sois – ça ne me plaisait pas. En plus, elle n'aimait pas mon gâteau au citron.

Je me mis à rire.

– Et c'est d'ailleurs pour ça que j'ai rompu avec elle.

Elle tendit le bras sur la table et me tapota la main.

– Tu es un bon garçon, Jax. Pour en revenir à ma voisine, dit-elle en ramenant la conversation sur le sujet qui lui semblait important, tu sais ce qui me plaît le plus chez elle, jusqu'ici ?

– Non, c'est quoi ?

– La voiture extraordinaire garée dans son allée. Elle n'est vraiment pas banale et tellement rigolote ! Oh, Jax il faut que tu passes la voir en partant. Elle est vraiment trop bien.

Heureusement pour moi, Joy laissa tomber le sujet de ma vie amoureuse et amicale pour regarder le dernier épisode de *The Bachelor.* Comme d'habitude, je regardai cette émission idiote avec elle. Comme toujours, j'appelai celle qui n'avait pas la rose à la fin de l'épisode et comme toujours, Joy fit semblant d'être surprise en voyant qui était éliminé. Pendant l'émission, on entendit plusieurs roulements de tonnerre et je sus qu'on pouvait s'attendre à des trombes d'eau.

Avant que le célibataire n'ait distribué la dernière rose, c'était le déluge et une pluie battante tambourinait sur le toit de la maison.

– Les arbres vont être contents, commenta Joy qui voyait toujours le côté positif dans chaque situation.

En partant de chez elle, je sautai prestement dans mon camion, et je ne pus m'en empêcher, je passai devant l'allée de la nouvelle voisine pour regarder la voiture qui y était garée. Ma poitrine se serra lorsque ce véhicule unique en son genre fit un déclic dans ma tête, et je restai bouche bée.

– C'est pas vrai, marmonnai-je en regardant la voiture qui m'était plus que familière.

Ce n'était pas possible.

Comment…

Putain.

En mettant mon camion au point mort, je descendis et me précipitai vers le véhicule, pénétrant dans sa propriété sans autorisation, ce qui n'était pas malin, mais je ne pouvais pas faire autrement. Je fis le tour de la voiture en regardant tous les dessins et je m'arrêtai derrière, près du coffre. Juste au-dessus du pneu, il était là – un cœur avec les initiales JK+KL à l'intérieur. Les mots « amis pour la vie » étaient inscrits au-dessous.

– J'y crois pas, dis-je, le souffle court.

Je reculai en trébuchant. Estomaqué, je passai la main dans mes cheveux dégoulinants de pluie. J'aurais dû savoir. J'aurais dû faire le rapprochement immédiatement, mais cela faisait quinze ans que je ne l'avais pas vue, la petite fille qui était à l'évidence devenue une femme.

Kennedy Lost.

Kennedy Lost était nouvellement arrivée dans le quartier et elle habitait juste entre les Jefferson et Joy. Mais comment ? Comment était-ce possible ? C'était incroyable. Absolument incroyable, putain ! Qu'est-ce qui l'avait amenée ici ? Comment avait-elle pu échouer dans ma ville natale ? Qu'est-ce que cela voulait dire ? Qu'est-ce que j'étais censé faire de cette nouvelle, putain ? Est-ce que j'avais fait quelque chose ?

Non.

Bien sûr que non.

C'était il y a très longtemps. Nous étions juste deux gamins idiots. Elle était juste une partie de mon passé – ni plus, ni moins.

Mais quand même…

Je me dis que quelque part, au fond de moi, j'avais su que c'était elle au moment où nos regards s'étaient croisés dans les bois. J'avais ressenti un pincement dans mon cœur gelé à l'instant où elle avait regardé dans ma direction, mais j'avais tout fait pour l'ignorer parce que je ne voulais pas que ce soit elle. Pas après toutes ces années passées. Pas après les changements qui s'étaient produits dans ma vie. Pas avec l'homme que j'étais devenu au fil du temps parce que je n'étais plus le garçon qu'elle avait connu.

Je n'avais que faire de visiteurs revenus de mon passé pour hanter mon présent. Je me débrouillais bien assez tout seul pour me hanter moi-même quotidiennement avec mes regrets. Je n'avais pas besoin de plus de fantômes…

Mais quand même…

Kennedy Lost.

Non seulement elle était cette belle jeune femme avec, aux bons endroits, des formes qui n'existaient pas lorsque nous étions enfants mais ses cheveux étaient plus longs et ses bouclettes aux reflets ensoleillés lui tombaient devant le visage. Sa peau rayonnait comme si elle captait le soleil, et ses yeux…

Putain, Kennedy, et ses yeux.

Va-t'en, me dis-je.

Il fallait que je m'éloigne de sa maison et que je ne la laisse pas envahir mon esprit. Il fallait que j'arrête de penser à elle. Je ne pouvais pas m'engager sur ce terrain.

Après que cette vieille voiture jaune m'avait prouvé qui elle était, mon cœur endurci tenta de faire la chose la plus stupide qui soit, il essaya de battre, mais ce cristal dur et froid logé dans ma poitrine en fut incapable. Il ne savait pas comment faire.

Je remontai dans mon camion et démarrai. Il fallait que je décampe. En arrivant chez moi, je n'allai pas directement me coucher. À la place, je partis sous la pluie à travers les bois plongés dans l'obscurité. Je connaissais par cœur le chemin qui menait au champ de fleurs. Des centaines de fleurs que j'avais laissées pousser au fil des années et qui étaient en pleine floraison. Les pâquerettes prédominaient.

J'allai droit au banc qui se trouvait au milieu du champ et je m'assis sous la pluie qui m'inondait le visage. Les fleurs s'abreuvaient des gouttes d'eau et, les yeux fermés, je levai la tête vers le ciel. J'étais trempé, mais je m'en fichais. En vérité, je m'étais toujours senti revigoré lorsque j'avais la possibilité de rester dehors pendant un orage.

C'était comme si la pluie me régénérait moi aussi, tout comme les fleurs.

J'inspirai profondément plusieurs fois en silence, pour permettre à mon esprit de se calmer, comme toujours. J'étais seul dans ces bois désertés, comme toujours. Puis je rentrai me coucher, comme toujours.

Avec une différence, cette fois. En dépit de mes efforts pour l'en empêcher, Kennedy continuait à occuper mon esprit. En un instant, j'avais cessé d'être l'homme que j'étais devenu. J'étais redevenu le petit garçon effrayé qui voulait tant qu'une amie fasse disparaître les jours horribles.

8
Jax
Onze ans
Première colonie de vacances

Je parlais souvent tout seul.

Pas genre à voix haute, non, je chuchotais seulement de temps en temps. Mon père disait qu'il détestait quand je faisais ça, mais je chuchotais pour moi et pas pour les autres. Parfois, j'aurais aimé avoir un ami qui chuchote lui aussi, comme ça, on aurait pu chuchoter ensemble, mais pour le moment la seule personne à qui je pouvais parler en murmurant, c'était moi-même.

Pour le moment, mes chuchotements concernaient Kennedy Lost.

– Elle est quand même bizarre, cette fille.

Kennedy était assise sur un monticule de terre et fabriquait ce qui ressemblait à un château alors que tous les autres étaient à l'intérieur, occupés à des activités de loisirs créatifs. Assise sous une pluie battante qui donnait à sa chevelure l'aspect d'une serpillière mouillée, elle chantait une espèce de chanson tout en secouant la tête d'avant en arrière.

Cette fille chantait tout le temps. Elle chantait probablement encore plus qu'elle ne parlait, et pour parler, elle parlait – beaucoup. Et elle ne se contentait pas de chuchoter, elle parlait plus fort que n'importe qui, et sans interruption. On aurait dit qu'elle prononçait une phrase sans fin.

Elle parlait fort, mais facilement, à quiconque lui accordait une minute d'attention. Elle faisait penser au lapin Duracell, elle parlait, parlait, encore et encore, et ses piles ne se déchargeaient jamais. J'aurais parié qu'elle parlait même en dormant.

Elle était tellement étrange. Je n'avais jamais rencontré quelqu'un d'aussi étrange avant Kennedy Lost au camp d'été cette année-là. Elle n'arrêtait pas de faire des bêtises, comme sortir du camp pour se balader et faire ses trucs à elle, même si elle savait qu'elle allait se faire houspiller.

J'étais certain que, dès que Mademoiselle Jessie verrait Kennedy, elle allait se mettre très en colère.

Mais Kennedy s'en ficherait. Ses bouclettes pas coiffées, emmêlées, avaient la même couleur dorée que ses yeux malicieux. Je n'avais jamais vu personne avec des yeux dorés avant Kennedy. Les siens avaient des petits éclats bruns, en plus. Je ne regardais pas ses yeux de trop près non plus, parce que chaque fois que je regardais Kennedy trop longtemps, elle me rendait mon regard en souriant d'une façon qui me retournait l'estomac. Elle me rendait malade, mais d'une façon qui n'était pas si désagréable que ça… Avant de faire la connaissance de Kennedy, je ne savais pas qu'avoir mal à l'estomac pouvait être agréable.

Kennedy se mit debout et tendit les bras, mains écartées, tout en levant les yeux vers les nuages. Elle ne savait pas que les éclairs pouvaient la frapper et la tuer ? Une fois, avec maman, j'avais regardé un documentaire qui parlait du nombre de gens qui étaient tués par la foudre. Bien sûr, il n'y en avait pas tant que ça, mais assez pour me dissuader de rester sous la pluie pendant un orage. En plus, elle était bizarrement proche d'un arbre, un arbre qu'elle avait sûrement serré dans ses bras un peu plus tôt dans la journée.

Kennedy Lost, l'excentrique de la colonie qui embrassait les arbres et construisait des châteaux de boue.

– Mais ce n'est pas Kennedy, là dehors ? s'écria Mademoiselle Jessie en voyant par la fenêtre la fille qui dansait comme une plante sauvage sous la pluie, à côté de son château tout mal fichu.

Où les plantes sauvages poussent-elles, vous demandez-vous. Partout où se trouve Kennedy Post.

Mademoiselle Jessie sortit et se précipita vers l'excentrique, et nous allâmes nous masser contre la fenêtre pour voir Kennedy se faire disputer et traîner de force jusqu'à son chalet pour aller se nettoyer.

– Quelle tarée ! marmonna quelqu'un.

Beaucoup de gens l'affublaient de noms méchants, et je savais que Kennedy les entendait parfois, mais cela ne semblait pas l'affecter.

J'aurais aimé être comme ça. J'aurais aimé me moquer de ce que les gens pensaient de moi, surtout mon père. Mais je ne sais pas pourquoi, son opinion m'importait plus que celle de n'importe qui d'autre dans le monde.

Tout le long du chemin jusqu'à son chalet avec Mademoiselle Jessie, Kennedy n'arrêta pas de danser.

En général, je détestais la colonie de vacances. Je détestais les sports, les jeux et les activités collectives. Je détestais être loin de chez moi – enfin, plus ou moins. Maman me manquait parce que j'imaginais que je lui manquais aussi. Papa ne me manquait pas parce que j'avais l'impression que je n'étais jamais assez bien pour lui, malgré tous mes efforts. Mon père aimait Derek, mon frère aîné, beaucoup plus que moi. Derek n'était même pas son fils biologique, mais pourtant, c'était lui qu'il préférait. Ils partageaient les mêmes centres d'intérêt, le foot, la chasse et les films d'action. Je n'étais pas le fils rêvé, contrairement à Derek, et mon père ne manquait pas de me le faire sentir.

Il m'envoyait en colonie dans l'espoir que je m'améliorerais dans certains domaines et que je m'endurcirais. Maman m'envoyait en colo dans l'espoir que je me fasse des amis.

Je n'étais ni doué pour m'endurcir ni pour me faire des amis, même si c'était ce que j'avais toujours voulu.

Les autres disaient que j'étais bizarre – un peu comme je disais que Kennedy était bizarre, j'imagine – mais moi, je ne dansais pas sous la pluie et je ne construisais pas des châteaux en terre. En fait, j'étais totalement l'opposé de Kennedy Lost. Elle était extravertie, et moi j'étais réservé. Elle portait des vêtements voyants de toutes les couleurs de l'arc-en-ciel, alors que mes vêtements étaient noirs, blancs ou gris. Elle jacassait tout le temps en inventant des histoires de toutes pièces alors que j'étais muet. Elle lâchait même ses cheveux frisés dont elle teignait les pointes en violet, alors que les miens étaient bruns, bien coiffés, avec la raie sur le côté.

C'était curieux de voir à quel point deux personnes bizarres pouvaient être si diamétralement opposées.

***

– Lâchez-moi !

Je hurlai alors que mes camarades de chambrée me sortaient de force du chalet au milieu de la nuit.

James, Ryan et le chef de leur bande, ce maudit Lars Parker, ne voulaient pas me lâcher. Lars et moi habitions dans la même ville, et pendant toute l'année il m'avait harcelé à l'école. Il n'y avait aucune raison qu'il arrête pendant les vacances.

Il pleuvait à verse, et les trois garçons m'en voulaient parce que je les avais fait perdre au flag football ce jour-là. Je ne voulais même pas jouer, et mon équipe ne voulait pas de moi non plus, mais à la colo il y avait une règle idiote qui voulait que personne ne soit laissé sur la touche, ce qui faisait de moi une victime toute désignée pour les harceleurs.

Mon père les aurait aimés parce qu'ils étaient doués pour ces trucs de mecs.

– La ferme, espèce de pleurnichard ! beugla Lars en m'attrapant par les poignets pendant que Ryan et James me prenaient chacun par une cheville.

D'abord, je ne voulais même pas jouer au flag football. D'abord, je ne voulais même pas aller en colonie de vacances !

Je détestais ça ! Je détestais tellement ça que j'aurais pu pleurer.

– Lâchez-moi, lâchez-moi, lâchez-moi !

– Oh, t'inquiète, on va te lâcher, mais pas avant de t'avoir jeté dans la poubelle comme le déchet que tu es, dit Lars.

Il n'y avait pas de doute, c'était bien lui le chef de cette bande d'abrutis. Ryan et James lui obéissaient au doigt et à l'œil. Je me demandais comment certaines personnes réussissaient à avoir un tel pouvoir, comment ils parvenaient à obtenir de n'importe qui qu'ils fassent tout ce qu'il leur disait.

– Vous n'allez jeter personne nulle part, dit une voix.

En regardant par-dessus mon épaule, je vis Kennedy, debout sous la pluie, un arc et une flèche à la main. Elle tenait la flèche pointée directement sur le visage de Lars, et *oh là là,* cette excentrique de Kennedy Lost était une vraie psychopathe, bon sang !

– Si vous lâchez Jax, personne ne sera blessé.

– Oh, regardez, la petite amie tarée de Jax qui vole à son secours ! railla Ryan.

– Oh regardez, Ryan est tellement primaire qu'il n'a rien trouvé de plus original à dire. Vraiment, Ryan, tu devrais travailler tes insultes. Elles manquent de naturel, un peu comme tout ton personnage – je devrais peut-être t'appeler Lars numéro deux ? répliqua Kennedy d'un ton moqueur sans me laisser le temps de dire qu'elle n'était pas ma petite amie.

C'était une autre différence entre elle et moi, elle n'avait pas peur de se défendre.

– Tu veux bien t'en aller, Kennedy ? Ça ne te regarde pas, dit James.

– Désolée, Lars numéro trois, mais je ne peux pas vous laisser faire ça. Vous n'avez qu'à le reposer par terre et personne ne sera blessé.

Elle tira une flèche qui vint se planter juste entre les pieds de James.

– Non mais, t'es folle ou quoi ? aboya-t-il en faisant un bond en l'air et en lâchant mon pied.

Sans répondre, Kennedy se contenta de tendre la main pour sortir une autre flèche de son sac à dos et la tirer juste entre les pieds de Ry… euh… de Lars numéro deux.

Il sauta en l'air et lâcha mon autre pied.

Deux jambes libérées, restaient deux bras.

Lars haussa un sourcil et regarda Kennedy tandis que ses deux acolytes couraient se mettre à l'abri derrière leur chef. Il me plaça devant lui et lui sourit d'un air narquois.

– Tu ne peux pas tirer avec Jax devant moi, Kennedy. Alors tu ferais aussi bien de…

La flèche passa juste à côté de moi et frôla l'oreille de Lars. Putain ! Un peu plus elle lui faisait un piercing dans l'oreille !

J'aurais parié que si elle l'avait vraiment voulu, elle l'aurait effectivement transpercée.

– Je peux faire tout ce que je veux, aboya Kennedy et, curieusement, je commençai à la croire. Maintenant, lâche-le, parce que la prochaine fois, je ne te raterai pas.

Je savais que Lars ne le montrait pas, mais je sentais ses tremblements lorsqu'il desserra son étreinte.

Kennedy essaya d'attraper une nouvelle flèche dans son sac à dos mais s'immobilisa en réalisant qu'il n'y en avait plus. Lars eut un sourire moqueur.

– On dirait que cette cinglée est à court de munitions. C'est le moment où je vais vous donner une raclée à tous les deux.

Je me mis à trembler en courant me placer à côté de Kennedy. Elle se tourna vers moi.

– Tout va bien, Jax. Il suffit d'aboyer.

– Quoi ? demandai-je nerveusement.

– Aboie-leur dessus ! Les gens flippent quand on leur aboie dessus et après ils te laissent tranquille. Regarde.

Elle se retourna vers Lars et ses potes et se mit à aboyer comme un chien.

– Ouaf ! Ouaf ! Ouaf !

Je la regardai, sidéré et un peu effrayé. Elle était plus que bizarre, cette fille ! Mais cela sembla marcher. Les gars se mirent à reculer, alors j'entrepris de faire comme elle.

– Ouaf ! Ouaf !

Je devais être aussi effrayant qu'un caniche comparé au rottweiler de Kennedy, mais je continuai jusqu'à ce que les gars reculent tout à fait.

– *Ouaaaaaaf !*

Lars s'éloigna avec un hochement de tête.

– C'est n'importe quoi, bandes de nuls. Allez venez, les mecs. On retourne au chalet. Jax, si t'es pas trop bête, ne reviens pas si tu ne veux pas te faire défoncer la tête.

Ils s'en allèrent précipitamment tous les trois et je restai là, un peu sonné, tandis que Kennedy remettait son arc dans son sac à dos et entamait une petite danse sous la pluie.

– Tu vois ? Quand quelqu'un t'embête, tu lui aboies dessus. Ça marche à tous les coups.

– À tous les coups ?

– Ouais, bon, genre cinquante pour cent du temps.

– Ce n'est pas tout le temps.

– Ah oui. Ben non, pas tout le temps, alors.

– Mais d'abord, qu'est-ce que tu faisais dehors ? demandai-je, trempé, paumé et confus.

Kennedy me lança un regard et ses lèvres s'incurvèrent en un sourire en coin.

Qui aurait cru que les sourires en coin pouvaient être si… mignons ?

Peu importe. Ce n'est pas que je remarquai que le sourire de Kennedy était mignon. Parce qu'il ne l'était pas. Enfin si, il l'était, mais je ne le remarquais pas parce que je ne remarquais pas ce genre de choses chez Kennedy Lost.

Elle haussa les sourcils.

– Oh ! je tirais à l'arc.

– Sous l'averse ?

Elle hocha la tête.

– Oui. Tu apprends à mieux tirer si tu luttes contre les éléments de la nature. La pluie ajoute un obstacle qui m'oblige à réfléchir autrement et à modifier ma technique.

Elle ressortit son arc et me le tendit.

– Tu veux essayer ?

Je fis non de la tête.

– Non, je veux rentrer me sécher.

– D'accord. Je peux te raccompagner à ton dortoir pour que tu prennes des affaires. Et après, tu pourras dormir avec moi, comme ça les autres ne t'embêteront pas.

– Je n'ai pas besoin d'une fille pour s'occuper de moi, répondis-je d'un ton sec.

Je me sentais honteux.

– Mais si, répliqua-t-elle, pas méchamment mais comme si c'était un fait. Bon allez, viens, je garderai mes flèches pointées sur eux pendant que tu prendras tes affaires.

Je l'aurais bien contredite, mais je n'avais pas trop envie de me disputer avec une fille caractérielle armée d'un arc et de flèches.

Elle m'accompagna à mon chalet et je rassemblai quelques affaires pour la nuit sous la protection de Kennedy qui surveillait les gars.

Ils ne mouftèrent pas.

Lorsque nous arrivâmes à son chalet, les autres filles dormaient déjà, Dieu merci. Il n'aurait plus manqué qu'on s'imagine que j'étais amoureux d'une fille comme Kennedy Lost.

Je me changeai dans les toilettes, et Kennedy se changea après moi – elle mit un pyjama de couleur vive, comme on pouvait s'y attendre. Il n'y avait que Kennedy pour porter des pyjamas vert fluo.

Elle se glissa dans son lit, et je fis de même à contrecœur. La dernière fois que je m'étais trouvé dans un lit avec une fille c'était – bon d'accord – jamais.

Je n'avais jamais été dans un lit avec une fille.

Elle se retourna pour me faire face et me gratifia de ce mignon petit sourire en coin idiot qui me provoquait des trucs bizarres dans l'estomac.

– Pourquoi tu n'as pas dansé sous la pluie tout à l'heure, Jax ?

– Je ne danse pas sous la pluie.

– Alors, quand est-ce que tu danses ?

– Jamais.

Elle fronça les sourcils, et purée, c'était mignon, ça aussi. Elle se retourna et me tourna le dos.

– Tu devrais danser sous la pluie. Cela te rendrait heureux.

– Je suis heureux.

– Tu seras encore plus heureux si tu danses sous la pluie.

Je ne savais pas quoi répondre à cela, alors je ne dis rien.

– Tu n'es pas bavard, hein ?

– Non.

– C'est pas grave. Moi, je suis très bavarde. Je n'arrête pas de parler, je parle, je parle, je parle – elle prit une profonde inspiration – même si cela ne me mène nulle part.

Je n'allais pas la contredire.

Je me retournai dans son lit dans lequel je n'étais pas censé me trouver.

– Il faudra que je sorte d'ici avant que les autres se réveillent. Je ne veux pas qu'on nous voie dans le même lit.

Elle bâilla.

– Ne t'inquiète pas, je me réveille toujours avant tout le monde pour aller parler aux oiseaux qui chantent pour moi le matin.

Je bâillai parce que son bâillement était communicatif, et maintenant nous bâillions ensemble.

– Tu es vraiment bizarre comme fille, Kennedy.

Dans ma tête, je pus imaginer son mignon sourire en coin qui me faisait des trucs dans l'estomac quand elle répondit :

– Merci, Jax.

9
Kennedy
Aujourd'hui

Il pleuvait depuis trois jours d'affilée et j'étais épuisée.

Je détestais les orages. Ils m'empêchaient de dormir et lorsque j'étais seule, je ne parvenais pas à faire taire mon cerveau. Mon angoisse était à son maximum. Penn me manquait. Enfin, moins Penn lui-même que la présence de quelqu'un allongé près de moi dans le lit pendant l'orage. Le réconfort de sentir la chaleur d'un autre être humain près de moi, quand j'étais en plein milieu d'une de mes crises, les faisait toujours paraître moins difficiles.

Maintenant, je devais faire face à mon angoisse toute seule, et il était évident que cela avait des conséquences. Je ne savais pas lequel, de mon corps ou de mon esprit, était le plus épuisé.

Je faisais de mon mieux pour m'occuper. Je faisais des listes de choses que je voulais faire pour être courageuse. Je m'efforçais de méditer. Je pleurais aussi parfois parce que Yoana disait que c'était courageux de pleurer.

Puis j'attendais que l'orage s'éloigne, et heureusement, je savais qu'aussi violents soient-ils, les orages s'éloignent toujours, de toute façon. Après chaque orage, le soleil brillerait de nouveau.

Il fallut attendre plusieurs jours avant que le soleil ne ressorte, et lorsqu'il le fit, l'équipe des paysagistes arriva. Malgré mon extrême fatigue, j'étais d'accord pour aller voir ce qu'ils avaient prévu pour redonner forme au jardin. C'était un espace magnifique, et j'imaginais que Yoana s'était fait sa propre idée et avait donné ses plans pour les aménagements de son jardin. J'étais très impatiente de voir les paysagistes les faire se concrétiser.

En voyant se garer deux camions apportant tout le matériel nécessaire pour commencer les travaux, je sortis de la maison pour aller saluer Lars, le patron de l'entreprise. J'avais entendu Louise et Kate dire que c'était le meilleur paysagiste du coin – d'accord c'était le seul – et qu'il était super-canon.

Elles avaient raison quant à son physique avantageux. Avec ses cheveux blonds savamment ébouriffés et une fossette profonde dans la joue gauche, je comprenais qu'on lui trouve du charme.

Lars s'adressa à trois de ses employés pour répartir les tâches à accomplir avant de se tourner vers moi pour me saluer. Tout d'abord, il détailla d'un regard baladeur l'ensemble de mon corps, puis lorsque ses yeux croisèrent les miens, un sourire sinistre incurva ses lèvres.

– Eh bien, bonjour. J'ai beaucoup entendu parler de la nouvelle jeune femme arrivée en ville. Je suis ravi d'enfin vous rencontrer.

– On dirait que les nouvelles vont vite par ici. Je m'appelle Kennedy.

– Moi, c'est Lars, le patron de Lars Parcs et Jardins. C'est un honneur de faire votre connaissance, dit-il en me tendant la main.

Je m'apprêtais à la serrer lorsqu'il retourna ma main dans sa paume et posa ses lèvres sur ma peau.

Répugnant.

Je retirai vivement ma main.

Il n'en fallait pas plus pour faire baisser l'effet plaisant de son physique de quelques degrés dans mon estime. Il était tellement sûr de lui à propos de – eh bien, de tout.

À l'évidence, Lars se savait beau, et il faisait probablement l'objet de beaucoup d'attentions de la part d'un grand nombre de femmes à Havenbarrow. À mes yeux, toutefois, il n'y a pas plus rebutant qu'un homme conscient de sa séduction qui pense qu'il peut tout se permettre en raison de son physique.

Je ne connaissais Lars que depuis quelques minutes, mais cela m'avait suffi pour ressentir les mauvaises ondes qu'il dégageait.

Un sourire narquois planait en permanence sur ses lèvres. Il me faisait penser à un prédateur sournois.

– C'est sympa de voir de nouvelles têtes dans cette ville. On finit par se lasser de croiser toujours les mêmes personnes. Il n'y a que vous et votre – il jeta un coup d'œil à mon annulaire, dépourvu d'alliance – petit ami... ?

Je me frottai les mains en secouant la tête.

– Non. Il n'y a que moi.

– Célibataire ? demanda-t-il, l'air intéressé.

Je souris, mais mon estomac se souleva. Je n'aimais pas la tournure que prenait la conversation, et j'aurais aimé changer de sujet, d'ailleurs, c'était exactement ce que j'allais faire. Qu'y avait-il chez cet homme qui me mettait mal à l'aise ? Quelque chose en lui me semblait familier.

– C'est ça. Bon, je vais vous laisser. Je venais juste dire bonjour. Je ne vais pas vous embêter plus longtemps. Si vous avez besoin de quoi que ce soit, je serai dans la maison. Comme vous le savez, cet endroit appartient en réalité à ma sœur et mon beau-frère, et c'est donc à eux qu'il revient de prendre des décisions, mais je peux les contacter rapidement si c'est nécessaire.

– Ne vous croyez pas obligée de vous terrer dans la maison. Si cela vous chante, vous pouvez toujours sortir et venir faire des saletés avec moi, dit Lars en me faisant un clin d'œil.

Clin d'œil qui me donna envie de vomir.

Pourtant, au lieu de cela, j'affichai le sourire charmeur typique des filles du Sud, hochai la tête, tournai les talons et me dirigeai vers la maison. J'étais pratiquement sûre que le mec était en train de me mater les fesses et cette seule pensée me fit frissonner de répulsion.

Soudain, je tressaillis lorsque Lars me toucha l'épaule sans que je m'y attende. Je fis brusquement volte-face et le regardai, paniquée.

Il leva les mains dans un geste de reddition.

– Holà, holà. Excusez-moi. Je ne voulais pas vous faire flipper.

Le cœur battant à se rompre, je reculai d'un pas en serrant les bras autour de moi.

– Non, c'est rien. Désolée. Je suis assez nerveuse.

– Je voulais vous dire que vous êtes très belle, dit-il en me parcourant de haut en bas d'un regard appuyé.

Mon malaise remonta du creux de mon estomac pour venir former une boule dans ma gorge.

– Merci, dis-je.

J'aurais aimé trouver une réponse plus cinglante à ses remarques déplacées. Au lieu de cela, je fis demi-tour et m'éloignai. Avant de monter les marches menant au perron, je remarquai M. Personnalité assis sur celui de la maison voisine, prenant le café avec Joy. Il avait les yeux rivés sur moi, et l'intensité de son regard fit courir des frissons le long de ma colonne vertébrale. J'inclinai la tête dans sa direction, perplexe. J'avais l'impression que son regard contenait un message, mais je ne parvenais pas à saisir exactement ce qu'il exprimait. J'eus la sensation que ce ne serait pas la seule fois que ses regards froids et distants me laisseraient perplexe. J'avais fortement l'impression que M. Personnalité et moi échangerions beaucoup de ces regards interrogateurs.

Peut-être finirais-je par être capable de détourner les yeux plus rapidement, mais pour le moment, mon regard avait tendance à s'attarder sur le sien. Il y avait quelque chose de différent chez lui, cette fois-ci. Quelque chose qui le poussait à me regarder plus longuement. Pour la première fois depuis mon arrivée dans cette ville, M. Personnalité ne détourna pas immédiatement les yeux. Il me fixa en inclinant la tête et, l'espace d'un instant, je crus percevoir de l'intérêt dans son regard.

Il finit par tourner la tête et je rentrai dans la maison pour aller prendre une douche et me débarrasser du malaise que Lars avait fait naître en moi.

Avant la fin de l'après-midi, celui-ci me fit de nouveau des avances, à trois reprises, ce qui me déplut fortement. Je me demandais comment les semaines à venir allaient se passer avec lui faisant des travaux dans la propriété. Je venais de vivre cinq années d'un mariage sans amour, dans un état d'inconfort permanent. Je n'avais pas envie de revivre cela avec un parfait inconnu.

Pour tout arranger, aux avances de Lars venaient s'ajouter les incessantes visites « amicales » de différents habitants de la ville.

Les gens continuaient de défiler chez moi pour se présenter et, franchement, cela devenait épuisant. Plus il en venait, plus ils se montraient intrusifs, me posant des questions sur ma vie amoureuse, curieux de savoir si cela m'intéresserait de sortir avec le cousin Bernie qui n'était jamais sorti avec une fille de sa vie, ou si cela m'intéresserait de participer au financement de la représentation du *Macbeth* monté par l'école élémentaire pour sa saison d'automne. Perso, ça me paraissait un peu lourd pour un spectacle d'enfants, mais qui étais-je, hein, pour juger ?

Cette fois-là, je finis sans trop savoir comment par signer un chèque – les dames s'étant montrées assez insistantes.

Mais si vous vous dites que les mères de Havenbarrow avaient des méthodes un peu agressives, vous auriez dû voir leurs filles vendant leurs cookies pour les guides. Sans savoir exactement comment, cette fois encore, je finis par commander suffisamment de cookies pour nourrir toute une armée – ou pour un moment de blues du vendredi soir.

Mais les pires de toutes, c'étaient une fois de plus Louise et Kate. Apparemment, plus ça allait, plus elles étaient intéressées par ma personne et plus elles semblaient déterminées à fouiner à la recherche de quelque élément glauque de mon passé.

– Bonjour, ma chère, firent-elles en chœur d'une voix chantante quand je les trouvai devant ma porte un samedi après-midi.

– Nous voulions savoir comment vous alliez et si vous vous acclimatiez à notre bonne petite ville d'Havenbarrow. Dieu sait que ça doit être un grand changement pour une personne de la ville comme vous.

Primo, je ne leur avais jamais dit que j'étais une personne de la ville. Je l'avais dit à cette pipelette de Nancy quand elle était passée avec des muffins.

Secundo, je devais me méfier de cette pipelette de Nancy, même si ses muffins étaient délicieux.

– Je vais bien, Mesdames.

– Ah bon. Eh bien, tant mieux, dit Kate en se pinçant les lèvres. Cependant, vous allez peut-être me trouver indiscrète, mais qu'est-ce que vous allez faire ici ?

– Que voulez-vous dire ?

– Ne le prenez pas mal, Kennedy, commença-t-elle, ce qui laissait entendre qu'elle allait dire quelque chose de désagréable. Mais vous ne pouvez pas rester comme ça sans travailler. Vous n'avez pas plus d'ambitions que ça ? Je veux dire, vous avez quoi, vingt-neuf, trente ans ?

Le ton était ouvertement réprobateur et je ne sais par quel miracle je me retins de lui claquer la porte à la figure.

– Vingt-huit.

Elles froncèrent les sourcils toutes les deux.

– Quel dommage ! dit Louise. Vous êtes trop vieille pour rester à ne rien faire. Vous devriez peut-être venir aux soirées manucure-pédicure que j'organise avec quelques copines. Il y en a une la semaine prochaine. Peut-être que l'une de ces femmes pourrait vous trouver un boulot ? Vous savez ce qu'on dit, c'est important de nouer des contacts ! Et en plus, je ne doute pas que vos ongles vous diront merci si vous les bichonnez. Autre chose, vous ne voudriez pas rencontrer quelqu'un ? Bernie, le cousin de Mary, est célibataire. Bon, il est un peu bizarre. Original, je dirais – comme vous. Je parie que vous iriez très bien ensemble tous les deux !

Ah non, pas Bernie encore.

– Merci pour la proposition, mais je crois que je vais devoir décliner.

Quelque part j'aurais aimé leur parler de mes romans. Leur dire que j'avais une carrière réussie. Mais, plus que tout, je savais que je n'avais pas à me justifier.

– Vous devriez vraiment réfléchir à l'idée de sortir avec Bernie. À votre âge, il serait temps de songer à vous installer, vous ne croyez pas ? Je parie que vous pensez à avoir des enfants, un jour, non ? Le temps passe, et plus on attend, plus cela devient difficile.

Waouh.

Là, elles avaient dépassé les bornes, et ça ne les dérangeait même pas. Plus les jours passaient, plus j'étais persuadée que ça n'allait pas être possible de rester dans cette maison avec ces deux femmes qui habitaient juste à côté.

– Excusez-moi, mais c'est plutôt intime comme sujet, et…

Louise m'interrompit.

– Vous saviez que vous pouvez congeler vos ovules ? J'ai lu un article qui parlait de ça.

Avant que je puisse répondre, Louise se mit à faire des signes à Lars qui arrachait des plantes mortes.

– Hé, bonjour, Lars. Ça fait plaisir de te voir, dit-elle d'une voix chantante en le dévorant des yeux. Je vois que tu as bien travaillé, comme d'habitude.

Il s'essuya le front du revers de la main et fit un sourire démoniaque.

– Tu me connais, Louise, tu sais bien que je ne peux pas m'empêcher de faire des saletés avec mes mains.

Sur ce, il me décocha un clin d'œil, et mon estomac se retourna cinquante-sept fois sur lui-même.

Louise s'éventa en rougissant comme si elle n'était pas une femme mariée alors que Lars se remettait au travail.

– Oh là là. Si j'étais toujours célibataire, j'adorerais aller batifoler avec cet homme.

– Ainsi soit-il, renchérit Kate. Bon, tenez-nous au courant pour les pédicures, Kennedy ! Et pour Bernie. Vous vous entendriez tellement bien, tous les deux. J'en suis certaine.

Elles s'éloignèrent précipitamment et j'aurais menti en disant que j'étais triste de les voir partir.

À la fin de la journée, Lars vint frapper à la porte pour me dire que son équipe était partie.

– Venez que je vous montre comme nous avons bien travaillé aujourd'hui, dit-il en me désignant le jardin devant la maison.

Avec un sourire hésitant, je lui emboîtai le pas. Nous fîmes le tour du jardin tandis qu'il indiquait des emplacements ici et là en m'expliquant à quoi cela ressemblerait dans quelques mois. Il parla du jardin qu'il aménagerait derrière la maison et pérora au sujet des éclairages qui seraient mis en place. Il vanta son talent et son intelligence – et son célibat – tout en faisant allusion au grand succès que son entreprise rencontrait à Havenbarrow. Soudain, alors qu'il me montrait l'endroit où se trouverait un bosquet de lilas – les fleurs préférées de ma mère –, il posa la main sur le creux de mes reins et je sursautai comme traversée par une décharge électrique.

– Non mais ça va pas, qu'est-ce que vous faites ?

Il haussa un sourcil, apparemment désorienté par ma réaction.

– Excusez-moi. J'ai seulement…

– Touché le bas de mon dos sans ma permission ! Franchement, c'est extrêmement déplacé.

Au lieu de s'excuser pour son geste, Lars leva les yeux au ciel.

– Oh, ça va. Ce n'est pas comme si vous ne m'aviez pas dragué tout le temps depuis que je suis arrivé ce matin avec mon équipe. Les signaux me semblaient tout à fait clairs.

– Quel abruti ! J'étais horrifiée.

– Il n'y a pas eu de signaux. Je ne vous ai absolument pas dragué.

– Inutile de mentir, rétorqua-t-il en se passant la main dans les cheveux comme s'il était tout à fait sûr de son fait. Je comprends. Vous êtes une belle fille. Je suis beau mec. C'est tout à fait logique que – il posa la main sur mon épaule, ce qui me fit frissonner – nous soyons attirés l'un par l'autre.

– Pas moi, dis-je en haussant la voix et en repoussant sa main de mon épaule. Et si vous posez encore une fois la main sur moi, vous allez le regretter.

– Pas la peine de monter sur vos grands chevaux, souffla-t-il. En vérité, vous n'êtes même pas mon type.

C'est quoi, ces hommes qui ne peuvent pas admettre qu'une femme ne s'intéresse pas à eux et qui deviennent aussitôt agressifs ?

– Vous êtes un peu trop grassouillette là où il ne faudrait pas, dit-il en me reluquant des pieds à la tête.

– Bon, maintenant vous partez, ordonnai-je d'une voix ferme alors que je tremblais intérieurement.

Dans mon couple au moins, je connaissais le mufle qui rentrait tous les soirs à la maison. Mais avec Lars ? Un complet inconnu ? Je ne savais pas jusqu'où il pouvait aller quand il était en colère.

– OK, je reviendrai demain pour continuer…

– Il serait sans doute préférable que vous ne reveniez pas, dis-je, sachant qu'en aucun cas Yoana n'apprécierait qu'une personne comme lui travaille sur sa propriété.

Elle ne voudrait pas que je me sente mal à l'aise. Et Lars ? C'était le comble du type qui vous met mal à l'aise.

Il ricana en secouant la tête.

– Vous n'avez pas le droit de me virer. Comme vous l'avez dit vous-même, c'est votre sœur qui m'a engagé, pas vous.

– Oui, et je vais appeler ma sœur dès que vous serez parti. Maintenant, allez-vous-en !

– Écoutez, ma petite dame, dit-il en s'avançant vers moi, ce qui me fit battre en retraite.

Purée, c'était horrible. Je détestais lui montrer que je ne contrôlais pas mes réactions. Je détestais qu'il se sente en position de domination. J'avais horreur de paraître faible devant un homme. J'avais horreur de me sentir acculée.

Il se redressa en bombant le torse.

– Je ne vais pas vous laisser faire et perdre un contrat. Alors il va falloir qu'on trouve un moyen de s'entendre, tous les deux.

– À moins que… Et si tu faisais ce qu'elle te dit et que tu sortes de sa propriété, dit une voix provenant de chez Joy.

Lars et moi tournâmes les yeux. Il était là, M. Personnalité lui-même, debout près de la petite barrière qui séparait mon jardin de celui de Joy. Son regard était sévère et lourd de… colère ? Était-ce de la colère ? Mais, cette fois, ce regard exaspérant était concentré sur Lars.

– Et si toi, tu te mêlais de tes affaires, mon pote ?

M. Personnalité contourna la barrière et pénétra dans mon jardin. Il avança et vint se planter face à Lars. Immédiatement, celui-ci eut l'air d'un petit poisson sur le point d'être dévoré par un requin. D'accord, Lars était costaud, grand et plutôt en forme, mais Monsieur Personnalité, lui, était *vraiment* en forme. En forme de chez en forme. Du genre, *capable de soulever une voiture avec son petit doigt sans verser une goutte de sueur.*

Ils se défièrent du regard un petit moment jusqu'à ce que Lars recule de quelques pas en signe de défaite.

– C'est bon, mec. Je n'ai pas de temps à perdre avec ces conneries.

Lars se retourna vers moi, et ses yeux bleus me parurent un peu plus froids.

– Je vous souhaite bonne chance pour trouver un autre paysagiste pour finir ce merdier. Je suis le seul en ville, alors bravo, le jardin de votre sœur est foutu, grâce à vous.

– Fiche le camp, siffla M. Personnalité, sans cesser de fusiller Lars du regard.

– OK, c'est bon, connard.

Avec un ricanement sinistre, Lars leva les mains en l'air.

– Ne tire pas.

Il prononça ces mots de façon bizarre, et ce fut au tour de M. Personnalité de reculer, l'air déstabilisé. Un éclair d'émotion brilla fugacement dans ses yeux et disparut aussitôt. C'était quoi, ça ? Qu'est-ce qui se cachait derrière cette émotion inattendue ?

Lars s'empressa de partir et je perçus un lent soupir épuisé s'échapper des lèvres de M. Personnalité alors que ses épaules s'affaissaient. Le grizzly devant moi relâchait son grognement.

Tout à mon soulagement, je souris à M. Personnalité.

– Merci d'être intervenu. J'étais au bord de...

– Mais à quoi vous jouez, bon sang ? me coupa-t-il brusquement.

Je le regardai, sidérée.

– Pardon ?

– Pourquoi acceptez-vous qu'il vous harcèle comme ça, toute la journée ? Et, en plus, vous continuez à laisser tous ces fouineurs venir chez vous et vous rabaisser.

Je me redressai un peu, piquée au vif.

– De quoi parlez-vous ?

– Tous les jours, il y a ces gens qui vous apportent des merdes et en profitent pour vous balancer leurs sous-entendus malveillants. Ils vous crachent pratiquement leur manque de respect à la figure et vous, vous les laissez faire, comme si vous étiez une carpette, purée !

Waouh. D'accord. Apparemment, c'était le retour du mec agressif et grossier que j'avais rencontré dans les bois.

– Je ne vois pas en quoi ça vous regarde.

– Si vous ne leur fermez pas le clapet dès maintenant, ils deviendront de plus en plus intrusifs et agressifs.

– Et qu'est-ce que ça peut vous faire, la façon dont les gens me traitent ?

Un éclair de douceur passa dans ses yeux et j'aurais pu jurer que j'avais devant moi une personne que j'avais connue autrefois. Il enfonça ses mains dans les poches de son jean et haussa les épaules.

– Je disais ça comme ça. Les habitants de cette ville sont des fouteurs de merde. S'il le faut, il vaut mieux endosser le rôle du méchant. En tout cas, il ne faut pas continuer à avoir l'air craintif. Ils adorent briser les craintifs. Ils vont vous rendre dingue, vous acculer contre un mur, vous agresser de façon répétée jusqu'à ce que vous craquiez – et croyez-moi, vous craquerez – et à ce moment-là, ils vous demanderont pourquoi vous avez craqué.

– Vous n'avez toujours pas répondu à ma question. En quoi est-ce que cela vous dérange, la façon dont les gens me traitent ?

– En rien, marmonna-t-il d'une voix brusque en se passant le revers de la main sur le front. Mais, apparemment, ça ne vous dérange pas non plus qu'on vous maltraite. Je suis pratiquement sûr que le problème est là.

Je voulais lui répondre. Lui dire qu'il se trompait, que je me fichais pas mal de ce que ces gens pensaient de moi, mais en vérité, je ne m'en fichais pas. Je voulais qu'ils m'aiment, parce que j'avais encore plus peur de ne pas être aimée que d'être maltraitée.

Mon mari s'était arrangé pour instiller cette peur en moi, peur de ne pas être digne d'amour. Tout ce que je voulais, c'était qu'on m'aime, même si cela impliquait de briser mon propre cœur pour amener les gens à m'apprécier. C'était un fait, très déprimant.

– Un conseil de la part du connard de la ville ?

– Je vous en prie, éclairez-moi.

– Armez-vous d'une solide colonne vertébrale. Défendez-vous. Rendez les coups quand on vous en donne.

– Je ne suis pas sûre que prendre conseil auprès du connard de la ville soit une si bonne idée. Je ne veux pas finir seule, comme vous. Je veux avoir des amis.

Son regard divagua pendant une fraction de seconde.

Lorsqu'il revint sur moi, j'aurais pu jurer y voir… de la tristesse. Est-ce que je l'avais blessé ?

– Mais j'ai des amis, dit-il d'une voix ferme. Des personnes qui comptent plus que tout pour moi. Des gens qui sont de mon côté alors que le reste du monde essaie de me briser.

Mon estomac se noua.

– Je suis désolée. Je ne voulais pas dire ça…

– Mais vous l'avez dit, et ce n'est pas grave. Pourtant, avant de me juger, posez-vous des questions sur vous-même. Décidez si vous voulez vraiment de ces gens comme amis. Des gens qui ne cherchent pas à savoir à qui ils se donnent de nos jours parce qu'ils croient qu'être aimés est plus important qu'être respectés. Ces gens vous tueront.

Je me mis à rire.

– Ça m'étonnerait que Louise et Kate s'en prennent à ma vie.

– Je ne parle pas de s'en prendre à votre vie. Je parle de quelque chose de plus important.

– Et c'est quoi ?

– Votre âme.

Je ne sus quoi répondre ni quoi faire. Je restai plantée là, immobile, lorsqu'il s'avança vers moi et me fit très doucement :

– Aboyez-leur dessus, Kennedy. Aboyez.

Il fit un pas en arrière et je restai sans voix. Ma poitrine se serra alors que je le regardais s'éloigner. Ses paroles me faisaient courir des frissons le long de la colonne vertébrale et tournaient en boucle dans ma tête, comme si elles tentaient de déverrouiller quelque chose au fond de ma mémoire.

Aboyez-leur dessus, Kennedy. Aboyez.

10
Kennedy

– Oh, mon Dieu, je suis vraiment désolée qu'il se soit conduit comme ça avec toi, Kennedy. Quel gros con ! dit Yoana au téléphone alors que je m'étirais en bâillant dans mon lit.

Mon dos me faisait payer mon obstination imbécile à dormir dans ma voiture pendant plusieurs nuits, alors je m'étais installée dans un vrai lit comme une vraie grande personne. J'étais tellement contente lorsque les meubles avaient finalement été livrés et que j'avais commencé à me sentir chez moi dans la maison.

– Ça, c'est sûr. Mais je suis désolée que tu aies perdu ton paysagiste.

– Bof. C'est pas grave. Je suis sûre qu'on en trouvera un autre. Ce qui compte, c'est que tu te sentes bien. Tu veux que je rentre ? Je peux rentrer, tu sais. Je peux rentrer si tu as besoin de moi.

– Je suis sûre à cent pour cent qu'on n'a pas besoin de toi en ville, dis-je en riant.

– C'est vrai ? Parce que Bora-Bora, c'est très ennuyeux. On ne fait rien d'autre que lézarder au soleil en buvant des cocktails de fruits.

– Oh là là, la vie est dure.

– Comme tu dis. En plus, il y a ce type qui me suit partout en me répétant à tout bout de champ qu'il m'aime et qui prévient mes moindres désirs.

Je haussai un sourcil comme si elle pouvait me voir.

– Tu parles de… ton mari ?

– Mon mari.

Elle soupira.

– Comme c'est étrange ! J'ai un mari.

Elle gloussa, apparemment éperdue d'amour.

– C'est certain. Et un bon, en plus. Tu devrais être contente… la mer est pleine de poissons horribles.

– En parlant de poissons horribles… t'as eu des nouvelles de ton poulpe ?

Ma poitrine se serra, et je nouai mes cheveux en un chignon informe.

– Non.

– Eh bien, c'est tant mieux, non ? C'est une bonne chose de ne pas avoir de ses nouvelles.

Peut-être. Pourtant, une part de moi trouvait ça bizarre de n'avoir aucune nouvelle de lui. Je faisais de mon mieux pour ne pas y penser. Plus j'y pensais, plus je pensais à mon passé, et c'était dur pour moi. Je n'arrivais pas bien à m'accommoder de mon passé. C'était trop dur pour moi de l'affronter.

– Ouais, c'est bien. Oh, dis donc, dis-je en changeant de conversation, si ça t'intéresse de le savoir, mes voisines sont les personnes les plus intrusives qu'on puisse imaginer.

– Oh, c'est bon à savoir. Je parie qu'elles s'en donnent à cœur joie avec toi.

– Ce n'est rien de le dire. D'ailleurs, je suis étonnée de ne pas encore avoir vu apparaître une tarte aux fruits ou une miche de pain aujourd'hui.

– Il est encore tôt, je suis sûre que ça ne va pas tarder, plaisanta-t-elle. À part ça, elle est comment la ville ? Est-ce que c'est le Stars Hollow[3] du Sud dont nous rêvions ?

3. Petite ville fictive du Connecticut qui apparaît dans la série télévisée *Gilmore Girls*.

demanda Yoana, la voix pleine d'espoir. Est-ce qu'il y a des ventes de gâteaux et des défilés le mardi ? Et un restaurant *Chez Luke* ? Oh là là, dis-moi qu'il y a un resto appelé *Chez Luke*.

Je me mis à rire.

– Je ne suis pas encore allée me balader en ville, en fait, mais je peux te dire que tu as la plus charmante des voisines excentriques. Oh, et je te préviens, c'est le connard de la ville qui possède les bois derrière chez toi. Je ne m'y baladerais pas si j'étais toi. C'est l'homme le plus asocial qui existe.

– Ah, mais c'est intéressant, ça. Plutôt Luke ou plutôt Jess, dans le genre asocial ?

S'il y avait une chose dans laquelle nous étions expertes, Yoana et moi, c'était de parler en faisant référence aux personnages de la série *Gilmore Girls.*

– Jess. Définitivement Jess.

– Et il est sexy ? Oh, s'il te plaît, dis-moi qu'il est sexy.

En fait, on pouvait dire que Monsieur Personnalité était un parfait spécimen de connard. Si on pouvait tuer avec des bougonnements hargneux, je serais déjà morte au moins dix fois. Si la mauvaise humeur était une discipline olympique, il aurait la médaille d'or.

– Là n'est pas la question, dis-je en m'efforçant de mettre de côté son sex-appeal évident parce que je m'étais donné comme mission de le détester – même s'il passait du temps avec les personnes âgées pendant ses loisirs et venait à ma rescousse contre des individus comme Lars. Cela n'effaçait pas sa dureté à mon égard ni sa personnalité lunatique.

– Mais si, justement, Kennedy. Il n'y a pas de mal à trouver le connard de la ville sexy.

Et c'était le cas. C'était juste que Yoana n'avait pas besoin de le savoir – pas plus que n'importe qui d'autre – parce que ce n'était pas pertinent. Est-ce que Monsieur Personnalité était beau à tomber raide, avec ses boucles châtain foncé qui lui mangeaient la figure de la façon la plus sexy qui soit ? Oui. Est-ce que son regard profond et mystérieux m'avait fascinée pendant un laps de temps ? Oui, bien sûr, d'accord. Le temps suspendu, etc., etc., etc. Cela ne changeait rien au fait qu'il était totalement dépourvu de qualités relationnelles. Aucune lèvre charnue ni mâchoire bien dessinée ne pouvait modifier ça.

Son physique et sa nature mystérieuse ne faisaient que rendre plus difficile de regarder ailleurs, c'est tout.

– Si tu continues avec ça, je raccroche, dis-je pour plaisanter en me levant pour aller dans la salle de bains.

– D'accord, d'accord, mais pourquoi dis-tu que tu n'es pas encore allée en ville ? Ne me dis pas que tu te renfermes sur toi-même. Il faut que tu sortes ! Que tu explores. Que tu rencontres des gens.

– Fais-moi confiance, je n'ai pas besoin d'aller au-devant des gens. Ils se débrouillent très bien tout seuls pour venir directement jusqu'à ma porte.

– Tu dois sortir, Kennedy. Cela te fera du bien.

– Mais ta maison est tellement spacieuse et confortable, dis-je pour la faire marcher et aussi parce que je préférais changer de sujet.

J'entendais dans sa façon de soupirer que Yoana s'inquiétait pour moi. Je savais qu'elle se faisait du souci pour ma santé psychologique, qui avait été mise à rude épreuve au cours des derniers mois. Elle voulait que j'aille bien, ce que je pouvais comprendre. Je le voulais, moi aussi. Mais ces choses prennent du temps. Je devais guérir à mon rythme, même si le reste du monde voulait que je surmonte mes difficultés au plus vite.

Cela ne me semblait pas juste. C'était mon traumatisme, après tout, pas le leur.

Mais mon mari m'avait quittée à cause de mon incapacité à aller de l'avant. Je ne pouvais pas risquer de perdre aussi ma sœur pour les mêmes raisons.

– Je me fais du souci pour toi, Kenny, c'est tout, dit-elle en utilisant le diminutif que maman me donnait. (Mon estomac se serra quand elle le prononça.) Tu as vécu des choses difficiles. Après la perte de maman, papa et D…

– Je vais faire ça aujourd'hui, je vais aller découvrir la ville, proposai-je en l'interrompant sans lui laisser le temps d'évoquer l'accident qui avait réduit mon âme en cendres. Je vais aller voir ce qui se passe ici, dis-je en essayant de paraître suffisamment enthousiaste pour dissiper les inquiétudes de Yoana.

Le soupir que j'entendis dans le téléphone me sembla beaucoup plus détendu cette fois.

– Oh, Kennedy, tu vas adorer ! Nathan m'a convaincue de rénover cette maison en m'emmenant dans quelques-uns des points forts d'Havenbarrow. Il y a un cinéma en plein air à l'ancienne qui ne passe que des films en noir et blanc, et un vendredi sur deux, c'est un film d'amour, insista-t-elle pour piquer ma curiosité.

– Ah oui ? Et quoi d'autre ?

– Il y a un café avec un chat de gouttière appelé Marshmallow qui se balade comme chez lui.

D'accord, elle me prenait par les sentiments.

– Et, et, et… s'exclama-t-elle sur un ton de plus en plus enthousiaste, la bibliothèque possède une étagère secrète ! En tout cas, c'est ce que dit la rumeur. L'étagère est en fait une porte qui ouvre sur un coin de lecture dissimulé et il faut trouver le bon livre pour la déverrouiller. D'après ce qu'on dit, personne ne l'a encore jamais trouvé, mais il paraît qu'il existe vraiment.

Défi relevé.

– Tu peux même prendre la voiture de papa et maman pour te balader, dit Yoana avec une lueur d'espoir.

Ça, c'était incontestablement aller trop loin. Elle connaissait mes problèmes en ce qui concernait la conduite. Je n'étais pas encore prête à faire le grand saut.

– Une chose à la fois, sœurette.

Je pus presque percevoir son sourire coupable au téléphone.

– Je ne risquais rien d'essayer.

Après avoir raccroché, dans le but à la fois d'éviter les intrus qui m'apporteraient encore des plats préparés et de me pousser à sortir de ma zone de confort, je partis à pied en ville pour aller prendre mon petit déjeuner.

Le café faisait vraiment penser au resto *Chez Luke* avec ses tables disséminées un peu partout et ses boxes aux sièges de cuir rouge alignés le long des murs. Les tabourets installés devant le comptoir étaient occupés par des clients qui échangeaient en direct et non les yeux rivés sur leurs téléphones. Il y avait un panneau sur le mur devant la machine à café qui disait : *Les téléphones portables ne sont pas admis. Soit vous débranchez et vous vous déconnectez, soit vous f… ez le camp.*

Eh bien, si ça, ce n'était pas un commentaire digne du Resto *Chez Luke* dans *Gilmore Girls*, je ne m'y connaissais pas. J'en déduisis qu'il était inutile de demander s'ils avaient un accès Wifi et je rangeai mon téléphone dans mon sac avant d'aller m'asseoir dans un box. Je n'eus pas longtemps à attendre mon steak et mes œufs, et je me mis à regarder par la fenêtre pour me divertir pendant mon repas. Sur le trottoir d'en face, il y avait un adorable petit chien attaché au bout d'une laisse.

Ne fais pas ça, petit toutou.

La propriétaire du chien hurlait comme une malade au téléphone en faisant de grands gestes. La laisse de cuir du chien était attachée à un porte-vélos, et régulièrement le chiot tirait dessus, desserrant un peu le nœud à chaque fois. Il avait repéré le chat assis de l'autre côté de la rue animée, en train de faire sa toilette.

Sa maîtresse, trop occupée à hurler dans son téléphone pour remarquer le manège du petit chien, ne voyait pas qu'il allait se précipiter dans le flot de la circulation.

Les battements de mon cœur s'affolèrent. La laisse du chien était presque détachée. Il était en passe de se libérer du lien qui assurait sa protection.

– Non, murmurai-je en moi-même, les mains tremblantes, en espérant que le chien allait se rasseoir et se tenir tranquille.

Le chat s'étira, ce qui excita encore plus le chien. La fixité de son regard et ses aboiements incessants auraient dû attirer l'attention de sa maîtresse, mais non.

Comment peut-on être si déconnecté de son environnement ?

– Non ! hurlai-je, et ma voix se brisa en sortant de mes lèvres.

Les regards se tournèrent vers moi, mais je m'en moquais.

Je bondis hors de mon box, toute frissonnante, et deux secondes plus tard, la laisse était détachée, le chien était sur la chaussée et mon cœur était remonté dans ma gorge.

Juste avant que le chien ne se jette sous les roues d'une voiture, juste avant qu'un spectacle atroce ne se déroule sous mes yeux, Monsieur Personnalité traversa la rue au milieu des véhicules en marche et saisit rapidement le chien dans ses bras.

Monsieur.

Personnalité.

Purée.

Vous le croyez, ça ?

Le mec costaud, baraqué, tenant contre sa large poitrine ce minuscule petit chien sans défense ? Irrésistible.

Le conducteur du véhicule écrasa son klaxon avant d'agiter la main d'un air dégoûté, puis accéléra.

La propriétaire du chien se retourna et en voyant l'homme qui tenait son chien dans ses bras, elle prit un air horrifié pas parce que son chien avait failli perdre la vie mais à cause de l'homme qui portait l'animal.

Elle le lui arracha des mains et recommença à agiter les bras en l'air, apparemment en l'injuriant pour avoir sauvé son animal.

Mais qu'est-ce qui ne tourne pas rond chez elle ?

OK, il était connu pour être le connard de service mais à ce moment-là, c'était un véritable super-héros ! Elle aurait dû le remercier pour son action héroïque. Mais non, elle l'injuriait comme si c'était lui le responsable de l'incident. Monsieur Personnalité se redressa sans répondre à ses invectives. En fait, il ne dit rien du tout. Il gardait les lèvres serrées et ne semblait pas le moins du monde ennuyé par la femme. Il n'eut pas même un haussement de sourcil, ni un sourire, ni un pincement de lèvres.

Il avait l'air tout simplement… impassible.

Totalement imperméable au tombereau d'agressivité qu'on déversait sur lui.

À ce moment-là, pas de doute, il se montra meilleur que moi. Moi, à sa place, j'aurais inventé autant d'insultes qu'il y a de lettres dans l'alphabet.

Indifférent aux vociférations ininterrompues de la femme, Monsieur Personnalité tourna les talons et s'éloigna, l'abandonnant à ses éructations verbales et ses piètres qualités de propriétaire de chien.

La clochette au-dessus de la porte retentit lorsqu'il entra dans le café. Il s'installa dans un box, ouvrit le menu, rajusta sa casquette de base-ball, baissa la tête, incurva ses larges épaules vers l'avant et entreprit de consulter la carte qui proposait trop de choix.

Pourquoi avoir fait cela ?

Pourquoi avoir sauvé un petit chien de la circulation ?

Pourquoi me rendre si difficile la tâche de ne pas l'aimer ?

Monsieur Personnalité était bâti comme un super-héros. De sa mâchoire carrée à ses biceps impressionnants. Cet homme aurait probablement pu arrêter un train en marche de la seule force de sa poitrine en acier. Dommage que lorsque je croisais son chemin, ses qualités de communication n'aient pas été à la hauteur de ses apparentes qualités physiques. Mais, en même temps, cela aurait été trop beau pour être vrai.

– Si vous vouliez une assiette de sel avec un steak et des œufs en accompagnement, il suffisait de le demander, dit une voix sympathique, détournant mon regard de Monsieur Personnalité vers mon repas sur lequel je versais du sel sans y prêter attention depuis au moins cinq minutes.

– Désolée, bredouillai-je en reposant la salière sur la table et en me renfonçant dans mon siège.

En regardant de nouveau par la fenêtre, je vis la femme qui hurlait sur son chien parce qu'il avait désobéi. J'eus de la peine pour le chien. Sa maîtresse semblait être une personne vraiment irrespectueuse.

– Inutile de vous excuser. On a tous nos petites excentricités, reprit la voix sympathique.

Je levai les yeux vers le gars qui me parlait. Il avait des lèvres fines et roses et des yeux verts cachés derrière une paire de lunettes. Ses yeux avaient ce talent de pouvoir sourire par eux-mêmes. Ses joues étaient parsemées de taches de rousseur assorties à des cheveux roux orange dressés en pointes. Je vis son nom sur son badge et le lus à haute voix en souriant, *Marty*. Il avait tout à fait une tête à s'appeler Marty, selon moi. Plutôt mince et très grand. Plutôt le genre intello, mais séduisant à sa façon.

– C'est moi, dit-il alors que ses lèvres s'associaient à ses yeux pour sourire. Est-ce que je peux vous apporter un autre steak avec des œufs brouillés ?

J'hésitai, me demandant si j'étais prête à dépenser plus. Yoana avait bien essayé de me fourrer de l'argent dans les poches, mais j'avais décliné. Il me restait encore suffisamment d'économies grâce à mes livres, mais vu le rythme auquel j'écrivais – ou plutôt je *n'*écrivais *pas* –, je ne savais pas quand je rentrerais de nouveau de l'argent. Chaque centime comptait.

Marty devait avoir le don de lire dans les pensées parce qu'il réitéra son offre en me disant que c'était sur le compte de la maison.

– Vous n'allez pas vous attirer des ennuis si vous faites ça ? demandai-je, mais les appels de mon estomac se faisaient plus bruyants que je ne l'aurais souhaité.

Affreusement gênée, je baissai les yeux sur mon assiette recouverte de sel pour éviter son regard.

– Bah, il n'y a pas de problème, le patron c'est mon père.

Il se racla la gorge et se pencha vers moi pour chuchoter :

– Je vous mettrai quelques toasts en plus.

Marty souleva mon assiette et la reposa sur la table quatre fois en tout.

Je ne fis aucun commentaire sur ce comportement étrange, mais je lui souris.

Il devait avoir à peu près mon âge, peut-être un an de moins.

Avec un regard préoccupé, Marty saisit la salière sur la table pour la reposer aussitôt. Il la souleva encore une fois et la reposa de nouveau. Il renouvela le geste encore deux fois, donc quatre fois en tout. Je haussai un sourcil et je vis qu'il rougissait de honte.

– Excusez-moi, dit-il avec un petit rire nerveux. C'est juste des TOC.

Il frémit en prononçant le mot et je cessai de sourire. Il était évident que ses troubles obsessionnels compulsifs étaient une chose qu'il aurait aimé dissimuler sans y parvenir.

Je me dis qu'apparemment c'était une chose courante d'avoir un secret qu'on s'efforce de cacher.

Je me rapprochai de lui.

– Ne vous en faites pas, on a tous nos petites excentricités.

Je lui fis un clin d'œil et je le vis se détendre.

– Il y a un problème ? dit une voix sévère.

En détournant les yeux de Marty, je vis un homme plus âgé qui devait faire deux fois sa corpulence. Le père de Marty, supposai-je, vu les circonstances. Son badge me dit qu'il s'appelait Gary.

Gary fustigea son fils du regard et soupira, l'air déçu.

– Tu fais flipper la clientèle, une fois de plus ?

Sans laisser à Marty le temps de répondre – ou de lâcher l'assiette qui vacillait dans sa main –, je m'en saisis et me tournai vers Gary avec un grand sourire.

– Je regardais justement votre Red Velvet Cake dans la vitrine, et Marty, votre fils, me disait que vous faisiez le meilleur de la ville.

Le regard de Gary s'adoucit. Il esquissa un petit sourire en croisant les bras et en bombant le torse.

– C'est la vérité. Le meilleur gâteau que vous trouverez à Havenbarrow, et même dans tout le Kentucky, d'ailleurs. Je fais tout moi-même, de A à Z. C'est ça le truc. Il n'y a rien d'artificiel comme dans le nouveau restaurant franchisé d'en face, qui nous prend toute notre clientèle. Ils utilisent ces saloperies surgelées qui déglinguent l'estomac des clients.

Nous, nous mettons un point d'honneur à n'utiliser que des produits naturels. Mon gâteau est à tomber par terre.

C'était génial de voir comment un homme comme Gary pouvait parler d'un gâteau.

– Eh bien, il faudra absolument que je revienne pour le goûter.

Gary se passa la main sur le front.

– Oui, c'est ça. Bon, moi je ferais bien de retourner en cuisine. Marty – Gary reprit son air agacé –, n'oublie pas d'essuyer les autres tables avant le coup de feu de midi.

Gary disparut dans la cuisine animée, d'où provenaient des bruits de casseroles et de vaisselle. Marty me remercia d'avoir détourné l'attention de son père, puis s'éloigna précipitamment pour lancer ma nouvelle commande.

En l'attendant, je sortis de mon sac un carnet et un stylo et entrepris de compléter ma liste de choses à faire à Havenbarrow.

• Apprendre à faire un gâteau moi-même de A à Z.

De temps en temps, je jetais un coup d'œil vers la table où Monsieur Personnalité était assis, et à chaque fois, cela me rendait immédiatement nerveuse. Je ne parvenais pas à détourner les yeux de lui malgré tous mes efforts pour regarder ailleurs. Je me disais que je devais avoir l'air reloue, mais vraiment quelque chose en lui m'attirait comme un aimant et m'empêchait de faire autrement.

Il dut sentir mes regards insistants parce que, lorsqu'il leva les yeux de son menu, il les posa directement sur moi. En bonne psychopathe que j'étais, je ne fis pas ce que font la plupart des gens normaux lorsqu'ils se font prendre en train de dévisager un inconnu.

Je ne tournai pas la tête.

Je ne fis pas semblant de regarder derrière lui.

Je ne rassemblai pas mes affaires pour fuir à toute vitesse.

Nan, nan, nan.

Je me contentai de sourire en entrouvrant les lèvres.

– Salut, dis-je dans un souffle, net et clair, alors qu'il plissait les yeux.

Il cligna des paupières.

Il rebaissa les yeux sur son menu, rajusta sa casquette de base-ball et pencha les épaules en avant de nouveau, et je me sentis complètement barjo de lui avoir adressé la parole. Malgré tout, je continuai de le dévisager.

Qu'est-ce qui clochait chez moi ?

J'avais récemment regardé d'affilée tous les épisodes de la série *You* sur Netflix, et comme Joe, je faisais preuve de fortes tendances obsessionnelles[4] en observant ce complet inconnu. Si j'avais été Joe, voici quelles auraient été mes pensées de harceleur en ce moment :

Tu scrutes le menu en te demandant ce que tu vas bien pouvoir commander. Est-ce que ce sera le smoothie vert ? Les pancakes ? Les flocons d'avoine ? Non. Tu as plutôt l'air du genre omelette. Tu mets une casquette pour dissimuler ton visage, mais je ne vois pas pourquoi, tu as une mâchoire aux contours bien dessinés. Même s'ils sont encore froids et peu amènes, tes yeux méritent d'être vus et… bordel, regarde ailleurs Kennedy.

Qu'est-ce qui m'arrivait ?

Je l'observai enlever sa casquette, la poser sur la table et se passer les mains dans les cheveux.

Marty revint, exécuta sa petite routine excentrique et posa mon assiette sur la table. Je reniflai les arômes appétissants qui montaient de la nourriture. Sans même attendre que Marty se soit éloigné je commençai à engloutir mon repas de façon fort peu distinguée.

4. Le personnage de la série est obsédé par une jeune fille qu'il tente de séduire par tous les moyens.

– Alors, qu'est-ce qui vous amène en ville ? demanda-t-il en me lançant un regard étonné, sans doute en réaction à la vitesse avec laquelle j'engouffrais le contenu de mon assiette.

– Ma sœur et mon beau-frère possèdent une maison ici et je la loue pour quelques mois, dis-je en me fourrant une fourchetée d'œufs brouillés dans la bouche.

– Ah, avec votre… petit ami ? Votre mari ? demanda-t-il.

Mon estomac se noua et je ne pus m'empêcher de regarder mon doigt dépourvu d'alliance. Cela faisait quelques heures que je n'avais pas pensé à mon passé. Grâce à ce gentil Marty, toutes mes émotions me revinrent en force.

– Non, toute seule.

– Vous êtes célibataire ? dit-il d'une voix pleine d'espoir.

Je lui souris en m'efforçant de repousser l'évocation de ma relation passée qu'il avait fait revenir à la surface.

– Oui, célibataire et heureuse de l'être. Je sors tout juste d'une longue relation et je me concentre sur moi-même pour l'instant.

Il sourit d'un air compréhensif.

– Eh bien, si vous avez besoin d'un ami en ville, je suis plus que disposé à ne pas vous faire des avances, vu que vous n'êtes pas vraiment mon genre.

Il fit un signe de tête en direction du monsieur assis à la table juste en face de moi.

– Je suis plus intéressé par les Ken que par les Kennedy.

Je me mis à rire.

– En fait, ça ne me ferait pas de mal d'avoir un bon ami ici, ça c'est sûr.

Mes yeux se dirigèrent de nouveau vers la table de Monsieur Personnalité. Il me regarda encore une fois – et devinez qui ne détourna pas le regard encore une fois ? Cette bonne vieille reloue, moi. Il cligna des paupières plusieurs fois avant de se remettre à la contemplation de son menu.

Je sentis instantanément le rouge me monter aux joues en portant mon verre de jus d'orange à mes lèvres, et Marty suivit mon regard.

Il rigola.

– Jax Kilter fait cet effet à beaucoup de gens, dit-il, ce qui me fit immédiatement recracher mon jus d'orange dans mon assiette, gâchant le reste de mon repas.

– Attendez, quoi ? m'écriai-je, complètement abasourdie par ce qu'il venait de dire.

Il me regarda comme si j'étais complètement cinglée – et, bon, d'accord, ça pouvait se comprendre –, mais je ne pus calmer mon agitation.

– Vous avez dit Jax Kilter ?

– Ouais.

Impossible.

Cela ne pouvait pas être lui…

Cela faisait des années que je l'avais vu pour la dernière fois, et pratiquement rien chez l'homme qui se trouvait en face de moi ne rappelait le garçon que j'avais connu autrefois, à part ses yeux. Ces yeux sombres au regard profond exerçaient sur moi la même attraction que lorsque nous étions enfants.

Marty gratta sa barbe inexistante.

– Vous le connaissez ?

– Oui. Enfin, je l'ai connu, je veux dire… il y a longtemps. Bon sang, cela fait des années.

Je regardai Jax de nouveau, et mon cœur se serra tandis que mes yeux s'embuaient de larmes. Était-il possible que ce soit vraiment lui ? Cela faisait plus de quinze ans que nous ne nous étions pas parlé. Nous n'étions que des enfants à l'époque, et pourtant le revoir aujourd'hui et savoir que c'était bien le Jax de mon enfance fit partir mon esprit en vrille. Pendant une période, si courte fût-elle, il avait été mon âme sœur. Mon compagnon inséparable de colonie de vacances. Mon meilleur ami. Deux étés de suite, nous avions grandi ensemble, nous avions bâti une relation très forte, jusqu'au moment où il avait disparu de ma vie sans un mot.

– Vous le connaissez ? demandai-je à Marty.

Aussitôt, je me mordis la lèvre inférieure.

– Oh oui. C'est une petite ville ici, alors tout le monde a vite fait de connaître tout le monde. Pour être honnête, je savais déjà tout sur vous avant que vous ne vous asseyiez, tout sauf votre numéro de Sécurité sociale, plaisanta-t-il.

– Et il est… sympa ? dis-je en choisissant d'ignorer que Marty avait dit qu'il savait tout de moi.

J'étais trop intéressée de savoir tout sur Jax. Ma question était idiote, puisqu'en me basant sur mon expérience, je connaissais la réponse, non il n'était pas sympa. Enfin, assez sympa dans son genre ? Un peu… en y réfléchissant ? D'après ce que j'avais pu observer, ses actes disaient autre chose que ses paroles, et je voulais l'avis de Marty sur la personne que Jax était devenue.

– Jax… il est… euh… enfin, je ne suis pas du genre à colporter des ragots. Les gens racontent déjà suffisamment de conneries par ici pour alimenter encore une décennie d'épisodes du feuilleton *Des jours et des vies*[5], mais Jax est quelqu'un d'intéressant. Plutôt solitaire, si on fait exception de ses relations amoureuses occasionnelles. Il a mis fin récemment à une relation de deux ans avec Amanda Gates – ils ne m'avaient jamais semblé très intimes, remarquez. Il est un peu HE.

– HE ?

– Handicapé émotionnellement. Je suis étonné qu'Amanda soit restée si longtemps avec lui. Il a son physique pour lui.

5. Soap américain qui dure depuis 1965.

Je suis sûr que ça, plus leur entente au lit, devait suffire pour qu'elle s'accroche. Si j'avais la moindre indication qu'il puisse préférer les Ken aux Kennedy, je me laisserais aller à lui faire un signe parce que ces yeux sont irrésistibles. Mais, hélas, il joue pour votre équipe, pas pour la mienne.

Je souris. Plus Marty parlait, plus il était à l'aise avec moi et plus il me plaisait. Sa personnalité commençait à percer au travers des nuages de sa nervosité.

– J'ai entendu dire que c'était le connard de la ville.

– C'est vrai... mais plutôt le bon genre.

Je ris.

– Ça veut dire quoi, ça ? Le bon genre de connard ? C'est un oxymore.

– Non, pas du tout. Vous savez, il se conduit comme un connard avec les gens qui le méritent. Au début, il paraît froid, mais c'est juste quand il ne connaît pas la personne. Il se protège parce qu'il a beaucoup souffert. Je peux le comprendre après tout ce que les habitants de cette ville lui ont fait subir. Si j'avais vécu la moitié de ce que Jax a vécu, moi aussi je considérerais les autres comme coupables jusqu'à preuve du contraire, et je suis l'homo de service dans cette ville, et en plus j'ai des TOC, alors moi aussi j'ai subi des choses dans ma vie, mais je ne l'échangerais pas pour celle de Jax, même une minute.

Ces paroles me serrèrent le cœur. Je n'avais pas l'impression que Jax soit le méchant connard dans l'histoire de cette ville. Pour moi, il apparaissait plus comme le héros brisé, celui qui avait été tellement terrassé qu'il avait préféré abandonner la lumière au profit de l'ombre.

Tout à fait comme moi après la tragédie qui m'avait frappée.

– Sa vie a été si dure que ça ? demandai-je en espérant que Marty allait secouer la tête et dire non.

Malheureusement, il acquiesça.

– On peut dire que Jax a eu un passé sombre. Il a passé beaucoup de temps replié sur lui-même alors qu'il s'occupait de son connard de père, jusqu'à ce que celui-ci soit placé dans une maison de retraite il y a quelques semaines. Alors là, si vous voulez parler des enfoirés de cette ville, Cole Kilter, lui, il remporte la palme. Mais Jax ? Il n'est pas du tout comme son père, bien qu'il ait hérité des gènes de ce salopard.

– Et sa mère ?

Marty fronça les sourcils.

– Comme je disais, il a souffert dans le passé.

Ces mots suffirent à me briser le cœur. Je n'ignorais pas à quel point sa mère comptait pour lui, et c'était terrible de penser qu'elle n'était plus là.

Marty croisa les bras.

– De vous à moi, je pense que Jax, c'est le type le plus sympa de toute la ville.

Il remonta son tee-shirt et me montra une cicatrice.

– Il y a quelques années, Lars Parker et sa bande de cons me sont tombés dessus. Ils sortaient d'un bar, ils avaient trop bu, et moi je finissais d'installer les tables dans le resto pour le lendemain. Ils ont commencé à m'embêter en me demandant de leur donner à manger gratuitement, et bon, pour vous la faire courte, ils m'ont agressé. La nouvelle de l'incident a eu vite fait de se répandre et, quelques jours plus tard, Lars et ses potes sont arrivés avec leurs propres blessures de guerre, œil au beurre noir et tout ça. En venant travailler le lendemain, j'ai vu Jax assis dans son box habituel, lisant le journal avec des pansements sur les deux mains. Il a dit qu'il s'était blessé en coupant du bois dans son jardin. Aujourd'hui encore, il jure qu'il n'a rien à voir avec la raclée que Lars a reçue, mais j'ai dans l'idée qu'il a tout à voir, au contraire. Après ça, il m'a dit de l'appeler si jamais on m'embêtait. Je le remercie souvent pour ça, et il me dit toujours de ne pas le faire chier et d'aller chercher sa commande à emporter.

Lars Parker.

Le petit con que nous avions connu enfants. Bien sûr, c'était ce même lourdaud qui m'avait draguée. J'avais bien senti qu'il y avait un truc qui me dérangeait lorsque je l'avais rencontré. Je n'étais pas étonnée de voir qu'il était devenu le parfait connard qu'il était en passe de devenir à l'époque.

Marty retourna travailler et je regardai Jax de nouveau. Il s'agita dans son box et en levant la tête, il se tourna vers moi. Nos regards se croisèrent et mon cœur se mit à battre la chamade.

Avant que j'aie pu dire quoi que ce soit, Marty lui apporta sa commande à emporter et il sortit du café en oubliant sa casquette de base-ball sur la table.

Je déposai à la va-vite de l'argent sur la table pour l'addition et j'allai précipitamment récupérer la casquette de Jax.

Je courus après lui pour la lui donner et pour… je ne sais pas… le serrer dans mes bras ? Pleurer ? Lui demander où il était passé pendant toutes ces années ? Mais avant de pouvoir faire quoi que ce soit, je me figeai sur place en regardant une petite fille qui se trouvait devant le stand de glaces avec sa mère. Elle tenait à la main un cornet avec deux boules de glace à la menthe avec des pépites de chocolat, et visiblement elle avait du mal à lécher assez vite pour l'empêcher de fondre. Sa mère fouillait dans son sac pour chercher des serviettes en papier pour la nettoyer.

J'étais scotchée, incapable de regarder ailleurs.

La fillette devait avoir dans les cinq ou six ans.

La seule chose que je savais, c'était qu'elle était petite, adorable et vivante.

Tellement vivante.

Je ne dois pas rester là, me dis-je alors que ma poitrine commençait à se serrer. Je voulais tourner les talons et partir en sens inverse. Je voulais courir. Je voulais courir très loin, rentrer à la maison et me terrer dans un endroit où le souvenir de mon deuil ne viendrait pas me hanter à chaque instant sous des formes diverses.

Son parfum préféré, c'était la menthe avec des pépites de chocolat.

Elle n'arrêtait pas de parler si bien que la glace fondait et coulait le long de ses doigts, et c'était la cata, et j'avais beau nettoyer, cela continuait de plus belle. J'avais toujours des serviettes en papier dans mon sac parce que j'étais sa mère, et que les mères ont toujours des serviettes en papier dans leur sac, et…

Arrête, Kennedy. Rentre chez toi.

Mais j'étais incapable de bouger. J'étais clouée sur place et je sentais venir la crise d'angoisse. Je ne pouvais détourner mon regard de l'enfant et de sa mère qui essuyait la glace sur son menton. J'étais incapable de m'en aller. De respirer.

– Qu'est-ce qui vous arrive ? demanda une voix me tirant brutalement de mes pensées.

En me retournant, je vis Jax qui me regardait d'un air surpris. Je tremblais de tous mes membres en tenant sa casquette d'une main hésitante, et j'ouvris la bouche pour parler, mais aucun son ne sortit de mes lèvres.

Et je retrouvai dans ses yeux, dans la façon dont il me regardait comme si j'étais folle, le même regard que Penn avait eu pour moi depuis un an. Il me jugeait. Il était sidéré par mon accès de panique inexplicable. Il…

Venait à mon aide ?

– Marche, ordonna-t-il en hochant la tête.

– Je… je… je ne peux pas.

C'est tout ce que je réussis à dire en continuant à trembler.

La petite fille et sa mère n'étaient plus en face de moi, mais les ombres de leur moment d'amour partagé se mélangeaient dans mon esprit aux ombres de mon passé. Je pensais trop, j'en faisais trop, je réagissais trop à la moindre émotion qui tambourinait à la porte de mon cœur.

Mais je ne pouvais pas l'empêcher. C'était pour cette raison que je faisais tout mon possible pour me déconnecter de la société. Elle contenait trop de souvenirs de tout le bonheur que j'avais perdu.

– Si, tu peux. Tu peux marcher.

Il ne comprenait pas.

Personne ne comprenait.

Il glissa son bras sous le mien.

– Qu… qu'est-ce que tu f… fais ? bégayai-je d'une voix enrouée.

– Ça, expliqua-t-il en faisant un pas en avant et en m'attirant avec lui. Maintenant, à toi.

– S'il te plaît, non. Je ne p…

– Arrête. Arrête de dire que tu ne peux pas alors que tu peux. Allez, Sun…

Sa voix était basse, mais plus du tout aussi froide qu'auparavant. Le surnom que je n'avais pas entendu depuis si longtemps me cingla comme un coup de fouet. Il savait. Il savait qui j'étais. Il n'avait pas oublié.

– Marche avec moi, implora-t-il.

Un pas.

Puis un autre.

J'avançais. Ou alors il me soulevait et me faisait flotter le long du trottoir. En tout cas, il me ramena jusque chez moi dans un silence total alors que les battements de mon cœur commençaient à se calmer et à reprendre peu à peu un rythme normal. Jax et moi marchions sous les regards que je sentais braqués sur nous, et je détestais cela. Je détestais la gêne qui accompagnait mes crises d'angoisse, la façon dont les gens me dévisageaient comme si j'étais cinglée.

Je me rappelais ma première crise d'angoisse dans un endroit public. C'était à la soirée annuelle de Noël dans l'agence immobilière de Penn. Je m'étais littéralement effondrée quand les haut-parleurs avaient diffusé la chanson de Noël préférée de ma petite fille, « This Christmas » par Donny Hathaway. J'étais en pleine conversation avec son patron quand mes genoux avaient cédé sous moi et j'étais tombée par terre en proie à la panique.

Il était embarrassé de me présenter comme sa femme après cela.

Je me demandais ce que Jax ressentait en me raccompagnant chez moi à ce moment-là, au vu et au su de tout le monde. Le pire, c'est qu'il n'était même pas mon mari. Il n'était qu'un étranger pour moi, soumis aux regards de toute la ville. Il ne semblait pas du tout s'en préoccuper, en revanche. Il continuait à marcher en me tenant par le bras.

Lorsque nous arrivâmes à la maison, je le remerciai, mais il me fit taire et me dit de m'asseoir sur les marches.

– Je vais très bien.

En fait, je tremblais encore et j'avais la tête qui tournait un peu.

Il inspira profondément et ferma les yeux avant de soupirer.

– *S'il te plaît*, insista-t-il, assieds-toi.

Préférant choisir mes combats, je ne discutai pas. Je m'assis et, à ma grande surprise, il s'assit à côté de moi. Je ne savais pas quoi lui dire, mais heureusement, Jax n'avait pas l'air de vouloir entamer la conversation. Il restait tout simplement assis près de moi, gardant un silence qui me sembla… réconfortant ? Oui. Je me sentais tellement mieux que lorsque j'étais partie en ville, tout simplement parce que Jax était assis sur cette marche avec moi.

Je compris qu'il n'est pas nécessaire de parler pour apporter de la consolation. Parfois, il suffit que quelqu'un s'assoie à côté de vous en plein milieu de vos moments de panique.

Quand il fut temps pour lui de partir, il se leva et baissa les yeux vers moi.

– Ça va aller ?

– Oui, oui, ça va. Merci pour ton aide.

Je marquai une pause.

– Depuis quand ? Depuis combien de temps tu sais que je suis… moi ?

– Quelques jours. J'ai vu la voiture de tes parents devant la maison.

– Je… C'est… c'est dingue, non ? Après tout ce temps, qu'on se rencontre comme ça… j'essaie juste de trouver un sens à tout ça. Comment c'est…

– Rien. Il n'y a pas nécessairement de sens.

Je portai la main à ma poitrine et inspirai profondément.

– Mais ça pourrait, non ? Cela pourrait vouloir dire quelque chose. Je veux dire, c'est un peu comme un signe du destin, non ? De toutes les villes où j'aurais pu aller m'installer, c'est ici que je suis venue. Tu le vois bien, non ? Tu ressens ce que je ressens… je ne sais pas… c'est juste une sensation dans ma poitrine. Et si…

– Arrête.

– Arrête quoi ?

– N'essaie pas d'inventer quelque chose qui n'existe pas. En vérité, on ferait probablement mieux de garder nos distances. Le passé, c'est le passé.

Je ne répondis pas, parce que je ne savais pas quoi dire. Pour être honnête, je me sentais un peu à côté de la plaque. Ma tête continuait à tourner à la suite de ma crise d'angoisse et mon rythme cardiaque était encore trop élevé pour décider si j'avais envie de serrer Jax dans mes bras ou de l'engueuler pour avoir disparu toutes ces années. Avant que j'aie le temps de faire quoi que ce soit, il s'éloignait déjà, me laissant seule avec toutes ces pensées et ces questions qui se bousculaient dans mon esprit.

Je rentrai aussitôt dans la maison, poussée par une urgence extrême. Je me précipitai dans ma chambre, directement vers un carton que je n'avais pas encore ouvert. J'arrachai la bande adhésive, écartai vivement un tas d'objets avant de trouver un coffret doré. Dans ce coffret, je conservais mes biens les plus précieux. Les bijoux de maman, les cravates préférées de papa. Les dessins de Daisy. De vieilles photos. Et les lettres de Jax.

Des lettres qu'il m'avait écrites il y avait si longtemps. Des lettres que j'avais gardées, précieusement enfermées pendant toutes ces années. Je ne les avais pas relues depuis une éternité, mais à présent, c'était avec un cœur qui battait follement que je les sortis de la boîte et les dépliai pour lire ce que Jax m'écrivait quand il avait dix ans.

Les pages étaient couvertes d'une écriture enfantine à l'encre noire, et je souris en revoyant comment il arrivait toujours à écrire sur les lignes, contrairement à moi qui écrivais dans tous les sens. J'écrivais comme un cochon alors que Jax maîtrisait ça beaucoup mieux que moi.

Je rassemblai les feuillets et me dirigeai vers la décapotable pour aller m'asseoir au soleil afin de relire les lettres de cet homme qui, autrefois, avait été mon meilleur ami.

Je ne m'attendais pas à être aussi émue en le faisant. Je ne m'attendais pas à sentir les larmes me monter aux yeux en promenant mon regard sur ces pages. Nous nous étions écrit pendant trois ans de façon continue, au cours des mois où nous n'étions pas ensemble en colo. Nous restions en contact de la meilleure façon possible. Je me souviens d'avoir passé ces trois ans à me précipiter sur la boîte aux lettres en espérant voir l'écriture soignée de Jax sur l'enveloppe.

J'avais probablement lu ces lettres un million de fois à l'époque. Le bord des feuillets était tout déchiqueté et usé, mais cela n'enlevait rien à la sensation étrange de papillons se précipitant dans mon estomac. Elle venait de toutes petites choses qui m'avaient sans doute semblé sans importance sur le moment.

Des mots comme

Tu me manques

Si tu as besoin de quoi que ce soit, dis-le-moi.

À bientôt.

Ils étaient tellement simples, n'exprimaient pas des choses extraordinaires, mais à présent, ils me touchaient beaucoup – surtout *à bientôt*. À une époque, j'avais pensé ne jamais revoir Jax et pourtant, aujourd'hui, nous étions là. « Bientôt » avait fini par devenir « tout de suite » pour nous deux.

Je passai le doigt sur l'enveloppe au dos de laquelle apparaissait l'adresse de Jax. Mon regard se fixa sur le mot Havenbarrow, et mes bras se couvrirent de chair de poule. Je n'étais qu'une gamine alors, et je n'avais pas su comment retrouver sa trace, alors qu'il était ici pendant tout ce temps, à trois quarts d'heure en voiture de chez moi. Je supposais que mon esprit n'avait pas retenu le nom de la ville parce que j'ignorais où elle se trouvait, et donc je ne l'avais pas reconnu quand Yoana m'avait fait la surprise de m'amener dans cette maison. Pour la petite fille que j'avais été, ça aurait aussi bien pu être à l'autre bout du monde.

Je relus une des dernières lettres qu'il m'avait envoyées, et un paragraphe en particulier retint mon attention.

Je sais qu'il n'y a aucune raison pour que je te dise cela parce que tes parents sont géniaux, mais tu me le dis dans chacune des lettres où tu parles de mon père, alors j'ai pensé que je devrais te le dire moi aussi, juste au cas où un jour viendrait où tu aurais besoin de l'entendre.

Si tu as besoin de t'enfuir, viens me retrouver.

Jax

Les larmes que je m'efforçais de retenir finirent par se mettre à couler.

Malgré toutes mes épreuves, je continuais à croire en beaucoup de choses, et le destin était en haut de la liste. Il y avait nécessairement une raison au fait que j'avais été amenée dans la ville où vivait mon meilleur ami d'enfance. Non seulement il vivait à Havenbarrow mais, en plus, nous nous étions retrouvés par hasard dans les bois. C'était à n'en pas douter le signe de quelque chose. Il y avait un sens à cela, d'une façon ou d'une autre.

Peut-être que j'avais envie d'y croire contre toute logique. Peut-être mon esprit avait-il besoin d'un peu de magie après avoir passé une année à agiter des idées noires.

J'avais souhaité qu'un miracle se produise, et voilà que Jax Kilter vivait au coin de la rue. Je ne savais pas ce que cela signifiait. J'avais juste besoin que cela signifie quelque chose. N'importe quoi, en fait. J'avais besoin d'espérer après une année passée dans le désespoir.

À ce moment-là, mon téléphone émit une sonnerie et un message apparut.

Penn : Il y a une grande soirée de gala ce week-end et je n'ai pas envie d'avoir à expliquer pourquoi ma femme n'est pas là. Tu peux revenir à la maison maintenant. J'ai réagi de façon excessive. On va trouver une solution.

Penn : Bordel, Kennedy. S'il te plaît. J'ai besoin de toi. Tu me manques.

Tu me manques.

Ces mots ne me donnaient pas le frisson comme ceux de la lettre de Jax.

Ils avaient l'air forcés – manipulateurs, presque, comme s'il ne les disait que pour obtenir ce qu'il voulait. Je savais que la seule raison qui lui faisait dire ça, c'était qu'il stressait à l'idée de devoir expliquer à ses amis et ses collègues mon absence aux soirées. Il fournissait tellement d'efforts pour donner une image de lui et moi vivant une vie idyllique, pour faire croire que nous étions le couple modèle dont tous les autres rêvaient. J'aurais parié qu'il avait des crises d'angoisse à se demander comment édulcorer le fait que sa femme l'avait quitté.

Tant mieux.

Il était plus que temps qu'il sache ce que c'était qu'une crise d'angoisse.

Quoi qu'il en soit, ses messages gentils et courtois n'effaçaient pas les horreurs qu'il m'avait dites le soir où il m'avait poussée à le quitter. Je n'allais pas me laisser piéger par les faux sentiments qu'il m'exprimait par texto.

Je recommençai à relire les lettres de Jax. Il y avait beaucoup plus d'authenticité dans les mots qu'elles contenaient.

Je ne pouvais pas m'empêcher de m'interroger au sujet de Jax et de l'homme qu'il était devenu au bout de tant d'années. Je ne pouvais m'empêcher de me demander quel pourcentage du jeune garçon que j'avais aimé autrefois demeurait encore dans son cœur.

11

Kennedy

Onze ans
Première année de colonie de vacances

Jax Kilter était tellement beau.

Beau dans un genre particulier que beaucoup de gens ne trouvaient pas beau, mais moi, si, parce que je trouvais que tout ce qui était différent était beau et séduisant. J'aimais ses yeux marron foncé parce qu'ils avaient la couleur de ma barre chocolatée préférée, ses grandes oreilles qui étaient encore disproportionnées par rapport à son visage. J'aimais la façon dont son nez penchait un peu vers la gauche comme si c'était fait exprès. J'aimais ses grosses lunettes. Il était tellement loin d'être parfait, et c'était ce qui me plaisait chez lui.

Maman disait que les personnes imparfaites étaient les meilleures parce que les plus belles aventures dans la vie ne provenaient pas des choses parfaites.

J'aimais la barbe de Jax aussi, même s'il n'en avait pas encore. Je savais qu'un jour, s'il se laissait pousser la barbe, cela me plairait sur lui. J'aurais parié qu'il deviendrait un bel homme parce que c'était déjà un beau garçon.

Jax Kilter me plaisait pour un tas de raisons, mais une des principales était qu'il ne cadrait avec personne d'autre à la colo, et que moi, je ne cadrais avec personne à la colo parce que j'étais trop bavarde et que j'étais plutôt différente et que *ohmondieu* nous pourrions peut-être devenir amis !

Je ne le réveillai pas tout de suite, parce que je savais qu'une fois réveillé, il allait peut-être s'enfuir et qu'il ne voudrait plus jamais me parler. J'avais eu beaucoup d'amis qui avaient cessé de me parler après qu'on avait traîné ensemble parce qu'ils me trouvaient trop bizarre.

Pourtant papa et maman m'avaient dit que c'était bien d'être bizarre. Si une personne était bizarre, cela voulait dire qu'elle avait de la saveur, et je ne voulais pas d'une vie insipide. J'avais tellement de rêves, grands et colorés, et je ne voulais pas passer à côté de ma chance de les réaliser en abandonnant ma singularité.

Ma plus grande qualité – à l'exception de ma capacité à réciter l'alphabet en rotant –, c'était que j'assumais totalement ma bizarrerie.

Ma gorge se serra en voyant le soleil pointer ses rayons et je donnai un coup de coude à Jax.

– Hé, chuchotai-je. Il est l'heure de se lever.

Jax s'étira et maugréa et s'étira encore une fois.

– Encore cinq minutes, M'man.

Je souris parce qu'il était drôle quand il rêvait. Je le secouai encore une fois.

– Je ne suis pas ta mère, Jax Kilter. Lève tes fesses avant qu'on te surprenne au lit avec Kennedy Lost.

Cela lui fit ouvrir les yeux, tout ronds. Ces grands et délicieux yeux couleur chocolat.

Il me regarda, puis promena son regard sur mes camarades de chambre endormies, et se leva d'un bond.

– Il faut que je sorte d'ici avant que quelqu'un s'en aperçoive.

– Ouais, c'est pour ça que je t'ai réveillé, en fait.

Il se leva et passa la main sous son nez tordu en ramassant ses vêtements toujours mouillés de la nuit précédente.

Je me levai aussi et lui fis un grand sourire. Maman disait toujours que si on souriait aux autres, cela leur donnait envie de sourire à leur tour.

Le sourire, c'est contagieux, Kennedy. Répands le tien comme un feu de broussailles, avait-elle coutume de dire.

Alors, j'étais là, en face de Jax, avec un sourire plus grand que jamais. Il haussa un sourcil et passa sa main dans ses cheveux ébouriffés.

– Qu'est-ce que tu fais ?

– Je souris.

– Pourquoi ?

– Pour te faire sourire.

Il cligna des paupières.

– Ah ? Bon.

J'enfilai mon sweat à capuche rose et glissai mes pieds dans mes baskets.

– Si tu veux, tu peux venir parler aux oiseaux avec moi.

– Les oiseaux ne parlent pas.

– Mais si, c'est juste que tu n'écoutes pas assez attentivement.

– Tu es vraiment bizarre, Kennedy.

Mon sourire s'élargit.

– Merci, Jax.

Je plissai le nez.

– Au fait, Jax, c'est ton nom ou c'est un diminutif ?

– Mon nom c'est Jaxson, mais il n'y a que ma mère qui m'appelle comme ça.

– Jaxson, dis-je d'une voix chantante. Oh, ça me plaît mieux. J'aime appeler les gens par leur nom complet. Comme Matthieu, ou Nicolas, ou Samantha. Mon père s'appelle Tim, mais maman l'appelle Timothy. Elle dit que les noms longs sont sosiptiqués.

– Tu veux dire *sophistiqués*.

Je plissai les yeux.

– Redis-le, mais lentement.

– So-phis-ti-qués

– So-phis-ti-qués, répétai-je en lui faisant un grand sourire. Merci. Parfois, je parle si vite que les mots s'emmêlent dans ma bouche et sortent de travers, et à d'autres moments, c'est juste que je ne connais pas le bon mot, alors ça m'aide quand quelqu'un est là pour me donner le mot que je voulais, alors merci.

Je pris une profonde inspiration.

– Hé, je peux t'appeler Jaxson ?

– Non ! aboya-t-il en plissant le front. Je te l'ai dit, il n'y a que ma mère qui m'appelle comme ça.

– Waouh ! Elle a de la chance, ta mère. Alors tu veux ?

– Je veux quoi ?

– Aller parler aux oiseaux ?

– Est-ce que tu fais toujours ça ?

– Quoi ?

– Penser à un million de choses à la fois ?

– Ah ? (Je plissai le front et me tortillai les lèvres.) Ouais, je crois bien. Bon, écoute, j'adorerais rester là à bavarder avec toi, mais si je n'y vais pas tout de suite, je vais rater les oiseaux et j'ai peur qu'ils se sentent perdus sans ma conversation du matin. Salut, Jax ! À plus, cow-boy !

J'enfilai les bretelles de mon sac à dos qui contenait des gâteries en prévision de n'importe quelle aventure dans laquelle je pourrais m'engager au cours de la journée. J'avais des barres Nutri-Grain, des chewing-gums et une bouteille d'eau.

Chaque fois que nous partions à l'aventure, mes parents, ma sœur et moi, maman prenait toujours les barres de Nutri-Grain et papa des grandes gourdes d'eau pour que nous puissions tous boire.

Je plantai Jax dans mon chalet et je partis pour aller chanter avec les oiseaux. J'adorais la colo parce qu'on était en plein milieu des bois. Les chalets des filles étaient dans une chouette clairière dans la forêt, avec des lilas plantés juste à côté de la porte. Lorsque le vent passait dessus, il vous apportait le parfum des fleurs, que j'adorais. Le lilas était la fleur préférée de maman et sentir leur parfum tous les matins lorsque je sortais me donnait un peu le mal du pays.

L'air sentait encore l'odeur de la pluie et je fis exprès de sauter dans les flaques chaque fois que j'en voyais une en me baladant à travers bois en sifflant.

Tous les matins, je partageais un petit pain que j'avais gardé du repas de la veille au soir pour nourrir les oiseaux, et ils adoraient ça. Ils baissaient la tête et plongeaient pour se régaler pendant que je restais assise sur une branche en écoutant leurs jolis chants.

Alors que j'étais assise sur ma bûche et que je commençais à fouiller dans mon sac à dos, j'entamai une conversation avec les oiseaux qui fut bientôt interrompue par le bruit d'un garçon qui se raclait la gorge.

Je me retournai et vis que Jax était là, en pyjama, avec ses vêtements de la veille soigneusement pliés sur le bras.

Je souris, et cette fois mon sourire fut assez communicatif pour qu'il sourie à son tour. Je fouillai de nouveau dans mon sac à dos et en sortis une barre Nutri-Grain à la fraise. C'était ma dernière à la fraise qui était ma préférée, mais je la tendis à Jax.

– Tu en veux ?

Il hésita une seconde et regarda en direction du camp comme s'il craignait d'être surpris à traîner avec une cinglée comme moi. Puis il prit une inspiration et vint vers moi. Il prit la barre de céréales que je lui tendais et leva les yeux vers les arbres pour observer les oiseaux.

– On trouve quelles espèces ici ?

Il sortit la barre de céréales de son emballage et en croqua un tout petit morceau.

– Oh, tu sais. Il y a le lonnie aux yeux rouges, et le jasper gris, et le eriken, dis-je très naturellement.

Jax me regarda en haussant les sourcils, l'air perplexe.

– Tu viens d'inventer tout ça ?

– Ouaip.

– Évidemment.

Nous commençâmes à manger nos barres de céréales en parlant aux oiseaux. Enfin, moi je parlais tandis que Jax, lui, il chuchotait plutôt. Alors que le soleil continuait sa course dans le ciel, Jaxson but une gorgée d'eau de la bouteille que je lui avais passée.

– Kennedy, c'est ton nom entier ?

– Ouaip. Cela signifie chef casqué. Papa dit que ça veut dire que je serai une meneuse et que je serai protégée du mal. Ma grande sœur s'appelle Yoana, ce qui veut dire Dieu est bienveillant, ce qui lui va comme un gant parce que c'est une fille géniale.

J'inclinai la tête.

– Qu'est-ce qu'il veut dire, ton nom à toi ?

– Oh, c'est idiot.

– Je crois pas, aucun nom n'est idiot.

– Le mien si, je t'assure.

– Dis-moi, pour voir.

Il grommela et soupira.

– Jaxson veut dire fils de Jack.

– Ah, dis-je en hochant la tête de façon compréhensive.

– Ton père s'appelle Jack ?

– Non, il s'appelle Cole.

– Hum, ouais, tu as raison, c'est idiot. On va t'en trouver un nous-mêmes. Que dirais-tu de… Jaxson veut dire héros ? Comme ça, tu es fort et tu sauves toujours les gens, quoi qu'il arrive.

– Mais tu ne peux pas décider de la signification des noms, Kennedy.

– Bien sûr que je peux. C'est ce qu'ont fait les anciens quand ils ont décidé que le tien voulait dire fils de Jack.

Il croisa les bras une minute, plongé dans une profonde réflexion, puis haussa les épaules.

– D'accord, Jaxson veut dire héros même si je ne pense pas que je serai jamais capable de sauver qui que ce soit.

– Ça viendra avec le temps. Tu dois grandir avec ton nom, comme dit toujours mon père. Haut les cœurs, tu y arriveras.

– Ouais, d'accord.

Il se gratta la nuque.

– Au fait, merci pour ton aide hier soir.

– De rien.

Je fourrai le reste de ma barre de céréales dans ma bouche et m'essuyai les mains sur mon pantalon de pyjama.

– Alors, raconte-moi quelque chose d'excitant à propos de toi.

Il haussa un sourcil.

– Qu'est-ce que tu veux dire ?

– Tu sais, quelque chose de cool à ton sujet.

– Oh, il n'y a rien de cool chez moi.

Je me mis à rire en lui donnant une tape sur l'épaule.

– Tu es trop drôle, Jax.

– Je ne plaisantais pas. Je ne suis pas quelqu'un de cool.

– Tout le monde est cool. Même les gens qui ne sont pas cool.

– Kennedy, ça n'a pas de sens.

– On n'est pas toujours obligé de dire des choses qui ont du sens. Dis-moi quelque chose. Dis-moi un truc que tu aimes.

Il s'éclaircit la voix et se passa le doigt sur l'arête du nez avant de remonter ses lunettes.

– J'imagine que j'aime les grands mots qui veulent dire des choses spéciales. Avec ma mère, nous cherchons toujours des grands mots pour nous les montrer l'un à l'autre et pour en apprendre le sens. On a même fait un tableau Pinterest pour y accrocher nos grands mots préférés.

Il plissa le nez.

– C'est idiot, je sais.

J'ouvris grand la bouche et tapai des mains.

– Ce n'est pas idiot ! Absolument pas ! Les grands mots, c'est trop cool ! Je n'en connais pas beaucoup d'autres que so-phis-ti-qué, alors tu peux peut-être m'en apprendre.

Pendant un instant, ses yeux s'illuminèrent.

– Tu es sérieuse ?

Je hochai la tête.

– Ouaip.

– Eh bien… quel genre de mots tu voudrais connaître ?

– Je ne sais pas puisque je ne les connais pas, idiot. Comment veux-tu que je sache lesquels je veux connaître si je ne les connais pas ?

Il rit nerveusement et, à ce moment-là, je le trouvai encore plus beau.

– Ah oui, c'est vrai.

– Dis-moi celui que tu préfères.

– Oh là là, il y en a tellement.

Il commençait à parler davantage et cela me plut. Cela me plaisait qu'il commence à s'ouvrir à moi.

– Par exemple, clinomanie !

J'ouvris la bouche et tapai des mains.

– Oh, j'adore !

– Tu ne sais pas ce que ça veut dire, si ?

– Pas du tout !

Il rit de nouveau.

– C'est l'obsession de rester au lit. Ma mère souffre de clinomanie après chaque week-end où elle a bu trop de vin.

– J'ai l'impression que ta mère et la mienne s'entendraient bien. Tu en as un autre ?

– Il y a solivassant.

– Oh, oui, oui. Solivassant. C'est très chouette. Cela va aussi être un de mes mots préférés maintenant.

Il sourit.

– Ça se dit d'un vagabond solitaire. Un peu comme moi. Je suis très solitaire.

– Moi aussi. La plupart des gens me trouvent trop bizarre pour être amis avec moi, alors je suis une solivassante.

Je me rembrunis un peu en pensant à la façon dont parfois, lorsque je vagabondais, je me sentais seule sans ma famille près de moi.

– Pas en ce moment en tout cas, dit-il en me donnant un coup de coude. Parce que, là, tu ne traînes pas toute seule. Tu es avec moi.

Les coins de mes lèvres remontèrent.

– Ouais, je suis avec toi.

Il continua à me citer d'autres mots, et je l'écoutai. Ses chuchotements se faisaient un peu plus sonores, jusqu'à ne plus être du tout des chuchotements, et même lorsqu'il se mit à rire assez fort, je suis sûre que tous les oiseaux dansaient sur cette musique.

– Hé, Jax ?

– Oui, Kennedy ?

– Tu veux bien être mon meilleur ami ?

Il plissa le nez.

– On ne demande pas aux gens d'être votre meilleur ami. Ce n'est pas comme ça qu'on devient meilleurs amis.

– Oh.

Je fronçai les sourcils et me grattai la tête sous mes cheveux emmêlés.

– Ben alors, comment est-ce qu'on le devient ?

– Je ne sais pas. Ça arrive comme ça.

Oh.

Je sortis mon petit pain et commençai à nourrir les oiseaux qui s'abattirent dessus comme des drogués.

– Hé, Jax ?

– Oui, Kennedy ?

– Est-ce que tu veux que ça arrive comme ça et qu'on devienne meilleurs amis ?

Il soupira.

– D'accord, Kennedy.

Le rouge me monta aux joues et je baissai les yeux sur les oiseaux qui picoraient les miettes de pain.

– J'ai toujours voulu avoir un meilleur ami.

Je ne l'entendis pas très clairement parce que Jax Kilter aimait chuchoter, mais je pense qu'il dit « moi aussi ».

– Maintenant on peut être des solivassants ensemble, dis-je.

– Heu, ça annule complètement l'idée même de solivassant.

– Chut, Jax. Te prends pas la tête, c'est tout.

Il sourit et chuchota :

– D'accord.

12
Kennedy
Aujourd'hui

Pluie, pluie, va-t'en et, s'il te plaît, emporte les angoisses de Kennedy avec toi.

Il continua de pleuvoir pendant deux jours, et j'avais mal partout à force de ne pas dormir. Lorsque j'essayais de fermer les yeux, je voyais des flashes de mon passé sous mes paupières. Si je finissais par m'endormir, je faisais des cauchemars.

Rien ne marchait. J'avais essayé tous les somnifères possibles et imaginables. J'avais fait presque tous les exercices de méditation qu'on pouvait trouver sur internet, fait brûler de la sauge, pris des bains à bulles, regardé *The Office* à la télé plus de dix fois, et malgré tout cela, rien.

La pluie battante sur le toit de la maison gagnait chaque jour en intensité. Je ne me nourrissais plus que de plats préparés et de pizzas que je me faisais livrer, sans en faire mystère. Je n'en étais pas plus fière que ça, mais j'en étais là de mon parcours. En plus de la pluie, je n'avais pas mis un pied hors de la maison depuis ma crise d'angoisse. Pour être honnête, mon corps traversait une période d'épuisement émotionnel. Lorsque je me réveillais de mes cauchemars, je me retrouvais toute seule avec mes pensées infernales.

Je ne savais pas qu'un cerveau pouvait finir par être tellement submergé qu'il pouvait se concentrer sur un million de choses à la fois, mais le mien réussissait à le faire. À ce moment-là, mes pensées c'était : *Qu'est-ce que je vais faire comme boulot ? Est-ce que je reste à Havenbarrow ou est-ce que je retourne en ville ? Où est Penn ? Est-ce que je lui manque vraiment ou bien est-ce tout simplement parce qu'il se sent seul ? Si c'est vrai que je lui manque, pourquoi n'est-il pas venu me chercher ?*

Parce qu'il ne sait pas où tu es, Kennedy.

Si c'était vraiment important pour lui, est-ce qu'il n'essaierait pas de retrouver ma trace ? Est-ce qu'il ne m'appellerait pas au lieu de se contenter d'envoyer des textos ?

Je me demandais aussi ce que Jax faisait pendant la tempête. Quand il a dit qu'il ne voulait pas qu'on renoue notre amitié, le pensait-il vraiment ? J'avais du mal à le croire. Et puis, j'avais tellement d'autres questions, comme comment avait-il fait pour devenir si costaud, lui qui était un enfant chétif ? Pourquoi avait-il cessé de m'écrire ? Et plus important que tout, qu'était-il arrivé à sa mère ?

Chaque fois que je parlais avec Yoana, je sentais que son inquiétude grandissait. Il m'arrivait de souhaiter qu'elle ne soit pas si apte à me déchiffrer – y compris seulement à travers ma voix au téléphone –, mais ma sœur savait que le poids qui pesait sur mon âme était parfois trop lourd à porter. Pourtant, je lui répétais sans cesse :

– Je vais bien.

Je m'en voulais de lui mentir, mais elle était à l'autre bout du monde, alors il n'y avait rien qu'elle puisse faire pour que les choses s'arrangent. Mon angoisse et mon chagrin, c'était à moi et à moi seule de les gérer. Personne d'autre ne pouvait me sauver.

Enfin, personne, sauf peut-être Joy Jones.

Alors que j'étais coincée dans ma maison, faisant les cent pas dans ma salle à manger en anticipant une nouvelle nuit sans sommeil, j'entendis un petit coup sur ma fenêtre. Je levai les yeux et je vis Joy qui lançait quelque chose dans ma direction. Elle était debout devant sa fenêtre grande ouverte et tendait le bras à l'extérieur pour lancer des trucs vers moi afin d'attirer mon attention, elle allait se retrouver avec un bras complètement trempé.

Me demandant ce qu'elle voulait, j'allai ouvrir ma fenêtre.

– Bonsoir, dis-je d'une voix hésitante en haussant un sourcil. Tout va bien ?

Je savais qu'elle approchait de ses quatre-vingt-dix ans et s'il se passait quelque chose d'inquiétant, je voulais l'aider du mieux possible. Je savais que je n'étais pas la personne la plus stable qui soit, mais si d'une façon ou d'une autre je parvenais à rassembler assez de courage pour en aider une autre, j'étais tout à fait désireuse de le faire.

– Bonsoir, ma chère, oui. Je voulais juste savoir si cela vous dirait de venir prendre une tasse de thé, répondit-elle gentiment.

– Euh… il est plus de vingt-deux heures, Joy.

Son sourire s'élargit et elle hocha la tête.

– Alors un verre de vin ?

J'acceptai en riant. Qu'avais-je d'autre à faire ? M'asseoir et passer le reste de la nuit à gamberger ? J'enfilai un imperméable et des bottes. Lorsqu'en ouvrant ma porte je vis la pluie battante et les éclairs dans le ciel, l'anxiété me saisit à la gorge.

Vas-y, Kennedy. C'est juste à côté.

Mais je ne peux pas bouger.

Plus le ciel pleurait, plus ma poitrine se serrait et un début de panique me saisit. J'aurais dû être plus forte. J'aurais dû être capable d'avancer sans m'inquiéter. Mais des flashes de la nuit de l'accident me revenaient à l'esprit, et je n'étais pas capable de les repousser.

Je n'y arriverai pas, me dis-je en fermant les yeux, gênée, honteuse.

– Mais si, vous pouvez le faire, s'écria une voix.

Je tournai la tête et je vis Joy qui me souriait, l'air totalement sincère.

– Allez venez, vous n'êtes pas seule. Seulement quelques pas, et votre verre de vin vous attend.

– Je… Ma…

Je fermai les yeux et inspirai profondément. Mes mains se mirent à trembler et la peur m'envahit.

– Ce n'est pas un problème d'avoir peur, ma chère, reprit Joy. On peut avoir peur et faire preuve de courage en même temps. Allez, venez. Le vin est frais et la compagnie est bonne. Même s'il vous faut retenir votre respiration et venir en courant, faites-le. Ensuite, nous pourrons respirer ensemble.

Je fis ce qu'elle disait. Je retins ma respiration et traversai le jardin en courant, passant sur le trottoir et remontant son allée sans m'arrêter. Une fois arrivée sur son porche, j'entrai à toute vitesse chez elle sans y avoir été invitée, comme une folle.

Une fois dans son entrée, j'enlevai mon imperméable dégoulinant de pluie en frissonnant.

Joy me suivit à l'intérieur et me tendit une serviette qu'elle tenait déjà prête.

– Et voilà, dit-elle en souriant. Ce n'était pas si difficile.

Si seulement elle savait à quelle vitesse battait mon cœur ! Cela avait été beaucoup plus difficile qu'il n'y paraissait.

– Blanc ou rouge ? demanda-t-elle.

– Euh… blanc si vous en avez.

– Oh, ma chère, j'ai tout ce qu'il faut. Allez, venez, asseyez-vous sur le sofa et installez-vous confortablement. J'ai préparé une petite planche de charcuterie pour grignoter en bavardant. Elle est juste là, sur la table, si vous voulez vous servir.

– Merci, Joy.

Je pris place sur le sofa en essayant de calmer le rythme de mon cœur qui battait encore beaucoup trop vite. Sa maison était très chaleureuse, tout y semblait authentique et important. Les murs étaient recouverts de cadres disparates montrant des photos en noir et blanc qui exposaient tous les beaux moments de sa vie. En outre, les meubles étaient tous colorés, et la pièce était rendue très lumineuse par diverses lampes hautes et basses disposées un peu partout.

Il y avait un mur d'œuvres d'art magnifiques éclairées par des spots. Des peintures et des sculptures qui donnaient de la chaleur au décor. C'était comme si je me trouvais dans un musée à contempler des chefs-d'œuvre. Tout simplement à couper le souffle.

Lorsque Joy revint, elle tenait dans ses mains les plus grands verres de vin que j'avais jamais vus. En une fraction de seconde, elle était devenue officiellement ma nouvelle meilleure amie. Chacun des verres devait contenir au moins une demi-bouteille de vin à lui tout seul.

Je souris, ravie.

– C'est un verre très impressionnant !

– Certaines soirées demandent qu'on prenne des verres plus grands.

Là, je dis bravo.

– Comment avez-vous su que j'avais besoin de faire une pause avec un verre de vin ? plaisantai-je en prenant une gorgée du meilleur vin blanc que j'aie jamais bu.

– Cela fait plusieurs soirs que je vous vois marcher de long en large chez vous. Non que je vous espionne ou quoi que ce soit, mais mon petit coin de lecture se trouve juste en face de votre salle à manger. Je me suis dit que l'orage vous empêchait de dormir.

– Oui, cela me rend un peu nerveuse, avouai-je, ne voyant aucune raison de mentir à ce sujet. Alors merci. J'apprécie vraiment d'avoir de la compagnie. Je dois admettre que je commençais à tourner en rond, au bord de la crise de nerfs.

– Hmm. Ça arrive parfois. On peut avoir l'impression que l'orage va durer éternellement, mais croyez-en mon expérience, j'ai appris que quoi qu'il arrive, il finit toujours par s'éloigner.

C'était une pensée réconfortante qu'il faudrait que je garde en mémoire.

– Vous savez ce qu'il est réconfortant de penser ? demanda-t-elle.

– Quoi ?

– Même quand le ciel est gris, le soleil est toujours présent derrière les nuages.

– C'est une jolie pensée. Mais, parfois, c'est difficile de s'en souvenir.

Elle me tapota le genou.

– Je le sais bien, croyez-moi. J'ai presque quatre-vingt-dix ans et, parfois, je l'oublie moi aussi. En même temps, j'imagine que c'est pour ça qu'il y a le vin.

Elle s'agita sur le coussin du canapé.

– Alors, comme ça, Jax semble être attiré par vous.

Je pouffai de rire.

– Attiré par moi ? Pas le moins du monde. En fait, il m'a signifié clairement que nous devrions garder nos distances, lui et moi.

– Oh, ma chère, dit-elle avec un petit geste de dénégation, Jax ne le pensait pas. C'est juste une tête de mule, tout comme l'était mon Stanley. Ce n'est pas facile pour lui d'exprimer des sentiments. Cela ne lui arrive pas très souvent, d'ailleurs. Je bois un verre avec ce garçon depuis des années, et c'est à peine s'il s'ouvre à moi. Il prend l'air dur comme ça, comme un mur de briques, mais en fait, c'est un grand tendre. Et depuis votre arrivée ici, j'ai remarqué la façon dont il vous regarde.

La nervosité me serra l'estomac.

– Comment me regarde-t-il ?

– Comme s'il voulait en savoir plus sur vous.

Je baissai la tête et fis tourner mon verre entre mes doigts.

– Il y a très longtemps, il a été mon meilleur ami. Nous sommes allés en colonie de vacances ensemble deux années de suite, et nous nous sommes écrit régulièrement pendant trois ans environ. Et puis, un jour, ses lettres se sont arrêtées. Il a juste… disparu.

Les yeux de Joy s'arrondirent de surprise.

– Vous l'avez connu enfant ?

– Oui, il était… je souris en repensant à Jax enfant. C'était le garçon le plus gentil que j'aie jamais connu. Le plus silencieux, mais le plus gentil.

– Oui. Eh bien, cela n'a pas changé avec les années. Et il le sait ? Que vous êtes… vous ?

– Oui, il le sait, mais il m'a dit que le passé était le passé et qu'il valait mieux qu'on en reste là.

– Oh, quelle connerie ! grogna Joy, ce qui me fit éclater de rire. Il ne faut jamais écouter ce que dit Jax, vous savez pourquoi ?

– Non, pourquoi ?

– Les battements de son cœur sont réglés sur l'autodestruction. Il repousse toutes les bonnes choses parce qu'il estime qu'il ne les mérite pas, mais je connais ce garçon – sans doute mieux qu'il ne se connaît lui-même – et il a besoin d'un ami. Je crois qu'il a davantage besoin de vous qu'il ne voudra jamais le reconnaître.

Je secouai la tête en buvant une gorgée de vin.

– Je doute qu'il veuille que je sois cette amie. De plus, comme vous l'avez dit, c'est un mur de pierre. Je n'ai aucun moyen de l'atteindre.

– Bien sûr que si.

Elle posa son verre de vin et alla jusqu'à la cheminée sur laquelle étaient posées quelques bougies. Elle prit un briquet et commença à les allumer l'une après l'autre.

– Vous avez perdu quelqu'un, non ?

Je me redressai. Même avec toutes les commères, je n'avais parlé de ma fille à personne.

– Pardon ? Que voulez-vous dire ? Comment… ?

Elle me regarda en souriant.

– Je le vois dans vos yeux, et je vois sa lumière autour de vous.

Mon corps fut secoué de frissons lorsque j'ouvris la bouche.

– Je… c'est…

Ma bouche se dessécha alors que j'essayais de prononcer les mots, mais elle secoua la tête.

– Non, non, ma chère enfant. Vous n'êtes pas obligée d'en parler si c'est trop dur. Je comprends, mais je veux que vous sachiez que vous n'êtes pas seule dans votre deuil. S'il y a une chose en ce monde qui nous réunit tous, c'est la vie et la mort, le jour et la nuit. Jax a vécu une tragédie, lui aussi, et puisque tous les deux vous avez un passé commun, je me dis que, peut-être, vous pouvez vous retrouver à un certain niveau.

– Je ne crois pas qu'il veuille de moi dans sa vie, en tout cas pas trop.

– Moi, je parie que si. Le père de Jax est en fin de vie, aussi, et je sais que cela le mine même s'il refuse d'en parler. Maintenant, je ne vous dis pas cela pour que vous vous imposiez à lui. Je pense seulement que la guérison demande du temps, de la patience et des amis, et je crois que lui comme vous auriez bien besoin d'un ami en ce moment, expliqua Joy.

– Qu'est-ce que je peux faire pour qu'il veuille être mon ami ? Comment l'amener à s'ouvrir à moi ?

– Soyez vous-même. Cela devrait suffire, j'en suis sûre. Sinon, poussez-le un peu. Parfois, dans la vie, on a besoin d'être poussé pour se rappeler qu'on peut encore avancer.

Je repensai à l'autre jour, lorsque ma crise d'angoisse m'était brusquement tombée dessus et que j'étais incapable d'avancer. Jax était là, pour me pousser et guider mes pas pour rentrer chez moi. S'il avait pu m'aider, je pouvais au moins essayer d'en faire autant pour lui. Qu'est-ce que je risquais, au pire ?

Joy et moi bavardâmes de la vie en terminant notre vin. Elle me fit rire alors que, sans elle, j'aurais été chez moi à cogiter et à me morfondre. Je lui étais tellement reconnaissante de sa gentillesse. Elle était l'une des premières personnes dans cette ville qui me paraissait authentiquement décidée à devenir mon amie.

Lorsque je lui demandai pourquoi elle n'était pas sortie de sa maison depuis si longtemps, elle me fournit la réponse la plus simple qui soit.

– Je vais là où l'amour se trouve. Cet endroit résonne des battements de cœur des êtres que j'ai aimés. Lorsque l'amour ira ailleurs, je le suivrai sans hésiter. Ce lieu est mon refuge jusqu'à ce que Dieu en décide autrement.

Comme je me levai pour partir, je m'arrêtai dans l'entrée dont les murs étaient couverts de photos. Je regardai les visages souriants, ce qui me fit sourire moi, aussi.

– C'est votre mari, là ?

– Oui, c'est Stanley, mon cher et tendre disparu.

– Et la jeune fille ?

– C'est ma Bethany. Elle nous a quittés trop tôt. Nous avons partagé dix-huit années de bonheur tous les trois avant que le cancer nous l'enlève.

Ma poitrine se serra.

– Je suis désolée.

J'aurais voulu la prendre dans mes bras et pleurer, mas je restai figée sur place.

– Moi aussi, Kennedy, je suis désolée. Sincèrement désolée.

Sans que j'aie eu besoin de le lui dire, Joy avait deviné mon deuil. Je mis mon manteau et mes bottes, puis sortis sur le perron. Nous nous souhaitâmes bonne nuit, mais avant de me résoudre à m'en aller, je me tournai vers elle et lui posai la question à laquelle je tentais depuis quelque temps déjà de trouver une réponse.

– Comment se remet-on de la perte d'une fille ?

Elle s'approcha de moi et croisa les bras.

– On ne s'en remet pas. On traverse l'épreuve et on se réjouit du temps qu'on a passé ensemble. Moi, personnellement ? J'aime à croire que, quand Bethany m'a quittée, elle est devenue le vent. Et donc je sens sa présence partout.

Elle tendit la main et ferma les yeux en prenant une profonde inspiration.

– Même pendant les orages.

Je lui souris avant de la serrer fort dans mes bras. Je la remerciai pour tout ce qu'elle m'avait apporté pendant cette soirée et me dépêchai de rentrer chez moi. Pourtant cette fois, avant de me précipiter à l'intérieur, je fermai les yeux et sentis le vent qui passait sur mon âme en dansant.

13
Jax

– Il était à peu près lucide aujourd'hui, dit Amanda lorsque je m'arrêtai à la réception pour signer le registre des visites. Il s'est rappelé mon nom.

– Il t'a donné du fil à retordre ?

– Ce ne serait pas Cole Kilter, autrement.

Pas faux.

– Il a parlé de moi ?

– Bah, il a dit que t'étais un enfoiré.

Normal, ça aussi.

Je n'étais pas sûr d'avoir envie de le voir ce soir après une journée de merde au boulot, mais je m'en serais voulu si je ne lui avais pas lu quelques chapitres. Malgré tout, ça ne changeait rien au fait que j'étais rincé. Cela faisait plusieurs jours que je ne me sentais pas très bien. En vérité, toute cette pluie, c'était déprimant à force, mon boulot me gonflait, et je n'arrivais pas à me sortir Kennedy de la tête. C'était comme si le fait de réaliser qui elle était avait libéré un torrent de souvenirs qui m'avait pris au dépourvu et que je ne savais pas comment gérer. Je me noyais dans ce flot.

Quelque part, j'avais envie de lui parler. De tomber sur elle en ville et de lui demander comment elle allait. Cette partie de moi était stupide. Presque tout ce que je touchais tournait mal, et l'idée de renouer avec Kennedy pour qu'aussitôt ça tourne mal était un risque que je ne voulais pas courir.

Tout ça, c'était du passé. Après, on avait chacun notre histoire.

Je me demandais juste pourquoi elle n'avait plus jamais répondu à mes lettres.

– Comment tu t'en sors ? demanda Amanda en me tirant brusquement de mes pensées concernant une femme qui n'était pas elle.

Je me sentis coupable. Au cours de la semaine passée, j'avais pensé mille fois plus souvent à Kennedy qu'à Amanda, malgré le caractère relativement récent de notre rupture.

– Ça va, je répondis sèchement. Bonne nuit.

– Jax, attends.

Elle m'attrapa par le bras, mais je n'avais pas envie de discuter avec elle ce soir. Bon sang, je n'avais pas envie de discuter du tout.

– Tu n'es pas obligé de faire bonne figure en ce qui concerne ton père. D'accord, c'est un enfoiré, mais tu as quand même le droit d'être triste. Tu sais que je suis là si tu as besoin d'en parler.

– Il n'y a rien à dire. Je vais bien.

– Je sais que ce n'est pas vrai.

Je déglutis péniblement et baissai les yeux.

– Amanda ?

– Oui ?

– Lâche-moi.

Je l'entendais au sens propre comme au sens figuré.

Elle me lâcha le bras.

– Très bien. Comme tu veux. Je ne sais pas pourquoi tu t'acharnes à penser que tu dois te battre tout seul dans ce monde. En tout cas, même si tu ne me parles pas à moi, j'espère que tu parles à quelqu'un.

– C'est à ça que sert la thérapie.

Encore faudrait-il que j'y aille.

Je sortis le livre de ma veste, espérant que mon père ne serait pas trop lucide quand il me verrait. Il fallait que je sois tordu, quand même ! Je priai un Dieu auquel je ne croyais pas, avec l'espoir que la mémoire de mon père soit trop déglinguée pour qu'il me reconnaisse.

J'entrai dans sa chambre où il était assis dans un fauteuil roulant, devant la fenêtre. La nuit était déjà tombée, si bien qu'il ne devait rien voir de bien excitant. Je me raclai la gorge et m'avançai vers lui sans savoir à quoi m'attendre. Il leva vers moi ses yeux d'un bleu qui rappelait celui de la mer, et il cligna des paupières. Le côté droit de son corps était paralysé et sa bouche pendait sur le côté lorsqu'il me regarda. Son regard vide me confirma qu'il ne me reconnaissait pas.

Je m'éclaircis la voix.

– Bonsoir, Monsieur Kilter. Je voulais passer vous lire quelques chapitres de ce roman, ça vous plairait ?

Il hocha faiblement la tête et je tournai son fauteuil face à moi avant de m'asseoir sur une chaise. Il avait l'air totalement diminué, et de temps en temps, je devais lui essuyer le visage. C'était dur de le voir comme ça, d'autant plus que son aspect extérieur n'était rien comparé à ce qui se passait à l'intérieur de son corps.

Personne n'a envie de voir le corps de ses parents se dégrader avec les années. C'est une des malédictions de la vie, voir décliner ceux qui vous ont mis au monde, un simple rappel que la vie est bien plus courte qu'on se l'imagine.

Pendant que je lui faisais la lecture, il regardait devant lui. Il ne me regardait pas moi, précisément, c'était plutôt comme s'il regardait à travers moi. Au milieu du troisième chapitre, je remarquai que ses lèvres bougeaient.

– Bo-o-on, marmonna-t-il, ce qui me fit hausser un sourcil.

C'était ironique de l'entendre marmonner après toutes ces années où il m'avait régulièrement frappé pour essayer de me faire perdre cette habitude. La vie est une sacrée plaisanterie, quand on y pense.

– Bon ?

Il acquiesça en bougeant à peine la tête.

Mon cœur desséché tenta de battre pour ce pauvre homme.

C'est alors que je remarquai une petite flaque de liquide qui se formait sur le sol sous lui. Je me levai en réalisant qu'il s'était oublié dans son pantalon. J'allais rapidement chercher quelqu'un. Deux infirmières vinrent pour l'aider à se changer et le mettre au lit pendant que je restais là, les mains crispées sur mon livre.

Une fois couché, il ne tarda pas à s'endormir et je m'en allai en passant sans m'arrêter devant Amanda dont je sentis le regard rivé sur moi.

Je m'assis au volant de mon pick-up et jetai le livre sur le siège passager. Après avoir mis le contact, je restai sans bouger, les mains serrées sur le volant, jusqu'à ce que mes jointures blanchissent. Je restai comme ça un moment, absorbant le silence qui s'abattait sur moi. Puis je sortis mon téléphone et appelai mon frère. La conversation prit la même tournure que d'habitude.

– *Tu n'es pas responsable de lui, Jax. Tu devrais quitter cette ville et recommencer ta vie ailleurs. Tu n'es pas responsable de la mort de maman.*

Toujours la même rengaine.

En rentrant chez moi, je repensai à mon père, à l'homme qu'il avait été et à l'homme qu'il était devenu. On aurait dit deux êtres totalement différents. L'un m'avait terrorisé, l'autre me faisait pitié. Aucun homme ne devrait se retrouver en situation de s'oublier sur soi, trop impuissant pour l'éviter.

Il n'y avait dans mon cœur aucune pitié pour l'homme qu'il avait été. J'emmerdais cet homme et la façon dont il m'avait fait souffrir tant physiquement qu'émotionnellement. J'emmerdais les années passées en thérapie qui n'avaient pas fait grand-chose pour me guérir. J'emmerdais ses poings qui m'avaient frappé, marqué, rabaissé.

J'emmerdais l'homme que mon père avait été.

J'emmerdais aussi celui qu'il était ce soir.

J'emmerdais l'homme qui poussait mon cœur froid à vouloir se briser. Mais mon cœur ne pouvait plus se briser parce qu'il avait été trop malmené au fil des années.

***

En arrivant chez moi, je me rendis dans les bois pour me changer les idées. Trop de pensées se bousculaient dans ma tête pour que j'aille directement me coucher. J'étais fatigué, mais je savais que je serais incapable de trouver le sommeil.

En approchant de mon lieu de prédilection, je marquai un temps d'arrêt en voyant qu'une femme était assise sur mon banc.

En me rapprochant, je compris qui elle était.

– Qu'est-ce que tu fais là ? aboyai-je en inclinant la tête, incrédule.

Kennedy leva les yeux et me fit un sourire hésitant. Elle avait un carnet à la main dans lequel elle griffonnait avant que je l'interpelle.

– Salut, dit-elle dans un souffle. Je… euh… j'avais besoin de prendre l'air.

– Ce n'est pas l'air qui manque ailleurs.

– Oui, mais je n'ai pas trouvé de plus bel endroit que celui-ci, pour l'instant.

– Tu sais que c'est interdit, mais tu es revenue quand même, grommelai-je, agacé par son besoin d'enfreindre les règles.

Au fond de moi, j'étais plutôt soulagé de la voir. En réalité, je ne savais pas ce que je ressentais. Après la visite à mon père, mes émotions étaient sens dessus dessous.

– Je pense que nous allons, toi et moi, devoir nous faire à l'idée que je suis l'intruse qui ne respecte pas les interdictions.

Je fis une grimace en me passant la main dans les cheveux. Comment est-ce que je pouvais vouloir à la fois qu'elle soit là et qu'elle s'en aille ?

Elle se poussa sur le banc et tapota l'espace qu'elle avait libéré.

– Tu peux venir t'asseoir à côté de moi.

– Je n'ai pas envie de parler, répondis-je sur un ton bref.

– Évidemment. Ça n'a jamais été ton truc de parler.

– Je n'ai pas envie de t'entendre non plus, insistai-je.

Elle fronça les sourcils.

– Oui, ben, nous savons tous les deux que j'ai plutôt tendance à être bavarde, mais je peux me taire ce soir.

J'aurais dû lui dire de s'en aller et rentrer chez moi me coucher. J'aurais dû lui dire de ne plus revenir. J'aurais dû lui dire que je ne voulais plus jamais la revoir, parce qu'il n'y avait pas de place pour elle dans ma vie.

Au lieu de cela, j'allai m'asseoir parce que même la tristesse a besoin de compagnie, parfois.

Nous gardâmes le silence pendant un long moment. Kennedy continuait de gribouiller dans son carnet, et de temps en temps, je jetai un coup d'œil sur ce qu'elle écrivait. C'était une liste de choses à voir et à faire à Havenbarrow.

- Faire la connaissance de Marshmallow, le chat.
- Soirées films en noir et blanc.

• Bibliothèque cachée.
• Revoir un vieil ami.
• Dire à Jax que ce n'est pas grave qu'il lise ma liste.
• Demander à Jax comment il va.
• Dire à Jax d'arrêter d'écarter les narines parce qu'il s'est aperçu que je lui écris des messages.

Je grognai en détournant les yeux.

– Tu es vraiment bizarre.

– Il me semble que c'était une des choses qui te plaisaient chez moi.

Je ne dis rien.

Elle insista.

– Tu vas bien ?

– Je croyais qu'on ne devait pas parler.

– Tu me connais, j'ai du mal avec ça.

Je secouai la tête.

– Je ne connais plus grand-chose de toi. On était gamins en ce temps-là. Beaucoup de choses ont changé.

– Comme quoi, par exemple ?

Je plongeai mon regard dans ses yeux couleur de miel et, l'espace d'un instant, je n'eus pas envie de me détourner. J'eus envie de la prendre dans mes bras. De lui raconter tout ce qui était arrivé pendant ces années. J'eus envie de lui confier le poids de mes peines. J'eus envie qu'elle soit mon amie.

J'avais besoin d'une amie, mais je ne le méritais pas.

– On s'en fout de *ce* qui a changé, ce qui compte c'est que ça *a* changé.

– Est-ce que tu vas bien, Jax ? insista-t-elle.

Sa voix était empreinte d'un intérêt sincère et d'une gentillesse que je n'avais pas entendus depuis longtemps.

– Cela ne te regarde pas.

– J'aimerais le savoir, pourtant.

Elle posa la main sur mon bras, et une décharge secoua mon âme. Ce simple contact envoya un courant électrique à travers tout mon organisme, droit à mon cœur pour essayer de le ramener à la vie.

– Si tu as besoin de parler, Jax…

Je laissai sa main s'attarder un instant parce que sa chaleur me faisait du bien.

Pourquoi le contact d'Amanda était-il différent ?

Lorsque je retirai mon bras, le froid me saisit de nouveau. Je croisai les doigts et baissai la tête, mes mains si crispées que mes jointures blanchissaient. Nous gardâmes le silence encore un moment. Puis un chuchotement sortit lentement de mes lèvres.

– Mon père est mourant.

– Je sais. Joy m'en a parlé. Je suis désolée, Jax.

– C'est un connard. Ou du moins, il l'était avant tout ça.

– Et maintenant ?

– Maintenant, il est là, c'est tout, et il n'a plus rien.

– Il t'a, toi.

– Cela ne lui a jamais suffi avant, alors ça m'étonnerait que je lui suffise maintenant.

Qu'est-ce qui me prenait ? Pourquoi est-ce que je lui parlais de ça ?

Pour éviter qu'elle me touche et m'envoie un nouveau courant électrique dans tout mon organisme, je me levai. Les sourcils froncés, j'enfonçai les mains dans mes poches et je commençai mentalement à me replier sur moi-même et sur ma solitude.

– Je t'interdis de t'introduire de nouveau sur ma propriété. Si tu recommences, j'appellerai la police.

Elle se leva aussi.

– Moon, je…

– Ne m'appelle pas Moon, coupai-je. Va-t'en, Kennedy.

Ses épaules s'affaissèrent et je m'efforçai de ne pas la regarder. Il ne fallait pas que je la regarde, sinon j'allais la supplier de rester.

– Excuse-moi. Je m'étais imaginé que tu avais besoin d'une amie.

– Je n'ai pas besoin d'une amie. Je n'ai besoin de personne. Tu te souviens ? Le connard de la ville, c'est moi. Cela ne m'intéresse pas de fabriquer des bracelets d'amitié avec toi.

14
Kennedy

– Non, m'écriai-je alors que Jax s'éloignait.

Il se retourna et inclina la tête.

– Pardon ?

– J'ai dit non. Tu ne vas pas t'en aller comme ça.

– Non mais, ça va pas ? Tu débloques ou quoi ? gronda-t-il, furieux.

Ou bien était-ce de la douleur ? Ses yeux exprimaient de la douleur alors que sa voix communiquait de l'irritation.

– Ça, c'est pas nouveau, mais là n'est pas le sujet. Le sujet, c'est que tu vas revenir t'asseoir là et me parler.

– Certainement pas. Et si tu ne sors pas immédiatement de chez moi…

– Tu vas appeler les flics, et tout ça, bla-bla-bla, j'ai bien compris, Jax. C'est ton rôle dans cette ville. Tu es le grand méchant loup. L'homme dur et froid qui tient tout le monde à distance, mais moi je te connais. Je connais le vrai Jax. Ce garçon, gentil et sensible, est toujours là, au fond de toi. Je sais que tu n'es pas un vrai con.

– Tu ne pourrais pas tout simplement rentrer chez toi et faire comme si nous ne nous connaissions pas ?

– Non, je ne peux pas faire ça, parce que je vois bien que tu portes un lourd fardeau sur tes épaules, et depuis longtemps.

Il tourna vers moi un regard lourd. Un regard qui, en fait, était présent en permanence dans ses yeux. Il s'y trouvait déjà le premier jour où nos chemins s'étaient croisés, dans ces bois. Je ne pouvais qu'imaginer depuis combien de temps il vivait avec cette souffrance.

– Je vois, dit-il. Tu t'imagines qu'il y a entre nous je ne sais quelle connerie du genre « lien d'âmes sœurs » parce que nous sommes allés en colo ensemble il y a des années, mais cette idée est nulle et non avenue parce que je n'ai plus rien de commun avec le gamin que j'étais à l'époque.

– Et moi, je ne suis plus la fille que j'étais, non plus.

– Ta garde-robe aux couleurs criardes et ton incapacité à comprendre qu'une conversation est terminée plaideraient plutôt en faveur du contraire.

J'eus un petit sourire et lissai de la main ma robe d'été jaune fluo.

– D'accord, j'imagine que certaines choses n'ont pas changé en ce qui me concerne.

– Ce qui n'est pas le cas pour moi. Sans vouloir te vexer, ça ne m'intéresse pas de renouer avec toi et d'échanger des souvenirs de colo autour d'un feu de camp en mangeant des marshmallows. Je n'ai pas de temps à perdre, pour aucune sorte de relation, j'ai beaucoup trop de travail. Alors si tu veux bien…

– *Kismet*, dis-je en me redressant. C'est toi qui m'as appris ce mot, tu te souviens ? Parmi des centaines d'autres mots. Mais *Kismet* était celui que je préférais. Ça veut dire…

– Je sais très bien ce que ça veut dire, mais ça n'a rien à voir. Ce n'est pas le destin.

– Mais ça se pourrait. Tout ce que je dis c'est… que ce n'est pas le hasard. L'Univers ne nous a pas réunis sans raison.

– L'Univers ne nous contrôle pas. J'en ai par-dessus la tête de cette façon de penser qui a cours actuellement. Le destin, ça n'existe pas. Si tu as vraiment besoin d'une raison pour expliquer que nous nous soyons retrouvés au bout de tant d'années, la voilà, nous habitions tous les deux à environ une heure de voiture du site de la colonie de vacances, le monde est petit et les gens déménagent. Il se trouve que tu as déménagé pour venir t'installer dans ma ville natale. Ça cadre avec ta théorie de l'univers et de la volonté divine ?

– Pas vraiment, je dois dire.

Il me regarda et eut un mouvement des lèvres comme s'il avait une chose à dire mais ne voulait pas m'en faire part. Il secoua la tête et fit demi-tour pour rentrer chez lui et je déglutis avec difficulté en repensant à ce que Joy m'avait dit au sujet du passé de Jax.

Je lui emboîtai le pas encore une fois et prononçai les mots que je n'aurais jamais dû dire.

– J'ai entendu parler de ce qui est arrivé à ta mère.

Jax me tournait le dos et je le vis s'arrêter net sur place. Ses épaules s'affaissèrent et j'eus l'impression que le temps s'immobilisait. Je ne savais plus quoi dire. Je ne savais plus comment continuer à avancer, mais je ne pouvais pas en rester là.

Je m'approchai de lui et sentis ma gorge se nouer.

– Jax, je suis tellement désolée pour…

– Arrête, m'interrompit-il.

Il secoua la tête sans se retourner.

– Ne parle pas de ma mère.

Les mots étaient durs, mais je perçus la fêlure dans sa voix. Ce n'était pas de la colère qu'il m'opposait, c'était de la douleur. Une souffrance que je connaissais trop bien.

– C'était une maladresse, Jax. Ce n'était pas de ta faute.

– Qu'est-ce que tu en sais ?

– Excuse-moi. Je ne voulais pas te contrarier. Je voulais seulement dire que je comprends ce que tu as traversé.

– Tu ne peux pas comprendre ce que j'ai traversé, Sun, marmonna-t-il, et le surnom me frappa avec force.

Pour être honnête, les jours qui venaient de s'écouler étaient davantage marqués par les ténèbres de la nuit que par les rayons du soleil.

– Si, dis-je en faisant tout mon possible pour le convaincre qu'il n'était pas seul avec son chagrin.

Il se retourna et son regard me transperça de sa tristesse. À ce moment-là, je ressentis le poids qu'il portait seul.

– Comment ? Comment pourrais-tu comprendre ?

– Parce que mes parents et ma fille sont morts à cause de moi, bredouillai-je.

Voilà, je l'avais dit. Les mots me brûlèrent en passant mes lèvres. Ces mots que je n'avais pas prononcés à voix haute depuis… toujours. Je ne les avais jamais prononcés. Yoana me l'avait interdit, mais tous les jours j'en sentais le poids. Ce n'est pas parce que les mots ne sont pas dits qu'ils ne sont pas ressentis, et ces mots me faisaient suffoquer jour après jour.

Jax resta cloué sur place, totalement sidéré par ma déclaration, et son regard s'adoucit. Ma nervosité monta en flèche, me rappelant à quel point les blessures d'une personne peuvent se concentrer en un moment unique.

Je baissai la tête et me tordis les doigts, parce que le fait de plonger dans ses yeux bruns chargés de confusion me faisait trop mal pour que je puisse le supporter.

– C'était un soir d'orage, et je conduisais pour emmener ma famille au restaurant. C'était juste après une dispute avec mon mari. Il couchait avec une collègue et je l'avais découvert. Il m'avait dit que je délirais, que j'étais trop émotive et instable. Il était super-doué pour me faire douter de moi et retourner la situation à son avantage, me faisant croire que c'était moi qui étais en tort alors que je n'avais rien fait de mal. Il balayait mes inquiétudes d'un revers de main sans même nous donner la possibilité d'avoir une discussion sur le sujet. Il faisait toujours ça – se détournait de moi quand j'avais le plus besoin qu'il me rassure. En plein orage, il m'a envoyé un texto disant qu'il voulait divorcer. En recevant le message, j'ai jeté un coup d'œil sur mon téléphone, et ça a suffi. Une fraction de seconde, un texto, un passage glissant sur la route. La voiture a fait un tête-à-queue et toute ma vie en a été modifiée. C'était il y a plus d'un an, mais parfois j'ai l'impression que ça vient juste de se produire.

Il ne fit pas de commentaire, mais il ne s'enfuit pas non plus. Lorsque le silence devint trop pesant, je levai les yeux et je vis qu'il me dévisageait. J'aurais été bien incapable de dire ce qu'il pensait. Je me demandais si Jax laissait quiconque devenir assez intime avec lui pour lire dans ses pensées.

Il entrouvrit les lèvres, mais c'était comme s'il ne trouvait pas les mots justes. Y avait-il les bons mots dans une situation comme celle-ci ?

Il se racla la gorge. Fronça les sourcils.

J'ouvris la bouche pour m'excuser. Il était clair que j'en avais trop dit. Il était clair que je me trompais sur l'interprétation de ce moment. Il était clair qu'il allait me prendre dans ses bras.

Attends.

Quoi ?

Il me serrait dans ses bras.

Le corps de Jax se coula autour du mien alors qu'il m'attirait contre lui, et il me serra comme s'il comptait tenir cette position indéfiniment. Ses grands bras costauds m'entouraient entièrement, et je fondis. Je fondis contre son corps et son âme. Je me fondis dans l'histoire de notre passé.

Il dégageait un parfum de cèdre et de mes plus beaux souvenirs.

J'aurais voulu rester comme cela le plus longtemps possible. J'aurais voulu respirer son odeur plus longtemps et me sentir réconfortée jusqu'au moment de m'endormir ce soir. Je voulais le remercier de me donner ce moment de lâcher-prise dans ses bras, même si, au départ, c'était moi qui étais censée le consoler, et non l'inverse.

Au moment de nous séparer, il s'écarta, l'air un peu embarrassé par cette embrassade soudaine. Je me séchai les yeux en partant d'un petit rire nerveux.

– Je ne l'ai pas vue arriver, celle-là.

Il sourit, ou du moins je m'imaginai qu'il souriait.

– Ouais, moi non plus.

– Je ne vais pas t'embêter plus longtemps. Je voulais juste que tu saches que si jamais tu as besoin de parler, je suis là.

Je commençais à m'éloigner lorsqu'il me rappela.

– Kennedy.

Je me retournai pour entendre ce qu'il avait à me dire. Apparemment, la conversation n'était pas son fort. Ce n'était pas nouveau, cela n'avait jamais été facile pour lui. Il se racla la gorge une fois de plus et désigna de la main l'espace qui nous entourait.

– Tu peux venir ici aussi souvent que tu auras besoin de te changer les idées.

Ma poitrine se serra. Aux yeux de certains, ces mots auraient pu paraître insignifiants et froids, comparés à ce que je venais de lui confier au sujet de mes parents et de ma fille, mais venant de quelqu'un comme Jax, c'était bien davantage.

Il m'invitait à venir dans son oasis, son refuge, et c'était une invitation que j'allais accepter.

– Merci, Jax.

Il ne dit rien, mais avant de détourner la tête, une ébauche de sourire empathique se dessina sur ses lèvres. Il passa une main dans ses cheveux ébouriffés et soupira.

– Je ne suis pas doué pour ça.

– Pour quoi ?

– La sociabilisation.

Je souris.

– Sans blague, dis-je d'un ton moqueur.

Cette fois, il sourit franchement et mon estomac se noua en le voyant.

Il était là.

Le garçon que j'avais connu autrefois vivait toujours à l'intérieur de cet homme de fer.

Tout ce que je voulais, c'était qu'il sorte et vienne jouer avec moi encore un peu.

15
Jax
12 ans
Deuxième année en colonie de vacances

– Et tu savais qu'il y a genre quatre cents milliards d'oiseaux dans le monde ? Mais quand Kennedy m'en a parlé l'été dernier, elle ne connaissait aucun de leurs noms. C'est pour ça que j'ai fait ça pour elle, pour l'aider à en apprendre plus sur les oiseaux, parce que je crois…

– Holà, ralentis, Jaxon. Je ne t'ai jamais entendu parler autant, rigola maman qui m'aidait à faire mes bagages pour ma deuxième année en colo. Ça me fait plaisir de te voir si excité.

Pour être excité, je l'étais. Excité de chez excité.

Kennedy et moi avions correspondu par lettres pendant toute l'année scolaire et j'avais relu chacune de ses lettres un million de fois. Je mourais d'impatience de la revoir en personne. Je ne pouvais pas m'empêcher de penser à elle, et franchement je n'arrêtais jamais de penser à elle. Est-ce qu'elle aurait changé ? Aurait-elle grandi ? Parlerait-elle toujours autant ? J'espérais vraiment que oui, parce que même si au début j'avais trouvé qu'elle parlait trop, j'aimais bien qu'elle parle trop parce que cela voulait dire que je pouvais parler moins.

J'imaginais qu'elle serait toujours la même, mais en mieux. Je me demandais si elle trouverait que j'étais toujours le même, moi aussi. J'avais changé de lunettes et j'avais pris quatre centimètres d'après les traits que maman faisait sur le mur du salon, mais à part ça, j'étais le même Jax qu'elle avait vu la dernière fois. Enfin, mes cheveux étaient plus longs aussi. J'aurais dû les couper.

Je me demandais si elle remarquerait ces changements.

– Je suis si impatient de la revoir. C'est ma meilleure amie, dis-je à maman.

– Hé, dis donc, dit-elle en me donnant un petit coup de coude dans les côtes.

J'eus un petit rire.

– Tu sais ce que je veux dire. Elle, c'est ma meilleure amie. Et toi, tu es ma meilleure-maman-amie.

Elle se pencha vers moi et m'embrassa sur le front avant de plier un autre tee-shirt pour le mettre dans ma valise.

– Ça me va. J'accepte avec joie le rôle de meilleure-maman-amie. Bon, tu veux bien aller chercher le cadeau que tu as fait pour elle, qu'on puisse le mettre dans la valise ?

J'allai chercher dans ma commode les deux cadeaux parfaitement emballés – je dis bien par-faite-ment. J'avais refait les paquets encore et encore jusqu'à ce que chaque pli soit parfaitement lissé. Cela m'avait pris plus de deux heures pour le faire, mais je m'en fichais. Je voulais que ce soit absolument parfait pour Kennedy.

J'espérais qu'elle aimerait le ruban vert fluo. Je n'aurais jamais utilisé un ruban vert fluo de moi-même, mais je savais que c'était sa couleur préférée parce que c'était ma meilleure amie et que je connaissais ce genre de détail concernant ma meilleure amie.

– Tu crois que ça va lui plaire ? demandai-je avec la sensation que mon cœur était coincé dans ma gorge.

Un de ces cadeaux représentait des mois de travail et l'idée que Kennedy pourrait ne pas l'aimer me tracassait.

Maman m'adressa le genre de sourire que les mamans font pour rassurer leur enfant.

– Elle va l'adorer, Jaxson. Tu peux me croire. Je suis ta meilleure-maman-amie, après tout, je ne te donnerais pas un mauvais conseil.

Le sourire maternel fonctionna. Je me sentis instantanément tranquillisé.

– Tu veux venir faire des courses avec moi ? Je dois présenter plusieurs projets d'aménagement de jardins et tu pourrais m'aider avant de partir demain ? demanda maman en bouclant ma valise.

Elle essayait, en tant que paysagiste, de créer sa propre entreprise, appelée *L'abri de Millie, Parcs et Jardins*. Ce projet, c'était ce qui lui tenait le plus à cœur et j'attendais avec impatience le jour où elle ouvrirait son bureau. J'adorais la seconder dans la conception de projets pour les gens. Même si elle n'était pas encore installée officiellement, elle aidait beaucoup de personnes de la ville à aménager leurs jardins. En plus, elle dessinait des plans pour le terrain sur lequel nous vivions.

– Des fleurs partout, disait-elle toujours. Des fleurs naturelles qui fleurissent toutes l'année. C'est mon rêve.

Je n'aimais pas trop me salir les mains, mais j'aimais beaucoup être son bras droit. Elle disait qu'un jour je pourrais lui succéder à la tête de l'entreprise, mais je lui disais qu'on se salissait trop.

Je n'aimais pas ce qui était salissant.

J'aimais que les choses soient parfaitement nettes.

– Ou alors, il pourrait venir à la pêche avec Derek et moi, dit papa en passant la porte de ma chambre. Faire quelque chose de plus masculin, pour une fois.

Je détestais la pêche.

Je détestais les vers et les asticots.

Je détestais voir les poissons se débattre.

Je détestais voir papa les vider.

Mais plus que tout, je détestais lire la déception dans les yeux de mon père quand je ne voulais pas faire les choses qu'il aimait, comme la pêche, la chasse et le sport.

Moi, j'aimais les bibliothèques, les concours d'orthographe, l'écriture et Kennedy.

Papa ne comprenait rien à ces choses, et donc il avait du mal à me comprendre.

– L'aménagement des jardins, c'est pas qu'un truc de femme, Cole. Le monde du paysage est tenu majoritairement par des hommes, et rabaisser Jaxson à ce sujet est un manque de respect, dit maman en me soutenant comme elle le faisait toujours quand papa était déçu que je ne sois pas davantage comme lui.

Je suppose que c'était pour cela qu'elle était ma meilleure-maman-amie. Elle me soutenait toujours.

– Ouais, mais il évite de se salir les mains. Il ne soulève pas des charges lourdes, il ne travaille pas vraiment, rétorqua papa.

Chaque fois qu'il faisait ça – qu'il me rabaissait –, cela me retournait l'estomac.

Le mois dernier, maman avait dit que s'il continuait, elle le quitterait, mais je ne croyais pas qu'elle le ferait. Elle l'aimait, à sa façon, même quand il ne le méritait pas.

– Ça suffit, Cole, ordonna maman.

Il ronchonna dans sa barbe et se passa la main dans ses cheveux noirs qui commençaient à grisonner. Il sortit de la pièce en me regardant avec insistance.

Je me redressai sur mon siège, la gorge nouée.

– Je devrais peut-être y aller pour qu'il ne soit pas fâché contre moi.

– Non. Tu es ta propre personne, Jaxson, et ton père n'a pas le droit de faire de toi quelque chose que tu ne veux pas être. Si tu n'aimes pas la pêche, tu n'aimes pas la pêche, un point c'est tout.

Je baissai la tête.

– J'aimerais qu'il soit aussi gentil que toi.

Elle m'embrassa sur le front et me serra contre elle.

– Tu es parfait comme tu es, mon fils. Ne l'oublie jamais.

Le lendemain, maman fourra ma valise dans le coffre et nous partîmes pour la colo.

Une fois que maman m'avait installé et avait versé une larme en disant que j'allais lui manquer dans les semaines à venir, nous nous dîmes au revoir et je pris le cadeau que j'avais apporté pour Kennedy avant de courir me poster devant le bâtiment central pour attendre son arrivée. Assis sur un énorme, rocher je trouvai l'attente interminable. Lorsque cette voiture jaune couverte d'inscriptions de toutes sortes s'arrêta devant moi, mon cœur bondit dans ma poitrine et je courus me jeter dans les bras de Kennedy.

En me voyant, elle accourut vers moi en criant mon nom si fort que les habitants de Mars durent probablement l'entendre.

– Jax ! Jax ! Jaaaaaxxxxxxx !

Elle courait comme une folle en agitant les bras. Même si c'était particulièrement embarrassant, et que tout le monde nous fixait comme si nous étions cinglés, je m'en fichais. Kennedy avait cet effet sur moi. Elle m'aidait à me moquer de l'opinion des autres.

Elle se jeta dans mes bras, et nous roulâmes sur le sol en riant comme des débiles. Plus Kennedy riait, plus je riais aussi, parce qu'elle avait le genre de rire qui se communiquait à tout le monde.

Elle me coinça au sol et remit mes lunettes en place.

– Tu as changé de lunettes ! s'exclama-t-elle.

Je soupirai, soulagé. Elle avait remarqué.

– Et toi, tu as les cheveux violets.

Elle soupira.

– Tu as remarqué.

Elle me serra dans ses bras de nouveau.

– Tu m'as manqué, Sun, dis-je en la serrant plus fort.

Elle me fit un large sourire, ce qui me fit sourire encore plus.

– Toi aussi tu m'as manqué, Moon. Tu m'as tellement manqué que je t'ai apporté un cadeau !

– Moi aussi, j'en ai un pour toi !

Nous nous relevâmes brusquement et je lui tendis mon cadeau parfaitement emballé. Elle se mit à fouiller dans son sac à dos et en sortit son cadeau parfaitement mal emballé, dans du papier journal, avec beaucoup trop de ruban adhésif.

– Toi d'abord ! dit-elle en sautant de joie.

Je déchirai rapidement le papier et fis un grand sourire en voyant ce qu'elle avait fait pour moi. C'était un bracelet d'amitié avec une médaille en forme de lune.

À ce moment-là, elle tendit le bras pour me montrer son bracelet assorti au mien avec une médaille en forme de soleil.

– Comme ça les gens sauront toujours que nous sommes meilleurs amis.

Je le glissai immédiatement à mon poignet sans pouvoir arrêter de sourire.

– Il te plaît ? demanda-t-elle en se mordillant la lèvre inférieure.

– Je l'adore ! Je ne l'enlèverai jamais. Maintenant à toi.

Elle déchira le papier d'emballage et ouvrit de grands yeux en voyant le carnet.

– Un livre sur les oiseaux ? dit-elle en lisant la couverture.

– Ouais. J'ai fait des recherches sur un tas d'espèces d'oiseaux différents et j'ai tout écrit. Il y en a plus de trente. Je les ai même dessinés pour qu'on puisse voir ce qu'on peut trouver quand on partira en balade. Et j'ai deux paires de jumelles dans ma valise si on veut observer les oiseaux de plus près et…

Sans me laisser le temps d'en dire davantage, Kennedy me sauta dans les bras et posa ses lèvres sur les miennes et elle…

Attends.

– Est-ce que c'est…

Est-ce qu'elle a…

Ohmondieuelleestentraindemembrasser !

Nous nous embrassions !

Embraaasssssions !

Jax et Kennedy assis dans un arbre en train de S'EMBRASSER !

D'accord, nous n'étions pas assis dans un arbre, nous étions debout à côté d'un rocher, mais quelle importance ? Je venais de vivre mon premier baiser. Mon premier baiser avec ma meilleure amie, Kennedy Lost.

J'adore la colonie de vacances, punaise !

Je ne savais pas quoi faire, alors je restai planté là, les bras le long du corps, me demandant si ce que je ressentais était normal. C'était comme si mon cœur allait bondir hors de ma poitrine et faire des sauts périlleux sur le trottoir, comme si je pouvais faire un million de fois le tour du camp en courant sans être essoufflé, comme si je volais.

Est-ce que je vole ?

Est-ce que je lui rends son baiser ?

Que dire ? Je ne savais pas embrasser. Mon grand frère me disait toujours que je n'aurais pas à m'inquiéter de cela avant d'avoir quarante-neuf ans, et j'étais loin d'avoir quarante–neuf ans.

Elle arrêta de m'embrasser.

Zut.

Recommence.

Je restai là, comme un idiot, sans savoir quoi faire. Kennedy recula, et ses adorables joues s'empourprèrent. Je ne me souvenais pas que ses joues étaient si adorables l'an passé, mais c'était le truc avec Kennedy Lost, j'imagine, elle était de mieux en mieux chaque année.

– Basorexie, murmura-t-elle.

Elle murmurait. Comme moi. Mon cœur essayait encore de s'évader.

Je plissai le front.

– Je ne sais pas ce que ça veut dire.

Elle sourit.

– J'ai cherché plein de mots dans le dictionnaire pendant l'année, et *basorexie* en fait partie. Ça veut dire l'envie soudaine d'embrasser quelqu'un.

Oh.

Mon nouveau mot préféré.

Je n'arrivai pas à sortir un mot parce que j'étais trop occupé à admirer les joues parfaites de Kennedy. Elle passa les doigts dans ses boucles détachées et continua de sourire jusqu'aux oreilles.

– Vraiment, j'adore ce cadeau, Jax, alors j'ai eu un accès de basorexie. Merci.

Elle revint vers moi, mais cette fois elle se contenta de me donner une accolade.

Double zut.

– Excuse-moi si ça t'a gêné, dit Kennedy, nerveuse. (C'était bizarre, jamais je n'aurais cru qu'une personne comme Kennedy puisse être nerveuse.) Mais c'était mon premier baiser, et Yoana m'a dit qu'un premier baiser devrait toujours se faire avec quelqu'un qui compte pour vous, eh ben, tu es mon meilleur ami et tout ça, et j'ai pensé…

Elle fut obligée d'arrêter de parler parce que je l'embrassais. Cette fois, c'était moi qui l'embrassais au lieu de rester planté là, et tout ça parce que j'avais eu un accès de basorexie irrépressible.

16
Kennedy
Aujourd'hui

Je me rendis dans le pré aux fleurs tous les jours de la semaine. Je m'asseyais au centre de toute cette beauté et je pratiquais mes exercices de respiration. *Une inspiration, une expiration, mon cœur continue de battre, je suis toujours présente au monde.*

Je restais dans ce pré aussi longtemps que possible, avec l'impression de revenir à mes racines, de redevenir la personne que j'étais avant. Un soir, tard, alors que j'étais assise au milieu des pâquerettes, Jax apparut, l'air abattu. En m'apercevant, il eut un mouvement de recul, comme s'il allait battre en retraite. Une grande lassitude plombait son regard.

Je me demandai s'il voyait la lassitude dans mes yeux, lui aussi.

Je tapotai de la main la place à côté de moi pour qu'il vienne me rejoindre, mais je doutais fortement qu'il accepte mon invitation.

Ma gorge se noua lorsque je le vis avancer dans ma direction.

Dans le silence de l'obscurité, Jax vint s'asseoir à côté de moi.

À partir de ce moment-là, je sus quand il venait se retrouver dans ce pré, et lui eut connaissance des moments où je venais méditer, moi aussi. Je ne pouvais m'empêcher de venir chaque fois que je savais qu'il serait là, et il continua d'apparaître chaque fois que j'étais assise sur ce banc. Quand j'avais le sentiment que rien n'avait de sens en ce monde, au moins le fait de venir m'asseoir dans ce pré m'apaisait. Nous n'échangions aucune parole. C'était comme si nous n'avions pas besoin de mots pour trouver notre fil commun de paix et de tranquillité. Son immobilité me réconfortait, comme si son silence était une chaude couverture dont il m'enveloppait.

Je n'avais jamais pris conscience que le silence pouvait être aussi agréable avant de m'asseoir à côté de Jax Kilter.

Ce n'est qu'une fin d'après-midi, après que nous étions restés assis pendant une heure, que je rassemblai suffisamment de courage pour briser ce silence. Je parlai à voix basse, presque un murmure. Si la nature autour de nous avait été moins paisible, il n'aurait pas pu entendre les mots sortant de ma bouche.

– Daisy, dis-je en embrassant le pré fleuri du regard. Ma fille s'appelait Daisy[6]. Je lui ai donné ce nom en référence à ma fleur préférée.

Jax tourna vers moi un regard interrogateur.

– Donc, quand tu es arrivée par hasard dans cette prairie...

Je reniflai et me passai la main sous le nez avant de hocher la tête.

– Cela m'a fichu un coup. La veille, j'avais adressé une prière à mes parents, leur demandant de m'adresser un signe, un signe que tout allait s'arranger, que d'une façon ou d'une autre, je retrouverais mon équilibre. Lorsque je suis allée me promener dans les bois et que je me suis retrouvée devant un champ entier de pâquerettes, je me suis dit que c'était le signe envoyé par mes parents.

Il regardait fixement devant lui, les coudes sur les genoux, les mains croisées.

– Je ne crois pas aux signes.

6. Daisy signifie « pâquerette ».

– En quoi est-ce que tu crois ?

Il garda le silence, les sourcils froncés, une veine palpitant dans son cou.

Rien.

Il ne croyait en rien.

Cela devait être dur. Sans mes petites croyances, mes petites raisons de faire confiance à l'Univers, j'étais pratiquement certaine que je serais morte depuis longtemps, j'aurais rejoint mes chers disparus.

– Ça doit être dur… de ne croire en rien.

– Je m'en suis sorti, jusqu'ici.

– Ça ne veut pas dire que ça a été facile.

– Tu as raison, ça ne l'a pas été. C'est bien que tu croies aux signes. J'aimerais pouvoir le faire, parfois.

Je souris.

– Il n'est jamais trop tard pour commencer à croire en quelque chose.

– Pour moi, il y a des chances que si. Les vieux singes, les grimaces, tout ça.

Il se gratta la barbe et s'éclaircit la voix.

– Donc, le tatouage sur ton poignet, c'est pour elle ? Ta fille ?

Je baissai les yeux sur le tatouage en forme de pâquerette avec au cœur le D inversé et j'acquiesçai. Je repensai à la dernière soirée passée avec Penn, lorsque Marybeth m'avait posé cette question, à la façon dont il m'avait reproché mon incapacité à dominer mes émotions, la façon dont il m'avait humiliée parce que je m'étais effondrée.

– Oui, c'est ça.

– Pourquoi le D est-il à l'envers ?

– C'est… je…

Ma poitrine se serra et je sentis que j'étais en train de perdre le contrôle. Jax dut s'en apercevoir.

– Tu n'es pas obligée d'en parler si tu ne veux pas.

Mais ce n'était pas ça le problème. Je voulais en parler. J'avais besoin de parler de ma petite fille. C'était ma façon de la garder en vie dans ma tête, mais Penn s'opposait tellement à toute conversation qui pouvait l'évoquer. Il disait que c'était trop dur, que cela l'empêchait d'avancer. C'était sans doute la source la plus importante de nos conflits, il voulait tourner la page, alors que moi je voulais m'y raccrocher. Nous tirions chacun dans des directions diamétralement opposées. Il était évident que cela ne pouvait pas durer. Ce n'était qu'une question de temps avant que notre couple craque.

– Non, je veux en parler, mais c'est juste que je suis trop émue lorsque je le fais. Mon mari détestait ça chez moi, ma façon de me laisser submerger par mon émotion quand je parlais de notre fille. Il ne voulait jamais que j'en parle.

– Sans vouloir te vexer, Kennedy, j'ai l'impression que ton mari est un sacré connard.

Je me mis à rire.

– Il avait ses bons moments. Je suis sûre que je n'étais pas la meilleure épouse qui soit. Je ne lui rendais pas les choses faciles.

– Ouais, mais quand même, je le déteste. Mais vas-y, dit-il en me poussant la jambe. Parle-moi d'elle.

J'inspirai profondément.

– Elle a été avec moi pendant six belles années. Lorsqu'elle a commencé à écrire son nom, elle l'écrivait en formant le D à l'envers, à chaque fois. Je la corrigeais tout le temps. Un jour où je lui disais encore une fois qu'elle se trompait, elle m'a dit, les mains sur les hanches :

– C'est bon, maman. Ne prends pas les choses tellement au sérieux. Les D peuvent bien être à l'envers, aussi.

Je ris en essuyant les larmes qui coulaient sur mes joues.

– Je me suis fait faire ce tatouage pour me rappeler cette idée, que je ne devais pas prendre la vie trop au sérieux. J'y travaille toujours.

– Quoi d'autre ?

Je haussai un sourcil.

– Tu veux en savoir davantage sur elle ?

– Oui, si tu veux te confier.

Les battements erratiques de mon cœur commencèrent à redevenir normaux. Je me redressai sur mon siège.

– Bon, d'accord. Elle adorait – adorait vraiment – faire des bulles. Chaque fois que nous étions contrariées, nous faisions des tonnes de bulles et on continuait à en faire jusqu'à ce qu'on se mette à rire. C'était devenu une certitude pour nous qu'on ne pouvait pas être triste si on était entouré de milliers de bulles.

Il sourit.

Jax souriait.

Bon sang, je ne m'étais pas rendu compte que j'avais besoin de son sourire jusqu'à ce qu'il me le donne.

– Quoi d'autre ?

– Que veux-tu dire ?

– Y a-t-il autre chose que tu veux me confier à son sujet ?

Je haussai un sourcil.

– Tu veux que je continue de t'en parler ?

– Oui. Si tu es d'accord.

Je lui en dis davantage. Je lui donnais une foule de détails concernant mon petit ange, et la façon dont elle avait changé ma vie, en mieux. Depuis ses programmes de télé préférés jusqu'à sa couleur préférée. De son amour pour les papillons et pour le gâteau au chocolat. Puis il me laissa parler de mes parents. De la voix de maman qui chantait comme un ange. De papa qui faisait les pires jeux de mots qui soient et qui pourtant étaient drôles. De maman qui reniflait et de papa qui riait comme une hyène. De Daisy qui adorait danser sous la pluie.

Une fois que les mots eurent commencé à jaillir de ma bouche, mes larmes se transformèrent en rire. Je riais. Je riais en évoquant ces souvenirs. Une fois que le rire se fut éteint, le silence s'installa entre nous tandis que le ciel s'assombrissait.

Il se racla la gorge.

– Je dois aller voir mon père à la maison de retraite.

– Ah, d'accord. Tu as besoin de quelque chose ? Est-ce que je peux faire quelque chose ? Si tu as besoin d'en parler…

– Sun.

– Oui ?

Il me fit un sourire triste.

– Je n'en suis pas encore là.

Je pouvais comprendre.

Il se leva et me tendit la main.

– Je peux te raccompagner à travers bois ?

Je pris sa main. L'étincelle était toujours là, elle n'avait jamais disparu.

Nous fîmes le trajet en silence, et en arrivant chez moi, je le remerciai.

Les mains enfoncées dans les poches, il se balançait d'un pied sur l'autre comme s'il avait quelque chose en tête qu'il essayait de me dire.

– Qu'est-ce qu'il y a ?

– Les pâquerettes étaient les fleurs préférées de ma mère. Je les ai semées là-bas pour elle, et de savoir que c'était le nom de ta fille, c'est comme…

Il ricana en secouant la tête.

– *Kismet.*

Je souris jusqu'aux oreilles.

– J'hallucine. Jack Kilter croirait-il au destin ?

– T'emballe pas. Je disais juste ça comme ça.

Il s'agita, mal à l'aise, en regardant mon jardin.

– Je peux t'aider à l'aménager si tu as besoin d'un coup de main. Je suis sûr que tu vas avoir du mal à trouver un remplaçant pour Lars. Ma mère était paysagiste. Quand j'étais plus jeune, je l'aidais, et j'ai fait les aménagements dans les bois. Si tu as besoin d'aide, je peux m'en charger.

Ma mère *était* paysagiste.

Le mot « était » ressortait plus que je ne l'aurais voulu.

Oh, Jax.

Laisse-moi te prendre dans mes bras.

J'ouvris la bouche, surprise par sa proposition.

– Vraiment ?

– Je n'ai pas besoin d'un contrat officiel. Connor m'aidera pour le projet.

– Je… c'est…

Je réprimai mon envie de le prendre dans mes bras et de le respirer.

– Oui… d'accord. Ce serait génial.

– J'irai chercher les fournitures et je commencerai à la fin de la semaine. Si tu disposes déjà d'un projet, dis-le-moi. Sinon, je peux te soumettre quelques idées qu'on étudiera ensemble. Tu n'auras qu'à me faire une liste de tes fleurs et plantes préférées, des suggestions que tu as en tête, et on pourra partir de là.

– Ce serait super.

– OK. Bon, il faut que j'y aille.

– Encore merci, Jax, d'avoir écouté mes histoires à propos de mes parents et de ma fille.

– J'écouterai toutes les histoires les concernant chaque fois que tu voudras m'en parler.

Il repartit à travers bois, et les papillons qu'il laissa derrière lui ? Ils continuèrent de battre des ailes.

17
Jax

– Oh, hé ! Pause, rembobine. On respire à fond. T'es en train de me dire qu'on se lance dans l'univers de l'aménagement de jardins ? me demanda Connor.

J'avais commandé une pizza et nous la mangions, assis à ma table. Il ne savait pas encore que la pizza, c'était pour le soudoyer. Normalement, je lui aurais fait des chips de kale et une boisson protéinée.

Il enfourna sa pizza, sans se douter de la direction qu'allait prendre cette conversation.

– Bordel de Dieu…

– Surveille ton langage.

– Bordel de merde !

– C'est pas mieux.

– Non, mais tu te rends compte, Jax ? C'est ouf ! Tout le monde sait que trois, c'est mon chiffre de chance. Et c'est exactement ce que cette opération commerciale va être pour moi ! J'aurai trois entreprises avant mes dix-huit ans. Bill Gates, il était à la tête de combien d'affaires à dix-sept ans ? Je te parie que ce n'était pas trois, en tout cas.

– Sachant que tu n'as qu'une affaire qui tourne, on ne s'emballe pas.

– Ouais, d'accord, partenaire. J'y penserai, dit-il en me donnant un coup de coude. Tu veux que je trouve un nom pour notre affaire ? Ou même que je crée une carte de visite et un slogan ? Qu'est-ce que tu penses de « Nous taillons vos buissons et fertilisons vos sols » ? Ah ! Ah ! Ou « Deux hommes et une binette » ?

– Connor. T'excite pas. On ne monte pas une société de paysagistes. On va juste donner un coup de main à une femme qui a viré Lars.

– Lars, grommela-t-il. La concurrence.

Je n'allais même pas essayer de lui expliquer pourquoi Lars n'était pas notre concurrent, vu que nous n'avions pas d'entreprise d'aménagement paysager. Ce n'était pas la peine de discuter.

– C'est juste une fois, et c'est tout, tu piges ? Je t'ai demandé de venir pour jeter un coup d'œil aux plans que j'ai dessinés. J'ai fait un relevé de la propriété, et on a pratiquement carte blanche pour faire ce qu'on veut.

La seule requête de Kennedy ? Des marguerites et des fleurs bleues.

Je ne pus m'empêcher de sourire à cette dernière demande, j'étais sûr que c'était pour faire enrager ses voisines, tellement intrusives et réprobatrices. Cela ressemblait beaucoup à la Kennedy que j'avais connue. Elle ne pouvait pas supporter le jugement des autres.

Connor se frottait les mains.

– On va prendre les fournitures les plus chères pour faire monter la facture. Au fait, en parlant de facture, combien on prend pour ce projet ? Parce que, comme je te connais, on va probablement se faire arnaquer. Il faut vraiment que tu augmentes tes tarifs pour la plomberie, et le plus tôt sera le mieux. Tu es un artiste dans le domaine de la tuyauterie, Jax, et si tu sous-estimes ton travail, tout le monde va en faire autant.

Je levai les yeux au ciel.

– On ne se fait pas payer pour ce travail. On le fait gratuitement.

Il ouvrit des yeux ronds et inclina la tête, incrédule.

– Euh… redis-moi ça.

– On le fait comme un service.

Il se mit à rire. Il se plia en deux en se tenant les côtes, pris d'un fou rire.

– Oh, la vache ! Ma mère me dit toujours que je devrais me laver les oreilles. Alors, excuse-moi si j'ai mal entendu, mais, s'il te plaît, redis-moi combien je vais être payé pour ce job ?

– *Nada. Nicht.* Rien. C'est pour la beauté du geste, un plan passion.

– Jax, ma passion à moi, c'est l'argent.

Je soupirai en me pinçant l'arête du nez.

– Je ne peux pas le mener à bien tout seul, Connor. Je vais avoir besoin de ton aide.

– Et moi, je vais avoir besoin de pognon. Et d'abord, depuis quand tu rends service à quelqu'un d'autre que Joy ? C'est le jardin de qui ?

– Celui de Kennedy Lost. La nouvelle venue en ville.

– Ah d'accord !

Un sourire salace apparut sur les lèvres de Connor qui me donna un coup de coude.

– C'est une histoire de cul ? Vous vous envoyez en l'air, tous les deux.

– Ne redis jamais ça… tu m'entends… jamais.

– Écoute, si vous vous envoyez en l'air tous les deux, alors ça change tout, je peux cautionner. Je suis absolument pour que mon pote puisse tirer son coup, et si tu as besoin d'un coéquipier pour planter quelques graines, je suis partant. Tu fais ça pour pénétrer dans son jardin ? Tu essaies de déposer des concombres près de son pêcher ? Il y a une aubergine énorme…

– Connor ! Ta gueule !

Il ne pouvait plus s'arrêter de ricaner tout seul. Moi, cela ne m'amusait pas, mais lui, il était mort de rire. Vraiment, ce gamin était le premier et unique adhérent de son propre fan-club.

– Je ne couche pas avec elle, dis-je en espérant régler la question.

Il haussa un sourcil.

– Pas de sexe ?

– Pas de sexe.

– Des préliminaires, peut-être ?

– Nan.

– Quelques exercices de virtuosité de la langue ?

– Pas du tout.

Je ne l'avais jamais vu si déçu. Il appuya les mains sur le bord du plan de travail en secouant la tête, l'air totalement incrédule.

– OK, je sors.

Je fis la grimace en soupirant.

– Allez, Connor. S'il te plaît.

Il se tourna vers moi comme si j'étais un Martien.

– Est-ce que tu… Tu m' as vraiment dit s'il te plaît ? dit-il en portant les mains à sa poitrine, l'air sidéré. De toute ma vie, je ne t'avais jamais entendu me dire s'il te plaît !

– Arrête ton cinéma.

– C'est pas du cinéma. Tu m'as jamais dit s'il te plaît. Jamais.

– Il faut croire que c'est très important pour moi.

Je ne pouvais pas croire que j'étais en train de supplier un gamin de dix-sept ans de m'aider sur ce projet. *Aux abois* serait un euphémisme pour décrire mon état.

– Bon, d'accord, mais à plusieurs conditions.

– Vas-y.

– Trois fois par semaine, c'est moi qui choisis la bouffe à midi.

Je plissai les yeux et croisai les bras.

– Deux fois par semaine.

– Quatre fois par semaine et on est bon.

– Pas question de… (il commença à s'éloigner et je soupirai)… d'accord, trois fois par semaine.

– Super, cool. Et tu devras venir à mon anniversaire où tu n'es pas venu l'année dernière parce que, soi-disant, tu n'étais pas libre, ce qui, d'ailleurs, était faux parce que je sais que tu n'as pas d'amis, et que du coup, tu n'avais rien d'autre à faire. Je vais avoir carrément dix-huit ans, alors le passage va être énorme, Jax ! Ma mère va donner la plus belle fête qui soit, et j'aurai la meilleure nouvelle à annoncer, et j'ai besoin que mon complice soit là, donc, tu es obligé de venir.

– Très bien. C'est d'accord.

– C'est vingt-cinq dollars l'entrée, mais pour toi, ce sera cent.

Ce petit con commençait à pousser le bouchon un peu trop loin.

Je fronçai un sourcil.

– OK. T'as fini ?

Il me tendit la main :

– Marché conclu, partenaire.

– Patron, je corrigeai en lui serrant la main.

– N'importe quoi. En ce qui me concerne, nous sommes associés à cinquante-cinquante à partir de maintenant.

Il referma le carton de la pizza et il le prit comme si je la lui donnais en entier.

– Je dois rentrer chez moi pour faire une recherche sur ce qu'il faut pour être paysagiste afin d'être professionnel dès demain matin. Envoie-moi un e-mail avec tes plans et je les améliorerai.

– Merci, Connor.

Il ouvrit des yeux ronds.

– S'il te plaît *et* merci dans la même conversation ? Je ferais bien de dire à ma mère de jouer au Loto ce soir, parce que j'ai l'impression que c'est mon jour de chance. Au fait, si on n'utilise pas *Deux hommes et une binette* pour notre société d'aménagements paysagers, on devrait envisager sérieusement *Deux hommes et une clé* pour notre affaire de plomberie. Je trouve que ça sonne bien.

– Bonsoir, Connor.

– B'soir, Jax.

***

Connor ne plaisantait pas en disant qu'il allait faire des recherches sur les tenants et les aboutissants de l'aménagement de jardins. Lorsque je passai le prendre pour aller chercher le matériel, il était bien renseigné sur les outils, les plantes et le terreau.

Personne ne pouvait dire qu'il n'était pas travailleur. Il s'investissait à fond dans chacun des projets qu'il mettait en route. Une fois arrivés chez Kennedy pour commencer à retourner le terrain, Connor s'attaqua à l'arrière de la propriété alors que je m'occupais du devant.

Après nous avoir offert de l'eau, Kennedy retourna sous son porche et prit son livre. Je ne pouvais m'empêcher de la regarder chaque fois qu'elle éclatait de rire. Son rire était l'un des plus beaux sons que j'avais jamais entendus. Pour être tout à fait honnête, je la regardais même lorsqu'elle ne riait pas.

Parfois, elle me surprenait à l'observer et je détournais vivement les yeux. À d'autres moments, je lui faisais un petit sourire avant de me remettre au travail. Soudain, une petite fille passa à vélo devant la maison avec son père qui la tenait en équilibre, les yeux de Kennedy se levèrent brutalement de son livre pour se poser sur le duo père et fille.

Je vis l'éclat de ses yeux se ternir en les regardant interagir. De la même façon que lorsqu'elle avait vu la petite fille manger une glace. Est-ce que ça lui faisait toujours cet effet ? Chaque fois qu'elle voyait des enfants, est-ce que son cerveau se figeait dans un brouillard de sidération et de chagrin ?

– Sun…

Ma voix la tira de ses pensées. Elle se tourna vers moi et inclina la tête.

– À qui parles-tu ?

– Qu'est-ce que tu veux dire ?

– À qui parles-tu des épreuves que tu as traversées ?

Elle m'adressa un sourire sans joie et haussa les épaules.

– À personne. Ça va. Je vais bien.

– Tu devrais voir un psy, ou quelque chose. Ils peuvent aider.

D'accord, je n'allais pas bien à cent pour cent, mais je me rassurais en pensant qu'aucun être humain sur cette terre n'était guéri à cent pour cent des tragédies qu'il avait vécues. Mais, quand même, je trouvais qu'au fil des années, Eddie m'avait vraiment aidé. Parfois, c'est bien d'avoir un professionnel à qui s'adresser quand on a besoin d'aide.

– Je vais bien, Jax, je t'assure. Ne t'inquiète pas.

Elle retourna à sa lecture et je fis exactement le contraire de ce qu'elle avait dit, je m'inquiétais. Alors qu'elle continuait de lire, je continuai de bêcher et de gamberger.

– Euh, hello ? La Terre à Jax ? dit Connor en se plantant devant moi et en agitant les mains dans tous les sens. Hé, mec, tu es sourd ? Je t'appelle depuis cinq minutes et tu restes là, dans un état de sidération, à reluquer Kennedy comme un psychopathe.

Je secouai la tête.

– Quoi ? Je ne la reluquais pas.

– Si.

Il plissa les yeux alors que Kennedy se levait pour rentrer dans la maison. Il m'arracha la bêche des mains.

– Je croyais que vous ne niquiez pas tous les deux.

– Non, en effet.

– Alors pourquoi tu la niques des yeux en public ?

– Ne dis pas « niquer des yeux », je te prie.

– Et toi, n'esquive pas ma question.

– Tu ne piges pas. Kennedy et moi, nous avons… une histoire.

Il frétilla des sourcils, satisfait.

– Pas ce genre d'histoire, imbécile. Ne t'excite pas. On était meilleurs amis quand on était gamins. Il y a longtemps de ça. Mais elle a occupé une part importante dans ma vie.

– Attends. Pause. Ce canon de Kennedy était ta meilleure amie, dans le temps ?

– Ouais.

– Et vous êtes quoi l'un pour l'autre, maintenant ?

– Rien. Rien de plus que deux personnes qui habitent dans le même quartier.

Connor se mit à rire.

– Mais tu voudrais bien que ça aille plus loin. Et elle, qu'est-ce qu'elle veut ? Est-ce qu'elle voudrait être ton amie ?

– Non. Je veux dire, j'en sais rien.

Bon sang, il faisait vraiment chaud dehors. Pourquoi est-ce que je transpirais ? Pourquoi Connor me posait-il toutes ces questions ?

– En fait, elle a évoqué la possibilité d'être amis, il y a quelque temps dans les bois, mais j'ai pensé que c'était seulement parce qu'elle avait de la peine pour moi.

– Ou alors… parce qu'elle voulait réellement être ton amie.

Je me tus. Je réfléchis.

Je rejetai l'idée.

– Non, je ne crois pas.

Connor se mit à rire en roulant les yeux.

– Pour un mec grand et fort comme toi, à la tête de sa propre entreprise, tu peux être vraiment idiot parfois. Si ça, c'est pas un scénario à la Walt Disney, je ne m'y connais pas. Toi, tu es Elsa et elle, c'est Anna, et tu as envie de sortir avec elle. Ne l'oblige pas à te supplier de lui faire un bonhomme de neige. Fais-le, c'est tout.

Je plissai le front.

– Tu fais souvent référence au film *La reine des neiges* dans tes laïus d'encouragement ?

– J'ai l'impression que tu as très bien compris le sens de ma référence, donc ça a marché. Je veux dire, bordel, Jax. Écoute, il y a cette femme, cette femme incroyablement belle, qui te propose de devenir ami avec elle et de passer du temps ensemble, et tu déclines ? T'es malade ou quoi ?

– Je lui ai proposé de lui donner un coup de main pour son jardin.

– Quel rapport avec le fait de sortir avec elle ? Mec, je sais que je peux te paraître agaçant et théâtral, mais tu devrais devenir son ami. Tu as besoin d'avoir d'autres amis que moi.

– Depuis quand on est amis ? plaisantai-je.

– Ne joue pas avec mes sentiments, Jax. Tu sais à quel point je suis sensible. Sérieux. Sors avec elle, et puis c'est tout. Qu'est-ce que tu risques ?

Je haussai les épaules. Je risquais qu'elle se rende compte que je n'étais pas digne de son amitié. Mais ça, je ne le dis pas. Cela semblait trop pleurnichard, même pour moi.

– T'as qu'à trouver quelque chose qu'elle aime faire et le faire avec elle. Et puis après, ça peut même devenir encore mieux, parce que tu sais quelle est la meilleure chose qui pourrait arriver ?

– Non, quoi ?

– Amis avec avantages.

Il se mit à balancer les hanches d'avant en arrière pour mimer l'acte sexuel.

– Voilà qui met un terme à cette conversation.

– Invite-la à sortir, Jax.

– Non.

– Invite-la à sortir en amis.

– Non.

– Demande-lui juste de…

– OK ! hurlai-je en levant les mains. Si je l'invitais à sortir, est-ce que tu arrêterais de parler de ça ?

– Évidemment. Pas de souci, tu me remercieras plus tard.

18
Jax

Je déposai Connor chez lui, saluai sa mère et lui demandai s'ils avaient besoin de quoi que ce soit. Elle déclina, mais me remercia de mon offre. Avant d'aller rendre visite à mon père, je fis un saut chez Eddie et Marie. En sonnant à la porte, j'avais un nœud à l'estomac. Lorsqu'Eddie vint ouvrir, il eut l'air surpris de me trouver là, mais aussitôt un petit sourire apparut sur ses lèvres.

– Tu as encore manqué un rendez-vous, remarqua-t-il en ouvrant sa porte écran pour me parler.

– Ouais, je sais. Le boulot. Écoutez, est-ce que je peux vous parler juste une seconde ?

Une lueur d'espoir éclaira son regard et il s'effaça pour me laisser entrer.

– Oui, bien sûr. Mon canapé est toujours prêt à t'accueillir, Jax. Entre.

J'entrai en me frottant les mains.

Marie arriva de la pièce du fond et eut un grand sourire en me voyant.

– Oh, salut, Jax. Comment vas-tu ? Je ne t'ai pas revu depuis les per…

– Marie, tu veux bien nous faire du café ? Nous allons avoir une séance impromptue dans le salon.

À l'évidence, Eddie ne tenait pas à reparler de la dernière fois où j'avais croisé Marie et le lavabo de leur salle de bains. J'adressai un petit sourire narquois à mon psy agacé.

– Non, merci pour le café. Je ne reste qu'une minute.

– Tu es sûr ? J'ai tout mon temps pour toi, Jax. Vraiment, ce n'est pas un problème. Je sais ce qui se passe pour ton père.

– Il ne s'agit pas de mon père.

– Ah bon ?

Il s'assit dans son fauteuil dans le salon et croisa les doigts alors que je m'asseyais sur le canapé.

– Alors, de quoi s'agit-il ?

– De votre nouvelle voisine, Kennedy.

– Ah ? Je ne m'attendais pas à ce que tu me parles de ça, mais s'il y a une nouvelle femme dans ta vie après Amanda, je suis tout à fait…

– Non, elle n'est pas dans ma vie. Je veux dire, elle l'a été à une époque, mais plus maintenant. Là, je lui donne juste un coup de main pour l'aménagement de son jardin.

– Que veux-tu dire, elle était dans ta vie à une époque ?

– C'était ma meilleure amie lorsque nous étions enfants. Nous sommes allés en colonie de vacances ensemble.

Eddie plissa le front et hocha la tête très lentement à la manière d'un psy.

– C'est intéressant.

– Non, pas du tout. Ce n'est rien.

– Ah bon ?

– Arrêtez, Eddie. Je ne suis pas venu pour ça. Je ne suis pas là pour parler de mon passé avec Kennedy ni plonger dans ma psyché. En fait, ma visite n'a rien à voir avec moi.

– Et alors… pourquoi es-tu… ?

– Elle a besoin de vous.

Eddie gratta le côté de sa barbe poivre et sel.

– Jax, ça ne marche pas comme ça.

– Elle a eu un traumatisme. Elle a perdu ses deux parents et sa fille dans un accident de voiture qu'elle estime être de sa faute. Elle ne peut même pas voir un enfant sans faire une crise d'angoisse. Joy m'a aussi dit qu'elle ne conduisait plus à cause de l'accident, et elle ne voit pas de psy pour parler de ses problèmes.

– Je suis désolé d'entendre ça, Jax, mais je ne peux pas lui proposer mon aide sans qu'elle…

– Vous n'êtes pas obligé de le faire à titre professionnel, Eddie. Seulement… je ne sais pas, putain, vous montrer curieux comme le reste des habitants de cette ville et aller lui rendre visite en voisin accueillant. Elle est malheureuse et elle a besoin de quelqu'un à qui parler.

– Et toi, elle ne peut pas te parler ?

– Je ne suis pas compétent pour la réparer.

– Moi non plus, Jax. Nous les psys, nous ne réparons pas les gens, parce que selon moi, ils ne sont pas brisés. Ils sont juste complexes.

– Ouais, ben, allez analyser ses complexités.

– Ja…

– Putain, Eddie, hurlai-je en bondissant de son canapé.

Je fis un signe vers la maison de Kennedy.

– Elle se noie. Elle est toute seule dans cette maison et elle se noie dans ses souvenirs et sa culpabilité. Je sais ce que c'est. Je sais ce que c'est, de se noyer à cause de toute cette merde, mais moi au moins, je pouvais me tourner vers vous. Au moins, j'ai eu quelqu'un à qui parler pendant toutes ces années. Kennedy, elle, elle n'a personne. Je vous en prie, Eddie. Allez seulement…

Je soupirai et me passai la main sur le visage.

– L'aider.

Je levai les yeux sur lui et je vis la culpabilité dans son regard.

Il n'allait pas l'aider.

Putain.

– Vous savez quoi ? Tant pis. C'était stupide de ma part de venir ici. Désolé de vous avoir fait perdre votre temps.

– Tu ne m'as pas fait perdre mon temps, Jax. C'est une bonne chose. Tout ça, c'est très bon pour ta progression, dit-il en se levant de son fauteuil.

– Ma progression ? Je vous ai dit qu'il ne s'agissait pas de moi.

Il me lança un regard entendu, et cela m'énerva.

– C'était ta meilleure amie, dit-il. Ce n'est pas étonnant que tes sentiments pour elle soient remontés à la surface depuis son arrivée ici. C'est tout à fait normal, et tes sentiments ne doivent pas te faire flipper. Ta sollicitude est justifiée.

– Je ne flippe pas à cause de mes sentiments parce que je n'en éprouve aucun. Qu'est-ce que vous ne pigez pas ? Je vais bien. Je suis guéri. J'ai fait une thérapie.

– Tu es guéri ? demanda-t-il en enfonçant ses mains dans ses poches.

– Oui. J'ai fait le travail. Je vais mieux.

Il plissa les yeux et se balança d'un pied sur l'autre.

– Comment ça va avec ton père, Jax ?

Je serrai les poings et mes ongles se plantèrent dans ma peau.

– Ne faites pas ça, Eddie !

Il prit un air innocent :

– Je fais quoi ?

Il savait exactement ce que je voulais dire. Je n'avais pas besoin de lui parler de mon père. Je gérais. Je m'en sortais. J'allais bien. Et même plus que ça. J'allais mieux. C'était Kennedy qui avait besoin de son regard de psy. C'était elle qui allait mal.

– Laissez tomber. Je m'en vais. Merci, marmonnai-je en me dirigeant vers la porte.

Eddie me suivit et quand je passai la porte d'entrée, il me dit :

– C'est bien pour elle de t'avoir. Peut-être que c'est ce dont elle a besoin, plus que de voir un psy, juste quelqu'un qui soit là pour elle.

– Je ne suis pas la bonne personne pour être là pour les autres, doc. Ce truc, ça ne marche pas avec moi.

– Chaque jour est une nouvelle occasion d'essayer encore. Peut-être que tu peux raviver ton amitié d'avant avec Kennedy. Cela pourrait vous faire du bien à tous les deux.

Mais qu'est-ce qu'ils avaient tous ? D'abord Connor qui me disait de faire un putain de bonhomme de neige avec Kennedy, et maintenant Eddie qui me poussait à devenir ami avec elle. J'étais pratiquement sûr que Joy n'allait pas tarder à s'y mettre, elle aussi.

Qu'est-ce qu'ils ne comprenaient pas ? Je n'avais pas besoin d'une amie. Je voulais juste que Kennedy ait l'aide dont elle avait besoin. Autrefois, elle était si pleine de vie, si brillante, si joyeuse, et aujourd'hui ? Son éclat s'était terni, ce qui était vraiment dommage, putain, parce que c'est le genre d'éclat qui illumine même l'âme la plus sombre.

Je me passai la main sur la bouche.

– C'est injuste. C'est une fille bien, Eddie. Vraiment bien. Elle ne mérite pas d'être malheureuse comme ça.

– Personne ne mérite ça, Jax, toi y compris. Lorsqu'on ne peut pas se soutenir soi-même, c'est bien d'avoir quelqu'un sur qui s'appuyer.

Je lui fis un pâle sourire et, à ma grande surprise, Eddie me rappela.

– J'irai la voir. Tu sais, en voisin.

Mon cœur congelé ? Putain, il se remit à battre.

– C'est vrai ? dis-je d'une voix hésitante.

– Oui, je suis pratiquement certain que, contrairement aux autres habitants de cette ville, nous ne lui avons rien apporté en guise de bienvenue. J'essayais d'éviter ce cliché, mais après tout pourquoi pas, ça ne peut pas faire de mal.

– Merci, Eddie, dis-je, plus sincère que jamais.

Il me fit un signe de tête et se retourna pour rentrer dans la maison.

– Des cookies aux pépites de chocolat, lui criai-je. C'était ceux qu'elle préférait.

– Les pépites de chocolat, un classique. Bonsoir, Jax.

– B'soir, Eddie.

Après ma visite à Eddie, je passai par la maison de retraite pour lire quelques chapitres à mon père. Il était beaucoup plus agressif ce soir-là et râlait contre tout et tout le monde – moi y compris. Je ne lus pas très longtemps, et en rentrant chez moi, je n'arrêtais pas de repenser à la façon dont il se mettait en colère contre moi pour n'importe quoi, dans le temps. J'aurais aimé arrêter d'y penser. J'aurais aimé pouvoir effacer mes souvenirs, mais je n'y arrivais pas. En arrivant chez moi, je me servis un verre de whisky avant de m'écrouler sur mon lit et de me laisser aller entièrement à mon épuisement.

19
Jax
12 ans
Deuxième été en colonie de vacances

– Ça, c'est un cardinal ! cria Kennedy en tendant le doigt vers le ciel.

C'était le dernier jour de colo et nous observions les oiseaux avec nos jumelles. La moitié du temps, quand elle croyait reconnaître un oiseau, elle se trompait mais je ne la corrigeais pas. Elle était trop contente de l'avoir trouvé, alors je la laissais croire ce qu'elle avait envie de croire.

De plus, le temps que je lui explique la bonne façon d'observer l'oiseau, elle était déjà passée à un autre. Son esprit allait si vite que je n'arrivais pas toujours à la suivre, mais ce n'était pas grave parce que, moi, ça me faisait plaisir d'être avec elle.

C'était horrible la vitesse à laquelle l'été avait passé, et si cela avait dépendu de moi, j'aurais fait en sorte que Kennedy soit ma voisine, comme ça, on aurait pu se voir tout le temps. Comment allais-je faire toute une année sans la voir ?

Ma mère pourrait peut-être m'emmener lui rendre visite, ou Kennedy pourrait venir me voir ?

Au moment d'aller chercher nos bagages, mon estomac se noua. Je ne voulais pas qu'elle parte. Pour la première fois de l'été, Kennedy était silencieuse, elle aussi. Je ne voulais pas lui demander pourquoi, parce que je préférais que ce soit elle qui en parle.

Pour être honnête, je n'arrêtais pas de me demander si je pourrais l'embrasser encore une fois avant de partir, et je ne voulais pas l'embrasser devant sa famille ou la mienne, parce que c'est dégoûtant. Derek se moquerait probablement de moi jusqu'à la fin des temps s'il me surprenait à embrasser une fille, même si cette fille c'était Kennedy.

– Ça va ? lui demandai-je finalement alors que nous étions assis sur le gros rocher devant l'entrée principale du camp, en attendant que nos parents viennent nous chercher.

– Bof, marmonna-t-elle, et une larme coula sur sa joue. Tu vas juste me manquer encore plus que la dernière fois, parce que maintenant je te connais beaucoup mieux, ce qui veut dire que beaucoup plus de choses vont me manquer, et ça me rend triste.

– Oh.

Je n'étais pas aussi doué que Kennedy pour expliquer mes sentiments. Elle était douée pour dire les mots. Moi, j'étais meilleur pour les écrire.

Au lieu de parler, je la serrai dans mes bras.

– Tu es ma meilleure amie, chuchotai-je.

Elle me serra aussi et me dit la même chose.

– Ah, alors c'est toi le garçon grâce à qui ma fille fait des progrès en écriture, dit une voix.

Je lâchai Kennedy.

En levant les yeux, je vis un adulte qui ressemblait un peu à Kennedy par certains aspects, et pas du tout par d'autres. Il s'approchait de nous.

– Papa !

Kennedy se leva d'un bond et l'entoura de ses bras, il la souleva et se mit à la faire tourner sur place.

– Tu m'as manqué !

– Toi aussi tu m'as manqué, ma puce ! dit-il, l'air aussi content que sa fille.

– Je suis sûre qu'il te reste un peu d'amour à donner à ta maman et à ta sœur, dit Madame Lost se joignant à eux, avec la sœur de Kennedy, pour se serrer tous dans les bras.

J'étais impatient de serrer ma mère dans mes bras, moi aussi. J'étais très content d'être avec Kennedy, mais ma mère me manquait beaucoup aussi.

– Jax, on a entendu dire beaucoup de belles choses sur toi, dit Madame Lost en me regardant.

Elle ressemblait vraiment à Kennedy. C'était sans doute le sourire qui était le plus ressemblant.

– Et comme Kennedy et toi avez passé encore un super-été, je me disais que vous pourriez peut-être ajouter un souvenir sur la Lost-mobile.

Elle sortit de sa poche plusieurs marqueurs permanents, et Kennedy poussa des cris de joie.

– Ouais ! hurla-t-elle, arrachant les marqueurs des mains de sa mère.

Puis elle m'attrapa par la main et m'entraîna avec elle.

– Viens, Jax, on va faire un truc.

Je me mis à rire.

– Tu veux vraiment que je dessine sur ta voiture ? demandai-je, inquiet.

Mon père m'aurait tué si j'avais fait ça sur la sienne. Une fois, j'avais renversé du soda sur le siège arrière sans le faire exprès et ça m'avait valu une gifle magistrale.

– Ouais ! C'est notre voiture aux souvenirs. Tiens.

Elle me tendit un marqueur.

– Dessine ce qui te semble être le souvenir le plus marquant de cet été, d'accord ?

Je me mordillai la lèvre inférieure et débouchai le marqueur. Après avoir réfléchi, je commençai à dessiner un cœur et j'inscrivis nos deux initiales à l'intérieur.

– Voilà, dis-je en lui tendant le marqueur.

Au-dessous, Kennedy écrivit *Amis pour la vie*, et je savais que c'était vrai.

Pour la vie et pour toujours.

Alors que nous étions debout à côté de la voiture, riant avec la famille de Kennedy, le pick-up de mon père vint se garer devant l'entrée du camp.

En me voyant, il se mit à klaxonner et hurla :

– Jax, ramène tes fesses, on y va.

Mon estomac se noua parce que j'étais gêné. Où était ma mère ? Pourquoi ce n'était pas elle qui venait me chercher ? Je commis l'idiotie de poser la question à mon père, ce qui l'obligea à sortir de sa voiture. Il s'avança vers moi en jurant dans sa barbe.

– Elle est malade. C'est si important que ça ? Je t'ai dit de monter dans la voiture, putain. Allons-y, aboya-t-il.

Le père de Kennedy s'approcha en souriant.

– Oh, allez, ce n'est pas la peine de se mettre en colère comme ça. Les enfants se disaient au revoir, c'est tout.

Papa le jaugea de la tête aux pieds.

– Je vous ai demandé quelque chose à vous ?

– C'est bon, papa, dis-je en tremblant de tous mes membres. J'arrive. On y va.

Je vis le regard étonné de toute la famille de Kennedy devant le comportement de mon père. Comment ne le voyait-il pas ? Comment ne voyait-il pas qu'il me faisait honte ? Comment ne voyait-il pas à quel point c'était méchant de faire ça ?

Il attrapa ma valise et la traîna avant de la jeter sans ménagement à l'arrière du pick-up.

Je me retournai pour faire un pâle sourire à la famille de Kennedy.

– J'ai été content de vous rencontrer. Bonne journée.

Le père de Kennedy me caressa la tête et se pencha vers moi en souriant.

– Ça va aller, Jax ? Avec ton père ? On peut te ramener chez toi si tu veux ou…

– Jax ! Ramène ton cul ! beugla mon père, me faisant faire un bond de cinquante centimètres.

Je savais que si je l'énervais, ça allait chauffer pour moi.

– Tout va bien, Monsieur Lost. Merci. Il f… faut que j… j'y aille, bégayai-je.

À ce moment-là, je regrettai que ce ne soit pas lui, mon père. Kennedy ne savait pas la chance qu'elle avait d'avoir un père aussi gentil. Quelqu'un qui ne lui criait pas dessus et qui ne l'insultait pas.

Kennedy me prit dans ses bras par surprise et me serra fort. Elle écrasa sa joue contre la mienne et je sentis ses larmes sur ma peau.

– Je suis désolée pour toi qu'il soit si méchant, Jax.

– C'est rien. Ça va aller, murmurai-je.

Elle me serra encore une fois et me dit doucement,

– Si jamais tu dois t'enfuir, viens chez moi.

20
Jax
Aujourd'hui

On frappa à ma porte et je me levai rapidement pour aller ouvrir. Kennedy se tenait devant moi, debout sous une pluie battante, me fixant avec une incroyable intensité. Elle était trempée de la tête aux pieds, vêtue seulement d'un débardeur blanc et d'un short.

– Salut dit-elle d'une voix haletante, en secouant ses boucles ruisselantes de pluie. Tu vas bien ?

Je haussai un sourcil.

– Pardon ?

– J'ai appris pour ton père. Les gens en parlaient en ville. Je voulais juste te voir pour m'assurer que tu allais bien. Je n'imagine même pas ce que tu ressens.

Je me grattai la barbe. Quand avait-il commencé à pleuvoir ? Au moment d'aller me coucher, il faisait bon dehors.

– Euh… oui. Je suis allé le voir. Il va bien. Tu es venue pour prendre de mes nouvelles ?

– Bien sûr, Jax. Je voulais m'assurer que tu allais bien. Je peux entrer ?

Qu'est-ce qui se passe, bon Dieu ? Je voulais lui poser la question, mais pour être honnête, j'avais encore plus envie qu'elle soit dans la maison avec moi. Cela faisait trop longtemps que j'y étais seul, un peu de compagnie me ferait du bien.

Je m'effaçai pour la laisser entrer. Elle tremblait de froid.

– Je peux aller te chercher…

Sans me laisser aller au bout de ma pensée, Kennedy se jeta sur moi. Ses tétons durcis se pressaient sous son débardeur lorsqu'elle m'attira dans ses bras et je fis de mon mieux pour ignorer la sensation que me procurait son corps trempé contre le mien – ou plus exactement contre ma queue palpitante.

– Je suis vraiment désolée, Moon, murmura-t-elle en me passant les bras autour du cou, m'attirant encore plus contre d'elle. Je suis tellement désolée.

Avant que je puisse réagir, elle pressa ses lèvres sur mon cou et y déposa des petits baisers.

– Je suis désolée, tu... tu m'as tellement manqué.

Elle embrassa de nouveau la base de mon cou, en faisant rouler sa langue sur ma peau cette fois.

– Et moi, je t'ai manqué ? Est-ce que je t'ai manqué, Jax ?

Dans ses paroles, je percevais de l'intérêt et de l'étonnement. Je la pris dans mes bras et le soulevai contre moi. Je l'appuyai contre le mur et fermai les yeux en pressant mon front contre le sien.

– Kennedy, nous ne devrions pas être ici. Nous ne devrions pas faire ça...

Ses lèvres effleurèrent les miennes.

– Je sais, mais pourtant...

Elle prit ma lèvre inférieure entre les siennes et la suça doucement.

– J'en ai envie. S'il te plaît, Jax... après tout ce temps... après t'avoir perdu pendant si longtemps... je n'arrête pas de penser à toi. Est-ce que tu penses à moi, toi aussi ? (Elle ouvrit les yeux et me fixa.) Est-ce que j'occupe ton esprit comme tu occupes le mien ?

– Oui.

Je soupirai en gardant les mains serrées sous ses fesses.

– Bon Dieu, Kennedy. Tu es tellement présente dans mon esprit.

– Emmène-moi dans ta chambre, me murmura-t-elle à l'oreille avant d'en sucer le lobe.

Bien sûr, mon cœur était toujours gelé, mais ma queue grandit de trois tailles cette nuit-là. *Qu'est-ce qu'elle me fait ?* Putain, je m'en fichais. Je voulais juste qu'elle continue de le faire.

Je la transportai dans ma chambre et l'étendis sur les draps. Elle se défit rapidement de son débardeur et le lança dans un coin de la chambre, puis elle détacha la ceinture de son short qu'elle fit glisser le long de ses longues jambes musclées, en même temps que sa culotte rose.

À mon tour.

Je me débarrassai de mes vêtements en les jetant par terre, et avant de m'avancer vers elle, je l'observai attentivement. La fille que j'avais appelée ma meilleure amie n'était plus une petite fille. Non, c'était une femme avec le corps le plus parfait que j'aie jamais vu. Ses seins étaient ronds et fermes, ses tétons dressés et ses courbes – bon Dieu ! Les courbes de son corps en faisaient une œuvre d'art digne d'être exposée dans un musée.

Et pourtant, il était entièrement à moi.

Son regard se balada sur ma bite palpitante, que je caressai en l'observant. Elle fit un crochet de son doigt qu'elle pointa sur moi et me fit signe de venir, avec un sourire tout à fait suggestif. Je fis ce qu'elle m'ordonnait et la surplombai, puis me penchai sur elle. Mes lèvres dansèrent sur les siennes et, en gémissant, elle posa ses mains sur mon dos pour m'attirer contre elle. Ma queue frôla son sexe lorsqu'elle écarta les jambes pour moi.

– S'il te plaît, supplia-t-elle, ses yeux couleur de miel plongés dans les miens, dans mon âme. J'ai envie de toi, Jax.

Je veux tout de toi, chaque centimètre de ta peau, chaque parcelle de ton corps.

Sa voix se mua en un murmure saturé de désir.

– Baise-moi avec ton côté obscur.

Pas besoin de me le dire deux fois.

Je glissai profondément en elle, et elle poussa un cri de pur plaisir.

– Plus, plus, suppliait-elle, exigeait-elle.

Je ne pouvais rien lui refuser parce que ses désirs étaient les miens. Je la désirais plus que j'avais jamais désiré quiconque, plus que j'avais jamais cru pouvoir m'autoriser à désirer quelque chose. Son corps contre le mien avait le goût du péché et ses lèvres le goût du paradis. Elle était la plus belle partie de mon passé, et je n'arrivais pas à croire que je la retrouvais dans mon présent.

Ses gémissements m'aiguillonnaient de plus en plus alors que je plongeais plus profondément en elle, la remplissant de mon être tout entier.

– Oui, oui, oui, cria-t-elle en croisant les jambes autour de ma taille, froissant les draps de ses doigts crispés. Oui, juste là, Jax. Oh oui, s'il te plaît, répétait-elle en boucle.

Je me concentrai uniquement sur son plaisir. Il n'y avait qu'elle qui comptait à cet instant. Elle était tout ce que je voulais, tout ce dont j'avais besoin, tout ce dont j'avais toujours rêvé.

Comme j'accélérai mon mouvement, elle inclina la tête sur le côté, vers la fenêtre et poussa un petit cri.

– Il neige, murmura-t-elle.

C'est quoi ce bordel ?

Je regardai par la fenêtre et… *j'y crois pas*. L'averse s'était transformée en tempête de neige. Depuis quand il y avait des tempêtes de neige dans le Kentucky en plein été, putain ?

Elle posa les mains sur mes joues et ramena mon visage face au sien.

– Concentre-toi sur moi, Jax, sur ça, sur nous, ordonna-t-elle. Garde les yeux fixés sur moi.

Je fis ce qu'elle me disait, glissant plus profondément en elle, me retirant lentement et replongeant rapidement. Bon Dieu, elle était si bonne contre ma bite.

Elle mouillait et je savais que c'était pour moi, seulement pour moi. J'adorais l'idée de lui faire cet effet. J'adorais la faire mouiller.

– Est-ce que… dit-elle d'une voix haletante. Est-ce que tu veux bien…

Elle soupira, en roulant ses hanches violemment contre moi.

– Quoi ? Dis-moi et je le ferai.

– Tu veux bien… oh, mon Dieu, oui, juste là, Jax…

– Dis-le. Dis-moi ce que tu veux.

Elle me regarda droit dans les yeux et sur un ton sincère, elle dit :

– Tu veux… (gémissement) bien… (il commençait à neiger sur nous) me faire… (au bord de l'orgasme) un… (sérieux, il neigeait sur mon lit) *bonhomme de neeeeeeeeige* ?

Elle cria en étirant le mot tout en jouissant autour de mon érection, me laissant pantois et perplexe sous la neige qui tombait sur nos corps nus.

C'est quoi… ce… bordel ?

***

Je me sortis péniblement du rêve le plus tordu que j'aie jamais fait.

– C'est quoi ce bordel, en vrai ? dis-je en baissant les yeux sur ma queue frétillante.

Je n'arrivais pas à croire que je venais de faire un rêve sexuel avec Kennedy Lost… rêve qui s'était transformé en une comédie musicale à la Walt Disney.

Terminé, le whisky avant de me coucher.

Et plus question de laisser Connor chanter des putains de chansons extraites des films de Walt Disney en ma présence.

21
Kennedy

– Des cookies aux pépites de chocolat ? Mais on est faits pour s'entendre.

Je souris en regardant le nouveau voisin qui me souhaitait la bienvenue avec des cookies au chocolat.

Eddie me tendait un plat de gâteaux sortant du four.

– Je dois vous avouer que c'est Marie qui les a faits, moi je ne suis que le livreur.

– J'apprécie le geste, dis-je.

Pendant quelques instants, un silence gêné s'installa entre nous. Eddie dansait d'un pied sur l'autre en se passant le pouce le long de l'arête du nez. Je haussai un sourcil.

– Pourquoi ai-je l'impression qu'il y a quelque chose que vous ne me dites pas ?

– Parce qu'il y a quelque chose que je ne vous dis pas ? répliqua-t-il avec une intonation interrogative

– Qu'est-ce qu'il y a, Eddie ?

– C'est Jax. Il est venu me voir l'autre jour et m'a demandé de faire un saut chez vous, pour voir si tout allait bien – en tant que voisin, pas en tant que psy.

Mon estomac se noua.

– Ça ne m'étonne pas. Je ne sais pas ce qu'il vous a dit, mais je vais bien. J'ai traversé certaines épreuves, mais je me débrouille pour résoudre mes problèmes, un jour à la fois.

– Oui, bien sûr. Et c'est à vous seule de décider si vous voulez consulter un spécialiste ou pas. Sincèrement, ce n'est pas pour cela que je suis venu.

Je comprenais de moins en moins.

– Alors, pour quoi ?

– C'est pour Jax, répéta-t-il en faisant une grimace cette fois. Je m'inquiète pour lui – c'est l'être humain qui parle, pas le psy, encore une fois. Je crains qu'il ne gère pas bien la santé déclinante de son père. J'ai le sentiment qu'il occulte ses problèmes personnels en se reportant sur les vôtres. Vous croyez qu'il s'en sort ?

Je secouai la tête.

– Je suis désolée. Je n'en sais rien. Franchement, nous ne nous parlons que depuis très peu de temps. Nous avons été amis, il y a longtemps, mais je n'ai pas vraiment eu l'occasion de voir Jax, à présent que nous sommes adultes.

– Ah bon ? C'est curieux, il parle de vous comme si vous étiez intimes tous les deux, ce qui me surprend aussi, parce que Jax ne devient jamais intime avec personne. (Il se gratta la barbe.) Bon, je vais arrêter d'essayer de comprendre. Je voulais juste déposer ces cookies parce que Jax a vraiment beaucoup insisté pour que je vienne voir si vous alliez bien.

Je souris.

– C'est gentil de l'avoir fait.

– Ça ne lui ressemble pas, vous savez, de s'inquiéter pour les autres. Vous représentez quelque chose de spécial pour lui, même si vous pensez que tout cela est nouveau. Pour qu'il vienne me voir et me demander de l'aide… ce n'est pas rien. Vu de l'extérieur, cela peut paraître un détail, mais pour Jax, c'est une énorme avancée. Je ne sais pas ce que vous lui faites, Kennedy, mais s'il vous plaît, continuez.

Il tourna les talons et descendit l'escalier.

– Et si jamais vous aviez besoin de l'oreille attentive d'un voisin, mon divan est toujours prêt à vous accueillir.

Je regardai Eddie s'éloigner en croquant dans l'un de ses cookies, préoccupée par le sens de la démarche de Jax auprès d'une personne susceptible de m'aider. J'espérais simplement qu'il demandait de l'aide pour lui-même, aussi.

***

Je n'avais jamais pensé que l'aménagement d'un jardin pouvait être extrêmement sexy jusqu'au jour où j'observai Jax se saisir d'une bêche. Chaque fois que Connor et lui venaient, je trouvais des raisons d'être à l'extérieur, et chaque fois que je prenais Jax à regarder dans ma direction, je sentais une nouvelle nuée de papillons dans mon estomac. Il ne me parlait pas beaucoup, et lorsqu'il le faisait, c'était surtout au sujet du jardin.

Un lundi en fin d'après-midi, alors que le soleil du Kentucky dardait ses rayons sur nous comme s'il se moquait pas mal de foncer de plusieurs nuances la couleur de notre peau. Je venais régulièrement rafraîchir l'eau pour ces gars qui travaillaient dur toute la journée. En sortant une nouvelle fois avec un pichet d'eau glacée pour remplir leurs verres, je m'emmêlai les pieds et faillis trébucher en voyant Jax.

Il était là, torse nu. À genoux dans la terre, il plantait un rosier. Son corps était dur comme de la pierre et sa peau hâlée brillait dans les rayons du soleil. Son tee-shirt blanc était accroché dans la poche arrière de son Levis, et je fus aussitôt renvoyée à mes fantasmes de harceleuse à la Joe. Est-ce que ses fesses avaient toujours été aussi magiquement arrondies ? Purée, je n'avais qu'une envie, c'était d'aller vers lui, de poser les mains sur ses fesses et de serrer.

Regarde ailleurs, regarde ailleurs, regarde…

– C'est pour nous ? dit la voix de Connor dans mon dos.

Je fis un bond et envoyai valser la carafe d'eau directement en direction de Jax.

– Putain ! s'écria-t-il en se levant, saisi par la douche glacée.

Il sauta sur place pour se sécher. Je me précipitai vers lui.

– Oh là là, excuse-moi ! Connor m'a fait sursauter, je suis désolée.

Je saisis la première chose qui me tombait sous la main pour le sécher, à savoir le tee-shirt qui pendait de sa poche arrière. Et maintenant, je me retrouvais à frotter la poitrine de Jax avec.

À frotter ses abdos de haut en bas.

Ses abdos…

Si bien sculptés.

C'est une tablette de chocolat que vous avez là ? Combien de rangées ? Et pourquoi, oui pourquoi, ne puis-je pas arrêter de les frotter comme ça ?

– Euh, je crois que c'est bon, Kennedy, sourit Jax, narquois.

– Bon, bon, oui c'est bon, murmurai-je sans cesser de frotter.

Il se mit à rire et posa la main sur mon bras pour stopper mon mouvement.

– Ça ira, je t'assure.

Oh Jax, si tu savais, ça va déjà tellement bien entre nous, là maintenant.

– Oui, oui, bien sûr.

Je reculai d'un pas, sans lâcher son tee-shirt.

– Excuse-moi, j'étais juste… un peu déconcentrée pendant un instant.

Connor gloussa.

– Par quoi ? ironisa-t-il.

Mes joues s'empourprèrent et il ne fit aucun doute que ma gêne ne leur échappa ni à l'un ni à l'autre.

– Ouais, demanda Jax. Qu'est-ce qui a détourné ton attention ?

Tout cet attirail dans votre coffre, Monsieur.

Je secouai la tête.

– Oh, euh… un écureuil qui courait après un chat, bredouillai-je.

Quoi ?

– Je veux dire un chat qui courait après un écureuil.

Ils levèrent tous les deux les sourcils, perplexes. J'agitai les mains.

– Vous savez quoi ? Laissez tomber. Désolée en tout cas.

– C'est pas grave. On allait arrêter pour aujourd'hui de toute façon, dit Jax en passant sa main dans ses cheveux trempés.

Les gouttelettes descendaient, descendaient, descendaient, tout droit sur sa poitrine, poitrine, poitrine, et, *oh la vache,* comme je les regardais, ces gouttes qui glissaient sur sa peau !

Non, mais ça va pas bien ? Cela faisait si longtemps que je n'avais pas vu un homme torse nu que je faisais une fixation sur celui de Jax ?

Cependant, pour être honnête, il n'y avait pas tant d'hommes que ça à avoir un torse comme celui-ci.

– OK, je vais commencer à ranger le matériel dans le camion. Pendant ce temps, Jax, pourquoi tu ne parlerais pas à Kennedy de ce que je t'ai dit l'autre jour, lança Connor.

Jax lui décocha un regard assassin et siffla entre ses dents.

– Ce n'est peut-être pas le moment, Connor.

– Y a pas de meilleur moment que le moment présent, mec, chantonna Connor.

En passant devant Jax, il lui tapota l'épaule avant de ramasser des outils et de se diriger vers le camion.

Je haussai un sourcil.

– Tout va bien ?

Jax s'éclaircit la voix et plissa le front avant de se gratter le menton.

– Euh… ouais. C'est juste que, euh… enfin, je…

Il avait du mal à trouver les mots et, en un instant, je retrouvai le garçon que j'avais connu.

– C'est juste que, euh… Connor pense qu'il te faut des amis.

Je me redressai.

– Pardon ?

Il agita les mains vivement.

– Non, non, c'est pas que tu n'as pas d'amis. Je veux dire, je sais que tu pourrais te faire des amis si tu voulais. Et tu pourrais les garder. Tu pourrais avoir des amis, je veux dire, je pourrais te trouver quelqu'un qui voudrait bien devenir, tu vois, ton ami.

Il se retourna et se passa la main dans les cheveux en murmurant *Putain !* dans sa barbe. Puis il me refit face avec une petite grimace et plissa les yeux.

– Tu veux bien être mon amie, peut-être ? Je veux dire, ça te dirait qu'on aille se balader tous les deux, de temps en temps ? Peut-être rayer certains trucs dans la liste de ton carnet ? Je veux dire, si tu veux connaître cette ville, il n'y a pas meilleur que moi pour te la faire visiter. Je connais cet endroit comme ma poche. Je peux te faire découvrir le monde… d'Havenbarrow, du moins.

Je rigolai.

– Tu me proposes d'être mon Aladin ?

– Quelque chose comme ça.

Il se balançait nerveusement d'un pied sur l'autre et, même torse nu, il avait du mal à cacher son côté fleur bleue.

– Mais je n'ai pas de tapis volant. Juste un vieux pick-up.

Je me mordis la lèvre inférieure en jetant un coup d'œil sur ma gauche, où Joy écrivait dans son carnet en souriant.

J'étais pratiquement sûre qu'elle nous écoutait et que cette mine réjouie était due à la timidité de Jax.

Il se massa la nuque et ses cheveux lui tombèrent dans la figure, le faisant paraître encore plus coincé et beau à la fois.

– Si t'es pas intéressée, c'est pas grave. Ouais, non, c'était une idée idiote. Désolé de t'en avoir parlé. Écoute, je ne vais pas t'embêt…

– Est-ce qu'on pourrait commencer par Marshmallow, au salon de thé ? l'interrompis-je.

Il se figea sur place.

– Le salon de thé ?

– Ouais. Je voudrais faire la connaissance du chat du salon de thé. En plus, on m'a dit qu'ils faisaient un super chai latte.

– Ah bon. Ben, d'accord.

L'éclat qui s'alluma dans ses yeux illumina mon propre cœur.

– Ouais, c'est une bonne idée. D'accord. Cool. Je pourrais passer te chercher demain matin ? À moins que tu n'aies autre chose à faire, parce que si tu as autre chose à faire…

– Neuf heures, c'est bien.

Il fit une grimace.

– En général, je prends le café avec Joy à cette heure-là…

– Oh, ça va, mon garçon. Va voir le chat du salon de thé. Je serai encore là un autre jour, cria Joy, en faisant un geste pour rejeter son argument et montrant par là qu'elle écoutait notre conversation.

Je souris.

– Alors, demain, neuf heures ?

– Ouais.

Les commissures de ses lèvres se soulevèrent et je me dis que j'avais de la chance d'assister à ça. Jax ne souriait pas souvent, si bien que lorsqu'il le faisait, c'était comme une douce récompense. Il commença à reculer vers son pick-up où Connor l'attendait.

– Cool. C'est génial. C'est un rencard.

Il marqua une pause, fronça le nez et fit une grimace.

– Je veux dire, pas un rencard-rencard, mais un rencard entre amis. Tu vois, comme…

– Bon, ça va comme ça, c'est suffisamment embarrassant pour tout le monde, donc je vais raccompagner ce mec. Bonsoir, Kennedy. Jax passera demain matin, dit Connor en tirant son patron par le bras.

Je rigolai en l'entendant sermonner Jax.

– Mec ! Je t'avais dit de la jouer cool, et toi, tu fais tout le contraire ! T'aurais pas pu être encore plus maladroit ?

Jax dit à Connor de la fermer, ce qui me fit rire toute seule.

Connor l'ignorait, mais voir ce Jax si maladroit me rendait mille fois plus heureuse que je ne l'avais été depuis un moment. Pour la première fois depuis longtemps les choses paraissaient… normales.

– Merci, mon enfant, dit Joy après le départ des gars. Il a vraiment besoin d'une amie.

Si elle savait à quel point j'en avais besoin moi aussi.

***

– Je vais être franc avec toi, tu risques d'être un peu déçue par Marshmallow. Il peut être assez con parfois, m'expliquait Jax en conduisant.

Je faisais de mon mieux pour ne pas laisser transparaître mon angoisse d'être en voiture, mais c'était peine perdue. Heureusement, le trajet dura moins de dix minutes.

Je lui fis un petit sourire.

– Je ne vois pas comment je pourrais être déçue par le chat vedette d'une petite ville. Et puis, il semblerait que j'ai un penchant pour les connards du coin, plaisantai-je alors qu'il ralentissait et se garait devant le salon de thé.

Il ébaucha un sourire et mon cœur fit une pirouette.

– J'aime bien quand tu souris, dis-je en détachant ma ceinture. Cela me rappelle le jeune Jax.

– C'est tes sourires qui sont communicatifs, avoua-t-il en descendant de voiture.

Une fois dans le salon de thé, je commandai une boisson que Jax insista pour payer.

– Tu paieras la prochaine fois.

Mon cœur manqua un battement à l'idée qu'il y aurait une prochaine fois. Il n'imaginait pas combien de prochaines fois je voulais avoir avec lui.

Nous prîmes place à une table et je cherchai Marshmallow du regard tout en buvant à petites gorgées le meilleur chai latte que j'aie bu de ma vie. Cette tasse à elle seule aurait suffi à me faire rester à Havenbarrow. Et le cake à la banane ? *Oh my God*, il fondait dans la bouche.

– Je n'ai probablement jamais rien mangé d'aussi bon, dis-je en gémissant de plaisir et en me léchant les doigts.

Jax ricana.

– Ne dis pas ça devant Gary, le patron du café. Le propriétaire d'ici et lui sont en bagarre depuis des années pour savoir qui fait le meilleur cake à la banane.

– D'accord, mais je dis seulement que je pourrais manger des dizaines de parts de celui-ci sans m'en lasser. Je dois avouer que j'ai probablement mangé plus de sucre depuis que je suis à Havenbarrow que jamais auparavant, avec tous les gâteaux que m'ont apportés les habitants. Je t'assure, je suis presque certaine que ces gens se sont ligués pour me faire prendre des kilos.

– Connaissant les femmes de cette ville, je les en crois bien capables.

– Bah, comme je n'ai pas de balance et tant que je rentre toujours dans mon pantalon de yoga, je me fiche de prendre un peu de poids, plaisantai-je en me penchant pour piquer un morceau de cake dans l'assiette de Jax. Bon alors, il est où ce chat ?

– Oh, probablement en train de dormir dans un coin ou de se soulager sur les pieds de quelqu'un, dit Jax en jetant un coup d'œil autour de lui. Je ne te baratine pas, il y a trois ans, ce petit enfoiré est venu près de moi pendant que je buvais mon café et il a pissé sur ma chaussure, un vrai psychopathe !

Je fis de mon mieux pour me retenir de rire, mais en pure perte. L'idée d'un chat pissant sur Jax me faisait mourir de rire.

– Qu'est-ce que tu lui avais fait pour qu'il t'en veuille à ce point ?

Il se renfonça dans son siège, abasourdi par ma question.

– Ce que j'avais fait ? Tu rigoles ou quoi ? Je buvais mon café, c'est tout !

– Il était peut-être contrarié de te voir sur son territoire. Tu sais, un seul connard par salon de thé et tout ça.

– Il est comme ça avec tout le monde, dit Jax en haussant les épaules. C'est M. Personnalité ici.

Je souris en entendant ce surnom. Il ne se doutait pas que je l'avais appelé comme ça pendant une bonne semaine au début. Je ne risquais pas de lui révéler ce secret.

Soudain, un grand et gros chat blanc arriva du fond de la salle et s'étira en bâillant.

– Oh la vache ! criai-je d'une voix perçante en me levant d'un bond.

C'était l'animal le plus mignon que j'avais jamais vu.

– Salut, toi, dis-je en m'approchant de lui avec un grand sourire.

– Euh… je ne ferais pas ça si j'étais toi, dit Jax en reculant sa chaise le plus loin possible du félin.

Je lui souris.

– Allez, tu ne vas pas me dire que tu as peur d'un petit minou.

– Crois-moi, je n'ai pas peur des minous, dit-il, et ces paroles suggestives firent monter ma température. Mais cette bestiole me terrifie.

Je levai les yeux au ciel et m'assis sur le sol en face de Marshmallow. Je tendis les bras vers lui.

– Allez, viens me faire un câlin.

– Sun, attends…

Avant que Jax n'ait terminé sa phrase, Marshmallow ronronnait sur mes genoux. Il roula sur le dos pour que je lui caresse le ventre en me regardant comme s'il ne s'était jamais senti aussi bien de sa vie.

– Putain, marmonna Jax. Il t'aime bien, on dirait.

– Je suis une personne aimable.

Il sourit, mais n'ajouta rien. Il se renfonça dans son siège, amusé, alors que Marshmallow et moi devenions les meilleurs amis du monde.

– J'ai peut-être mal jugé cet individu, commenta-t-il en se levant pour venir vers nous.

Lorsqu'il approcha, Marshmallow s'enfuit en crachant.

– Moi aussi je t'emmerde, Marsh, répliqua Jax en lui faisant un doigt d'honneur.

En riant je me relevai.

– Il y a des gens qui ne s'entendent pas avec les chats, je suppose.

– Je ne suis pas étonné qu'il t'aime bien. C'est difficile de ne pas t'aimer, dit Jax en sirotant son verre.

Je me rassis et le regardai fixement, et pendant ce temps, tout le monde – je dis bien tout le monde – nous fixait.

– Je me fais des idées, ou on nous observe ? demandai-je en me mordant la lèvre inférieure.

– Non, t'as raison. Cette ville a tendance à se montrer intrusive dans la vie des autres. Normalement je me contente de faire ça, dit-il en levant ses deux majeurs en même temps.

Plusieurs clients poussèrent un petit cri choqué et le traitèrent d'abruti. Je me mis à rire.

– D'abord, le chat et maintenant les gens.

– Je suis égalitaire dans ma détestation. Je déteste tout et tout le monde sans discrimination.

– Même moi ? plaisantai-je.

Ses yeux se voilèrent l'espace d'une fraction de seconde, et son petit sourire commença à disparaître.

– Je ne pourrais jamais te détester, Kennedy. Crois-moi, j'ai essayé. Il y a longtemps.

Ce qu'il venait de dire me stupéfia et je plissai les yeux.

– Attends, quoi ? Pourquoi aurais-tu essayé de me détester ?

Il secoua la tête et se racla la gorge.

– Peu importe, c'était il y a longtemps.

Je tendis la main au-dessus de la table et la posai sur la sienne.

– Si, c'est important, Jax – pour moi en tout cas. Pourquoi voudrais-tu me détester ?

Avant qu'il puisse me répondre, une voix nous interrompit.

– Sérieusement, Jax ?

Je levai les yeux, une jolie femme se tenait devant nous. Elle avait des boucles brunes et des yeux d'un brun profond qui allaient avec. Elle était vêtue d'une blouse d'infirmière, et la tristesse qui affectait ses traits me fit de la peine, même si je ne la connaissais pas.

– Amanda, dit Jax d'une voix sombre.

Elle ne dit rien, mais son regard se posa sur ma main posée sur celle de Jax avant de revenir sur lui. À regret, il écarta sa main de la mienne.

– Écoute, Amanda…

Vlan.

La gifle qu'elle lui administra me prit par surprise. Jax non plus ne s'y attendait pas, à en juger par la façon dont il secoua la tête, étonné.

– Va te faire foutre, Jax, dit-elle, les yeux pleins de larmes. Tu m'avais dit que tu ne fréquentais personne.

– C'est le cas.

Je portai la main à ma poitrine.

– Oh, non. Nous ne sommes pas… lui et moi…

Je bégayais, me demandant pourquoi j'étais si nerveuse. *Est-ce que c'est ce qu'elle croit ? Que Jax et moi sortons ensemble ?*

– Nous ne sortons pas ensemble. Nous sommes amis, c'est tout.

Elle me dévisagea en croisant les bras.

– Ouais, t'as raison, la nouvelle. Tout le monde sait que Jax n'a pas d'amis. Il ne sait pas comment être un ami, pas plus qu'il ne sait comment être un petit ami.

– Non, mais attends, commençai-je.

Mais Jax leva la main.

– Laisse tomber, Kennedy. Elle a raison.

Non. Je n'étais pas d'accord. Je gardai le silence par respect pour Jax, mais à l'intérieur mon sang se mit à bouillir. Je n'arrivais pas à croire que cette femme puisse être aussi mauvaise simplement parce qu'elle nous avait vus ensemble, Jax et moi. Il paraissait évident qu'ils avaient été en couple à une époque, mais c'était de l'histoire ancienne. Qu'elle se permette de le rabaisser – de le gifler – comme ça, c'était totalement injustifié.

– Je te souhaite bonne chance, me dit-elle en remontant la sangle de son sac à main sur son épaule. Quand tu essaieras de l'amener à exprimer ses sentiments, faudra pas t'étonner de tomber sur un bloc de béton. C'est l'exemple même de l'infirme émotionnel.

Elle se tourna vers lui et souffla bruyamment.

– J'aurais dû savoir que tu deviendrais exactement comme ton père, espèce de connard égoïste !

Elle sortit, laissant planer derrière elle une atmosphère pesante.

Je vis le poignard invisible qu'elle venait de planter dans le cœur de Jax. Il se recroquevilla sous le choc douloureux de ses paroles avant de lever les yeux vers moi. Lorsqu'il ouvrit la bouche, il avait l'air complètement abattu.

– Je pense qu'on ferait mieux d'y aller.

– Oui, d'accord.

J'attrapai mon sac et nous retournâmes à son pick-up. Pendant le trajet je ne fermai pas les yeux une seule fois. J'observai Jax, curieuse de connaître les pensées qui agitaient son esprit. J'aurais aimé le lui demander, mais je ne voulais pas paraître trop insistante. Ses doigts serraient si fort le volant que ses jointures blanchissaient et, de temps en temps, un tic secouait ses lèvres.

En s'arrêtant devant chez moi, il coupa le contact et tourna les yeux vers moi.

– Désolé pour tout ça.

– Tu n'as rien à te reprocher.

– Ouais, d'accord. Bon, ben à…

– Tu veux pas qu'on continue à se balader ? Je sais que ce n'était pas très agréable pour toi, et j'ai bien vu qu'elle t'avait énervé, mais on peut quand même se balader encore un peu. Il est tôt, c'est samedi et il fait beau. On peut s'asseoir dans la décapotable de mes parents et juste parler, ou ne pas parler, comme tu voudras.

Il se passa le pouce le long du nez.

– J'ai plutôt envie d'être seul un moment, Kennedy.

– Oui, bien sûr. Je comprends, vraiment, je t'assure… mais tu peux être seul avec moi.

Il hésita un moment, alors je me dis que je pouvais rendre l'offre encore plus alléchante.

– J'ai une bouteille du whisky préféré de mon père qui est à peine entamée, et tu peux me croire si je te dis que mon père ne buvait que du whisky de qualité.

Il ricana.

– Il n'est que onze heures du matin.

– Ah oui, c'est vrai. Bon, ben, j'ai aussi un paquet du café préféré de ma mère, alors on peut boire le café ce matin et le whisky ce soir.

– Tu veux passer toute la journée avec moi ? demanda-t-il, étonné.

– Toute la journée et toute la soirée.

Et c'est ce que nous avons fait.

Nous rentrâmes dans la maison et bûmes un grand nombre de cafés. Je parlai pratiquement tout le temps, ce qui rappelait ce qui se passait dans notre enfance, et Jax m'écouta sans rechigner. Je lui racontai d'autres histoires au sujet de mes parents et de Daisy, et encore d'autres histoires de mon passé, et si j'éclatais de rire, il souriait en me regardant comme si j'étais le soleil.

Nous avons parlé de nos carrières, et il me dit qu'il prévoyait d'acheter tous les livres que j'avais publiés jusqu'ici.

Il me parla du terrain de son père et de son intention de faire de cette propriété tout ce dont sa mère avait rêvé, une fois qu'il en aurait hérité.

– Elle n'a jamais pu réaliser ses rêves. Je veux le faire pour elle.

Je voyais bien que c'était difficile pour lui d'en parler, mais j'étais heureuse qu'il le fasse. S'il y avait une chose que j'avais apprise au cours des dernières semaines, c'était que parler des êtres que vous avez aimés les maintient en vie, et j'avais besoin de ça. Et j'étais sûre que Jax en avait besoin lui aussi.

Le soir, après avoir débouché le whisky, nous allâmes dans la décapotable de mes parents pour le boire sous la lune et les étoiles.

Ce que je préférais quand j'étais assise avec Jax, c'était que, même quand le calme s'installait, même quand les conversations se tarissaient et qu'il n'y avait plus que le silence entre nous, cette quiétude agissait comme un apaisement.

Ces moments de silence partagés avec lui furent ce que j'appréciai le plus ce jour-là.

Au bout d'un moment, alors que nous avions un peu trop bu, Jax croisa les mains sur sa nuque et leva les yeux vers le ciel.

– Je ne veux pas être comme lui, avoua-t-il. Comme mon père. Amanda a dit ça tout à l'heure, et elle me l'avait déjà dit il y a quelques semaines. Je suis sûr que les gens de cette ville pensent que je suis comme lui, mais je ne veux pas. C'était une brute.

– Tu n'es pas comme ton père.

Il secoua la tête.

– Cela fait des années que nous ne nous sommes pas vus. Tu ne peux pas vraiment le savoir.

– Si, je peux.

– Comment ?

– Parce que ton caractère n'a pas changé au fil des années. Tu es toujours le garçon délicat que tu étais avant.

Cette ville, ses habitants ne le voient pas parce qu'ils sont trop bloqués dans leurs préjugés et leur lot de critiques à cause d'une tragédie qui s'est produite il y a des années. Ce qu'ils ne voient pas, c'est la gentillesse dans tes yeux, la façon dont tu aides les gens lorsqu'ils ne te voient pas, la façon dont tu te dévoues aux autres, à ceux qui sont dans le besoin, ta façon silencieuse d'être attentionné. Tu es toujours la belle âme que j'ai aimée à l'époque, Jax, et tu n'as rien de commun avec ton père.

Il ferma les yeux.

– Tu me le promets ?

Je posai la main sur sa cuisse.

– Je te le promets.

Il ouvrit aussitôt les yeux et regarda ma main.

– Chaque fois que tu fais ça, j'ai l'impression de me réveiller.

– Que je fais quoi ?

– Que tu me touches.

J'avalai ma salive, la gorge serrée, incapable de décider si c'était le whisky ou le tourbillon d'émotions diverses qui me fit tourner la tête.

– Tu m'as manqué, Moon.

– Tu m'as manqué encore plus. Ton éclat m'a tellement manqué. J'ai vécu dans l'obscurité pendant si longtemps… tu m'as manqué…

– Que voulais-tu dire quand tu m'as dit avoir essayé de me détester ?

– Parce que tu as arrêté de m'écrire, expliqua-t-il. Lorsque j'ai arrêté de recevoir tes lettres, c'était comme si je ne voulais plus avoir de sentiments pour toi. Après avoir perdu ma mère, j'avais besoin de tes lettres et quand elles cessèrent, j'ai voulu te détester. Je me détestais encore davantage, en fait, parce que j'étais certain que tu avais arrêté d'écrire à cause de ce que je t'avais dit au sujet de ce qui était arrivé à ma mère. Je me suis dit que tu pensais que j'étais un meurtrier.

Je poussai un petit cri et plissai les yeux.

– Je n'ai jamais reçu ces lettres.

– Pardon ?

– Jax, c'est toi qui as arrêté de m'écrire. Je n'ai reçu aucune lettre parlant de ce qui était arrivé à ta mère, ou à toi. Je veux dire, bon sang, j'ai continué à t'écrire pendant toute l'année qui a suivi ta dernière lettre. Je suis arrivée à la colo en espérant que tu m'y attendrais et me donnerais des réponses. Je n'aurais jamais cessé de t'écrire, et je n'aurais jamais pensé toutes ces horreurs à ton sujet.

Il me regardait, stupéfait.

– Tu m'as écrit ?

– Oui, j'ai eu le cœur brisé quand tes lettres ont cessé d'arriver.

J'étais assise sur le siège conducteur et je me tournai vers lui.

– J'aurais été présente pour toi, Jax. J'aurais obligé mes parents à m'accompagner là où tu étais pour pouvoir t'aider à faire ton deuil. J'aurais été à tes côtés.

– Tu étais mon rayon de soleil, dit-il. Quand je n'ai plus reçu tes lettres, le monde s'est assombri pour moi.

Je pris ses mains dans les miennes et les serrai.

– Je regrette tellement que tu aies dû supporter ça. C'est affreux de penser que pendant tout ce temps tu as cru que je t'avais tourné le dos. Je n'aurais jamais fait ça. Tu étais mon rayon de lune, mon meilleur ami.

Il baissa les yeux sur nos doigts entrelacés.

– Je peux te confier un secret ?

– Tout ce que tu veux.

– Le jour où j'ai compris que c'était toi, il s'est remis en marche.

– Qu'est-ce qui s'est remis en marche ?

– Mon cœur.

22
Jax

Après la soirée alcoolisée passée dans la décapotable, Kennedy et moi devînmes inséparables. J'entrepris de lui montrer tout ce que Havenbarrow avait à offrir. Curieusement, je me mis plus ou moins à apprécier cette ville idiote, moi aussi. C'était plus facile de trouver du plaisir à faire certaines choses quand on les faisait avec quelqu'un comme Kennedy.

On se baladait tous les jours, elle m'obligeait à aller au salon de thé pour saluer Marshmallow – contre mon gré. Ce chat stupide l'adorait et me crachait dessus. Lorsque nous n'étions pas ensemble, je programmais nos prochaines sorties.

Je voulais qu'elle découvre l'univers d'Havenbarrow avec moi comme guide à ses côtés.

J'avais passé des années loin de Kennedy et, maintenant, j'étais bien décidé à rattraper le temps perdu.

– Parfum de glace préféré ? Je compte jusqu'à trois, dit Kennedy alors que nous étions assis dans les bois un dimanche matin, mangeant des barres de céréales en regardant les oiseaux qui passaient. Un, deux, trois !

– Blue Moon ! criai-je.

– Cerise et pépites de chocolat! s'exclama-t-elle.

Elle me montra du doigt en poussant un cri étonné.

– Oh, mon Dieu ! Blue Moon ? Mais qui aime un truc pareil ? Et d'abord c'est quoi ce parfum ? Sérieux, Blue Moon ? Mais qu'est-ce que ça veut dire, d'ailleurs ?

– Ça veut dire que c'est une délicieuse crème glacée au goût merveilleux. C'est un mariage de céréales Froot Loops avec de la barbe à papa.

Elle éclata d'un rire magnifique.

– Ça a l'air dégoûtant.

– Tu te trompes. Si tu essayais, tu adorerais autant que moi.

– Cela sonne comme un défi, et il y a longtemps, j'ai décidé que je relèverais tous les défis en ce qui concerne les glaces.

Je me levai et lui tendis la main.

– Ben alors, viens. Le marchand de glaces en ville a la meilleure glace Blue Moon du monde. D'accord, je n'en ai jamais goûté d'autre, mais je suis certain que c'est la meilleure.

Elle prit ma main et nous nous mîmes en route. La soirée était parfaite, donc plutôt que d'y aller en voiture, nous décidâmes de marcher. Tout le long du chemin, Kennedy parla de tout et de rien, et moi je buvais ses paroles. En faisant la queue pour les glaces, j'entendis chuchoter des gens autour de nous, mais je n'y prêtai pas attention.

Je me fichais pas mal de ce que ces personnes à l'esprit étroit pensaient en voyant Kennedy avec moi. Ils n'avaient plus le droit de me juger. J'étais le seul à pouvoir le faire.

– Bonsoir, on va prendre deux cornets avec deux boules Blue Moon chacun, dit Kennedy en approchant du comptoir.

Elle fouilla dans son sac pour payer et lorsque je sortis ma carte de crédit, elle la repoussa.

– Non, c'est pour moi cette fois, Moon.

Elle paya les glaces et nous reprîmes le cours de notre balade. En rentrant, nous fûmes accostés par les jumelles sorties tout droit de *Shining,* de Stephen King. Elles étaient habillées pareil. Exactement pareil, putain. Franchement, quel genre de femmes adultes décident de porter des vêtements identiques ?

– Oh, mon Dieu, bonsoir Kennedy, dit Kate de sa voix de fausset.

Elle me lança un regard en coin.

– Jax.

– Kate, Louise, marmonnai-je, me désintéressant de la conversation qui n'allait pas manquer de suivre.

– On se fait une petite douceur ? questionna Louise en reluquant les cornets de glace. Ça a l'air délicieux. Je m'en offrirai peut-être une boule, une fois que j'aurai arrêté mon régime sans glucides. Tu ne trouves pas que ça a l'air délicieux, Kate ?

– Attaque glucidique garantie, si tu veux mon avis, répliqua sa sœur qui se retourna vers Kennedy. Au fait, je ne voudrais pas paraître indiscrète, mais il y a des rumeurs qui courent en ville à propos de vous deux.

– Ah bon ? dit Kennedy en haussant un sourcil. C'est vrai ?

– Eh bien, oui. Vous faites le buzz à Havenbarrow. De vraies célébrités, on dirait.

Elle se mit à glousser. *Pourquoi glousse-t-elle ?*

– Bon, je ne voudrais pas me mêler de ce qui ne me regarde pas. Je vous assure que Louise et moi mettons un point d'honneur à ne pas nous mêler des affaires des autres, mais est-ce que c'est vrai ?

– Qu'est-ce qui est vrai ? demanda Kennedy.

Louise lui donna un petit coup de coude.

– Vous savez, que vous êtes en couple tous les deux ? Ou bien c'est juste un flirt ? Pour le sexe. Amis avec avantages ? Je sais qu'il fait votre jardin, alors peut-être que vous êtes devenus plus intimes. Je ne voudrais pas être indiscrète, mais je me demande si tous les deux, vous…

– *Ouaf !*

J'ouvris des yeux ronds en me tournant vers Kennedy qui regardait les jumelles avec de grands yeux. Et elle… aboyait. Putain, j'hallucinais. Kennedy Lost était carrément en train d'aboyer sur les jumelles, et ce fut un grand moment dans ma vie. L'expression de peur sur le visage de Kate et de Louise serait pour toujours gravée dans ma mémoire.

Kennedy continuait d'aboyer alors qu'elles reculaient lentement, totalement déconcertées par son attitude.

Et donc, je fis la seule chose qu'il me restait à faire.

Je me mis à aboyer, moi aussi.

Elles s'enfuirent précipitamment comme les cafards qu'elles étaient, et je ne doutai pas que la nouvelle ne manquerait pas d'être racontée à la prochaine assemblée municipale. Quelque part, ça me fit plaisir.

– Tu m'aurais bien rendu service dans cette ville, il y a quelques années, plaisantai-je.

– Je n'ai pas l'intention de partir de sitôt, alors je vais devoir travailler à améliorer mes grognements.

Elle prit finalement le temps de lécher la glace qui commençait à fondre sur ses doigts et s'immobilisa instantanément, les yeux agrandis par la surprise.

– Oh la vache ! Mais c'est super-bon !

– Qu'est-ce que je t'avais dit !

– Non, sérieux, c'est encore meilleur que le sexe.

Je plissai les yeux.

– Tu as mal choisi tes partenaires sexuels.

Elle gloussa et rougit légèrement.

– N'importe quoi. Je dis seulement que tu avais raison.

Je haussai un sourcil.

– Attends ! Tu peux répéter ce que tu viens de dire. C'était agréable à entendre.

– Je ne prononcerai plus jamais ces paroles, alors garde-les en mémoire.

Je lui plantai le doigt dans les côtes.

– Redis-le.

– Non. (Elle s'écarta de moi en gloussant.) Jamais de la vie.

Je me mis à la chatouiller et elle poussa des cris perçants.

– Arrête !

– J'arrêterai si tu le redis.

– Jamaiiiiiis !

Je continuai de la chatouiller jusqu'à ce qu'elle rende les armes.

– OK, OK, tu avais raison ! s'exclama-t-elle en levant les mains au ciel, et dans le même mouvement, elle lâcha son cornet de glace qui, comme par un fait exprès, me retomba directement sur la tête.

Kennedy recula d'un pas, écarlate à force de retenir son hilarité, tandis que le Blue Moon fondu dégoulinait le long de mon visage.

Elle posa les mains sur ses hanches, ne pouvant plus empêcher son rire de fuser.

– Si ça, c'est pas une manifestation de karma instantané, je ne sais pas ce que c'est.

D'un doigt qu'elle lécha ensuite, elle essuya la glace fondue sur ma joue.

Si elle n'avait pas été aussi adorable et sexy en léchant son doigt, j'aurais peut-être eu le courage de me mettre en colère, mais j'en fus incapable. Tout ce que je pus faire, c'est sourire d'un air niais.

– Tu te trouves drôle, hein ? dis-je en souriant et en secouant la tête pour faire tomber le cornet de glace.

– Je suis une véritable comique professionnelle. C'est juste drôle, tu vois, parce que Moon est couvert de Blue

Moon. C'est comme si vous étiez faits pour fusionner. Cela fait partie de ton dest... Jax !

Elle se mit à hurler lorsque j'écrasai mon propre cornet de glace sur le sommet de son crâne. Je paniquai une fraction de seconde, craignant qu'elle se mette en colère, mais dès que les commissures de ses lèvres se relevèrent et que j'entendis son éclat de rire, mon cœur se mit à battre de plus en plus vite.

Je me mis à rire avec elle de façon irrépressible, jusqu'à en avoir mal aux côtes. Ce qui rendait la chose encore plus hilarante, c'étaient les regards scandalisés des gens qui nous entouraient. Puis, une fois que nous nous étions ressaisis, Kennedy me regarda avec un grand sourire, posa les mains sur les hanches et prit la pose.

– De quoi j'ai l'air ?

– D'un bonbon.

Je m'approchai d'elle et passai le doigt sur sa lèvre inférieure où coulait la crème glacée. Je le fis sans y penser. Mon corps bougeait de sa propre initiative, comme attiré par un aimant. Mes yeux étaient rivés sur sa bouche alors qu'elle se passait lentement la langue sur les lèvres, dégustant la glace qui les recouvrait.

J'aurais voulu faire la même chose. J'aurais aimé me délecter de la douceur de ses lèvres.

Insensiblement, je me rapprochai et ses mains maculées de crème glacée se posèrent sur mon torse, juste à l'aplomb de mon cœur qui s'emballa. Elle ne me quittait pas des yeux, et je me demandai si elle pouvait sentir les battements affolés dans ma poitrine.

– Jax...

– Ouais ?

– Est-ce que tu penses... ?

– Ouais, et tu penses... ?

– Euh… euh…

Immédiatement ses lèvres s'écrasèrent sur les miennes et je l'embrassai avec fougue, comme si j'avais attendu pendant toutes ces années de redécouvrir sa bouche sur la mienne. Elle tira sur mon tee-shirt pour m'attirer contre elle. Tout autour de nous devint silencieux et je commençai à me perdre dans son baiser, ses lèvres, sa langue, les battements de son cœur.

Tellement doux.

Tellement doux, putain. J'avais l'impression de voler, même si mes pieds demeuraient fermement posés sur le sol.

C'était un baiser paradisiaque, et j'en fus reconnaissant malgré mes fautes passées. J'avais besoin que Kennedy Lost me revienne. J'avais besoin qu'elle me retrouve après tout ce temps. Quelque part, je me sentais idiot d'éprouver tant de sensations après avoir vécu si longtemps sans rien ressentir. Peut-être tout ceci n'était-il rien de plus qu'un rêve, peut-être que je perdais la tête et que je nageais dans le mirage d'un fantasme optimiste ? Mais je m'en fichais. Je ne voulais pas savoir si c'était faux ou si c'était réel ; je savais seulement qu'il n'y avait qu'elle dans ma vie pour me faire me sentir vivant. Je l'embrassai comme aiguillonné par l'urgence. Je l'embrassai pour les jours passés, et je l'embrassai pour les jours à venir. Et puis, je l'embrassai encore.

Si c'était un rêve, je voulais ne jamais me réveiller.

***

En arrivant chez elle ce soir-là, elle m'invita à entrer pour me nettoyer. Nous laissâmes nos chaussures dans l'entrée et elle me conduisit dans la salle de bains. Elle tourna le robinet de la douche et enleva ses vêtements, ne gardant que son soutien-gorge et sa culotte. Pendant un moment, je crus être de retour dans mon rêve tordu de bonhomme de neige en la regardant entrer dans la douche.

– Je me suis dit que c'était le meilleur moyen de nous débarrasser de cette couche poisseuse, dit-elle, et je sentis ma queue tressauter en la regardant.

Ouaip. D'une seconde à l'autre, il allait se mettre à neiger sur nos têtes.

Elle m'appela d'un geste de la main, et je me déshabillai moi aussi, avec circonspection, ne gardant que mon boxer. Sous le jet de la douche, je ne pouvais m'empêcher de la fixer du regard. Elle était si belle, à tous points de vue. La façon dont son soutien-gorge et sa culotte adhéraient à sa peau me donnait envie de les arracher, mais je maîtrisai mon désir. Pour tout dire, le seul fait d'être debout près d'elle me semblait être un cadeau que je ne méritais pas.

– Tes mains, dit-elle.

Je les tendis vers elle. Elle versa du shampooing dans le creux de mes paumes, puis fit de même avec les siennes, et nous nous mîmes à nous shampouiner mutuellement les cheveux. Pendant que la crème glacée sucrée se dissolvait, je n'avais qu'une pensée en tête, la pousser contre le mur et la pénétrer si profondément qu'elle n'aurait pas d'autre choix que de crier mon nom.

Au lieu de cela, je restai immobile, préférant attendre un signal de sa part.

Après avoir rincé nos cheveux, elle inclina la tête pour me regarder. Ses lèvres pulpeuses étaient roses et elle me sourit.

– Basorexie ? murmura-t-elle, les lèvres entrouvertes.

– Basorexie, confirmai-je.

Nos lèvres se joignirent et demeurèrent ainsi toute la soirée.

23
Jax

– Toi, tu es heureux, remarqua Joy alors que nous prenions place sous son porche pour notre petit café du matin.

La journée s'annonçait bien remplie avec tous les boulots de plomberie que j'avais un peu partout en ville, donc j'étais content de passer ce petit moment avec elle pour démarrer en douceur.

J'étais content aussi d'avoir pu me réveiller avec Kennedy à mes côtés, dans son lit. Nous n'avions pas couché ensemble, mais nous étions restés éveillés tard dans la nuit à parler et à nous embrasser, et nous embrasser encore. Lorsqu'elle s'était endormie dans mes bras, je sus que je ne serais plus jamais capable de la laisser repartir.

Je souris à Joy en acquiesçant.

– Oui.

Les larmes lui vinrent aux yeux et je me mis à rire.

– Tu ne vas pas pleurer, Joy.

– Ce sont des larmes de joie, mon petit, dit-elle en me tapotant la main. Des larmes de joie. Tu sais, tu es comme le petit-fils que je n'ai jamais pu avoir. Tu comptes énormément pour moi, et j'ai toujours voulu ton bonheur.

– Merci, Joy, d'être toujours là pour moi.

– C'est à ça que sert la famille, mon enfant. Nous restons unis dans les mauvais jours comme dans les bons.

Même si nous n'avions pas de lien de parenté, Joy Jones avait pris la place de ma famille depuis plusieurs années.

Après le départ de Derek, je m'étais senti très seul. Sans elle, je ne serais peut-être jamais arrivé là où j'en étais aujourd'hui. Je savais que je ne serais jamais en mesure de lui montrer suffisamment de reconnaissance pour l'amour qu'elle m'avait prodigué alors que j'étais incapable de m'aimer moi-même.

Je baissai les yeux sur ma tasse de café.

– Quelque part, j'ai l'impression que cette sensation de bonheur ne m'est pas destinée… comme si l'Univers l'avait posée sur moi et allait me la reprendre en se rendant compte que je ne la mérite pas.

– S'il y a une personne sur cette terre qui mérite d'être heureuse, c'est bien toi, Jax. Ne gâche pas tout en imaginant ce qui pourrait mal tourner. Ne repousse pas le bonheur en essayant d'anticiper l'avenir. Vis dans le présent, parce que c'est tout ce que nous avons. Tu peux croire ce que te dit une vieille bique, le bonheur s'installe là où tu l'autorises à rester.

Le soleil nous éclairait de ses rayons et je me mis à ricaner en secouant la tête.

– C'est pas dingue de penser que je suis en train de tomber amoureux d'elle ?

– La meilleure chose que nous puissions faire dans notre vie, c'est être suffisamment courageux pour aimer. Tombe amoureux d'elle et ensuite ne t'arrête pas là, encore que cela me posera un vrai problème si tu ne viens plus regarder *The Bachelor* avec moi.

Mon rire s'arrêta net lorsque je vis son expression sévère. Le regard assassin que Joy me lançait suffit à me terroriser. J'étais bien décidé à ne jamais manquer un épisode de *The Bachelor* avec elle jusqu'à la fin de sa vie. Et puis, c'était notre rituel. Je n'avais pas beaucoup de rituels dans ma vie, par conséquent je n'allais pas abandonner ceux que j'avais.

***

Depuis le moment où j'étais passé prendre Connor pour aller travailler, il n'avait pas arrêté de sourire jusqu'aux oreilles en me regardant comme si j'avais rapporté chez moi une médaille d'or olympique.

– Qu'est-ce que tu as à me regarder comme ça ?

– Tu l'as fait, pas vrai ? me demanda-t-il d'un ton moqueur alors que nous nous garions devant le café de Gary pour notre premier boulot de la journée. Toi, tu l'as fait grimper aux rideaux, hein ? s'exclama-t-il en me pointant du doigt.

– De quoi est-ce que tu parles, bon sang ? grommelai-je en secouant la tête.

– Je parle de Kennedy et toi vous envoyant en l'air ! Je le vois à ta tête.

Je haussai un sourcil.

– Tu peux voir sur ma tête que j'ai couché avec quelqu'un ? Cela me semble un peu tiré par les cheveux.

– Cela peut donner cette impression pour un individu moyen mais moi, et d'une, je suis entraîné à reconnaître les expressions de Jax Kilter, et ça, c'est une expression de bonheur ! Et de deux, tu m'as laissé monter dans ton camion et mettre ma station de radio préférée. Tu détestes la pop, mais je te jure que tu fredonnais en entendant Taylor Swift.

Me sentant pris en défaut, je murmurai :

– C'est entraînant…

– Sacré nom d'un chien, tu viens de dire que Taylor Swift c'est entraînant ! C'est la fin du monde. Allez, raconte-moi tout.

– Je ne vais rien te raconter du tout parce qu'il n'y a rien à raconter, dis-je en serrant le frein à main et en descendant du camion.

J'allai chercher ma boîte à outils sur la plate-forme du pick-up. Connor se précipita vers moi, son téléphone à la main, et me le fourra sous le nez.

– Et ça alors, c'est quoi ?

Je jetai un coup d'œil à la photo qui apparaissait sur l'écran et plissai les yeux avant de lui arracher le téléphone.

– Comment t'as eu ça ?

J'avais sous les yeux une photographie de Kennedy et moi en train de nous embrasser dans la rue, la veille au soir. Quel genre de paparazzis de bas étage cette ville de merde recelait-elle ?

– Elle a été postée hier soir. Et toi qui disais qu'il ne s'est rien passé.

– Il ne s'est rien passé, c'est tout.

Connor me fit un sourire narquois qui me traitait clairement de menteur. Je levai les yeux au ciel.

– Rien que je veuille te raconter, en tout cas.

– Waouh, là, t'es dur. Moi, je te raconte tout, mon pote.

– Ouais, et d'ailleurs, pour être franc, j'aimerais autant que tu arrêtes de le faire.

– N'importe quoi. Tu adores écouter mes histoires. Allez, raconte-moi tout. Est-ce que tu l'imaginais comme ça, ta première fois ? dit-il, moqueur.

J'étais à ça de l'insulter, sauf que je ne pouvais pas m'empêcher de sourire comme un idiot. Connor profita de ma bonne humeur.

– Ah la vache ! Je suis super-fier de toi, champion. Moi, je me souviens de ma première fois comme si c'était hier.

– Probablement parce que *c'était* hier. De plus, nous n'avons pas couché ensemble. Nous nous sommes juste… embrassés.

Il se figea sur place et haussa un sourcil perplexe.

– Attends, pause. T'es aussi heureux simplement parce que tu as embrassé une fille ?

Je haussai les épaules.

– Ouais.

Il secoua la tête, déçu.

– J'espérais mieux de toi, Jax. Reviens me voir quand tu seras un homme, un vrai.

– Hé, Connor ?

– Ouais ?

– Ta gueule.

– OK, patron.

***

La journée passa lentement, mais nous n'eûmes aucun problème majeur de plomberie, ce qui m'arrangeait. Rien ne pouvait foutre une journée en l'air comme des tuyaux bouchés par des saloperies. Après avoir déposé Connor chez lui, je me rendis à la maison de retraite pour prendre des nouvelles de mon père. Pour dire la vérité, je n'étais pas spécialement impatient de voir Amanda, parce que je savais que si Connor avait la photo de Kennedy et moi nous embrassant, elle l'avait sûrement reçue, elle aussi.

Dès que je mis un pied à l'intérieur, le regard assassin que me décocha Amanda vint confirmer mes craintes.

– Juste amis, hein ? ricana-t-elle, roulant les yeux, tout en continuant à feuilleter un magazine.

J'allai jusqu'à la réception, et même si je ne pensais pas devoir lui fournir une explication à propos de Kennedy et moi, je savais qu'elle la méritait. Amanda n'avait jamais été méchante lorsque nous étions ensemble. Seulement, nous venions de milieux différents. Nous avions des idées différentes. Lorsqu'elle parlait d'enfants, elle parlait de ce qu'elle voulait faire d'eux, des médecins, des athlètes, des politiciens.

Je n'étais pas d'accord avec ce concept.

Je voulais un enfant qui serait heureux et qu'on laisserait devenir ce qu'il choisirait d'être.

En outre, pour ce qui était de la passion, entre Amanda et moi elle était inexistante. Je n'étais pas euphorique quand je savais que j'allais la voir. Je n'avais pas le sentiment qu'elle était la personne avec qui je voulais passer ma vie. Je ne voyais pas d'avenir pour nous.

Elle méritait de rencontrer une personne qui la regarderait comme si elle était chacune des étoiles dans le ciel – malheureusement, je n'étais pas cette personne.

– Je suis désolé si tu t'es sentie blessée quand tu as appris pour Kennedy et moi, Amanda. Tu sais que je ne voudrais jamais faire ça.

Elle continua à faire la tête.

– Ouais, ben n'empêche, ça fait mal.

Je fis une grimace et me passai la main dans les cheveux.

– Écoute, tu devrais t'estimer heureuse. Je suis un connard. Tu es bien mieux sans moi.

– Je le sais, Jax. Je ne suis pas stupide. C'est juste que…

Elle baissa la voix et secoua la tête.

– Tu n'as jamais fait ça avec moi.

– Fait quoi ?

– Ri. Nous n'avons jamais ri ensemble.

– Bien sûr que si.

C'était impossible qu'on n'ait jamais rigolé tous les deux. On était sortis ensemble pendant près de deux ans, on avait bien dû rire à un moment donné.

– Non, jamais. Et une chose est sûre, c'est que tu ne m'as jamais regardée comme tu regardes cette fille. Je m'excuse de t'avoir giflé, d'accord ? C'est juste que…

c'est ça que je voulais. Ce que tu lui donnais, c'est ce que je voulais.

– Tu l'auras, Amanda. Il viendra une personne qui te donnera tout ce que tu mérites et même plus. Tu mérites davantage que ce que je te donnais.

– Ça, je suis bien d'accord.

Elle rigola.

– En tout cas, bonne chance.

Je la remerciai et me rendis dans la chambre de mon père. Depuis quelque temps, il était déjà couché lorsque j'arrivais. Ce ne fut pas une visite agréable. Il ne fit que grommeler à propos de son gamin qui n'était qu'un bon à rien.

– Bon à r… r… ri… rien, disait-il. Ja… x bon à r… rien, répétait-il en boucle.

Je fis de mon mieux pour ne pas l'écouter, mais lorsque cela devint insupportable, je sortis de sa chambre, tirai une chaise devant sa porte et attendis. J'attendrais jusqu'à ce qu'il soit endormi, et ensuite je lui ferais la lecture. Amanda me vit et fronça les sourcils, mais heureusement, elle ne vint pas vers moi. Je ne voulais pas de son réconfort. Sérieusement, j'aurais voulu que Kennedy soit assise à côté de moi pour me donner ce choc électrique.

Une fois mon père endormi, je retournai dans la chambre. Il avait l'air de plus en plus faible à chaque visite, et je savais que ça ne ferait qu'empirer. Je fis de mon mieux pour ne pas y penser et je lui lus les chapitres de la soirée. J'approchai de la fin du roman, donc je m'attachai à lire plus lentement.

Curieusement, alors que j'avais passé une très bonne journée, je quittai la maison de retraite avec l'impression d'être complètement lessivé. Habituellement, après mes visites, je rentrais chez moi ou j'allais dans les bois. Par le passé, je n'avais jamais envie d'être seul, mais je croyais que c'était normal pour moi de l'être. Récemment je ne ressentais plus la même attirance pour la solitude, et si je devais être seul, je voulais l'être avec elle.

Je m'arrêtai dans l'allée devant chez Kennedy et mis le frein à main. Je montai les marches du porche et sonnai. Lorsqu'elle vint ouvrir, elle était déjà en pyjama, plus belle que jamais.

– Salut, toi, dit-elle en souriant. Comment ça s'est passé avec ton père ?

Je haussai les épaules.

– Je n'ai pas vraiment envie d'en parler. J'espérais juste pouvoir traîner un moment ici parce que je n'ai pas envie de rentrer chez moi ce soir. Je n'arrête pas de gamberger après l'avoir vu dans cet état, alors je me suis dit que peut-être je pouvais passer.

– Mais bien sûr, Jax. Tu n'as pas besoin de demander.

Sans me laisser le temps d'entrer dans la maison, elle sortit et me serra dans ses bras et pour la première fois de ma vie, je compris que chez soi, ce n'est pas un endroit, c'est une personne. Alors que j'étais perdu ce soir-là, j'avais couru me réfugier auprès de Kennedy, et heureusement pour moi, elle m'avait accueilli.

24
Jax
Treize ans

J'aurais voulu que maman ne soit pas au travail.

J'aurais voulu que Derek ne soit pas à l'entraînement de football.

J'aurais voulu ne pas être seul à la maison avec papa. Je détestais être seul à la maison avec papa.

– Pour l'amour de Dieu. Tu peux pas t'arrêter de trembler ? Tu vas finir par lui faire peur et il va se sauver, dit papa dans mon dos.

Il stabilisa ma main sur le fusil. Le chevreuil s'attardait devant moi, tête baissée, il mangeait quelque chose, de l'herbe peut-être ou une branche ?

Qu'est-ce que ça mange, les chevreuils ? Des fruits ? Des baies ? Est-ce qu'ils mangent en famille parfois, et rapportent de la nourriture à la maison ? Ou bien est-ce qu'ils ne se préoccupent que d'eux-mêmes ?

– *Tiens ton fusil fermement*, siffla papa à mon oreille.

Sa voix rauque me tira de mes pensées. Le chevreuil leva la tête et hésita un instant. Il tendit le cou et se mit à mâcher une brindille sur un arbre.

Des brindilles ! Ils mangent des brindilles.

– Regarde cette beauté, Jax. C'est un vrai chevreuil à queue blanche.

Mon cœur battait fort dans ma poitrine, parce que le chevreuil était effectivement une beauté – alors, pourquoi devrais-je le tuer ? Qu'est-ce qu'il m'avait fait, cet animal ? Rien. Je n'avais pas l'impression qu'il puisse faire quoi que ce soit à quiconque. Je levai les yeux vers mon père et vis combien il avait l'air fier. Je ne me souvenais pas de la dernière fois où il avait eu l'air fier avec moi, et je ne voulais pas le décevoir.

Mon père disait que les vrais hommes allaient à la chasse, et je voulais être un vrai homme comme lui. Derek était à l'entraînement de foot et maman travaillait tard au restaurant, alors il n'y avait que mon père et moi, chez nous, dans nos bois. Je n'étais pas certain qu'on ait le droit de chasser en juin, mais papa m'avait dit qu'il était chez lui et donc qu'il avait le droit de faire ce qu'il voulait, quand il voulait.

Je concentrai mon attention sur le chevreuil. J'avais de plus en plus de mal à respirer. C'était comme si quelqu'un avait entré sa main dans ma poitrine, agrippé mon cœur et juré de ne le lâcher que si je faisais un choix.

Sois un homme ou sois une femmelette.

L'animal se tenait là, occupé à ses affaires, tandis que je m'approchais à pas feutrés dans l'ombre portée des buissons.

– Je ne veux pas, murmurai-je en recommençant à trembler.

Ce n'était pas *juste.* Le chevreuil n'avait *rien fait.* Nous avions de la nourriture à la maison. Nous n'en avions pas besoin. Nous n'avions pas faim. Je n'avais pas faim. Je n'avais pas faim…

– Non, s'il te plaît, dis-je de nouveau à voix basse, peut-être à moi-même, peut-être à Dieu.

– Allez, vas-y. Derek en a tué trois à lui tout seul, l'an dernier. Si tu le fais pas, c'est même pas la peine de compter partir en colo à la fin de la semaine. Arrête de te comporter comme une petite merde, dit mon père en brandissant la menace qui, il le savait, me ferait le plus mal.

Je ne voulais pas manquer la colo avec Kennedy. Cela faisait un an que j'attendais ça.

Lorsque le chevreuil baissa de nouveau la tête vers le sol pour chercher d'autres brindilles, je baissai mon fusil. Je ne savais pas si papa l'avait vu, mais juste derrière le chevreuil à queue blanche se trouvait un bébé chevreuil. Il ouvrait grand ses yeux de faon et paraissait effrayé. Mes yeux s'emplirent de larmes. *Je ne peux pas le faire.*

– Bordel, Jax, dit mon père avant de se baisser lui-même vers le sol avec son fusil qui était deux fois plus gros que le mien, voire trois fois.

Il visa le chevreuil. Je sentis mon estomac se serrer et un goût amer me remonta dans la gorge. Je fis de mon mieux pour le faire redescendre en déglutissant avec difficulté. Je me relevai si vite que je faillis perdre l'équilibre. Les yeux rivés sur ceux du faon qui semblait invisible pour mon père, je secouai énergiquement la tête.

Je ne peux pas !

Je ne peux pas laisser faire ça ! Je ne peux pas laisser mourir le chevreuil !

Pris de panique, je me mis à agiter les bras en criant.

– Non ! Sauve-toi ! *Sauve-toi !*

Je criai si fort que ma gorge me fit mal. Le chevreuil sembla inquiet et commença à bouger. Je sautai sur place pour essayer de le pousser à se sauver sans se retourner, mais c'était trop tard. Mon père tira, et le chevreuil ne fit que quelques mètres avant de s'écrouler au sol.

Je cherchai du regard l'endroit où le faon s'était tenu quelques minutes plus tôt. Il avait disparu.

– C'est quoi ce bordel, gamin ? hurla mon père.

Il se releva et me flanqua une claque derrière la tête.

– Ramasse tes affaires et attends là.

Je l'entendis marmonner quelque chose dans sa barbe à mon sujet.

Il se dirigea vers le chevreuil.

Le chevreuil *mort.*

Le chevreuil mort que *mon père* avait tué.

Je me pliai en deux et me mis à vomir mon petit déjeuner et mon déjeuner, et probablement même un peu de mon dîner de la veille. Je détestais ça. Je détestais la chasse. Je détestais le chevreuil pour avoir été aussi stupide et ne pas s'être sauvé assez vite. Je détestais Derek parce qu'il était meilleur que moi. Je détestais maman parce qu'elle n'était pas à la maison quand papa m'avait entraîné de force dans les bois. Je détestais mon père qui ne m'aimait pas tel que j'étais. Je me détestais moi-même pour l'avoir déçu.

Peut-être que je me détestais moi-même plus que tout le reste.

***

– Tu n'aurais pas dû l'obliger à faire ça, lui reprocha maman plus tard, une fois rentrés à la maison, alors que j'étais terré en haut de l'escalier, accroché des deux bras à la rambarde.

Mon père et elle étaient dans le salon qu'ils arpentaient de long en large. Cela faisait une heure qu'ils se disputaient à cause de moi. En rentrant de son travail, maman m'avait trouvé en train de pleurer sur mon oreiller et elle m'avait serré fort dans ses bras en me disant que tout allait s'arranger.

– Ce môme est une honte ! Quand son frère a tué son premier daim, il était bien plus jeune que Jax !

– Mais ce n'est pas Jax. Jax est différent. Il est sensible.

– C'est une poule mouillée.

– Ne parle pas comme ça de mon fils, ordonna-t-elle d'une voix sévère.

– Ah, parce que comme ça, c'est ton fils, maintenant, répliqua-t-il du tac au tac.

– Oui, quand tu le traites comme tu le fais.

La voix de maman se brisa et elle croisa les bras en baissant les yeux sur le tapis.

– Tu sais bien ce que je veux dire, Cole.

– Non, justement je ne crois pas.

Il se pinça l'arête du nez.

– C'est drôle, Derek n'est même pas mon fils par le sang, mais j'ai l'impression qu'il est bien plus proche de moi que mon propre môme, bon Dieu.

– Ne dis pas des choses comme ça. Et puis, c'est différent. Derek est beaucoup plus âgé que Jax. Ce n'est pas juste de les comparer.

Papa grommela quelque chose que je n'entendis pas, puis se passa les mains dans les cheveux.

– Si tu ne veux pas qu'il devienne encore plus chochotte qu'il ne l'est déjà, laisse-moi prendre en main l'éducation de ce garçon, moi je vais en faire un vrai garçon. C'est une mauviette parce que tu le traites toujours comme un bébé, Elizabeth. C'est de ta faute.

– Maintenant ça suffit. Je ne vais pas continuer à t'écouter dénigrer Jax simplement parce qu'il n'a pas les mêmes centres d'intérêt que toi.

– Il passe son temps le nez dans les bouquins ! Putain, la pêche, ça le fait pleurer parce qu'il croit qu'on fait du mal aux poissons ! Non mais, il a pleuré devant *Le Roi Lion* la semaine dernière parce que Mufasa est mort. Putain, *Le Roi Lion !* Les garçons ne pleurent pas devant *Le Roi Lion.* C'est un faible et un trouillard, et tu as de la chance que je sois là pour le dresser et en faire un homme.

– Il n'a pas besoin d'être dressé. Il est parfait comme il est.

– Non. Il est faible. Tu le rends faible. T'as qu'à l'observer, il ne réussit jamais rien parce que tu le couves trop. Tu lui fais du mal.

Ils continuèrent de se disputer, et je me sentis très mal. Mon estomac se noua. Je retournai dans ma chambre et recommençai à pleurer dans mon oreiller.

– Arrête de pleurer, loser, me dis-je en sanglotant. Conduis-toi en homme.

Maman et papa se disputaient de plus en plus souvent à cause de moi. Ils ne se disputaient jamais à propos de mon grand frère, peut-être parce qu'il était davantage comme papa. Peut-être parce qu'il était bon en sport, peut-être parce qu'il était fort.

Fort.

Je voulais être fort. Il *fallait* que je sois fort.

***

– Tout va bien mon chéri ? demanda maman en jetant un coup d'œil dans ma chambre.

Il était déjà tard, mais je n'arrivais pas à m'endormir. J'avais trop mal à la tête et au cœur.

– Il me déteste, murmurai-je.

Maman vint vers moi et se glissa sous les draps à mes côtés. Elle m'entoura de ses bras et me serra contre elle.

– Ton père ne te déteste pas, Jax. Il est seulement…

Elle inspira profondément.

– Il a reçu une autre éducation, c'est tout. Il croit que certaines choses font d'une personne un homme, mais il se trompe.

– Je ne suis pas un homme.

– Tu as raison, tu ne l'es pas.

Elle se pencha en avant et me déposa un baiser sur le nez.

– Tu es un beau garçon qui apprend juste à être lui-même, c'est tout.

– Mais je veux être fort comme papa et comme Derek. Je veux être mieux que je ne suis.

– Fort ? Jax Kilter, tu es le garçon le plus fort que je connaisse, je te le promets.

Elle frotta son nez contre le mien.

– Tu sais ce qui te rend fort ?

– Non, c'est quoi ?

– Ton cœur qui bat. Ton amour des animaux et le fait que tu ne veuilles pas qu'on leur fasse de mal. Ta façon de dire s'il vous plaît et merci. Ta façon de tenir la porte aux gens. Ta façon d'éclater de rire quand tu lis un livre drôle et d'en relire des passages tout haut pour que je puisse rire, moi aussi. Ta façon de me raconter tes blagues préférées. Ton amour pour ta maman. (Elle sourit.) Tu es peut-être le garçon le plus fort que j'aie jamais connu, et un jour tu seras l'homme le plus fort, aussi. Ne te laisse pas faire par ton père. Tu n'es pas comme lui ou comme ton frère, soit, mais tu n'en es pas moins un homme pour autant.

Je voulais la croire, mais c'était difficile.

– Tu sais que tu es mon meilleur ami, Jax ?

Je le savais. Je me dis qu'elle disait cela seulement pour la forme, mais elle était ma meilleure amie, elle aussi.

Maman était ma seule amie, à part Kennedy. Elle veillait toujours sur moi, même quand elle faisait autre chose. Quoi qu'il arrive, maman était toujours là pour moi.

– Je t'aime, maman.

– Moi aussi je t'aime, Jax. Est-ce que je peux te poser une question ?

– Bien sûr.

– Qu'est-ce que tu dirais si toi, Derek et moi, on se trouvait une maison rien que pour nous ?

J'ouvris des yeux ronds.

– Sans papa, tu veux dire ?

Elle fronça les sourcils et acquiesça d'un hochement de tête. Je vis les larmes lui monter aux yeux.

– Oui. Je pense que ce serait une bonne chose pour nous. Je vais bientôt lancer mon entreprise de paysagiste, et tu pourras être mon bras droit pour me seconder. On peut commencer une nouvelle vie sans ton père. Bien sûr, tu pourras toujours le voir, Jax, mais nous aurions notre propre maison.

– Tu vas quitter Cole ?

Je levai les yeux. Derek se tenait dans l'embrasure de la porte, l'air paniqué.

Maman se leva et se dirigea vers lui.

– Rien n'est encore décidé, Derek, et…

– Tu ne peux pas faire ça ! Tu n'as pas le droit de le quitter ! J'ai déjà perdu un père, tu ne peux pas me faire revivre ça. Je ne partirai pas. Je reste ici avec Cole.

– Calme-toi, Derek. Rien n'a encore été…

– C'est à cause de lui, c'est ça ?

Il fit un geste dans ma direction.

– C'est parce qu'il est taré. Je sais que c'est pour ça que Cole et toi vous vous disputez tout le temps.

– Derek ! Je t'interdis de parler comme ça de ton frère.

– Pourquoi ? Tu sais bien que c'est vrai. Tu le traites comme s'il était normal alors qu'il ne l'est pas. Il a raison, Cole, c'est une chochotte.

Maman attrapa Derek par le bras, sans violence, mais d'une main ferme.

– Demande tout de suite pardon à ton frère.

– Pourquoi ? Je ne fais que dire la vérité.

– Derek !

Mais il ne céda pas. Maman lui lâcha le bras et montra la porte du doigt.

– Va dans ta chambre, et tu peux faire une croix sur l'entraînement de football jusqu'à la fin de la semaine. Tu es consigné à la maison.

– Quoi ? Mais ça va pas ! On a un match vendredi et si je manque l'entraînement je n'aurai pas le droit de jouer.

Il grogna et devint rouge de colère.

– Il fallait y penser avant de parler de ton frère comme tu l'as fait.

– Ça craint, putain, marmonna-t-il en sortant de la pièce en tapant des pieds.

– Ça fera deux semaines ! hurla maman.

On entendit claquer la porte de la chambre de Derek.

Maman soupira et se pinça l'arête du nez.

– Il a raison. Tout ça, c'est à cause de moi.

Maman vint vers moi, se pencha et prit ma tête entre ses mains pour me regarder dans les yeux.

– Jaxson Eli Kilter, rien de tout cela – et je dis bien rien – n'a à voir avec toi. Ton père et ton frère ont tort. Tu es parfait comme tu es. Bon, maintenant il faut dormir.

Elle m'embrassa sur le front et me borda. Elle s'éloigna et s'apprêtait à éteindre, mais je la rappelai.

– Tu peux laisser la lumière allumée ?

Je me sentis stupide d'avoir toujours peur du noir.

– La veilleuse, dit-elle en montrant le mur. Tu sais bien. Il ne fait jamais noir avec ta veilleuse.

Je hochai la tête lentement.

– Mais tu laisses la porte ouverte ?

– Oui, mon bébé, promit-elle en éteignant la lampe.

Je fis mon possible pour me rappeler ce que maman m'avait dit, mais c'était dur. Papa ne me parlait plus depuis que j'avais refusé de tuer le chevreuil. La dernière fois qu'il m'avait parlé, il m'avait traité de tapette, et depuis plus rien. Chaque fois que j'entrais dans une pièce, il en sortait.

Lorsque je disais bonjour, il ne desserrait pas les dents. Quoi que je fasse, il se comportait comme si j'étais invisible.

Invisible.

Je suis invisible.

25
Kennedy
Aujourd'hui

– Ça te dirait de partir à l'aventure aujourd'hui ? demanda Jax alors que nous étions au lit ensemble.

Je l'avais trouvé déprimé la veille au soir lorsqu'il était arrivé chez moi après avoir rendu visite à son père. Mais comme il ne tenait pas à en parler, je n'ai pas insisté. Nous avons pris les choses simplement, et lorsque nous sommes allés nous coucher, il semblait plus calme qu'en arrivant. Cela m'a fait plaisir. J'aurais fait n'importe quoi pour apaiser son esprit troublé.

– Je suis toujours partante pour l'aventure, répondis-je en m'agitant dans le lit.

Comment en étions-nous arrivés là si rapidement ? Un jour, nous reconstruisions une amitié, et le lendemain il était allongé torse nu dans mon lit.

Je suppose qu'on pouvait dire que notre amitié avait évolué avec le temps.

J'aimais beaucoup cette version de nous, la version adulte, imparfaite, de notre histoire.

– C'est quoi ton idée ?

– J'ai vu dans ta liste de choses à faire que tu avais noté la pièce secrète de la bibliothèque. Bon, autant te le dire tout de suite, il semblerait que ce soit totalement une légende urbaine. Je suis sûr à quatre-vingt-dix-neuf pour cent qu'elle n'existe pas.

– Moi, je crois à fond à ce un pour cent de chance, dis-je en me frottant les mains.

– Alors, on y va. Je vais prendre une douche, puis j'irai prendre mon café avec Joy. J'ai deux ou trois boulots à faire avec Connor, mais après ça, je suis libre. On peut aller à la bibliothèque vers dix-sept heures, ça te va ?

– Ça m'a l'air bien.

Avant de partir, il m'embrassa et les papillons qui me tombèrent dessus faillirent me faire basculer en arrière. J'étais préparée à passer le reste de la journée sur un petit nuage lorsque mon téléphone sonna et que le nom de Penn apparut sur l'écran.

Il ne m'avait pas appelée une seule fois depuis mon départ. Il ne m'avait pas dit un mot à part les quelques textos disant que je lui manquais. Et maintenant il m'appelait, et je ne savais pas quoi faire, donc je ne répondis pas.

Lorsque la sonnerie retentit de nouveau, mon estomac se noua et je déglutis avec difficulté. Pourtant je répondis, juste dans l'éventualité où il y aurait réellement un problème.

– Allô ?

– Salut Kennedy. Comment vas-tu ?

Il paraissait tout à fait calme, ce qui était inquiétant après la façon dont il s'était comporté avec moi la dernière fois que nous nous étions vus.

– Non mais, sérieux, tu me demandes comment je vais ? Qu'est-ce que tu veux, Penn ?

– Je, euh… j'imagine que je n'ai pas volé ce ton agressif. Je reconnais que je n'ai pas été très cool la dernière fois.

– Comme tu dis. Pourquoi tu m'appelles ?

– Pour te dire de rentrer à la maison. Cela fait des semaines que tu es partie, et j'ai besoin de toi, Kennedy. Tu me manques. Les gens me posent des questions. Ton absence auprès de moi ne passe pas inaperçue.

– C'est pourtant ce que tu voulais, non ? Tu ne voulais pas que j'arrête de faire des scènes en public ?

– Tu étais en deuil… et je le comprends. Je veux dire, bon sang, moi aussi j'étais en deuil, et je n'ai pas bien géré. J'ai pensé à aller voir un psy, tu sais, pour travailler sur mes accès de colère… pour essayer de réparer notre couple.

– Nous ne sommes plus un couple, Penn. Tu m'as fichue à la porte. Tu m'as balancé de l'argent à la figure, comme si je n'étais qu'une pauvre pute. Tu as dit que tu regrettais que je ne me sois pas fait avorter. Je ne veux plus jamais entendre parler de toi.

– Ma chérie, dit-il en reniflant.

Il pleure ? Sérieux ? Je n'avais pas vu Penn verser une seule larme depuis le jour de l'accident.

– J'ai besoin de toi. Tu te souviens de ce dîner où nous sommes allés, le soir où tout est parti en vrille ? Tu te souviens de cette personne d'un certain âge, Laura Smith ?

Celle qui m'avait dit de m'enfuir. Oui, je me souvenais d'elle.

– Oui, et alors ?

– Eh bien, elle a l'intention d'acheter une grosse propriété, et quand je dis grosse, c'est vraiment ça, Kennedy, le genre de rentrée d'argent qui changerait notre vie à jamais.

– Tu veux dire ta vie, Penn. Cela changerait *ta* vie.

Il resta silencieux un moment.

– Ouais, je veux dire… c'est une occasion exceptionnelle.

Il m'appelait pour pavoiser ? Pour me dire à quel point les choses allaient bien pour lui ? Cela ne m'intéressait pas du tout d'entendre ça, c'est le moins qu'on pouvait dire.

– Tant mieux pour toi. Écoute, si c'est tout ce que tu as à me dire…

– Elle ne veut pas faire affaire avec moi si tu n'es pas là, m'interrompit-il.

– Pardon ?

– Elle a dit qu'elle ne traiterait avec moi qu'à la condition de dîner avec toi.

J'éclatai de rire.

– C'est une plaisanterie ?

– Non. Ce sont ses conditions. Je ne sais pas pourquoi. Je ne pige pas pourquoi elle voudrait te rencontrer. Je ne vois pas ce qu'une personne comme toi peut lui apporter.

Et voilà !

Une de ces insultes à peine voilées dont Penn avait la spécialité et qu'ensuite il me reprocherait de prendre mal à cause de mon hyperémotivité.

– Au revoir, Penn.

– Attends, Kennedy, nom de Dieu ! gronda-t-il dans le téléphone. Pourquoi faut-il que tu fasses toujours des histoires ? Je me suis comporté comme un saint avec toi alors que tu as tué ma petite fille, et c'est comme ça que tu me remercies ? C'est…

Je raccrochai en frissonnant, mon téléphone me glissa des mains et tomba au sol.

Tu as tué ma petite fille.

Le couteau s'enfonça au plus profond de mon être et se retourna dans mes entrailles. Ce n'était pas parce que je lui manquais qu'il m'appelait. Il m'avait appelée parce qu'il avait besoin de moi. Il m'avait appelée parce que, sans moi, il allait passer à côté d'une énorme rentrée d'argent. Cela n'avait rien à voir avec son supposé amour pour moi. Il n'était pas sincère lorsqu'il prétendait vouloir que je rentre à la maison. Il voulait se servir de moi pour ensuite me jeter comme une vieille poupée de chiffon.

L'espace d'un instant, j'avais failli être assez stupide pour le croire. Un psy ? Ouais, tu parles ! Lorsqu'après l'accident, j'avais évoqué l'idée de suivre une thérapie, Penn m'avait dit que c'était une perte de temps. Il prétendait que les psys n'étaient que des charlatans qui non seulement n'aidaient pas les gens à aller mieux mais, en plus, leur piquaient leur argent, et maintenant il allait voir un psy pour régler ses problèmes ?

Des mots, c'était tout ce qu'il avait à m'offrir. Des mots vides et creux pour tenter de m'attirer de nouveau dans sa toile toxique. Franchement, j'en avais assez de tout ça. J'en avais assez de sa façon de me rabaisser, assez de souffrir à cause de lui.

Quelque part, je me dis que Laura avait voulu forcer le destin. Elle devait être au courant que j'étais partie et, en mettant cette condition, elle rendait la transaction impossible. Cela ressemblait à un petit mouvement de solidarité féminine, et j'aurais aimé la serrer dans mes bras pour ça.

Mon téléphone se remit à sonner, et le nom de Penn apparut de nouveau sur l'écran.

Je le ramassai et le bloquai.

Je n'avais plus rien à dire à cet homme qui m'avait rabaissée pendant les jours les plus durs de mon existence. Laura avait raison, ce n'est pas comme ça qu'un mari est censé se comporter avec sa femme.

Plus jamais je ne permettrais à un homme de me traiter de cette façon.

***

– Tu me manques et j'ai envie de rentrer chez moi, dit Yoana que je venais d'appeler.

Nous ne nous étions pas téléphoné depuis plusieurs jours parce que Nathan et elle faisaient de la randonnée en Amérique du Sud et qu'il n'y avait pas beaucoup de réseau. Je lui fis une brève mise à jour de la vie à Havenbarrow, de ce truc magique qu'on appelait Blue Moon, plus un compte-rendu détaillé sur Jax Kilter et aussi du coup de téléphone de Penn.

– Toi aussi tu me manques, mais vous rentrez dans un mois environ, et là, on reprendra nos habitudes.

– Avec ton nouveau petit ami, ex-meilleur ami, roucoula-t-elle.

Je ris.

– Ce n'est pas mon petit ami. C'est juste un ami (je disais déjà cela quand nous étions ados et que Yoana se moquait de ma relation avec Jax), et puis, légalement, je suis toujours mariée avec Penn.

– On l'emmerde, ce con. Je n'arrive pas à croire qu'il ait essayé de te ramener de force dans sa vie dans le but de signer une affaire. Je suis absolument certaine qu'il avait prévu de te remettre à la porte dès qu'il aurait empoché sa commission. C'est un loser qui ne te mérite pas. En revanche, j'ai l'impression que ce n'est pas le cas de ce Jax. Dis-m'en un peu plus sur lui.

Le seul fait de penser à Jax me mettait le feu aux joues. Il était si délicat avec moi, si gentil. Il m'écoutait évoquer mes espoirs et mes rêves, il me permettait de parler de Daisy, et lorsque j'avais envie de pleurer, il ne disait pas que j'étais hyperémotive. Il ne disait pas que j'étais insupportable.

Il m'écoutait, me consolait et séchait mes larmes.

Même avant la mort de Daisy, Penn avait toujours raillé mes émotions. Jax me permettait de les laisser s'exprimer et ne semblait jamais submergé par ce que je ressentais. C'était libérateur. Lorsqu'une personne vous autorise à être totalement vous-même, elle mérite tout votre amour.

– Il est vraiment merveilleux, Yoana. Il a été pas mal traumatisé dans son enfance, donc c'est sympa de pouvoir parler à quelqu'un qui comprend ce que c'est que porter la culpabilité d'un accident.

Elle garda le silence un instant et je sus qu'elle pensait à quelque chose d'important.

– Qu'est-ce qu'il y a ?

– Rien.

– Yoana, je te connais comme ma poche, aussi bien que tu me connais toi-même. Alors, c'est quoi le problème ?

– Je voudrais juste être sûre que Jax est solide, tu vois ? Je ne veux pas que tu tombes amoureuse de quelqu'un qui est brisé lui aussi.

Brisé lui aussi.

Elle pensait que j'étais brisée. Je ne sus que répondre à ça.

– Tu penses sincèrement que je suis brisée ? dis-je d'une voix tremblante alors qu'une boule d'angoisse se formait en moi.

– Non, non ! C'est pas ça, Kenny. Je veux juste dire que tu en as bavé. Je ne veux pas que tu te sentes nécessairement attirée par une personne qui a des valises, elle aussi.

Plus elle parlait de ça, plus je me sentais mal à l'aise. Elle soupira.

– Ce n'est pas ce que je voulais dire.

– Non, en effet. C'est étrange, quand même, quand on pense qu'il y a quelques minutes à peine tu roucoulais en disant que Jax était mon petit ami.

– C'était avant que je sache qu'il avait subi un traumatisme. Écoute, je n'essaie pas de me mettre en travers de ton bonheur. S'il y a quelqu'un qui le mérite, c'est bien toi. Je veux juste jouer mon rôle de grande sœur, c'est tout. C'est mon rôle de te protéger. Tout ce que je dis, c'est prends soin de ton cœur. Il a été suffisamment éprouvé, et je ne voudrais pas que tu souffres de nouveau.

Tout comme après mon coup de fil avec Penn, j'avais un goût amer dans la bouche. Au moment où je retrouvais enfin mon équilibre après tant de batailles, ma sœur me disait de freiner ma progression vers le bonheur.

Je n'avais pas envie d'entendre ça.

– Je comprends, Yoana, je t'assure. Je crois que je vais aller faire un tour pour m'éclaircir les idées. Cette journée est déjà assez plombante comme ça.

– Excuse-moi. Je ne voulais pas ajouter à ton stress, je te jure.

– C'est pas grave. Tu m'aimes et tu t'inquiètes pour moi, je le comprends. J'en ferais autant pour toi. On se reparle bientôt. Profite bien de ton voyage.

– Oui, t'inquiète. Je t'aime.

– Je t'aime aussi.

Après avoir raccroché, j'enfilai une paire de baskets, partis en direction des bois et me concentrai sur ma respiration en me disant d'arrêter de ressasser les paroles de Yoana.

Mais si elle avait raison ? Si tomber amoureuse de Jax aussi précipitamment, c'était tomber dans un nouveau piège ? Je m'étais éprise de Penn rapidement. Nous nous étions retrouvés dans un tourbillon et l'idée de revivre ce genre de douleur me semblait insupportable.

Et si Jax me faisait souffrir ? À l'évidence, même Eddie, son psy, était inquiet pour lui et sa capacité à gérer les problèmes de santé de son père. Et si, après le décès de son père, Jax pétait les plombs ? Et s'il me rejetait ? Et si, alors que j'avais besoin de lui, il n'était pas en capacité de me retenir pour m'empêcher de tomber.

Est-ce que j'étais naïve de croire que notre relation s'acheminait vers un univers de bonheur sans fin ? Je veux dire, putain, nous n'étions même pas officiellement en couple.

Je restai assise en plein air, plusieurs heures à écouter les oiseaux, en espérant qu'ils m'apporteraient des réponses, priant pour qu'ils me confient quelques recettes secrètes de mieux-être.

26
Kennedy

– Tu as les clés de la bibliothèque ? demandai-je à Jax alors qu'il examinait le trousseau de clés qu'il tenait à la main.

Nous nous tenions sur la dernière marche, prêts à entrer dans ce qui me semblait être une bibliothèque incontestablement fermée. Le panneau annonçait très clairement que les heures d'ouverture étaient de neuf à dix-sept heures. Jax ne pouvait pas l'ignorer.

– Ce soir, oui, dit-il en trouvant la bonne clé et en déverrouillant la porte devant nous.

Lorsqu'il ouvrit, je restai figée sur place.

– On entre par effraction ?

Il émit ce rire grave et viril que j'adorais.

– Non. Hunter, le responsable, m'a permis de faire une demande pour en disposer toute la nuit.

– Tu as réquisitionné une bibliothèque ? Es-tu en train de me dire qu'on peut louer les bibliothèques ? Parce que, si c'est le cas, je m'inscrirais bien pour le faire tous les jours.

– Non, normalement ça ne se fait pas, mais Hunter me devait un service.

– Quel genre de circonstances peut te valoir l'utilisation d'une bibliothèque à titre privé ?

Il plissa le nez et se gratta la nuque.

– Il y a quelque temps, au cours d'un travail de plomberie chez lui, j'ai trouvé une culotte en dentelle dans l'évacuation de ses toilettes.

– Et ?

– Une culotte de taille XL. Disons que son épouse, qui fait plutôt une taille XS, n'en était évidemment pas la propriétaire. De plus, elle était en voyage d'affaires la semaine précédant ce problème de culotte.

– Oh, le porc !

– Ouaip, et il m'a supplié de ne pas en parler, ce que je n'aurais pas fait de toute façon. Je ne me mêle pas des affaires des autres. Tant que la facture est réglée, c'est bon pour moi. Aujourd'hui, lorsque je lui ai demandé les clés de la bibliothèque pour la nuit, il a dit non. J'ai dit culotte en dentelle, et il me les a données.

Je me mis à rire.

– Tu l'as fait chanter avec cette histoire de culotte ?

– Un peu, que je l'ai fait !

Je frissonnai à l'idée que Jax avait été obligé de manipuler la culotte d'une inconnue.

– Je parie que tu vois des tas de trucs bizarres dans ton boulot.

– Ne me lance pas sur celle des perles anales.

J'ouvris des yeux ronds.

– Quoi ?

Il rigola et secoua la tête.

– Laisse tomber. Allons-y.

En passant les portes de la bibliothèque, je me retrouvai au paradis. Jax ferma à clé derrière nous pour que personne ne puisse entrer. Si jamais je devais me retrouver enfermée quelque part, j'aimerais que ce soit dans une bibliothèque. Je ne serais jamais à court d'aventures.

– Je me suis dit que ce serait plus facile de chercher la pièce secrète si nous avions la bibliothèque pour nous tout seuls. Et puis, on peut se déchaîner sans respecter la règle du silence.

– Tu es un vrai rebelle !

– Qu'est-ce que tu veux que je te dise ? Irrécupérable !

J'étais tout excitée et ravie que Jax ait fait cet effort pour rendre extraordinaire ce que certaines personnes pourraient considérer comme une soirée nulle. Sur le bureau de la réception, il y avait une corbeille contenant des en-cas et deux verres à vin qui, je l'espérais, allaient se remplir de bonheur.

– Joy nous a envoyé une bouteille de vin blanc. Elle a dit que c'est celui que tu aimes. Et puis, je me suis lancé pour cuisiner une tourte au poulet, ce qui est cent fois plus facile à dire qu'à faire. Joy m'a aidé pour ça, aussi.

J'ouvris de grands yeux.

– C'est mon plat préféré.

– Oui, je sais. Du moins, je sais que ça l'était dans le temps. Je relisais tes lettres de l'époque et…

– Tu as gardé mes lettres ?

L'air intimidé, il croisa les bras et haussa les épaules.

– Ouais. Je sais que cela peut paraître idiot, mais elles ont beaucoup compté pour moi. Lorsque j'étais plus jeune, les jours où j'allais vraiment mal, je les relisais. Elles m'ont aidé à surmonter certains moments pénibles.

Spontanément, je le pris dans mes bras et le serrai contre moi. J'avais besoin de le sentir contre moi, de me rappeler que ce moment était réel, que nous étions réels. Je savais ce qui inquiétait Yoana, et je l'aimais pour cela, mais Jax était celui qui m'était destiné. Il n'était pas le méchant de mon conte de fées, il était le héros brisé, il n'était pas là pour me sauver mais pour se sauver lui-même, et c'était ce qu'il faisait. Jour après jour, il faisait de son mieux pour devenir meilleur, ce qui était une source d'inspiration pour moi et me donnait envie d'en faire autant pour moi-même. Je n'attendais pas de Jax qu'il me répare – ça, c'était à moi de le faire. Cela dit, je voulais que sa progression m'inspire pour voir que moi aussi je pouvais progresser, je pouvais guérir, je pouvais sortir de ma situation actuelle et trouver le bonheur de l'autre côté.

– Tu me donnes envie de devenir meilleure, murmurai-je alors qu'il me serrait dans ses bras puissants.

Il posa un baiser sur mon front.

– Toi, tu me rends meilleur, répondit-il.

Nous prîmes la décision de prendre notre repas et de boire tout le vin avant de nous mettre au travail dans la bibliothèque. Il y avait tant de livres susceptibles de déverrouiller le passage secret menant à la pièce cachée qu'il était fort probable que cela nous prendrait la nuit entière.

Cela ne me dérangeait pas le moins du monde. Être enfermé dans la bibliothèque avec Jax Kilter, ce n'était pas la pire façon de passer une nuit.

Nous imaginâmes un jeu qui consistait à nous rendre dans différentes parties de la bibliothèque, à sortir des livres au hasard et en lire certains passages. Tout le monde aurait pu nous prendre pour des intellos, mais franchement, je ne m'étais pas autant amusée depuis fort longtemps. Voir un homme, grand et fort – et légèrement éméché – lire des extraits de *L'Odyssée* était bien plus excitant qu'on aurait pu l'imaginer.

La façon dont les mots roulaient sur la langue de Jax me faisait courir des frissons le long de la colonne vertébrale. J'aurais pu l'écouter lire pour moi jusqu'au bout de ma vie sans jamais m'en lasser.

– Prends un livre, ouvre-le à la page quatre-vingt-quatorze. Lis le quatrième paragraphe, m'ordonna-t-il pour notre seizième tour de jeu.

Je pris un roman intitulé *Midnight Mansion* de Graham Russel, le célèbre auteur de romans d'horreur, et commençai à lire. « Ses mains étaient enduites d'essence et son souffle chargé d'un vieux whisky qui ne lui brûlait plus la gorge. Cela faisait des jours qu'il buvait et, pourtant, il avait l'impression que ce n'était le cas que depuis quelques heures. La solitude des semaines passées se fit plus sensible quand il parcourut les vieilles photographies de la femme qu'il aimait et qui était devenue une tueuse avérée. Il se demanda comment il avait pu aimer une personne aussi sombre, mais il comprit que c'était beaucoup plus passionnant d'être épris des personnes les plus sombres. Il recherchait la déception, et Leslie ne manquait jamais de le satisfaire à cet égard. »

Punaise.

L'écriture me manquait. Chaque fois que je lisais des textes forts, j'avais envie de m'y remettre.

– À moi, dit Jax de l'autre côté de la pièce.

– OK. Prends un livre, page cent quatre, paragraphe cinq.

Il s'éclaircit la voix et commença à lire. « Iris, ne me laisse pas tomber, supplia Hary en tirant sur son tee-shirt déchiré. Si tu pars maintenant, je vais me retrouver tout seul. Je ne sais pas comment rentrer en ville. Je ne sais pas ni quand ni où je suis censé aller. Je ne sais pas comment respirer si tu n'es pas là pour me guider. Cet endroit est ravagé par la guerre, et toi tu es mon havre de paix. Alors, je t'en prie, ne me lâche pas. »

Mon cœur bondit dans ma gorge, et je me tournai sur la gauche. Je regardai Jax debout avec un livre à la main, mais pas n'importe quel livre. Mon livre.

– Où l'as-tu trouvé ?

– Il était sur l'étagère.

Je secouai la tête.

– Ça m'étonnerait.

– Bon, c'est peut-être moi qui l'ai mis là.

Il vint vers moi et prit ma main dans la sienne.

– Tu es une autrice géniale, Kennedy.

Je ricanai.

– Comment peux-tu dire ça après avoir lu un seul paragraphe ?

– Je sais. C'est pour cela que je les ai tous lus.

– Tu…

J'exhalai lentement.

– Tu as lu mes romans ?

– En effet. Ils sont puissants et émouvants, tout comme toi. Tu es puissante et émouvante.

– Jax…

Avant que j'aille au bout de ma pensée, Jax s'approcha du mur couvert d'étagères, sortit un roman bien précis et, ô merveille ! la chambre secrète s'ouvrit. Elle recelait encore d'autres étagères remplies de livres, un magnifique sofa et un fauteuil immense avec un repose-pieds.

J'aurais pu passer tout le reste de ma vie dans cette pièce, sans problème.

Je me mis à rire.

– Tu savais depuis le début où il était.

– J'avoue.

J'avais envie de lui donner une tape sur le bras, mais j'avais encore plus envie de l'embrasser. De l'attirer dans cette magnifique chambre secrète et l'embrasser longuement. Alors que je pénétrai dans la pièce, je me retournai pour lui parler. Il était juste derrière moi. Il me regardait fixement comme si j'étais une chose qu'il voulait ravir avant la fin de la soirée.

– Je ne sais pas pour toi, mais moi je pense que j'ai eu mon compte de lecture pour ce soir, murmurai-je en faisant courir un doigt sur son torse.

– Tu veux qu'on parte ?

Ses yeux s'attardèrent sur mes lèvres. Lorsqu'il les releva, ses pupilles étaient dilatées, et le désir que j'éprouvai se reflétait sur lui.

– Non, dis-je dans un souffle.

Il s'approcha de moi et appuya son front contre le mien.

– Veux-tu venir dans le coin secret avec moi, Sun ?

– Oui.

– Veux-tu m'embrasser dans le petit coin secret, Sun ?

– Oui.

Oui, oui, oui…

– Veux-tu te défaire de tes vêtements, Sun ? dit-il doucement sur mes lèvres avant de prendre ma lèvre inférieure entre les siennes et de la sucer.

– S'il te plaît, Jax, suppliai-je, gémissant dans sa bouche alors que le désir s'emparait de moi.

Il me souleva et me porta à l'intérieur de la pièce. Il me coinça contre une étagère et m'embrassa comme s'il avait attendu toute la soirée d'écraser ses lèvres sur les miennes. Je croisai mes jambes autour de sa taille et je sentis son désir se presser contre moi. Sa bouche se promena dans mon cou et, en gémissant, je posai les mains sur les étagères de chaque côté pour garder mon équilibre. Les grognements de Jax sur ma peau provoquèrent une vague de chaleur dans mon intimité et j'écrasai mes hanches contre son jean.

Finalement, il me reposa sur le sol et commença à se déshabiller, ne gardant que son boxer. J'entrepris de faire la même chose et jetai mes vêtements tout autour de moi. Lorsqu'il s'approcha de moi, son regard était fixé sur ma culotte rouge, et il se mordit la lèvre inférieure.

– Tu es tellement belle, putain, marmonna-t-il.

Il accrocha du doigt la ceinture en dentelle et la descendit avant de me conduire vers l'énorme fauteuil.

– Assieds-toi, ordonna-t-il et, purée, cela me plut.

J'aimais ce ton autoritaire.

Je m'assis et il se baissa devant moi. Il s'agenouilla et leva les yeux vers moi comme si j'étais une reine devant laquelle il s'inclinait. Il écarta mes jambes et mon désir pour lui ce soir-là explosa jusqu'au toit qu'il traversa. J'avais envie qu'il me savoure, qu'il me lèche, qu'il m'excite, et c'est exactement ce qu'il fit.

Comme il s'approchait de plus en plus de mon centre intime, il commença à embrasser, lécher et baiser de sa bouche l'intérieur de mes cuisses. Mon désir était inexorable et je posai les mains sur les accoudoirs de fauteuil en enfonçant mes ongles dans le tissu. Lorsque Jax atteignit mon intimité, je me mis à gémir de plaisir sous les coups de sa langue mouillée qui me léchait de haut en bas.

– Tu es si bonne, Kennedy… tu as le parfum que j'ai toujours voulu goûter, putain.

Il plaça ses mains sous mes fesses et souleva mes hanches pour permettre à sa langue de me pénétrer plus profondément. Il ne se contentait pas de me baiser pour me faire jouir, il me faisait l'amour en respectant mes désirs, aussi. Il était concentré et dévoué à tous mes besoins.

Jax souleva une de mes jambes et la passa sur son épaule. Il suça mon clitoris avant de glisser deux doigts en moi. En même temps que sa langue s'activait, ses doigts se mirent à danser, m'amenant de plus en plus près de la jouissance.

– Oh oui, s'il te plaît, suppliai-je. Continue… Jax… encore, je vais…

Je ne savais pas, je ne savais pas que ça pouvait être aussi bon. Je ne savais pas qu'un homme pouvait enchanter une femme comme si elle était sa reine avec pour seul objectif de lui donner le plus de plaisir possible.

Je ne pus contrôler le tremblement qui secouait mon corps. Alors qu'il me doigtait et me faisait l'amour de sa langue, je ne parvins pas à endiguer l'orgasme violent qui déferla dans tout mon organisme.

– J'adore ça, Sun.

Il gémit de plaisir tout en continuant de m'exciter avec sa langue.

– J'adore ton goût sur ma langue.

J'étais incapable de formuler des phrases complètes. Je ne réussissais plus à trouver les mots pour exprimer ce que je voulais, ce dont j'avais besoin. Alors je bégayai les trois seuls mots que je parvins à maîtriser.

– Baise-moi, Jax, dis-je en haletant.

Son regard plongea dans le mien.

– Oui ?

– S'il te plaît.

Je le suppliai, j'avais besoin de le sentir en moi, de découvrir cette sensation.

Il prit son portefeuille dans son jean et en sortit un préservatif. Il se releva, fit glisser son boxer, révélant son érection, et je poussai un petit cri étouffé en voyant la taille de son sexe. Lorsqu'il fit glisser le préservatif sur son pieu, je regardai et je faillis jouir de nouveau en le voyant se caresser. Il me tendit la main, me souleva du fauteuil et me déposa sur le canapé. En se positionnant au-dessus de moi, il marqua une pause lorsque son membre érigé effleura mon intimité.

– Je voudrais que ça dure éternellement, m'avoua-t-il d'une voix basse qui tremblait légèrement.

Ses pupilles dilatées se fixèrent sur les miennes au moment où il me pénétra. Ses lèvres s'entrouvrirent et il approcha sa bouche de la mienne.

– Je te veux pour toujours.

– Je suis à toi.

J'aurais voulu crier de plaisir en le sentant se donner à moi totalement.

– Je suis à toi.

Et il se mit à me faire l'amour là, dans la chambre secrète de la bibliothèque. Il se balança en moi sans remords. Il me baisa avec détermination. Je le percevais dans son intégralité. Je ressentais sa lumière et son côté obscur, sa joie et sa tristesse, son éternité, son pour toujours, tandis qu'il allait et venait en moi à un rythme qui s'accordait avec les battements de mon cœur. Jax me fit l'amour, entourée de milliers de romans, et je sus qu'aucune de ces histoires ne pourrait jamais dépasser celle que nous étions en train de créer pour nous-mêmes.

Il y avait quelque chose de puissant à faire l'amour avec son meilleur ami.

Et après avoir fini de faire l'amour ?

Nous le fîmes de nouveau.

27
Kennedy

Je recommençai à écrire.

Rien d'extraordinaire et tout ce que je gribouillais pouvait bien n'avoir ni queue ni tête, mais ces mots étaient les miens, et je n'avais jamais été si heureuse d'être capable de créer. Tous les jours, je me rendais dans le coin secret de la bibliothèque pour écrire. J'y restais jusqu'au coucher du soleil, tapant sur mon clavier des mots qui me venaient plus vite que mes doigts ne parvenaient à les écrire.

J'avais oublié la sensation que procurait le fait de me sentir inspirée au point de faire abstraction de tout ce qui m'entourait pendant plusieurs heures d'affilée.

Quand je n'écrivais pas, je passais du temps avec Jax. Le plus de temps possible. C'était comme si je ne me lassais pas d'être avec lui. Donc, lorsqu'il me dit qu'il allait à Chicago pour rendre visite à son frère, mon cœur fit grise mine. L'idée de passer un week-end sans lui était dure à encaisser, ce qui était idiot. Quelques semaines plus tôt, il n'était même pas présent dans ma vie.

Désormais, j'étais triste à l'idée qu'il s'absente ne serait-ce que quelques jours.

– C'est juste un week-end, dit-il en souriant alors que nous étions assis dans la décapotable. Je te promets de revenir.

– T'as intérêt. Sinon, je te retrouverai, comme je l'ai fait ici. Tu ne te débarrasseras pas de moi aussi facilement.

– Je ne veux pas me débarrasser de toi. Mais je suis impatient de voir mon frère. On ne se voit qu'une fois par an, le jour de l'anniversaire de notre mère.

Je me rembrunis.

– Ça doit être dur.

Je me rappelai à quel point j'étais mal quand approchaient les dates d'anniversaires de mes chers disparus.

– Ça l'était au début, mais avec le temps, ça va mieux.

Il prit ma main dans la sienne et la serra.

– Pour toi aussi, ça s'arrangera et deviendra plus facile.

C'était agréable d'être réconfortée de cette façon.

– Mon frère refuse de revenir dans cette ville, donc c'est toujours moi qui dois aller à Chicago. Mais cela changera peut-être quand notre père ne sera plus là. J'ai l'impression que c'est à cause de lui qu'il s'est enfui après la mort de notre mère. Ou bien c'était trop dur d'être ici après l'accident. Qui sait ? En tout cas, je quitte Havenbarrow pour aller le voir.

– Vous êtes proches, tous les deux ?

Il eut un rire moqueur.

– Pas autant que Yoana et toi. Mais ça va. C'est mon frère, et je sais que si jamais j'avais besoin de quelque chose, je pourrais compter sur lui.

C'était réconfortant de le savoir.

Il jeta un coup d'œil à son téléphone et fit une grimace.

– En fait, il faut que je rentre chez moi pour préparer ma valise. Je dois partir très tôt demain matin.

– Ah d'accord, acquiesçai-je en descendant de la voiture. Je peux peut-être venir chez toi pour t'aider. Enfin, pour te regarder préparer ton sac. Ou… je ne sais pas…

J'ai juste envie d'être avec toi.

Il sourit.

– Je vais vraiment te manquer, hein ?

Je levai les yeux au ciel.

– N'importe quoi, Jax. N'en fais pas toute une histoire.

– C'est déjà une histoire. N'empêche, j'adorerais que tu viennes m'aider. Et j'adorerais aussi que tu passes la nuit avec moi. J'ai envie de pouvoir t'embrasser quand le soleil se lèvera, avant de partir.

C'était la requête la plus facile que j'aie jamais eue à satisfaire.

Nous traversâmes les bois à pied pour aller chez lui et c'est à ce moment-là que j'ai réalisé que je n'étais jamais entrée dans sa maison. Je n'avais jamais vu l'endroit où il vivait, où son père avait vécu. Bizarrement, j'étais partagée entre l'excitation et le trac de mettre le pied dans ce lieu où il avait grandi.

Je savais que beaucoup de choses terribles s'étaient passées dans cette maison. Pourtant, j'aimais croire que beaucoup de souvenirs heureux s'y trouvaient aussi.

Une fois à l'intérieur, alors qu'il me faisait visiter, ma poitrine se serra. Il y avait là tous les éléments qui faisaient d'une maison un foyer. Les meubles avaient servi. Il y avait des photos de sa famille partout. Sur le montant d'une porte, on apercevait les marques qui indiquaient la croissance de Derek et de Jax. Je passai les doigts dessus et ne pus m'empêcher de sourire. Quel beau souvenir !

Malheureusement, ces éclairs lumineux s'accompagnaient de versants plus sombres. Je posai la main sur un mur dans lequel on voyait un trou. C'était comme si quelqu'un avait donné un coup de poing et enfoncé le placo. Il y en avait d'autres, semblables, un peu partout dans la maison.

Lorsque Jax me vit passer les doigts sur l'un de ces impacts, il se racla la gorge.

– Ce sont mes souvenirs de ma vie avec mon père.

– Pourquoi tu ne les répares pas ?

Il pinça les lèvres en enfonçant les mains dans ses poches.

– Je ne veux pas oublier l'homme qu'il était alors. Cela peut paraître idiot et mesquin, mais je ne veux pas que sa santé déclinante me pousse à lui pardonner les souffrances qu'il m'a infligées. Alors j'ai laissé les trous qui en témoignent.

– Combien de fois a-t-il manqué le mur et t'a frappé, toi ?

Il garda le silence. Cela me donna envie de pleurer.

– Je suis tellement désolée, Jax.

Il faut être un monstre pour porter la main sur son enfant. Jax n'avait pas mérité ces mauvais traitements. Aucun enfant ne mérite d'être maltraité, encore moins par les personnes qui sont censées protéger sa vie.

Il haussa les épaules.

– C'était il y a longtemps.

– Tout de même, je suis désolée.

Il esquissa un demi-sourire avant de m'emmener dans sa chambre pour faire sa valise.

En entrant dans la pièce, je m'immobilisai en voyant deux grands cartons ouverts posés sur le bureau.

– Qu'est-ce que c'est ?

Je me précipitai pour voir ce qu'ils contenaient, même si j'étais sûre de le deviner.

Il jeta un coup d'œil et prit l'air gêné.

– Tu n'étais pas censée voir ça.

– Trop tard.

Je fouillai dans les cartons et secouai la tête en laissant échapper un petit rire.

– Je savais que tu avais acheté un de mes livres pour la bibliothèque, mais on dirait que tu as acheté les cinq, dis-je, stupéfaite. Cinq fois chacun !

– Je voulais te soutenir.

Je me mis à rire.

– Un exemplaire aurait suffi.

– Et si j'avais renversé quelque chose dessus ? Je voulais avoir de la réserve. Un jour, je construirai une bibliothèque pour mettre tous tes livres sur les étagères.

C'était l'homme le plus gentil que j'avais jamais rencontré, et j'étais si contente qu'il soit de retour dans ma vie.

– Comme c'est parti, je crains qu'il n'y en ait jamais d'autres.

Il secoua la tête, absolument certain que ce serait le contraire.

– Tu vas y arriver, Kennedy. Chaque chose en son temps.

J'espérais qu'il avait raison.

Cette nuit-là, nous fîmes l'amour avant de nous endormir dans les bras l'un de l'autre. Au matin, je n'étais pas prête à dire au revoir. Alors que nous nous tenions devant son pick-up, je culpabilisai.

– Je suis désolée de ne pas pouvoir te conduire à l'aéroport. J'aimerais être plus forte. J'aimerais ne pas avoir tous ces problèmes.

Qu'est-ce qui ne tournait pas rond chez moi ? J'aurais dû être capable de le faire. J'aurais dû être capable de monter dans ce pick-up et de l'accompagner à l'aéroport, comme une personne normale. J'aurais voulu être de nouveau comme j'étais avant.

Il se pencha vers moi et embrassa mes lèvres, puis mon front.

– Tu vas y arriver, Kennedy, dit-il en répétant ce qu'il m'avait dit la veille à propos de mes romans. Chaque chose en son temps.

À peine était-il parti qu'il me manquait déjà et, égoïstement, je commençai à décompter les heures qui me séparaient de son retour.

28
Jax

Impossible de ne pas remarquer que mon frère Derek était très à l'aise financièrement. C'était un homme d'affaires prospère qui avait trimé pendant des années pour gravir les échelons de l'entreprise. Si vous m'aviez demandé ce qu'il faisait exactement, j'aurais haussé les épaules, incapable de répondre, mais en tout cas, il gagnait bien sa vie à le faire.

Lorsqu'il vint me chercher à l'Aéroport International O'Hare de Chicago dans sa BMW, il me rappela précisément à quel point il avait réussi.

– Eh bien, voilà mon petit frère préféré, plaisanta Derek en descendant de voiture.

Il vint vers moi, posa ses mains sur mes épaules et secoua la tête.

– Tu me parais plus costaud que la dernière fois que je t'ai vu. Tu vas me donner envie de m'inscrire à la salle de gym pour soulever de la fonte.

– Si tu faisais ça, tu risquerais de ne plus entrer dans tes costumes de grands couturiers.

– C'est bien pour ça qu'il y a des tailleurs et des costumes sur-mesure, frangin.

Il me serra dans ses bras et je mentirais si je disais que cela ne me fit pas plaisir. Cela me faisait toujours plaisir de faire un saut à Chicago pour aller voir Derek.

Parfois, j'avais l'impression de voir maman en le regardant. Elle aurait été tellement fière de l'homme qu'il était devenu.

Après notre accolade, j'eus la surprise de voir une femme s'extraire du côté passager de sa voiture. C'était une très jolie fille avec le sourire le plus éclatant que j'aie jamais vu, à part celui de Kennedy. C'était une première dans mes visites à Derek. Ce n'était un secret pour personne que mon frère était un play-boy. Il avait eu des tas de maîtresses, mais il ne les laissait jamais rester assez longtemps pour monter dans sa BMW. Et, en tout cas, il ne venait jamais avec elles me chercher à l'aéroport.

– Salut, dit-elle en souriant. Je m'appelle Stacey. Je suis…

– Ma fiancée, intervint Derek.

Stacey gloussa et lui donna un petit coup de coude dans les côtes.

– C'était à moi de le dire !

– Excuse-moi. Je ne me lasse pas de le dire tout haut, dit-il en l'embrassant sur le front.

– Fiancée ? demandai-je en faisant mon possible pour dissimuler mon étonnement. Je ne savais même pas qu'il avait une petite amie.

– Oui, eh bien, les choses se sont un peu emballées, dit Stacey en souriant. On se connaît seulement depuis deux mois et hier soir, bam ! Demande en mariage !

Je n'en revenais pas.

– Tu sais ce qu'on dit, quand on sait, on sait, dit Derek en l'embrassant de nouveau sur le front.

Ils avaient l'air très amoureux tous les deux. Le bonheur allait bien à Derek. Parfois, il m'avait semblé avoir du mal à trouver sa voie dans la vie en dehors du travail. Il avait des périodes de profonde déprime, mais il refusait de se confier. Il disait que la thérapie ce n'était pas son truc, même s'il était content que ça marche pour moi. Pourtant, j'aurais aimé qu'il parle à quelqu'un. Cela ne peut pas faire de mal.

– Félicitations.

Je tendis la main pour serrer celle de Stacey.

– Ah non, mon chou, on s'embrasse, dit-elle en m'attirant contre elle.

Pendant qu'elle me serrait à m'étouffer, je regardai mon frère qui continuait de sourire jusqu'aux oreilles comme si elle était son soleil.

Tant mieux pour eux.

– Bon, ne t'en fais pas, je ne serai pas sur votre dos tout le week-end. J'ai juste voulu venir pour faire ta connaissance et te saluer. Derek m'a tellement parlé de toi.

– En bien, j'espère !

– Il n'y a que du bien à dire, commenta Derek, même si je savais que ce n'était pas vrai.

Nous allâmes à son appartement qui confirma, si c'était nécessaire, que l'argent n'était pas un problème pour lui. Un appart immense, doté de trois chambres, situé au quatre-vingtième étage d'une tour dans le centre-ville de Chicago. Parfois, je me demandais où j'en serais si j'avais accepté sa proposition de venir travailler dans sa société. En même temps, je savais que j'étais un homme du Sud dans l'âme. Je ne pouvais pas me sentir chez moi sous les lumières d'une grande ville. J'étais bien plus dans mon élément au fond des bois.

Stacey ne resta pas longtemps. Bien que je lui aie dit qu'elle me ferait plaisir en partageant notre dîner, elle déclina, disant que nous avions besoin de nous retrouver tous les deux pour rattraper le temps perdu.

Derek choisit de m'inviter dans le meilleur restaurant de la ville, et je ne fis aucune difficulté pour le laisser payer. En tant que plombier, je gagnais beaucoup moins d'argent que lui, et une bonne partie de mes revenus servait à régler les frais médicaux de mon père.

– C'est super de te voir, Jax. On devrait le faire plus souvent. Une fois par an, ce n'est vraiment pas suffisant. En plus, Stacey est très famille. Elle était horrifiée quand je lui ai dit qu'on se voyait si rarement.

– Tu es toujours le bienvenu à Havenbarrow.

Il plissa le nez. Ce qui ne me surprit pas. Derek n'avait pas du tout l'intention de revenir dans notre ville natale. Même pour me rendre visite. Trop de ses démons vivaient encore là-bas. Franchement, je pouvais comprendre qu'il n'ait pas envie de les revoir.

– Tu sais que c'est trop dur pour moi, Jax, dit-il d'une voix plus grave. Mais toi, tu peux venir quand tu veux.

– Je sais. Je vais faire un effort pour me détacher de mon père, moi aussi.

Peut-être que je viendrais avec Kennedy pour qu'elle fasse la connaissance de mon frère et de sa fiancée. Je fus étonné que l'idée de venir accompagné de Kennedy me vienne à l'esprit, et plus encore que cela me rende heureux de l'imaginer.

– Tu pourrais aussi venir travailler dans ma société. Tu sais que je te ferai toujours de la place, et je ne te parle pas d'un poste subalterne. Tu peux travailler à mes côtés, comme associé.

Je me mis à rire.

– Je n'ai absolument pas le sens des affaires, Derek. L'idée de faire de moi ton associé est grotesque. Je te mettrais en faillite en un rien de temps.

– Je pourrais te former. Sérieux, Jax. On ferait une équipe géniale.

– Peux-tu me dire pourquoi nous avons cette discussion chaque fois que je viens te voir ?

Il soupira et posa sa fourchette en argent.

– J'ai d'autres ambitions pour toi que la vie que tu mènes dans le Kentucky.

– Cette vie me convient. J'ai ma propre affaire.

– C'était la boîte de Cole, pas la tienne. Tu en as seulement repris la direction après sa première attaque parce que, quelque part, tu avais le sentiment que tu étais redevable à ce salopard.

J'avais en effet toujours eu l'impression de devoir quelque chose à mon père parce que j'avais tué sa femme. Cela me semblait être une raison suffisante pour continuer de faire tourner son entreprise.

– Je suis bon dans ce boulot.

Je haussai les épaules. Je savais que Derek ne comprendrait jamais, mais en fait j'appréciais ce boulot. J'étais bon et je ne me voyais pas arrêter de sitôt.

– Pourquoi tu me pousses toujours à quitter Havenbarrow ?

– Parce que c'est une ville pourrie. Tu n'as rien à faire là-bas.

Je n'avais pas envie de le contredire. Nous n'avions pas beaucoup de temps à passer ensemble. On n'allait pas en plus se disputer.

– Pour parler d'autre chose, dis-je en m'agitant sur mon siège. Si tu m'en disais un peu plus sur cette Stacey ?

Derek sourit comme un écolier amoureux pour la première fois. La conversation devint plus légère, et une fois qu'il m'eut tout dit à propos de Stacey, je l'informai de ma relation avec Kennedy.

– Tu déconnes, souffla-t-il, stupéfait. La fille dont tu étais fou amoureux quand t'étais gamin ?

– Oui, c'est elle.

– C'est une histoire tout droit sortie d'un roman de Nicholas Sparks[7]. Alors, c'est ta copine ?

---

7. Écrivain américain de littérature sentimentale.

J'hésitai un peu avant de répondre. Nous n'avions pas vraiment formalisé notre relation, mais il ne faisait pas de doute que Kennedy était à moi et que j'étais à elle. Du moins dans mon esprit, c'était comme ça et je ne voyais pas pourquoi cela changerait.

– On peut dire ça.

Il continua de sourire d'un air niais.

– C'est une bonne chose, Jax. Regarde-nous. En couple avec des filles bien. Maman serait fière.

À l'évocation de maman, ma poitrine se comprima sous le poids de la culpabilité.

– Elle aurait dû être présente à ton mariage, Derek…

Je baissai les yeux, la gorge serrée.

– Je suis désolé de t'avoir privé de ça.

Je l'avais privé de beaucoup de souvenirs, et je me détestais pour ça. Maman ne rencontrerait jamais ses petits-enfants. Elle n'ouvrirait pas le bal avec ses fils à nos mariages. Elle ne serait jamais témoin de la réussite de Derek.

– Arrête ça, Jax, gronda Derek. Ne recommence pas, OK ? Tu n'as pas à porter ce fardeau sur tes épaules.

– Comment faire autrement alors que je suis la cause…

– *Non !* hurla-t-il si violemment que tous les regards convergèrent sur nous.

Il était rouge de colère. Puis sa voix se fêla et il baissa le ton.

– Tu n'es pas responsable de cette histoire, Jax. C'était il y a longtemps, et tu ne vas pas continuer à porter cette culpabilité toute ta vie. Ce n'était pas de ta faute. Un jour, il va bien falloir que tu oublies ça.

– Je ne vois pas comment je pourrais. C'est à cause de moi si elle n'est plus là, et je te suis reconnaissant de faire comme si ce n'était pas le cas, mais je sais de quoi je parle. Bon, excuse-moi d'avoir abordé ce sujet. Parlons d'autre chose.

Le meilleur moyen de mettre mon frère en colère, c'était de dire que j'étais responsable de la mort de maman. Pourtant, il était présent. Il était dans les bois avec moi quand j'avais appuyé sur la gâchette. Il avait vu qui était tombé. On ne pouvait pas nier que je l'avais fait.

Et pourtant, il était déchiré par l'idée que je me faisais des reproches. Par conséquent, j'allais m'efforcer de ne plus en parler, d'autant plus que je n'avais pas beaucoup de temps à passer avec lui. Nous occupâmes le reste de la soirée à échanger des souvenirs et à parler de notre avenir. Avant la fin du dîner, Derek me posa une question très importante à laquelle je fus extrêmement honoré de répondre.

– Jax, tu veux bien être mon témoin de mariage ?

29
Kennedy

Jax me manquait. Je me faisais l'effet d'être un disque rayé à force de répéter qu'il me manquait. Je n'en revenais pas qu'une personne qui n'était dans ma vie que depuis peu de temps puisse me manquer à ce point. Je faisais mon possible pour m'occuper, et heureusement les mots ne me résistaient pas et continuaient d'affluer.

Je passai la majeure partie de mon week-end à la bibliothèque, en faisant des pauses pour aller déjeuner au café *Chez Gary*. Marty était toujours d'accord pour bavarder avec moi de mes écrits. En fait, lui aussi écrivait à ses moments perdus, et il évoqua l'idée que nous devrions organiser des soirées littéraires si j'étais d'accord.

L'idée me plaisait d'avoir quelqu'un à qui parler au cas où je bloquerais dans mon intrigue. Et puis, à un moment donné, je pensais à Jax – écrire, manger, Jax. On efface tout et on recommence.

Le samedi après-midi, tout en dégustant ma deuxième part de Red Velvet Cake au café, je souris en voyant par la fenêtre Connor distribuer des prospectus aux passants. Je ne savais pas ce qu'il manigançait, mais j'étais sûre que c'était pour le boulot. Je n'avais jamais rencontré un jeune à ce point investi dans son travail. Lorsqu'il entra en trombe dans le café, tous les clients l'accueillirent avec une mine réjouie parce que tout le monde aimait Connor.

– Salut, Kennedy ! dit-il en souriant jusqu'aux oreilles. Comment ça va ?

– Super, Connor. Et toi ? Comment va ta maman ?

Quelques jours plus tôt, il m'avait dit que sa mère luttait contre le cancer avec beaucoup de courage. Il parlait de sa mère comme de la femme la plus admirable au monde. C'est une chose qui me plaisait chez lui. Il y a toujours quelque chose de remarquable chez un garçon qui aime sa mère.

– Elle va vraiment bien, en fait ! Je suis confiant, elle est sur la bonne voie.

Il me tendit un flyer et une carte de visite.

– À propos d'être sur la bonne voie, je me demandais si tu laisserais un commentaire de satisfaction sur le site de JAC Paysage.

Je haussai un sourcil en lisant la carte et ne pus m'empêcher de rire.

– Est-ce que Jax sait que tu lances une affaire en son absence ?

Il sourit.

– J'ai pensé que ce serait mieux de lui faire la surprise à son retour. Tu gardes ça pour toi, d'accord ? Il y a déjà quelques nouveaux clients qui nous ont contactés après avoir vu l'avancée des travaux dans ton jardin.

– Il va te tuer, Connor, rigolai-je en secouant la tête.

– Ouais, ben, ça changera pas.

Il jeta un coup d'œil à son téléphone.

– Désolé, mais il faut que j'aille à l'église pour distribuer ces flyers. Ils sortent juste des répétitions de la chorale, et je suis sûr que ça plairait à Jésus que certains aient une pelouse bénie. À plus, Kennedy !

Il disparut aussi vite qu'il était venu, distribuant des flyers à toutes les personnes qu'il croisait.

Jax allait être aux anges de découvrir sa nouvelle entreprise.

Après avoir terminé mon gâteau, je sortis du café et je remarquai une femme qui, en se débattant avec une poussette, laissa tomber un paquet de couches et toutes ses courses qui allèrent s'étaler sur le trottoir. Spontanément, je me précipitai pour lui venir en aide.

– Et voilà, dis-je en ramassant ses affaires.

Elle me remercia.

– Oh là là, merci beaucoup. Désolée, je suis un peu désorganisée en ce moment, et je n'avais pas remarqué que mon sac n'était pas fermé. En plus, avec un autre qui arrive, je suis sûre que ça va être de pire en pire. L'étourderie de la jeune maman, et tout ça.

Je baissai les yeux sur la poussette où, non pas un mais deux bébés étaient assis. L'un était plongé dans un profond sommeil paisible tandis que l'autre hurlait. Mon cerveau se brouilla et je reculai d'un pas en secouant la tête.

Elle inclina la tête en me regardant, étonnée.

– Tout va bien ?

J'entrouvris les lèvres, mais restai muette. Les mots se dérobaient alors que la crise d'angoisse montait dans ma poitrine. Ce n'était pas juste. Elle avait deux bébés plus un troisième en route, et moi je n'avais plus ma Daisy.

Daisy.

Elle n'était plus là. À cause de moi.

C'était de ma faute.

Une larme roula sur ma joue et je vis les yeux de la femme s'agrandir sous l'effet de la panique.

– Oh mon Dieu, vous allez bien ? Je… est-ce que j'ai dit quelque chose ? Est-ce que vous… ?

– Ex… excusez-moi, marmonnai-je, incapable de détourner les yeux de la poussette.

Je ne pouvais pas bouger. Je ne pouvais pas respirer et, cette fois, Jax n'était pas là pour me raccompagner chez moi.

La femme suivit mon regard et sembla encore plus paniquée en voyant mes yeux rivés sur ses enfants. Elle rassembla rapidement le reste de ses affaires et s'éloigna le plus vite qu'elle put.

Bouge, Kennedy. Vas-y. Ça suffit maintenant. Je me parlais à moi-même, mais rien ne se passait. La panique était trop forte pour que je puisse lui échapper. Lorsqu'une main se posa sur mon épaule, je sursautai et, en me retournant, je vis Amanda debout derrière moi.

– Tout va bien ? demanda-t-elle, surprise par ma soudaine bizarrerie.

– Je… je…

Je déglutis. Je ne parvenais qu'à secouer la tête. Je me sentais idiote. Si faible. Si perdue.

Amanda passa son bras sous le mien et me conduisit vers un banc de l'autre côté de la rue. Elle s'assit à côté de moi et attendit que la crise de panique qui me submergeait se dissipe.

– Mets ta tête entre tes genoux et respire.

Je fis ce qu'elle me disait, sans dire un mot. Elle resta à côté de moi jusqu'à ce que ma respiration redevienne normale et que la gêne remplace l'angoisse.

– Merci, murmurai-je en me redressant, le cœur toujours battant.

– Qu'est-ce qui cloche chez toi ?

Le ton était cinglant et elle me regardait comme si j'étais un monstre. De la même façon que Penn me regardait. Comme si j'étais une erreur de la nature.

– Désolée. Je suis sujette aux crises d'angoisse.

– À quoi c'est dû ?

J'étais sûre qu'elle s'interrogeait sur les raisons qui poussaient Jax à lui préférer quelqu'un comme moi. Quelqu'un de si abîmé, alors qu'elle était si… intacte.

– Je… j'ai subi un traumatisme majeur l'année dernière. Je travaille encore à m'en sortir.

Elle fronça les sourcils. Pendant une fraction de seconde je me dis qu'elle compatissait, mais à ce moment-là, elle m'asséna le fond de sa pensée.

– Tu n'es pas la personne qu'il faut à Jax.

– Je te demande pardon ?

– Je le pense vraiment. Il a déjà traversé assez de malheurs dans sa vie, et maintenant qu'il doit s'occuper de son connard de père mourant, il n'a pas besoin en plus d'une personne qui trimbale des valises. Il a déjà eu son compte. Pourquoi viens-tu en rajouter et déposer tes problèmes devant sa porte ?

Je me redressai, la poitrine serrée, suffoquée.

– Non, non, je fais ce qu'il faut pour gérer moi-même mes problèmes. Je ne m'en décharge pas sur Jax.

– Bien sûr que si, et c'est totalement égoïste de ta part. À en juger par cette crise d'angoisse en public, il est clair que ta façon de gérer tes problèmes ne fonctionne pas. S'il comptait un tant soit peu pour toi, tu le laisserais tranquille pour qu'il puisse aborder sereinement le fait que son père est en train de mourir. Il n'a vraiment pas besoin en ce moment des histoires personnelles de la première venue.

Elle ne dit rien de plus. Elle se leva et s'éloigna, me plantant là, abasourdie par ce que je venais d'entendre.

J'étais furieuse que cela m'affecte. Furieuse que les remarques d'Amanda me fassent douter de moi-même et de ma relation avec Jax. Mais, et si elle avait raison ? Et si je compliquais la vie de Jax ? Il avait déjà eu son lot d'épreuves. Pourquoi devrait-il subir mes crises émotionnelles en plus ? Et si Yoana se trompait en s'inquiétant des effets toxiques de Jax sur ma situation ? Et si c'était moi le problème ?

Et si j'étais un problème qui ne se résoudrait jamais ?

Ce soir-là, en rentrant chez moi, je me mis à tourner et retourner tout ça dans ma tête. Impossible de trouver le sommeil, et le lendemain matin, lorsque Jax revint en ville, je m'arrangeai pour être trop occupée pour le voir. J'avais besoin de régler mes problèmes avant d'aller le retrouver. Il avait suffisamment de problèmes personnels. Ce ne serait pas juste de laisser les miens alourdir sa charge.

31
Kennedy

Les jours suivants, je passai le plus clair de mon temps à la bibliothèque, prenant mon roman pour prétexte pour ne pas voir Jax. Chaque fois qu'il me demandait si j'allais bien, je mentais en disant que oui. Je ne savais toujours pas comment l'affronter après mon échange avec Amanda alors qu'en fait je ne désirais rien tant qu'être dans ses bras pour qu'il me réconforte.

Ce mardi-là, je restai si longtemps à la bibliothèque que je n'avais même pas remarqué la pluie qui s'était mise à tomber pendant que je travaillais. Lorsque Hunter vint me dire qu'il fermait, je restai sidérée devant la violence de l'averse.

Ma première impulsion fut d'appeler Jax, mais je me ravisai. Je sortis donc mon téléphone pour utiliser l'appli Cuber que j'avais téléchargée quelque temps auparavant sur les conseils de Connor. J'entrai « diamant » pour le code de promotion et ne pus m'empêcher de sourire en voyant que ça marchait. En dépit de sa jeunesse, Connor était super-intelligent. Son appli était brillante.

J'attendis la voiture de Connor en faisant de mon mieux pour ne pas me laisser impressionner par le bruit de la pluie battante. En la voyant arriver, je descendis les marches quatre à quatre et me précipitai sur le siège passager. Mon cœur battait déjà la chamade dans ma poitrine, mais je m'efforçai de contrôler ma panique.

– Salut, Kennedy ! Bienvenue chez Cuber, la dernière avancée dans l'univers du transport. Puis-je te proposer de l'eau ? Des bonbons à la menthe ? Il y a des magazines si cela t'intéresse…

– Non merci, Connor, ça va. Je voudrais surtout rentrer chez moi le plus vite possible.

– D'accord. Nous, chez Cuber, mettons un point d'honneur à satisfaire nos passagers, donc je vais te conduire chez toi en moins de temps qu'il ne faut pour le dire. Installe-toi confortablement, détends-toi et profite de la course.

Ça ne risquait pas.

La pluie tambourinait au-dessus de nos têtes alors que Connor conduisait. Je détestais la pluie, je détestais les sons agressifs avec lesquels elle battait la voiture.

Les mains crispées, je fermai les yeux et inspirai profondément. Nous serions vite à la maison, et je serais de retour à l'intérieur, et tout irait bien. J'irais bien.

Je vais bien.

À chaque coup de tonnerre, les pulsations de mon cœur montaient en flèche. J'entendais encore la chanson à fond dans les haut-parleurs après toutes ces années. J'entendais maman qui chantait dans le siège à côté de moi. J'aurais pu jurer que Daisy et papa chantaient avec maman, sur le siège arrière.

Une alerte annonça un message sur le téléphone de Connor, me faisant ouvrir brusquement les yeux.

– C'était quoi, ça ? demandai-je, paniquée, alors que mon cœur venait se loger dans ma gorge.

Connor me sourit et haussa les épaules en baissant les yeux vers la console.

– C'est juste mon téléphone, je parie que ma mère se demande où je suis.

Il tendit la main pour prendre son téléphone alors que la pluie continuait à tambouriner sur la voiture.

– Non ! Arrête !

Je posai la main sur son téléphone, et il me regarda avec un air interrogateur.

– Regarde la route. Il pleut trop fort, ne regarde pas ton téléphone.

– Ne t'inquiète pas, Kennedy, je suis un expert, dit-il en levant son téléphone, et il commença à faire défiler les messages.

Mon cœur se déchaînait contre mes côtes, essayant de se creuser un passage hors de ma poitrine, et je secouai la tête.

– Arrête-toi !

Il haussa un sourcil.

– Quoi ?

– Arrête-toi ! Arrête-toi ! Arrête-toi ! hurlai-je en frappant des poings sur le tableau de bord.

Je ne pouvais plus respirer. La bouche grande ouverte, je sentis la panique me submerger de toutes parts.

– S'il te plaît, Connor ! S'il te plaît, arrête-toi, arrête-toi.

– D'accord, d'accord !

Il arrêta la voiture sur le bas-côté de la route. Il serra le frein à main et je bondis hors du véhicule aussi vite que je pus. Je courus sous la pluie battante vers les arbres qui bordaient la route, et je me pliai en deux, les bras passés autour des jambes, et me balançai d'avant en arrière, paralysée par la peur. Ça recommençait. Ça recommençait. Je perdais les pédales. Je recommençais à perdre les pédales.

***

– Et tout d'un coup, elle a pété un câble, mec, et impossible de la faire remonter dans la voiture, dit Connor à quelqu'un qui avait arrêté sa voiture près de nous.

Je frissonnais sous la pluie glacée alors que l'orage tonnait au-dessus de nos têtes. J'étais incapable de bouger.

Cela faisait un quart d'heure que j'essayais, mais rien à faire. Mon corps était pétrifié sur place sous cette pluie qui me martelait la peau. Chaque petite goutte déclenchait un flash-back, et chaque flash-back intensifiait l'angoisse qui broyait mon âme.

Il y avait longtemps que je n'avais pas eu une crise d'angoisse de cette intensité. J'étais censée aller mieux. J'étais censée être sur la voie d'un nouveau départ. J'avais recommencé à écrire. J'étais heureuse. Du moins, je pensais être heureuse.

Et j'étais là, roulée en boule sous un chêne, incapable de bouger à cause des flash-back de mes souvenirs d'horreur.

– D'accord, je m'en occupe, dit une voix au timbre profond, d'un calme olympien.

Il vint vers moi et se pencha.

– Salut, Sun. Qu'est-ce qui se passe ?

– Je… je… je… ne p… peux pas res… respi…

Je pris une profonde inspiration et croisai les bras autour de moi en me balançant d'avant en arrière.

– Respirer, dit Jax en hochant la tête, compréhensif. Tu peux respirer. Tu respires. C'est juste un peu désordonné. Tu ne devrais pas rester sous la pluie.

– Je ne peux pas… la voiture… je ne p… peux pas monter dans la voiture pour l'instant.

Il ne haussa pas les sourcils et ne montra aucun signe de jugement en m'observant au cœur de ma crise de panique. Il ne me posa pas de questions, n'affirma pas que je pouvais monter en voiture et que tout irait bien. Il ne sous-estima pas mes sentiments ou mes peurs, et il ne me dit pas de les dépasser, comme le faisait mon ex. Il était le calme au centre de ma tempête.

– Alors, on ne va pas te faire monter en voiture, mais tu ne peux pas rester sous la pluie, donc viens là.

Il me tendit les bras.

– Qu'est-ce que tu vas faire ?

– Je vais te porter.

Mon cœur broyé se remit à battre et je plongeai mon regard dans ses yeux dont le calme m'apaisait. Alors que je paniquais, il restait imperturbable. Il était le calme de la mer quand mon esprit se débattait contre ses propres vagues de désespoir.

Je secouai la tête.

– Mais non, Jax. Nous s… sommes t… trop loin de chez moi. Tu ne peux pas faire ça. Et puis, je suis trop lourde, et, et, et…

– Kennedy, coupa-t-il sans baisser les bras, je vais te porter, point final.

Il ne dit rien de plus, se contenta de hocher la tête, me prit dans ses bras et me souleva. Il se mit à marcher en direction de nos maisons dont plusieurs pâtés de maisons nous séparaient.

– Qu'est-ce que tu fais ? demanda Connor.

– Je la ramène chez elle.

– Mais ça fait près de deux kilomètres, Jax.

– Ce n'est pas un problème, dit-il tout naturellement, alors que je savais que c'était de la folie.

Connor se passa la main dans les cheveux et soupira.

– Je vais vous suivre en voiture, pour le cas où tu changerais d'avis.

Il monta en voiture et nous suivit à faible allure. Connor était pour Jax ce que Jax était pour moi, un véritable ami. Quiconque est prêt à vous porter sous la pluie vaut la peine de faire partie de votre vie, et quiconque est prêt à vous suivre au pas pour être là au cas où vous auriez besoin de lui est aussi digne d'éloges.

Il y avait à Havenvarrow des hommes dignes d'être des personnages de romans d'amour.

J'enfouis mon visage dans le torse de Jax pendant qu'il me portait, apparemment indifférent au poids de mon corps dans ses bras. Chacun des pas qu'il faisait paraissait contrôlé et délibéré. Comme ma tête reposait sur sa poitrine et que j'écoutais les battements de son cœur, les battements du mien semblèrent s'apaiser.

– Merci, Moon, murmurai-je en me raccrochant à son tee-shirt trempé.

– Il n'y a pas de quoi, Sun.

En arrivant chez moi, il me porta jusqu'en haut des marches de mon porche. Connor se précipita avec mon sac et mes clés qu'il me tendit, et je le remerciai. Avant que j'aie eu le temps de dire ouf, il me prit dans ses bras et me serra très fort.

– Excuse-moi, Kennedy. Si j'ai fait quelque chose de mal, je suis désolé.

Je lui dis qu'il n'avait rien à se reprocher, mais quand il me lâcha, je vis les larmes et la culpabilité dans ses yeux.

– Je t'assure, Connor. Je vais bien.

Il hocha la tête et rajusta sa casquette de base-ball.

– Reposez-vous, Madame. Jax, tu gardes un œil sur elle, d'accord ?

Jax se passa la main sur la nuque.

– Je vais faire ça.

Connor retourna à sa voiture et disparut, laissant un Jax dégoulinant de pluie sur mon porche. Je me sentais un peu bête, maintenant que j'avais surmonté la panique.

Je me passai les mains sur le visage en lui adressant un sourire pathétique.

– Ne reste pas là avec tes vêtements trempés. Je vais bien maintenant, je t'assure. Je vais me changer et me mettre au lit et…

– Tu peux m'en parler.

Je haussai un sourcil.

– Pardon ?

– Tu peux me parler de ce que tu ressens.

Je secouai la tête. Mes lèvres s'entrouvrirent, mais je m'étranglai sur les mots, incapable d'exprimer les émotions qui pesaient sur mon cœur.

– Je ne sais pas comment en parler. Je croyais que j'allais mieux. Je croyais que j'étais en bonne voie d'aller mieux.

– Mais c'est le cas.

– Non, justement. Je continue à faire des crises d'angoisse en voyant des enfants. Je panique quand il pleut. C'est tout juste si je peux monter dans une voiture sans être complètement submergée. Je ne peux pas conduire. Tu ne vois pas ? Je ne suis pas normale. Penn disait toujours que j'étais impossible, et c'est vrai. Amanda avait raison.

– Amanda ? Qu'est-ce qu'Amanda vient faire là-dedans ? Elle t'a dit quelque chose ?

– Peu importe. Ce qui compte, c'est qu'elle avait raison. Tu mérites de rencontrer quelqu'un qui soit moins abîmé que moi.

– Tu racontes n'importe quoi, dit-il en secouant la tête. Tu as eu une crise d'angoisse, c'est tout, ce n'est pas la fin du monde.

– Mais si. Tu ne vois pas, Jax ? Je suis fracassée. Je suis bonne à jeter, alors que toi tu as réussi à remonter la pente. Tu ne mérites pas d'avoir à supporter mes failles après avoir toi-même subi tout ce que tu as subi.

– Livre-moi le fond de tes pensées, et je resterai. Quelles qu'elles soient, Kennedy, je n'ai pas peur. Je suis là.

Je baissai la tête et essuyai les larmes qui s'entêtaient à couler.

– Certains jours, c'est à peine si j'arrive à me regarder dans la glace sans ressentir le poids de mes erreurs passées.

Il enfonça les mains profondément dans ses poches et plissa les yeux en m'observant minutieusement.

– Je sais ce que tu veux dire.

– Mais tu t'en sors mieux que moi. Tu as fait ce qu'il fallait pour aller mieux. Moi, j'ai l'impression que pour un pas que je fais en avant, je recule de cinq.

– Le chemin n'est pas tout droit, Kennedy. Le chemin de la guérison n'est pas linéaire. Il y a des courbes, des bosses et des trous. Il m'arrive encore, certains jours où je repense à ma mère, d'avoir envie de rester couché pour toujours. Il y a des semaines où je ressens dans mon corps des douleurs venues des souvenirs du passé, mais je sais que ces moments font partie du processus de guérison. Eddie m'a dit une fois qu'on ne peut pas guérir si l'on a trop peur d'affronter nos passages d'ombre, aussi. Même le soleil est couvert pas les nuages certains jours. Cela n'éteint pas la lumière qu'il nous donne.

J'entrouvris les lèvres, mais je ne savais pas quoi dire. Ma poitrine était toujours trop serrée et mes mains tremblantes.

– Je peux te prendre dans mes bras ? S'il te plaît ?

J'acquiesçai.

Nous pénétrâmes dans la maison et je me changeai pour des vêtements secs. Je donnai à Jax un de mes joggings extra-larges qu'il enfila, restant torse nu.

Nous nous glissâmes dans le lit et il me serra dans ses bras. Je m'autorisai enfin à craquer. Il me dit de prendre mon temps. Il ne dit pas qu'il y avait une date limite à la souffrance. Il me permit de ressentir tout ce que j'avais à ressentir, tout d'un coup, et je pris conscience à quel point c'était nécessaire pour moi. J'avais besoin de m'effondrer, et il était là pour ramasser les morceaux.

***

– Il y a une chose qui me fait peur, avouai-je, les yeux fixés sur le plafond de ma chambre.

J'avais passé un bon moment à pleurer sur la poitrine de Jax et je commençais à redescendre finalement sur terre.

– C'est que personne ne puisse m'aimer. Que mon côté fracassé ne soit rédhibitoire pour tout le monde. Que mon traumatisme ne m'ait brisée en trop de morceaux repoussants.

Jax garda le silence un moment. C'était comme s'il essayait de trouver les bons mots pour que je comprenne sa pensée. Lorsqu'il parla, je l'écoutai avec chaque parcelle de mon être.

– Je n'ai jamais été amoureux, dit-il. Je n'ai jamais été amoureux, je n'ai jamais su comment ça fonctionne, mais je m'efforce de comprendre. J'essaie d'apprendre tout ce que je peux à ce sujet. Ce que j'ai appris jusqu'ici, c'est que quand je pense à l'amour, je pense à toi.

J'entrouvris mes lèvres et des frissons parcoururent tout mon corps.

– Jax…

– J'aime tes morceaux brisés parce qu'ils montrent ce que tu as vécu. Ils montrent que tu es suffisamment courageuse pour affronter le monde, même si cela peut être difficile, parfois.

Il me regarda droit dans les yeux.

– Je t'aime, Kennedy. Je t'aime d'un amour plus grand que l'amour. J'aime tes rayons de soleil et tes ombres lunaires, et je vais continuer de t'aimer, toi et tes morceaux brisés, jusqu'à ce que tu perçoives mon amour si fort que tu oublies que ton cœur a des fêlures. Ensuite, je t'aimerai encore davantage.

Ses paroles réparèrent certaines parties de moi dont j'ignorais même qu'elles étaient brisées. Mes lèvres dansèrent sur les siennes pour un baiser d'une légèreté de plume.

– Je t'aime, moi aussi.

– Un jour, tout cela sera derrière toi, Kennedy. Un jour, tu seras capable de sortir et de danser sous la pluie comme tu le faisais lorsque nous étions enfants, et je danserai à côté de toi. Mais tu n'as pas besoin de te précipiter, d'accord ? Tu as le droit d'y aller lentement. Il n'y a pas de date de prescription pour la guérison. Tu avances au rythme qui te convient, et je te porterai quand tes jambes ne le feront plus. Tu n'es pas obligée de parcourir seule ce chemin.

Cette nuit-là, la tempête fit rage, mais pour la première fois depuis bien longtemps, parce que j'étais dans les bras de Jax, je m'endormis sans difficulté.

***

Lorsque je me réveillai le lendemain matin, le soleil entrait à profusion par la fenêtre. Je me retournai dans le lit et vis que Jax était parti. Je me redressai rapidement et, en attrapant mon téléphone, vis qu'il était déjà plus de onze heures. J'en avais écrasé beaucoup plus profondément que je n'aurais cru.

J'enfilai un peignoir et entrepris de faire le tour de la maison à la recherche de Jax. Était-il parti sans rien dire ? Avant de me poser plus de questions, j'entendis un bourdonnement très fort qui provenait du jardin. En arrivant à la porte d'entrée, mon cœur sauta dans ma poitrine lorsque je vis des milliers de bulles qui flottaient vers moi. Des dizaines de machines à faire des bulles étaient posées sur ma pelouse, et au beau milieu se tenait Jax, les mains enfoncées dans les poches de son jogging, avec un grand sourire.

– C'est quoi, ça ? dis-je en riant et en secouant la tête.

– On ne peut pas être triste quand on fait des bulles de savon, me dit-il en venant vers moi.

Il prit mes mains dans les siennes et les serra.

– Je voulais que tu sentes un baiser de ta fille ce matin. Je voulais que tu te rappelles que, quoi qu'il arrive, elle est toujours là.

Les larmes me vinrent aux yeux.

– Tu es tout ce que je voulais et tout ce que je pensais ne jamais avoir.

– Je suis à toi. Je pense que je l'ai toujours été.

Il recula d'un pas, me tendit la main et me fit un petit salut de la tête.

– Maintenant, me feras-tu l'honneur de danser avec moi dans les bulles ?

Je me mis à rire, pris sa main et nous nous mîmes à danser.

32
Kennedy

– Qu'est-ce que tu fais là ?

Je restai bouche bée en voyant Yoana avancer vers le porche de ma maison.

Jax et Connor travaillaient dans le jardin et j'étais totalement absorbée par la rédaction d'une scène de mon roman lorsque mon attention fut attirée par ma sœur qui venait vers moi.

Je bondis sur mes pieds et me précipitai vers elle pour la prendre dans mes bras.

– Mais vous n'étiez pas censés rentrer avant le mois prochain, dis-je, éberluée.

– Oui, ben, un petit oiseau m'a dit que tu avais besoin de ta famille. Nathan est à la maison, il se repose, alors je me suis dit que j'allais passer te voir pour qu'on ait une petite discussion.

Yoana jeta un coup d'œil à Jax qui faisait de son mieux pour paraître très occupé par son travail.

– Tu dois être Jax.

Elle s'approcha de lui en souriant.

– C'est sympa de te revoir après si longtemps et je te remercie de m'avoir appelée.

Elle lui donna une accolade, ce qui me rendit encore plus perplexe.

– Tu l'as appelée ? Comment ça ?

Je n'y comprenais plus rien.

Il haussa les épaules.

– J'ai pris ton téléphone l'autre soir pendant que tu dormais et je l'ai appelée. Je me suis dit que cela te ferait du bien de voir des visages familiers.

Mon cœur bondit vers lui.

– Merci, Jax.

Il me fit son petit sourire qui me réchauffa le cœur. J'allai serrer Yoana dans mes bras encore une fois. Elle me prit par l'épaule et me donna un petit coup de hanche.

– Que dirais-tu d'une petite tasse du café préféré de maman, on a plein de choses à se raconter.

– Et le décalage horaire ? Ne te sens pas obligée de rester avec moi si tu es fatiguée.

– Je préfère être épuisée avec toi qu'aller dormir. Allez, viens. Je meurs d'envie que tu me racontes tout ce qui s'est passé, et surtout que tu me parles de ce mec canon que le petit Jax est devenu.

Je secouai la tête.

– Je croyais que tu étais inquiète à l'idée que je sorte avec lui.

– Après ce coup de fil ? Certainement pas. Je me trompais. Je me trompais du tout au tout. Alors, allons-y, il me faut ma dose de caféine.

Une fois rentrée dans la maison, j'eus l'impression que ma poitrine explosait de bonheur d'avoir ma sœur de nouveau près de moi. Je ne mesurais pas à quel point j'avais besoin d'elle. Nous nous installâmes dans la salle à manger pour parler de tout. Elle me raconta ses voyages, et je voyais bien, chaque fois qu'elle mentionnait Nathan, que son amour pour lui était encore plus fort qu'avant leur départ. Je trouvais incroyable que l'amour puisse continuer à grandir après tout ce temps.

– Alors, ce Jax, Kennedy, dit-elle en secouant la tête, son café à la main. C'est le bon, cette fois, c'est ça ?

– Je crois, oui. Avec lui, je me sens mieux. Je me sens heureuse même les jours où normalement j'aurais été triste.

– Tant mieux. C'est ce que tu mérites. Je ne vais pas te mentir, j'étais vraiment angoissée quand tu m'as parlé de son histoire. J'avais peur que tu ne souffres, mais la façon dont il a été présent pour toi quand tu étais au plus bas, la façon dont il t'a défendue… c'est ce que j'ai toujours voulu pour toi. Je voulais que tu rencontres le véritable amour, celui qui te soutient au lieu de te laisser tomber. Penn n'était pas l'homme qu'il te fallait, mais Jax… la façon dont il te regarde…

Elle fit mine de s'évanouir, ce qui me fit rire.

– Tu l'as vu me regarder pendant au plus deux secondes, et cela t'a suffi ?

– Oui, dit-elle gravement. Tu sais pourquoi ?

– Non ?

– Parce qu'il t'a regardée de la même façon que papa regardait maman – comme si tu étais l'Univers et qu'il avait la chance ne serait-ce que d'approcher de ton orbite.

Des papillons se mirent à voleter dans mon estomac.

– C'est ce que je ressens avec lui, l'impression d'être importante. Comme si je lui suffisais.

– Mais parce que c'est vrai, Kennedy. Tu l'es et tu l'as toujours été. Tu as traversé des périodes difficiles, mais au bout du compte, je sais qu'elles te rendront plus forte. Je suis très fière des progrès que tu as déjà réalisés.

Je baissai les yeux vers ma tasse de café.

– Parfois, je pense que j'ai été idiote de me tenir éloignée pendant si longtemps. J'aurais pu être ici avec Nathan et toi et j'aurais guéri bien plus vite.

– Personne ne peut faire guérir quelqu'un plus vite, mais il est certain que nous t'aurions soutenue pendant l'orage.

Il n'est peut-être question que de cela. Il n'est peut-être pas question d'avoir le soleil, mais d'être capable d'essuyer la tempête avec les personnes qu'on aime le plus.

– Je crois que je vais aller voir quelqu'un. Jax m'a expliqué à quel point la thérapie l'avait aidé, et je crois que cela pourrait m'aider à dénouer certains nœuds qui se sont formés dans ma tête.

– Je pense que c'est une excellente idée. Il faut du courage pour demander de l'aide. Mais n'oublie jamais que tu n'es pas seule au monde, Kennedy. Je suis là pour toi, quoi qu'il advienne, et tu sais ce qu'il y a de plus beau dans tout ça ?

– Non, c'est quoi ?

– À présent nous avons toute une équipe d'anges qui veillent sur nous chaque jour. Si ça, ce n'est pas une bénédiction, je n'y connais rien.

***

Ce soir-là, j'exprimai ma gratitude à Jax à la fois en paroles et avec mon corps. Je lui fis l'amour comme si j'étais faite exclusivement pour ça. Nos corps s'accordaient tellement bien, comme si nous étions chacun la pièce manquante du puzzle de l'autre. J'adorais la façon dont il m'aimait, à la fois avec son corps et en paroles.

Alors que nous étions allongés côte à côte, il reçut un message sur son téléphone. Il s'assit pour le lire. Je vis son visage s'assombrir à mesure qu'il lisait.

– Qu'est-ce qu'il y a ?

– C'est Amanda, c'est à propos de mon père. On l'a transporté à l'hôpital. Il est en réanimation et le pronostic n'est pas rassurant.

– Oh mon Dieu, Jax. Je suis désolée.

Il se leva.

– Il faut que j'y aille. Il faut que j'aille voir, je dois…

Il commença à s'habiller, il avait du mal à trouver ses mots.

– Je dois…

– Hé, dis-je en posant les mains sur ses épaules pour le calmer. Tout va bien. Je suis là. Je vais te conduire.

– Non, je ne peux pas te demander ça. Je sais ce que cela représente pour toi. Ça va, je vais…

– Jax, tu ne vas pas bien. Tu n'es pas en état de conduire pour l'instant. Je suis là. Donne-moi tes clés.

Il me les tendit avec réticence, et nous rassemblâmes nos affaires pour y aller. En me glissant sur le siège conducteur, je pris la plus profonde inspiration de ma vie. Je mentirais si je disais que je n'étais pas tendue, mais il fallait que je surmonte ça rapidement parce que, sur le siège passager, se trouvait un homme qui m'avait soutenue pendant mes orages, et maintenant, c'était à mon tour de faire la même chose pour lui. Je tournai la clé de contact, appuyai sur l'accélérateur et je démarrai.

À notre arrivée, les perspectives n'étaient pas bonnes. Les médecins nous informèrent que Cole n'en avait plus pour longtemps et que Jax devait se préparer à lui dire adieu.

Il était venu avec son livre. Il ne dit rien de ses sentiments à son père. Il ne lui exprima ni amour ni gratitude. Il ne partagea pas de souvenirs avec lui sur la façon dont il avait façonné sa vie. À la place, il s'assit et lut *Guerre et paix*. Il lut chapitre après chapitre jusqu'à ce que son émotion le submerge. Quand cela devint trop difficile, quand les mots refusèrent de passer ses lèvres et que la douleur l'envahit, je lui pris le livre des mains et me mis à lire à sa place.

32
Kennedy

Cole poussa son dernier soupir le 5 août. J'étais présente avec Jax quand c'est arrivé. Nous étions assis dans la chambre d'hôpital, les infirmières avaient pris soin de nous laisser seuls alors que Jax regardait les poumons de son père inspirer et expirer pour la dernière fois.

Après, Jax se tourna vers moi pour me dire à voix basse :

– Est-ce que c'est mal que quelque part je ressente du soulagement qu'il soit parti. ? Est-ce que c'est égoïste de penser qu'il ne peut plus me faire de mal ? Est-ce que je suis un monstre ?

– Non, dis-je en prenant sa main dans la mienne. Tu es humain.

Le jour de l'enterrement, le soleil était de sortie, mais le monde semblait maussade. Seules un petit nombre de personnes se réunirent au cimetière. Cole ne voulait pas de cérémonie. Derek fit le déplacement avec sa fiancée, Stacey. Eddie et Marie vinrent avec Connor, Yoana et Nathan. Toutes les personnes qui tenaient à Jax étaient venues pour l'entourer.

Mon cœur manqua un battement lorsque je me retournai et vis une autre silhouette qui s'avançait vers nous. Joy venait d'entrer dans le cimetière et lorsqu'elle arriva à notre hauteur, elle prit place à côté de Jax.

Il se tourna vers elle, stupéfait qu'elle se soit finalement décidée à sortir de chez elle après toutes ces années.

– Que faites-vous là ? demanda-t-il, l'air sidéré.

Joy lui décocha ce genre de sourire qui répare n'importe quel cœur brisé. Elle prit sa main dans la sienne et la serra.

– Je vais où l'amour se trouve, répondit-elle calmement, ce qui veut dire là où tu te trouves.

Mon cœur faillit exploser en les regardant partager ce moment.

– Merci, Joy, murmura Jax.

– Je t'en prie.

Quand vint le moment pour Jax de dire quelques mots, il n'était pas certain de ce qu'il convenait de dire.

– La plupart d'entre vous connaissaient mon père et pour ceux-là, vous ne le connaissiez pas comme l'homme le plus sympa qui soit. Ce serait ridicule de faire comme s'il avait été un bon père pour moi alors que ce n'est pas vrai. Il était cruel, dur et, la plupart du temps, je le détestais, et pourtant… (Il reprit son souffle.) Est-ce que ça vous arrive de détester une personne et qu'elle vous manque en même temps ? C'était le genre d'amour tordu que j'avais pour mon père. Tout ce que je voulais, c'était qu'il soit fier de moi, même jusqu'au jour de sa mort.

Jax porta la main à sa poche et en sortit le roman qu'il avait lu pour son père.

– Voici le livre que ma mère lisait le jour où mon père l'a vue pour la première fois. Il disait qu'il l'avait lu parce qu'il voulait une chose qui serait un point commun entre eux. Je ne vais pas mentir en faisant croire que mes parents formaient un couple extraordinaire, ce n'était pas le cas. Ils avaient leurs failles, comme nous tous, mais ce roman était un lien entre eux, et je voulais en terminer la lecture pour lui avant ses derniers instants afin d'établir une connexion avec lui, moi aussi. Il m'a manqué un ou deux chapitres, ce qui pourrait s'appliquer à ma relation avec lui d'une manière générale. Il nous a manqué quelques chapitres.

En reniflant, il se passa la main sous le nez et haussa les épaules

– J'espère qu'il trouvera la paix dans l'obscurité et j'espère que, où qu'il soit maintenant, le matin viendra et qu'il aura une deuxième chance de trouver sa lumière.

Il baissa la tête lorsque son émotion devint trop forte. Je me précipitai à ses côtés pour lui tenir la main. Eddie s'approcha, lui aussi, et lui prit le livre des mains.

– Qu'est-ce que vous faites ? demanda Jax.

– Je vais lire quelques chapitres, dit Eddie en feuilletant les pages. Parce que le livre n'est pas terminé tant qu'on n'en a pas lu le dernier mot.

– Il en reste beaucoup, Eddie, vous ne pourrez pas lire tout ça.

– Je vais en lire quelques-uns, intervint Yoana.

Et comme dans une réaction en chaîne, chacun s'approcha pour poursuivre la lecture alors que nous étions tous autour du cercueil de Cole. Ce fut l'un des plus beaux moments auquel j'ai été amenée de participer. Nous nous passions le livre pour lire chacun à notre tour, et quand nous arrivâmes à la dernière page, Jax lut les derniers mots d'une voix forte.

Une fois qu'il eut terminé, il posa le livre sur le cercueil et prononça son dernier adieu.

Puis nous retournâmes tous à nos voitures en nous tenant par la main, parce que marcher seul était une chose que nous n'aurions plus jamais à faire dorénavant.

33
Kennedy

Après l'enterrement, nous nous rendîmes chez Jax. Il semblait gérer les choses de façon plutôt satisfaisante jusqu'à ce que vienne le moment pour Derek et lui de faire le tri dans les affaires de leur père. Ils étaient depuis un certain temps dans le bureau de Cole lorsque j'entendis Jax crier.

– C'est quoi, ces conneries ?

Inquiète, j'allai vérifier si tout allait bien, et en voyant Jax, mon cœur se brisa.

Il avait le regard lourd – fatigué – et il tenait un verre de whisky entre ses doigts crispés.

Nous n'avions pas pris le temps de nous changer après l'enterrement. Nous n'avions pas pris le temps de réfléchir, en fait. La veste noire de costume de Jax était déboutonnée, sa cravate dénouée, et sa lumière intérieure s'était progressivement éteinte.

– On va trouver une solution, Jax. Ne t'en fais pas, dit Derek d'une voix sombre.

Il tourna les talons pour sortir du bureau en m'adressant un faible sourire.

– Tu prends soin de lui ?

– Bien sûr.

Derek referma la porte derrière lui, me laissant seule avec un Jax à l'air particulièrement contrarié.

– Ça va ?

Il avait les yeux baissés sur son verre qui tremblait.

– C'était vraiment un enfoiré, dit-il en hochant la tête. Je ne dis pas ça comme un homme adulte qui a encore des problèmes relationnels avec son père. Non, je dis cela parce que c'était un enfoiré, point final. Personne n'est venu à son enterrement parce que c'était un enfoiré. Personne d'autre que moi ne lui rendait visite à l'hôpital parce que c'était un enfoiré. Jusqu'au bout, même au-delà de la mort, il aura été un putain d'enfoiré.

Il se mit à rire, mais nous savions tous les deux qu'il n'y avait rien de drôle. Son rire était comme une succession de coups de poignard. Son sourire, l'expression de sa douleur.

Je m'appuyai contre le montant de la porte en le regardant.

– Jax…

– *Arrête* ! siffla-t-il en levant son verre. N'essaie pas de me consoler. Je ne veux pas de ta lumière en ce moment.

– Qu'est-ce que je peux faire ? Comment puis-je t'aider ?

– Tu ne peux pas. Tu ne comprends pas. Tu ne sais pas ce qu'il a fait…

Il prit une profonde inspiration et s'approcha de la bibliothèque sur laquelle il appuya la main qui tenait toujours le verre de whisky, l'alcool tremblant dans son verre. Il me tournait le dos, mais la fracture qui affleura dans sa voix ne risquait pas de m'échapper.

– Dis-moi.

– Derek est parti de la maison après la mort de notre mère, après avoir vu quel homme était vraiment mon père. Il a bien fait de partir, j'aurais pu partir avec lui, moi aussi. J'aurais pu. Derek m'avait dit de venir. Mais je suis resté parce que je croyais que je devais quelque chose à mon père. Jamais il ne m'a dit quoi que ce soit qui aurait pu me faire penser qu'il était satisfait de moi. Il ne m'a jamais donné la moindre raison de rester. Je me rappelle chacune des fois où il a levé la main sur moi, putain. Je n'ai oublié aucun des commentaires désobligeants qu'il m'a faits, et je ne pourrais pas dire quand il m'a dit qu'il m'aimait. Jamais. Et puis, il meurt. *Il meurt,* Kennedy. Il est mort. Et il a le culot de laisser ça pour moi.

Il fit un geste vers le bureau.

Je regardai dans la direction qu'il me désignait, puis j'avançai vers la liasse de papiers que je soulevais. C'était une copie du testament de son père.

Jax ricana.

– Va directement à la page trois, paragraphe quatre.

Lorsque je fis ce qu'il me disait et lus ce qui était écrit, mon estomac se noua et je sentis une nausée remonter dans ma gorge.

Je croisai le regard de Jax et il hocha la tête. Je relus le paragraphe, espérant m'être trompée, cherchant une erreur, une faute de frappe, quelque chose. Mais non.

– Il a légué à Derek l'entreprise de plomberie et le domaine. Il lui a légué ça… dit-il en hochant la tête, en se mordillant le coin des lèvres. C'est tout ce que j'avais. Mon père et cet endroit, c'est tout ce que j'ai jamais eu, et il l'a donné à mon frère qui, lui, s'était enfui.

Je ne savais pas quoi dire. Je ne savais pas comment interpréter cette information. Tout ce que je savais, c'était que la vie n'avait pas distribué les bonnes cartes à Jax, et juste quand on pouvait croire à la possibilité que sa chance tourne, la vie recommençait avec une nouvelle tournée de déceptions.

– Il doit bien t'avoir laissé quelque chose… il a bien dû…

Les mots se bousculaient sur ma langue.

– C'est incompréhensible, dis-je, refusant toujours d'y croire.

– Cole Kilter n'a jamais fait preuve de bon sens.

– Il ne t'a rien laissé du tout ?

Il secoua la tête et désigna le testament de la main.

– Il y a une boîte à chaussures par terre. C'est tout ce qu'il m'a légué.

Je jetai un coup d'œil et ramassai la boîte. Il y avait des lettres à l'intérieur – nos lettres, celles écrites par Jax et que je n'avais jamais reçues, et celles que je lui avais envoyées et qui ne lui étaient jamais parvenues. Au-dessus de la pile, il y avait une feuille de papier qui disait : *Tu m'as pris mon bonheur, alors j'ai pris le tien.*

Je levai les yeux, Jax me regardait fixement. Je n'avais pas la moindre idée de ce que j'aurais pu dire ou même ressentir, donc j'avais du mal à imaginer quelles pensées agitaient son esprit.

– C'est tordant, non ?

Il se mit à faire les cent pas dans le bureau en élevant la voix.

– Même dans la tombe, il trouve encore le moyen de me faire du mal.

– Jax…

Il secoua la tête.

– Pendant tout ce temps, j'ai cru qu'il y avait une raison à tout cela, une raison derrière toutes ces conneries, mais il n'y en avait aucune.

Comment pouvais-je arranger les choses ? Que faire pour qu'un homme, qui avait voué toute son existence à défendre les autres, accepte l'idée que lui-même méritait qu'on se batte pour lui alors que tant de choses dans sa vie disaient le contraire ?

– Quelle ironie, marmonna-t-il.

Il fit un pas en arrière, le regard fixe, et je vis le minuscule tremblement de sa lèvre inférieure. Il laissa tomber son verre, et quand celui-ci vola en éclats, il en fit autant.

Il tomba à genoux, ses épaules s'affaissèrent vers l'avant. Il ne pleurait pas, mais je sus qu'il avait atteint son point de rupture. Je couvris ma bouche de ma main pour dissimuler mes pleurs pour l'âme qui se brisait devant moi. Alors qu'il ne pouvait pas pleurer, je m'écroulai pour lui.

Il posa les mains sur les débris de verre qui pénétrèrent dans sa peau. J'allai vers lui sans un mot. Je ne lui demandai pas de se relever. Je ne lui dis pas d'essayer d'être fort. Je m'assis près de lui pendant son orage, et je restai lorsqu'il me supplia de le laisser seul.

34
Kennedy

– Comment va-t-il ? demanda Derek après que j'avais forcé Jax à s'allonger pour prendre un peu de repos.

Derek et Stacey avaient pris une chambre d'hôte en ville. Stacey y était allée pour se reposer, mais lui ne voulait pas partir avant d'être sûr que son frère allait bien.

J'allai le rejoindre sur le canapé.

– Il est malheureux, bien sûr. Je le comprends. Ce que votre père…

– Ce n'était pas mon père, siffla Derek, les dents serrées. Il n'était pas le père de Jax non plus. Loin s'en faut. La façon dont cette brute traitait Jax était révoltante. Je n'imagine même pas ce qu'il lui a fait subir après mon départ. Je n'aurais jamais dû partir sans lui.

– Tu as essayé de le convaincre de venir avec toi.

– Oui, eh bien, j'aurais dû essayer davantage.

– Au moins, tu peux lui laisser le domaine. Je suis sûre que tu peux le mettre à son nom. Il y a sûrement un moyen de faire ça.

Derek baissa la tête. Il croisait les doigts et ses jointures blanchissaient, tandis qu'il gardait le silence.

– Derek, insistai-je, tu peux transformer la cruauté de votre père en quelque chose de bien.

– Je sais. Et c'est précisément pour ça que je vais vendre cette bicoque au plus offrant.

Ses paroles m'atteignirent comme un coup de poignard.

– Tu ne peux pas faire ça. Cet endroit compte plus que tout pour Jax.

– Vraiment ? C'est à cause des trous laissés par ses poings dans les murs ? C'est ça qui le maintient ici ? Ou le souvenir de la fois où Cole a balancé le micro-ondes à travers la cuisine ? Ou celle où il m'a cogné si fort que je suis resté K.-O., le soir précédant mon départ ? C'est ça qui le maintient ici ?

– Non, bien sûr que non.

– Alors qu'est-ce qui le fait rester ici, putain ?

– Votre mère, dis-je dans un souffle.

Derek se mit à taper du pied sur la moquette. Il tremblait de tous ses membres.

– C'est une autre raison pour laquelle il devrait partir d'ici. Cet endroit renferme trop de tragédie.

– Il veut en faire quelque chose de beau. Tu dois le croire, Derek.

– On ne peut pas faire de la beauté à partir de notre histoire. Crois-moi, j'ai essayé.

Je grimaçai en voyant l'angoisse de Derek s'intensifier. Je savais que son cerveau carburait à la vitesse de l'éclair et qu'il croyait vraiment faire ce qu'il fallait en mettant le domaine familial en vente.

– Derek…

– Je vais prendre contact avec les bonnes personnes pour régler cette affaire au plus vite.

Il se leva du canapé et se passa la main sur le front.

– Je reprends l'avion tôt demain matin, mais j'appellerai Jax.

J'insistai :

– Attends, non. S'il te plaît, prends le temps de réfléchir, ne décide pas trop vite. Ça va le détruire, Derek. Si tu lui enlèves cette maison, il ne va pas le supporter.

Le coin de sa bouche se rétracta, mais il garda les yeux obstinément baissés.

– Il a vécu bien pire que ça et il s'en est bien tiré. Je suis sûr qu'il surmontera ça aussi, et même que c'est mieux pour lui. Il va enfin pouvoir commencer à vivre.

– Mais il a une vie ici.

– Non, il est en cage ici. Une cage dans laquelle il est coincé depuis beaucoup trop longtemps. Écoute, Kennedy, je comprends. Tu tiens à lui. Moi aussi. C'est pour ça que je fais ce choix. Il ne le fera pas de lui-même. J'ai fait pas mal de trucs foireux dans ma vie. J'ai fait des mauvais choix encore et encore, mais là, je le sens dans mon âme, c'est la chose à faire.

– Mais où va-t-il aller ? murmurai-je en secouant la tête. C'est chez lui, ici. Où ira-t-il ?

– Mais c'est ça qui est beau, marmonna-t-il en lissant son costume de grand couturier. Il peut aller n'importe où, sauf ici. Tu lui diras au revoir pour moi, d'accord ?

– Et si tu le lui disais toi-même ? Sois un homme. Regarde ton frère dans les yeux et dis-lui ce que tu envisages de faire.

– Je n'ai jamais été quelqu'un de courageux.

Il baissa la tête une seconde et prit une profonde inspiration avant de soupirer.

– Dis-lui que c'est ce qu'il y a de mieux à faire et que je l'appellerai.

– Tu es un lâche, aboyai-je, dégoûtée par l'idée que Derek allait partir sans parler de ses projets à Jax, qu'il n'avait même pas le cran de regarder son frère en face et de lui dire la vérité. Il t'adore et tu vas le démolir.

– Il me pardonnera, parce que c'est ce que Jax fait. Il pardonne.

– Cela ne te donne pas le droit de profiter de lui.

– Tu as raison, et cette décision va probablement être très dommageable pour mon karma, mais au moins je dormirai plus tranquille en sachant que mon frère n'est plus dans cette prison. Je comprends, tu tiens à lui, et bon sang, ça me fait plaisir qu'il ait quelqu'un pour le défendre, mais moi aussi je défends ses intérêts. Je suis désolé que tu ne le voies pas pour l'instant, mais tu t'en rendras peut-être compte avec le temps. Au revoir, Kennedy.

Il me laissa en plan avec la nouvelle qui allait détruire l'homme que j'aimais.

J'étais là avec, entre les mains, la bombe à retardement qui allait faire exploser l'âme de Jax de façon irrémédiable.

***

Lorsque j'annonçai à Jax que Derek était reparti, il ne manifesta aucune contrariété. Il ne cria pas, il ne réagit pas. Il eut l'air… vidé. Presque engourdi. Comme s'il avait été ballotté par toutes sortes d'émotions qui le laissaient complètement vide.

– Je pense que tu vas t'en aller, dit Jax alors que nous étions assis sur le bord de son lit.

– Non, Jax. Je ne vais pas te quitter.

Je n'arrêtais pas de le rassurer sur ce point, mais je n'étais pas certaine qu'il m'entende. Il était débranché de son environnement, déconnecté de ses sentiments, déconnecté de moi. Il s'agita sur son matelas avant de s'éclaircir la voix.

– Il faut que j'aille aux toilettes.

Je me levai en même temps que lui. Il m'adressa un faible sourire.

– Tu n'es pas obligée de me suivre jusqu'aux toilettes, Sun. Je pense que je peux me débrouiller tout seul.

– Oui, bien sûr. Excuse-moi. D'accord. Je t'attends ici.

Je me rassis et il sortit de la pièce. Quelques instants plus tard, j'entendis démarrer le moteur de son pick-up. Je me précipitai vers la porte d'entrée et le vis s'éloigner.

***

– Il ne répond pas au téléphone. Je l'appelle en continu. Cela fait plus de quatre heures, dis-je à Yoana dès qu'elle arriva chez moi. Je suis vraiment inquiète.

– Je suis sûre que tout va bien. Il avait probablement besoin de s'éclaircir les idées. Ce qui vient d'arriver a été dur à encaisser.

– N'empêche. Je n'aime pas le savoir seul dehors. Je veux être là pour lui. J'ai le sentiment qu'il a besoin de quelqu'un, mais il repousse tout le monde. Je connais ça, je t'ai repoussée pendant toute une année parce que je savais que tu allais me consoler, et je pensais que je ne le méritais pas.

Cette idée lui fit monter les larmes aux yeux.

– Tu l'aimes, non ?

Je hochai la tête.

– De tout mon être.

Elle me fit un petit sourire et me donna un coup de coude.

– Tu sais ce qu'on fait quand on aime quelqu'un ?

– Non, quoi ?

– On l'aime encore davantage lorsqu'il ou elle va mal. Jax souffre, et même s'il croit le contraire, il a besoin de toi. Il a plus que jamais besoin de toi. Sais-tu ce que je ferais s'il s'agissait de Nathan ?

J'attendis qu'elle réponde.

Elle se leva, se dirigea vers la porte d'entrée et chaussa ses baskets.

– Je fouillerais tous les coins et recoins de la terre entière pour le ramener avec moi à la maison. Alors, allons-y.

J'attrapai mes chaussures et nous nous mîmes en route.

35
Jax

– Un autre, grommelai-je en faisant glisser mon verre vide vers le barman.

Je ne savais pas depuis combien de temps j'étais assis dans ce bar. Depuis combien de temps j'étais ici. J'avais fui Kennedy et son réconfort parce que j'avais l'esprit trop embrouillé. Il fallait que je parte, et une fois en dehors de la ville, je m'étais aperçu que je ne savais pas où aller.

Je ne connaissais rien d'autre que cette foutue ville.

Alors j'avais fini par atterrir *Chez Ray, Bar et Grill*, rond comme une queue de pelle un samedi soir. J'en étais au point où le whisky avait cessé de me brûler la gorge et où j'avais l'esprit complètement vide. *Très bien.* Je ne voulais plus rien ressentir. Je ne voulais plus penser au fait qu'après toutes ces années à essayer de réparer mes erreurs passées, je continuais à échouer. J'étais SDF, et je n'avais rien accompli.

J'avais tout donné à mon père et il me l'avait faite à l'envers. Après m'avoir dit qu'un jour le domaine serait à moi. Après m'avoir juré que j'en hériterais. C'était là mon erreur. J'avais cru un menteur. J'aurais aussi bien pu croire au Père Noël.

– Tu ne penses pas que tu as assez bu, Jax ? demanda Ray en plissant les yeux.

C'était quoi, le deal avec les gens de cette ville qui donnaient leur prénom à leur restaurant ? Est-ce qu'ils manquaient à ce point de créativité ?

Merde.

J'étais bourré.

– J'ai enterré un enfoiré aujourd'hui, Ray. J'ai besoin de ma dose.

Ray fronça les sourcils.

– J'ai entendu dire ça.

Il ne me présenta pas ses condoléances, parce que c'était un homme honnête. Il n'était pas triste que mon père soit mort. Je ne lui en voulais pas. Et pourtant, il reposa mon verre devant moi et me laissa la bouteille de whisky.

Je passai les mains dans mes cheveux tout emmêlés avant de me resservir un verre. J'éteignis mon téléphone pour éviter les appels de Kennedy qui ne me laissaient pas de répit. Je n'étais pas prêt à aller bien. Je n'étais pas prêt à recevoir l'amour qu'elle voulait me donner.

Tout ce que je voulais, c'était me noyer dans mes idées pathétiques.

Tout ce que je voulais, c'était qu'on me fiche la paix.

Malheureusement je sus que ça n'allait pas être possible dès l'instant où un gloussement se fit entendre dans le bar.

– Oh là là, Lars ! Arrête.

En jetant un coup d'œil par-dessus mon épaule, je vis deux Amanda et trois Lars entrer en fanfare. À l'évidence, ils étaient éméchés et ils dansaient au rythme de la musique country qui sortait de façon tonitruante de la radio. Depuis quand y avait-il de la musique ?

Peut-être depuis le début.

Je clignai des yeux plusieurs fois et secouai la tête. En réalité, il s'avéra qu'il n'y avait qu'une Amanda et un seul Lars. Bref, peu importait.

Je retournai à mon whisky et fis mon possible pour oublier mon agacement quand Lars se mit à beugler.

– Mais dis donc, ce ne serait pas Jax Kilter, là au bar ? Quel bonheur pour tous les clients ! cria-t-il en tapant des mains.

Ma poitrine se serra, mais je continuai de l'ignorer.

– Fous-lui la paix, Lars, dit Amanda. Il a eu son compte pour la journée.

– Ah ouais, j'oubliais. Je parie que c'est pour ça qu'il est là. Je suis sûr qu'il est venu boire en honneur de son tocard de père. C'est bien ça, hein, Jax ?

Lars vint vers moi à grandes enjambées et posa les mains sur mes épaules. Mes doigts se crispèrent sur mon verre, mais je restai muet.

– Lars, allez viens. On prend une table et on mange, supplia Amanda comme si elle était étonnée de voir que Lars était un con, c'était dans son ADN. Laisse-le tranquille.

Croyait-elle vraiment que Lars allait faire ça ? Il ne m'avait jamais laissé tranquille de toute notre vie. Pourquoi ce soir-là serait-il plus sympa avec moi ? De toute façon, le passe-temps préféré de Lars, c'était de donner des coups de pied aux gens qui étaient déjà à terre.

Rien de mieux que tabasser un homme à terre.

– Et si t'allais garder la table pendant que je bavarde avec un vieux pote ?

– Je ne suis pas ton pote.

Il inclina la tête vers moi et s'approcha.

– Qu'est-ce que t'as dit ?

Amanda s'approcha de nous.

– Lars…

– Fais ce que je te dis, dit-il avec son sourire arrogant.

Je regardai Amanda. Elle avait l'air inquiète. Je ne savais pas si c'était pour moi ou pour elle.

– Ne le laisse pas te parler comme ça, dis-je doucement. Ne laisse personne te parler comme ça.

– Jax, commença-t-elle, mais Lars lui coupa la parole encore une fois.

– *Je viens de te dire d'aller garder une table*, dit-il sur un ton coupant.

Comment avait-elle fini par sortir avec lui ? Elle méritait mieux que ça. Elle était trop bien pour lui. Mais à voir la façon dont elle baissa la tête et alla réserver une table pour eux deux, elle ne se disait pas qu'elle serait bien mieux sans lui.

Elle savait que je n'étais pas fan de Lars. Je ne pus m'empêcher de me demander si elle s'était jetée à sa tête pour essayer d'attirer mon attention.

– Ça t'embête ? me demanda Lars sans montrer la moindre intention de laisser tomber. Que je saute ton ex ?

– Mec. T'es sérieux, là ? On a bientôt trente ans. Il serait temps d'arrêter ces conneries. Ça commence à bien faire.

– Ça doit te faire suer. Franchement, je suis étonné qu'Amanda soit restée avec toi aussi longtemps. Et tu sais quoi ? Quand j'en aurai marre de la baiser, j'irai baiser ta nouvelle poule, aussi.

Là, c'était trop.

– Si jamais tu t'approches de Kennedy, sifflai-je en me tournant vers lui.

– Oh oh, ça y est, la brute se réveille.

– Pourquoi tu me cherches, Lars ?

– Je veux que tu te barres de cette ville. On se porte mieux sans tes manières toxiques. Et tu te crois malin ? Lancer ton entreprise de paysagiste ? Me piquer mes clients ?

– Je n'ai pas l'intention de lancer une entreprise de paysagiste.

– Alors c'est quoi, ça ? aboya-t-il en me lançant une carte de visite.

Je la ramassai et fis un effort pour regarder droit. Évidemment, Connor avait fait des cartes de visite et les distribuait dans toute la ville. J'aurais dû me douter qu'il finirait par faire un truc aussi stupide.

– Ce n'est pas vrai.

– Ça l'est pour moi quand les gens disent qu'ils reçoivent les tarifs d'une autre société. Si tu crois que je vais te laisser venir prendre mon argent dans ma poche.

– Personne ne te prend ton argent.

J'étais trop soûl pour avoir cette conversation. Pourquoi Lars me parlait-il, d'ailleurs ? Il n'avait pas une copine qui l'attendait ?

– Bien sûr que non, parce que tu es nul, exactement comme ton père. Personne dans cette ville ne veut travailler avec toi, sauf pour faire réparer leurs toilettes de merde. Un mec de merde qui règle des problèmes de merde, c'est tout ce que tu es. Je regrette que tu ne te sois pas tué quand t'as tué ta conne de mère, chuchota-t-il d'une voix basse et suintante de venin.

Et, d'un seul coup, les parties endormies de mon âme se réveillèrent lorsqu'il mentionna ma mère.

– Tu veux quoi, Lars ?

Je me levai de mon tabouret.

– Tu veux me faire craquer ? Tu veux que je pète les plombs ? Tu veux te battre avec moi ? Tu veux me faire dire que je suis un connard ? Très bien. Voilà, c'est moi ce putain de Jax Kilter ! Le connard qui a tué sa mère. Le connard qui se faisait battre par son père. Le connard qui n'a rien. Tu veux provoquer la brute qui est en moi ? Eh ben, vas-y ! Fais-toi plaisir ! Donne-moi ton meilleur direct.

J'ouvris largement les bras. Qu'est-ce que j'avais à perdre ?

– Tu veux vraiment faire ça, Kilter ?

Lars semblait étonné. Non, je n'avais pas envie de me battre avec Lars. Je n'avais envie de rien. J'étais soûl, tout tournait autour de moi, et l'engourdissement qui me faisait tenir commençait à s'estomper.

Je secouai la tête.

– On s'en fout, marmonnai-je.

– Qu'est-ce qui t'arrive, hein ? Pourquoi t'es toujours aussi bizarre, putain ? Pourquoi tu marmonnes tout le temps ? Je ne sais pas comment Amanda pouvait supporter ça.

Je ne voulais pas lui parler. Je ne voulais parler à personne. Tout ce que je voulais, c'était qu'on me fiche la paix.

Comme je m'apprêtais à m'en aller, Lars m'attrapa par l'épaule et me força à me retourner vers lui.

– J'ai pas fini, espèce de connard ! cria-t-il.

Sans réfléchir, je lui balançai mon poing dans la figure.

Je ne voulais pas faire ça. J'allais m'en aller. Je voulais seulement rentrer chez moi.

Mais je n'avais plus de chez-moi…

Merde, merde, merde.

Sans me laisser le temps de me ressaisir, Lars se jeta sur moi et me fit tomber. On commença à se battre sous les cris des clients du bar. Certains nous encourageaient, d'autres essayaient de nous séparer. Il me sembla entendre pleurer Amanda.

– Ça suffit, dehors, putain ! cria Ray en nous écartant l'un de l'autre.

– Désolé, Ray, dit Lars en se mettant debout. C'est lui qui a commencé.

– C'est bon, Lars. T'es un vrai con d'être venu lui chercher des histoires justement aujourd'hui. Fous-moi le camp.

Ray me tendit la main.

– Ça va, Jax ?

Je hochai la tête, mais je ne dis rien en me relevant. Mon visage me faisait mal. Ma tête me faisait mal. Mon cœur me faisait mal, aussi.

Je mis la main dans ma poche et en sortis des billets que je lançai sur le comptoir.

– Désolé, Ray, murmurai-je.

Je sortis du bar en titubant.

Alors que je palpais mes poches pour trouver mes clés, j'entendis une voix qui m'appelait.

– Jax !

Je levai les yeux et vis quatre Kennedy venir vers moi.

Deux Kennedy.

Nan, juste une.

– Q… Qu'est-ce q… que tu f… fais là ?

J'aurais pu m'allonger là sur le trottoir, j'aurais été très bien.

– Je suis venue pour te ramener chez toi, dit-elle en passant un bras sous le mien.

Je me dégageai brusquement.

– Chez moi ?

Je me mis à rire.

– Elle est bien bonne, celle-là, Kennedy.

Je partis dans la direction opposée, mais elle me poursuivit.

– Attends, Jax. Allez, tu peux venir chez moi. Tu n'es pas obligé de faire ça tout seul.

– Et pourquoi pas ? C'est ce que j'ai toujours fait.

– Tu es ivre, murmura-t-elle en revenant vers moi et en prenant mon bras.

Ce choc électrique qu'elle m'envoyait était toujours là. Je détestais la façon qu'elle avait de me réchauffer. Je détestais sentir, chaque fois que j'étais près d'elle, que les choses allaient un tout petit peu mieux.

– Je suis foutu, murmurai-je. Je ferais mieux de partir. Il faut que je parte de cette ville. Il faut que je parte d'ici. Il faut que…

– Je viens avec toi.

Ses yeux couleur miel me transperçaient.

– Où ?

– N'importe où. Partout. Où que tu ailles, emmène-moi.

Elle prit mes mains dans les siennes et m'attira contre elle. Je voulais partir, mais je voulais encore plus rester. Elle appuya son front contre le mien.

– Reste, Jax.

– Sun…

– Reste, Moon, chuchota-t-elle en posant ses mains sur mon torse.

Je fermai les yeux et ma tête se mit à tourner.

– Reste avec moi, supplia-t-elle.

– Je n'ai rien, Kennedy. Je n'ai rien à t'offrir.

– Offre-moi ton cœur, c'est tout ce que je veux. S'il te plaît ? Jax, s'il te plaît ?

Elle suppliait en effleurant mes lèvres des siennes.

– Si tu restes, je t'aimerai pour la vie.

J'ouvris les yeux, et elle était là, mon amoureuse. Mon amie. Mon rayon de soleil.

– Qu'est-ce que je vais faire ? demandai-je d'une voix qui se fêla.

– Pour l'instant, on rentre à la maison, pour la suite, on verra demain matin. D'accord ?

On verra demain.

On.

Ce n'était plus seulement je, moi, et moi-même. Je ne cheminais plus seul, parce que Kennedy était assez brave pour marcher à mes côtés.

Je hochai lentement la tête et pris sa main dans la mienne.

– D'accord.

36
Kennedy

– Qu'est-ce que tu fais là ? Comment t'as fait pour me trouver ? demanda Derek le lendemain matin.

– Il n'y a qu'une chambre d'hôte dans cette ville. Elle n'est pas très difficile à trouver.

Je n'avais pas fermé l'œil de la nuit parce que Jax ne pouvait pas dormir, donc j'étais restée debout avec lui jusqu'aux premiers rayons du soleil traversant la fenêtre.

– Je peux te montrer quelque chose ?

Derek se gratta la barbe et s'éclaircit la voix.

– Stacey et moi devons partir pour l'aéroport dans pas longtemps. Je n'ai pas vraiment le temps.

– Ce ne sera pas long. Je veux juste te montrer.

– Me montrer quoi ?

– Ce que Jax a réalisé. Viens jeter un coup d'œil, s'il te plaît. Je te promets que tu comprendras que ta propriété familiale doit rester dans les mains de Jax.

Il jeta un coup d'œil à sa montre, puis croisa les bras.

– Je n'ai qu'une vingtaine de minutes à te consacrer.

– Crois-moi, c'est plus de temps qu'il n'en faut.

Il ne dit rien et se contenta de hocher la tête.

Je conduisis Derek dans les bois sur le terrain de Jax. Nous n'échangeâmes pas une parole pendant le trajet. Une fois arrivés dans le champ de pâquerettes, je vis monter les larmes aux yeux de Derek devant toutes ces fleurs.

– Des pâquerettes, murmura-t-il comme son frère.

– Oui.

– C'étaient ses fleurs préférées. (Il se racla la gorge.) Jax a fait ça pour elle ?

– Oui. Et il a des tas d'autres projets. Il a conservé tous les plans d'aménagement du jardin qu'elle avait faits et…

– Merde, murmura Derek avant de se mettre à crier, putain !

Cet éclat me prit au dépourvu.

– Excuse-moi si je t'ai contrarié en t'amenant ici.

Je culpabilisais d'avoir eu cette idée. J'avais pensé que cela pourrait l'aider.

– Non, tu ne comprends pas, dit-il alors que des larmes se mettaient à couler sur ses joues.

Il posa les mains sur sa tête et laissa libre cours à son émotion.

– Tu ne comprends pas.

– Je ne comprends pas quoi ?

– Tout ça.

Il déglutit avec difficulté et posa les mains sur sa nuque.

– Tout ce que mon frère a subi. Tout est de ma faute, putain !

Je plissai les yeux, déconcertée.

– De quoi est-ce que tu parles ?

– Toutes ses difficultés, toute sa souffrance. Le fait qu'il soit resté coincé avec Cole, tout ça, c'est à cause de moi. Et malgré tout, il cultive les fleurs préférées de maman parce qu'il se croit coupable de quelque chose qu'il n'a même pas fait.

– Derek. Qu'est-ce qui se passe ?

– L'accident. Ce n'était pas lui.

Il laissa tomber sa tête sur sa poitrine et les larmes ruisselèrent sur ses joues. Il tremblait de tous ses membres en prononçant des paroles qui firent basculer le monde entier.

– C'était moi, Kennedy. C'était moi. C'est moi qui ai tiré. J'ai tué notre mère, ce n'était pas Jax.

Bouleversée par ces mots et le silence qui emplit soudain les bois de façon terrifiante, je reculai de quelques pas.

– Quoi ? Mais non, c'est Jax. Je sais que tu te le reproches probablement parce que c'était toi qui l'avais amené là, mais…

– Non. C'était moi. C'est moi qui ai appuyé sur la détente, Kennedy. La sécurité était enclenchée sur son fusil. Il ne l'a pas enlevée. C'est moi qui l'ai fait. Je suis désolé. Je suis tellement désolé. J'ai tiré sur elle. J'ai tué ma mère.

Il se mit à sangloter de façon incontrôlable en libérant sa vérité.

– Je suis tellement désolé. Tellement désolé.

Je ne savais pas quoi faire. Je ne savais pas comment continuer à avancer devant tout ce qui sortait de la bouche de Derek. Il avait tiré sur sa mère ? Il avait tué Elizabeth et laissé Jax vivre avec l'idée que c'était lui qui avait appuyé sur la détente ?

Mais c'était quoi, ça, bon sang ?

37

Derek

Dix-sept ans

Cole avait annulé la colonie de vacances de Jax. Il avait décidé de le punir parce que Jax n'avait pas tué le chevreuil. Maman s'était disputée avec Cole pour qu'il le laisse partir quand même, mais Cole avait dit que c'était lui qui payait et qu'il n'allait pas envoyer un fils aussi lamentable en camp d'été.

Maman et Cole se disputaient tout le temps depuis quelque temps, et je ne le supportais pas. C'était exactement comme avant, quand maman se disputait avec mon père. Je détestais les entendre hurler, mais je détestais encore plus l'idée que nous quittions Cole. Je savais que maman le quitterait, pourtant, si Jax ne se ressaisissait pas. J'avais déjà perdu un père, je ne voulais pas en perdre un deuxième.

Cole avait pratiquement toutes les qualités que je pouvais attendre d'un père. Il venait à tous mes matchs de foot. On allait à la pêche ensemble. On allait chasser. Il était génial, putain. D'accord, il n'était pas très cool avec Jax, mais c'était de la faute de Jax, aussi. C'était un vrai bébé. S'il pouvait se comporter comme un vrai garçon et non comme une fillette, Cole le traiterait de la même façon qu'il me traitait, moi. À ce moment-là, maman et Cole seraient heureux, et tout irait bien. J'allais faire ce qu'il fallait pour ça.

– Lève-toi, aboyai-je en entrant dans la chambre de Jax et en le secouant par l'épaule.

C'était dans la soirée, un jour où maman et Cole n'avaient pas arrêté de se disputer, une fois de plus.

– On doit sortir et le faire rapidement.

– Faire quoi ?

– Tu dois tuer un chevreuil si tu veux que Cole te pardonne un jour.

Jax eut l'air complètement paniqué.

– Non, non. Je n... ne p... p... peux pas faire ça, bégaya-t-il.

Je repoussai sa couverture d'un geste brusque et le sortis de son lit.

– Mais si, tu peux, Jax. Tu as peur, c'est tout.

– Non, j'ai pas peur.

Il mentait. Il était terrorisé.

– Si. Allez, viens. Tu veux vraiment que maman quitte Cole à cause de toi ? Tu veux que tes parents se séparent ?

– Non.

– Alors viens !

– Mais on ne peut pas prendre les fusils. Papa les enferme à clé.

J'agitai le trousseau de clés de Cole sous le nez de Jax.

– J'ai la clé. Allez, viens tout de suite, avant qu'ils s'aperçoivent qu'on n'est pas dans nos lits.

Jax resta immobile un moment, et je gémis en me donnant une claque sur le front.

– Jax, c'est maintenant ou jamais. Si tu ne le fais pas maintenant, tu resteras un trouillard toute ta vie, dis-je en plantant mon regard dans le sien.

Il avait un regard si doux, comme maman. Il était sensible, comme elle. Émotif. Cole disait qu'ils étaient trop sensibles pour être jamais bien.

– Tu ne veux pas que Cole t'aime autant que moi ? insistai-je.

Cela suffit à le faire lever.

Je le traînai hors de la chambre et l'obligeai à enfiler ses baskets. Il me suivit dans la remise où se trouvaient les fusils.

– Prends celui de Cole. Il sera impressionné d'apprendre que tu as tué un chevreuil avec son fusil préféré.

Une fois dehors, je m'assurai que Jax stabilisait le fusil. Il tremblait comme une feuille.

Il faisait nuit et je savais qu'il détestait l'obscurité. Il n'y avait pas grand-chose qui ne faisait pas peur à Jax, ça, c'était sûr.

Pour tout éclairage, nous n'avions que la lanterne que j'avais emportée, avec une bougie à la flamme vacillante. Je m'étais dit qu'une lampe de poche risquerait de faire fuir le chevreuil.

J'avais pris mon fusil aussi, juste pour le cas où Jax aurait besoin d'aide.

Tout ce qu'il avait à faire, c'était tuer le chevreuil. Tout ce qu'il avait à faire, c'était presser sur la détente, et Cole l'aimerait. Ensuite, tout redeviendrait normal. Maman et Cole ne se disputeraient plus et nous pourrions continuer d'être une famille unie.

Je me servis de la lanterne pour nous aider à voir le chevreuil qui passait entre les arbres. Cole m'avait appris qu'il fallait être patient pour attraper une beauté comme le chevreuil à queue blanche.

Donc, nous attendîmes, attendîmes et attendîmes encore.

Finalement, il arriva. Il était grand. Au moins deux tailles de plus que celui que j'avais tué à l'automne précédent.

– Le voilà. Il est superbe. Mets-le en joue, Jax, ordonnai-je en ignorant le tremblement de ses mains.

C'est alors que nous parvint la voix dans les bois, qui nous appelait tous les deux.

– Jax ! Derek !

Maman.

Elle venait par ici.

Elle savait que nous étions sortis.

Putain.

– Vas-y !

Jax sursauta et je renversai la bougie.

– Punaise, Jax, vas-y ! Tu l'as, presse la détente. Presse la détente, presse la…

On entendit partir le coup, et Jax lâcha le fusil.

On entendit un cri.

Mon fusil me tomba des mains et je fis de mon mieux pour voir dans l'obscurité. J'entendis des sanglots en me précipitant dans la nuit vers les cris. En me rapprochant, je sentis une vague de panique m'envahir en voyant du sang sur l'herbe et sur les branches qui m'entouraient. Je baissai le regard et vis une paire d'yeux de faon, arrondis par la terreur.

– Maman !

Jax arriva en courant aussi terrorisé que moi.

– Les garçons, souffla maman d'une voix tremblante, les joues noyées de larmes.

Quoi ?

Comment ?

Non…

Jax prit ses mains dans les siennes alors que je me mettais à hurler.

– Au secours !

Je hurlai, en proie à une panique totale. Ma respiration devint anarchique et j'eus l'impression qu'on m'arrachait le cœur de la poitrine.

– Ce n'est rien, mon bébé, pleurait maman en serrant ses mains dans celles de Jax.

– Je suis désolé, maman, sanglotait Jax.

La voix de maman s'estompa tandis que l'obscurité de la nuit m'absorbait tout entier.

Non, non, non…

– Qu'est-ce que j'ai fait ? s'écria Jax alors que la terreur s'installait dans ma poitrine.

Tout était de ma faute.

Les larmes me troublaient la vue, lui regardait maman fixement.

– Oh mon Dieu, criai-je en faisant les cent pas.

Ce n'était pas lui. Ce n'était pas lui.

Dis-lui que c'était ton fusil. Dis-lui que c'est toi qui as pressé la détente. Sois courageux, putain !

Mais je n'y parvins pas. Je ne parvins pas à prononcer les mots.

Je dis la seule chose qui n'aurait jamais dû passer mes lèvres alors que mon petit frère sanglotait en tenant notre mère dans ses bras.

– Jax, criai-je d'une voix brisée. Qu'est-ce que tu as fait ?

38
Kennedy
Aujourd'hui

Je restai sans voix pendant que Derek déroulait son récit. Il continua de s'effondrer au milieu des pâquerettes et je secouai la tête.

– Tu dois lui dire la vérité.

– Non, je ne peux pas. Je ne peux pas… ça va le tuer, dit-il d'une voix étranglée. Il ne me pardonnera jamais.

– Tant pis, ce n'est pas ça qui compte, Derek. Lui, il a vécu l'enfer, il a vécu toutes ces années à souffrir et à culpabiliser pour une chose qu'il n'a pas commise ! Tu lui dois bien ça ! Tu n'as pas le droit de le lui cacher. Et excuse-moi, mais si tu ne le fais pas, moi je le ferai.

– Qu'est-ce qui se passe ? demanda une voix derrière nous.

Je me retournai. Jax nous regardait, l'air intrigué.

– Derek ? Ça va ? C'est la mort de papa qui te rend si triste ?

Derek secoua la tête.

– Je suis désolé, Jax.

– Ne t'en fais pas. Ça va aller.

Il s'approcha de Derek, totalement inconscient de ce qui se cachait derrière ses larmes. Il n'avait pas la moindre idée de ce qui provoquait cet accablement chez son frère, mais sa première réaction était de le consoler. Un réconfort qu'il ne méritait pas, selon moi.

– Dis-lui, ordonnai-je à Derek dont le visage trahissait la culpabilité.

– Me dire quoi ? Qu'est-ce qu'il y a ?

Derek baissa la tête et se répandit en excuses qui sonnaient de plus en plus faux à mes oreilles.

– Désolé de quoi ? demanda Jax. Mais enfin, que se passe-t-il ?

Derek prit une profonde inspiration et révéla toute la vérité à son frère. En sortant de ses lèvres, les mots allèrent directement s'inscrire en lettres de feu sur l'âme de Jax qui recula pour s'éloigner de son aîné.

– C'est pas vrai ? Tu m'as laissé…

En serrant les paupières, il prit une profonde inspiration.

– Toute ma vie, j'ai cru que c'était moi qui…

– Je sais, avoua Derek en hochant la tête. Je sais. Je ne peux pas revenir en arrière et je le regrette. Je me suis enfui il y a toutes ces années parce que j'étais incapable d'assumer mon acte, Jax. J'ai été lâche. J'étais complètement démoli, putain, alors j'ai fui. Je le regrette chaque jour de ma vie.

– Chaque fois que je t'appelais, tu me disais que je n'étais pas coupable. Tu essayais de m'en persuader. Tu me répétais sans cesse de ne pas m'accabler de reproches, et je n'ai jamais compris pourquoi. Je croyais que tu voulais me consoler, mais la vérité, c'est que tu essayais d'avouer.

Derek continuait de pleurer et Jax restait figé sur place.

Je ne savais pas quelle conduite adopter, que dire, comment arranger les choses. J'étais pratiquement certaine que Jax allait craquer. Moi, à sa place, j'aurais perdu les pédales après une telle révélation. Mais à ma grande surprise – à la surprise générale –, il garda son calme.

– Fais-moi une donation, dit Jax à son frère. Ce domaine, donne-le-moi. Je ne veux rien d'autre de toi. Mais tu me dois bien ça. Je ne veux pas que tu me donnes de ton temps et je n'ai rien à foutre de tes excuses, mais donne-moi ça et, ensuite, on tourne la page.

– Il est à toi, dit Derek alors que ses épaules s'affaissaient sous le poids de la défaite. Il est à toi.

Derek s'éloigna en continuant de marmonner des excuses.

Je me ruai aux côtés de Jax et pris ses mains dans les miennes.

– Je n'ose même pas imaginer ce que tu ressens. Je ne sais pas du tout quelles pensées agitent ton esprit en ce moment, mais je veux que tu saches que je suis là pour toi. Je suis là, Jax, et je reste à tes côtés.

Il ferma les yeux et, posant ses lèvres sur mon front, il m'attira contre lui et me serra fort.

– Quel gâchis.

– Je sais.

– Mais je t'ai, toi.

– Oui, Jax. Je suis là. Quoi qu'il arrive, je serai là.

– Je t'aime, Kennedy.

– Je t'aime, moi aussi.

Je savais que ça n'allait pas être facile. Je savais que Jax allait devoir affronter beaucoup de moments difficiles, mais je serais là pour lui. Je continuerais de lui tenir la main pendant toutes les tempêtes qu'il aurait à traverser.

***

Je demeurai aux côtés de Jax tous les jours qui suivirent et qui se transformèrent en semaines. Il peinait à réaliser la vérité de l'accident qui s'était produit tant d'années auparavant. Derek avait tenté de le joindre à plusieurs reprises dans l'espoir de restaurer leur relation, mais Jax ne répondait pas à ses appels.

– Il va bien falloir que je lui parle un de ces jours, disait-il, mais pas aujourd'hui. Ça ne me semble pas être le bon moment.

On pouvait le comprendre.

Après ce qu'il avait vécu, j'aurais même trouvé normal qu'il ne veuille plus jamais adresser la parole à son frère, mais je connaissais Jax. Sa capacité d'amour était plus grande que sa haine. Sa relation avec son frère ne serait plus jamais ce qu'elle avait été, mais je savais qu'à un moment ou un autre il finirait par lui tendre la main.

Pour le moment, il se mit au travail sur l'aménagement paysager de son domaine, avec l'aide de Connor et de moi, bien sûr. Il s'avéra qu'il trouvait de la consolation dans le contact avec la terre. Chaque fois qu'il retournait un pan de son passé, c'était comme s'il découvrait un nouveau genre d'avenir. Quelque chose qui pourrait être beau et sain. Il trouvait finalement un moyen de se reconstruire.

Je faisais la même chose.

Eddie – euh… enfin, c'était le docteur Jefferson cet après-midi-là – me tendit encore un autre mouchoir en papier pour essuyer mes larmes. Cela faisait trois semaines que je le voyais deux fois par semaine et je terminais toutes nos séances en larmes.

– C'est bien, Kennedy. Exprimer ses émotions est une chose très saine, m'encourageait-il.

Je savais qu'il avait raison, même si certains jours, cela me semblait très difficile. Je faisais des progrès dans la gestion de mes crises d'angoisse, grâce aux quelques tuyaux et techniques qu'il m'avait indiqués.

– Lorsqu'il t'arrive de voir un enfant, essaie de prononcer le mot « Daisy » dans ta tête. Pense à ces moments-là comme à des messages d'amour que t'envoie ta petite fille, plutôt que d'en ressasser la perte. Elle peut être vivante dans chaque petit instant, et si tu laisses faire, son souvenir peut devenir un bonheur magnifique.

Depuis quelque temps maintenant, je m'efforçais de suivre ce conseil, et même si cela ne marchait pas à tous les coups, il m'arrivait parfois de finir par sourire. En outre, je racontais des instants de ma vie avec Daisy aux personnes que j'aimais, celles qui étaient toujours partantes pour m'écouter.

Ce jour-là, en sortant de ma séance de thérapie, je retrouvai Jax qui m'attendait devant l'immeuble.

– Tu as pleuré ? demanda-t-il avec un petit sourire.

– Tu le sais bien, dis-je en riant. Ce ne serait pas une thérapie si Eddie ne me faisait pas pleurer.

– Oui, il connaît bien son boulot.

Je plissai les yeux et lui plantai l'index dans la poitrine.

– Tu devrais peut-être recommencer à profiter de ses compétences, toi aussi.

Il m'embrassa sur le front et me serra contre lui.

– On ne peut pas aller mieux tous les deux en même temps, Sun. Il faut qu'il y ait au moins un partenaire instable dans cette relation, plaisanta-t-il.

– Sérieusement, Jax. Est-ce que tu vas bien ? Je veux dire, ça a l'air d'aller, mais est-ce que tu vas vraiment bien au fond ?

– Ça viendra. Je te le promets. Il faut juste prendre un jour à la fois. Il suffit que je continue de me lever le matin et que j'attende davantage de ma vie. Jusqu'ici, tout va bien.

Je souris.

– Tant mieux.

– Yep. Un pas après l'autre. C'est tout ce que je peux faire, réellement.

J'étais déterminée à faire chaque pas juste à côté de lui. Tant que nous continuerions d'avancer, je savais que tout irait bien pour nous.

– Bon, maintenant, est-ce qu'on peut aller à cette fichue soirée ? J'ai promis à Connor que je ne la manquerais pas.

Jax me lança les clés et se dirigea vers le siège passager de son pick-up. Il me laissait le conduire chaque fois que je le lui demandais afin que je reprenne confiance au volant. Nous ne dépassions jamais un rayon de dix minutes autour de chez lui, mais heureusement pour nous, rien à Havenbarrow n'était distant de plus de dix minutes.

Aujourd'hui avait lieu la grande fête d'anniversaire de Connor, et quand je dis grande, je veux dire énorme. Connor était très apprécié de pratiquement tout le monde en ville. Tout le centre-ville était fermé comme pour les jours de fête foraine. Il y avait une grande roue, des jeux de carnaval et un grand manège.

Tous les habitants étaient venus pour célébrer le dix-huitième anniversaire de Connor, ce qui était en gros l'idée que Jax se faisait de l'enfer. Il détestait toujours autant les habitants du village, mais il aimait Connor davantage qu'il ne voudrait jamais l'admettre.

Nous garâmes le pick-up – que j'avais parfaitement conduit, si je peux me permettre – et Jax prit sur le siège arrière le cadeau qu'il lui destinait.

Les gens parcouraient la fête foraine dans tous les sens en riant, en criant et en s'empiffrant de barbe à papa et de pop-corn. C'était excessif et merveilleux. Connor méritait bien d'être célébré de cette façon.

Lorsqu'il avait dit qu'il faudrait payer un droit d'entrée de vingt-cinq dollars pour son anniversaire, il ne plaisantait pas. À l'entrée principale, deux jeunes personnes collectaient l'argent. Je leur donnai un billet de cinquante – je me sentais super-libre et généreuse parce que j'avais terminé le premier jet de mon manuscrit. D'accord, mon agent n'avait pas encore réussi à vendre le roman à un éditeur, et peut-être allais-je être obligée de continuer à ponctionner dans mes économies pendant quelque temps, mais cela faisait du bien d'être de nouveau dans la course de mes rêves et de mes objectifs.

– Hé, salut, partenaire, tu es venu finalement ! dit Connor en se précipitant vers nous avec un immense sourire.

Il n'avait pas que cela sur le visage. Par la magie d'un artiste qui peignait des masques sur les visages, Connor était devenu un tigre. J'espérais que ce garçon ne changerait jamais. Une nature si lumineuse ne pouvait pas disparaître.

Jax sourit.

– Je m'y étais engagé, je n'allais pas manquer à ma promesse. Bon anniversaire.

Il tendit son cadeau à Connor.

– J'espère qu'en plus de ça, tu m'as filé les cent dollars que tu me dois.

– Ouais, ouais, petit con. J'ai payé les filles à l'entrée.

Connor s'empressa d'ouvrir son paquet et il éclata de rire en voyant ce qu'il contenait. Je ne pus m'empêcher de hausser les sourcils devant la bizarrerie du cadeau.

– Putain de merde ! s'exclama Connor.

– Surveille ton langage, dit Jax.

– Certainement pas. J'ai dix-huit ans maintenant, je parle comme je veux, bordel. Non mais sérieusement, c'est le plus beau cadeau que j'aie jamais reçu.

J'ouvris des yeux ronds.

– Ce ne sont pas des… perles anales ?

– Si, absolument, dit Connor avec un sourire fendu jusqu'aux oreilles. Dis-moi la vérité, Jax. Ce sont celles d'Eddie ?

– Quoi ? dis-je, sidérée.

– Laisse tomber, dirent-ils en chœur.

Vous savez quoi ? Je n'allais pas m'attarder sur cette pensée. Il n'aurait plus manqué que j'éclate en sanglots pendant ma prochaine séance de psy en imaginant Eddie utilisant un chapelet anal.

– Je t'ai aussi apporté ça, dit Jax en sortant son portefeuille.

Connor tortilla les sourcils.

– Encore de l'argent ?

– Non, mais j'ai pensé que ça pourrait te plaire.

Il lui tendit une carte de visite, et immédiatement, Connor eut l'air ému.

Il agita la carte en l'air.

– Sérieux ?

– Yep.

Connor me tendit la carte pour me montrer ce qui le touchait tellement. Je la lus à voix haute.

– Kilter & Roe. Paysagistes : Deux hommes et une bêche.

La classe. Elle me plut.

– Tu veux vraiment lancer une nouvelle affaire avec moi ? demanda Connor.

– J'en serais honoré.

Jax lui tendit la main.

– Qu'est-ce que t'en dis, partenaire ?

– Je dis oui, putain de bordel !

Connor se mit à sauter en rond, tout excité.

– Ah, au fait, j'allais oublier la meilleure nouvelle, c'est au sujet de ma mère. Elle est en rémission. Le cancer a officiellement disparu.

Les yeux de Jax s'emplirent de larmes, il prit Connor dans ses bras et le fit tourner sur place.

– Super ! Putain ! hurla-t-il.

Connor se mit à rire.

– Surveille ton langage, Jax ! Bref. J'ai finalement réussi à mettre assez d'argent de côté pour l'emmener à Disney

World cet hiver et je voudrais vous inviter tous les deux à nous accompagner. Tu vois, j'ai besoin que mon associé soit là pour vivre cette expérience dans l'endroit le plus heureux du monde.

– Je ne manquerais ça pour rien au monde, dit Jax avec un grand sourire.

À ce moment-là, je repensai à une chose très importante dans la vie. Je me dis que même s'il y avait des moments sombres, il y en avait aussi d'autres lumineux. L'histoire de la mère de Connor se terminait bien, et je savais qu'il y aurait beaucoup d'autres fins heureuses dans nos vies. J'attendais avec impatience tous ces moments que je vivrais avec Jax. Les bons et les moins bons.

– Mais je précise que je ne vais pas payer pour vous deux, alors vous feriez bien de commencer à faire des économies. Je veux que vous soyez là, mais je ne suis pas votre vache à lait, plaisanta Connor avant de s'éloigner pour aller converser avec d'autres personnes.

Jax m'attira contre lui et me serra fort dans ses bras. Alors que nous parcourions la foule du regard, je sentis mon cœur se gonfler de joie en voyant une petite fille qui se gavait de barbe à papa.

– Daisy, murmurai-je par-devers moi.

– Qu'est-ce que tu as dit ? demanda Jax en me souriant.

– Rien.

Je montai sur la pointe des pieds pour poser un baiser sur ses lèvres.

– J'ai juste ressenti une bouffée d'amour, c'est tout.

Nous passâmes le reste de la soirée à dépenser notre argent dans les manèges et les attractions de la fête. Lorsque je rentrai à la maison avec Jax ce soir-là, je ne pus m'empêcher de me sentir reconnaissante. Tant de choses s'étaient produites dans ma vie et, malgré toutes ces épreuves, j'étais encore capable de sourire. J'étais heureuse que tous ces orages m'aient ramenée à lui.

***

– Tu veux les lire ? demandai-je à Jax à notre retour de la fête.

Nous étions assis sur son lit devant la boîte à chaussures contenant les lettres que nous nous étions envoyées. Depuis quelques jours, nous discutions de ce qu'il convenait d'en faire.

Il secoua la tête.

– Je ne crois pas. Lorsque j'ai écrit ces lettres, j'allais très très mal. J'ai revécu ces moments pendant tellement longtemps que je suis fatigué de cette histoire. Je veux tourner la page, et cela implique de me débarrasser de ces lettres.

Il me serra plus fort contre lui.

– Nous avons le reste de l'éternité pour nous envoyer des mots d'amour.

Je l'embrassai lorsqu'on sonna à la porte.

– Tu attends quelqu'un ?

– Pas du tout, dit-il en se levant pour aller ouvrir.

Je le suivis de près, curieuse de savoir qui cela pouvait être. Lorsqu'il ouvrit la porte, nous fûmes aussi étonnés l'un que l'autre de voir Amanda qui se tenait devant nous, un carton dans les mains. Elle posa les yeux sur moi avant d'esquisser un sourire en direction de Jax.

– Salut, désolée de vous déranger à cette heure-ci. Je me suis dit qu'il était grand temps que je te rapporte les affaires que tu as laissées chez moi. Je ne sais pas pourquoi je les ai gardées si longtemps, mais tiens, les voilà, dit-elle en tendant le carton à Jax.

– Merci.

– De rien. Et je suis désolée pour l'autre soir, dans le bar. Lars a eu tort de faire ça. Il est con, par moments. Tu n'avais pas mérité ça.

Elle n'arrêtait pas de se triturer les doigts en évitant de le regarder en face.

– Tu mérites d'être heureux.

– Toi aussi, Amanda. Tu mérites mieux que Lars.

– Possible. (Elle rit nerveusement.) Seul le temps le dira.

Elle tourna les yeux vers moi et me fit un petit sourire triste.

– Prends soin de lui, tu veux ? Cet homme ne donne pas son amour facilement. Pendant un moment, j'ai même cru qu'il en était totalement dépourvu, mais je vois que je me trompais lorsqu'il te regarde. Tu l'as complété. Tu étais la pièce manquante de ce puzzle. Alors, tu veux bien me rendre un service ?

– Lequel ?

Elle nous sourit à tous les deux et poussa un profond soupir.

– Reste.

39
Jax

Kennedy tint absolument à demeurer à mes côtés pendant toute ma période difficile. Elle resta pendant mes moments les plus sombres et me promit de n'aller nulle part sans moi. Jour après jour, elle ouvrit mon cœur et ne parut pas effrayée par ce qu'elle y voyait.

Quand vint le moment de me soigner plus en profondeur, je sus exactement où me rendre.

– Eh bien, eh bien, je dois dire qu'en voyant ton nom sur mon agenda, j'ai cru que c'était une faute de frappe, dit Eddie lorsque j'entrai dans son cabinet.

J'eus un petit rire moqueur en prenant mon siège habituel face à son bureau.

– Ouais, ben, qu'est-ce que je peux dire ? J'aime bien me faire désirer.

Quelques semaines s'étaient écoulées depuis la visite de Derek et j'étais toujours aux prises avec la vérité qu'il m'avait révélée. Chaque jour s'accompagnait de son lot de batailles et j'avais éprouvé toutes les émotions imaginables, mais au moins, je n'avais plus à le faire seul. Je n'étais plus plongé dans l'obscurité de mes sentiments, parce que Kennedy était là pour m'éclairer.

Franchement, j'étais entouré de tout un dispositif qui me remettait sur le droit chemin chaque fois que je commençais à déraper, et cela incluait mes rendez-vous avec Eddie. En tout cas, j'avais appris ce que cela signifie de dompter ses démons. On ne peut pas les faire disparaître comme par magie, en une seule fois et pour toujours. Non, la vie est déterminée à vous mettre des bâtons dans les roues, malgré tous les efforts que vous faites pour rester dans le domaine du bonheur.

Mais j'eus tôt fait de découvrir à quel point il est important d'apprendre à se défendre.

C'est le truc avec les orages. Lorsque vous êtes dans l'œil des cyclones, ils paraissent tellement puissants. Vous avez l'impression qu'ils dirigent votre vie, et que vous avez perdu tout contrôle sur la direction dans laquelle les vents vous poussent. C'est pour cela qu'il est important d'être entouré à tous moments d'un noyau indéfectible d'amour. Lorsque vous affrontez l'orage ensemble, lorsque vous serrez la main des êtres que vous aimez et que vous tenez bon, les orages ont plus de mal à vous faire basculer. Les orages ne vous envoient pas valser parce que vous êtes relié au monde par l'amour, l'arme la plus puissante qu'on peut trouver au cours des tempêtes les plus fortes. Et quand l'orage s'éloigne ? Vous vous retrouvez entouré des êtres que vous aimez pour contempler les arcs-en-ciel. Kennedy était celle qui me maintenait les pieds sur terre. Sa main dans la mienne me calmait, et avec son amour, je survécus à mes tempêtes les plus violentes.

Eddie et moi conversâmes un bon moment. Nous dépassâmes le temps qui m'était imparti, mais il ne sembla pas s'en préoccuper, et quand vint l'heure pour moi de partir, il se renfonça dans son fauteuil et me regarda avec les larmes aux yeux.

Je ricanai.

– C'est moi qui vous rends sentimental, Doc ?

– C'est juste…

Il se racla la gorge, retira ses lunettes et s'essuya les yeux.

– C'est bien. C'est incroyable, Jax. Ça a été un honneur pour moi de te voir devenir l'homme que tu es aujourd'hui.

Tu es l'exemple même du travail réussi. Tu as fait ce qu'il fallait, et ça se voit.

Je le sentais moi aussi. Je sentais que j'étais guéri, je me sentais redevenir intégralement moi-même.

***

J'appelai Derek pour lui demander de venir à Havenbarrow, en prétextant des papiers à remplir pour la cession du domaine. Même si ce n'était pas la véritable raison. Je me disais qu'il était plus que temps que nous ayons une discussion franche à propos de tout ce qui était arrivé.

En arrivant chez moi, il avait l'air déprimé et culpabilisé. Je ne lui laissai pas le temps de s'excuser une fois de plus.

– Entre.

Il me suivit à l'intérieur. À peine avait-il mis un pied dans le salon qu'il s'arrêta net et haussa un sourcil.

– Qu'est-ce que c'est, tout ça ?

Il y avait des pots de peinture partout et des fournitures destinées à rénover la maison. Je m'assis sur le canapé en face de lui et croisai les doigts.

– J'en ai assez de la douleur, je suis fatigué de chercher à comprendre pourquoi tu as fait ce que tu as fait, et d'imaginer la tournure que ma vie aurait prise si tu avais dit la vérité. J'en ai assez d'essayer de te détester. J'en ai assez de me sentir mal pour toi et d'imaginer le poids de la culpabilité sur tes épaules. J'en ai assez du passé, Derek. Alors je rebouche les trous dans les murs de cette maison. J'efface tous les souvenirs de ce que papa m'a fait. Je bouche les trous qui me rappellent ce qui s'est passé, et je voudrais que tu m'aides.

Il s'éclaircit la voix et croisa les bras.

– Je ne m'attends pas à ce que tu me pardonnes, Jax.

– Oui, je sais, mais je finirai quand même par le faire un jour. Cela prendra du temps. Pour l'instant, j'ai juste besoin que tu m'aides à repeindre ces murs.

Nous n'étions pas obligés de tout régler dans l'immédiat. Nous n'étions pas obligés de nous serrer dans les bras et de nous réconcilier. Nous n'étions pas tenus de refermer nos plaies encore trop douloureuses, mais nous pouvions faire de la peinture ensemble. Nous pouvions recouvrir le passé et faire poindre un avenir plus radieux. La guérison venait par vagues et j'avais décidé de surfer sur celle-ci.

***

Une semaine plus tard, Derek repartit pour Chicago. Nous nous étions quittés dans des termes acceptables qui, j'en étais sûr, ne manqueraient pas de s'améliorer. Quand on touche le fond, on ne peut que remonter. En revanche, je savais aussi qu'il faudrait plus d'une semaine passée à réparer des cloisons pour régler nos problèmes.

Après son départ, je me rendis chez Kennedy un dimanche après-midi. Elle était partie avec Yoana pour une journée au spa, à ma demande. Lorsque j'entrai dans le jardin derrière la maison, Connor mettait les dernières touches à notre travail d'aménagement. Nous avions accroché des lanternes la veille au soir et à présent que le jour déclinait, elles s'éclairaient peu à peu, à la perfection. Kennedy n'avait encore rien vu, parce que j'avais tenu à ce que le jardin soit une surprise. Je voulais être présent lorsqu'elle découvrirait l'ensemble une fois terminé.

Il y avait des papillons en papier accrochés dans les arbres, les préférés de sa fille. Dans les arbres, des machines à bulles marchaient non-stop, et à gauche de la barrière s'étendait un parterre de pâquerettes avec un panneau qui disait *Les Fleurs de Daisy* avec un D à l'envers.

Connor vint vers moi et me tapota dans le dos.

– Satisfait du résultat, patron ?

Je lui souris et passai le bras autour de ses épaules.

– Plus que ça, partenaire.

Connor leva les yeux vers moi en souriant jusqu'aux oreilles. Pour dire la vérité, ce gamin était le meilleur associé dont j'aie pu rêver. Son humour et sa gentillesse m'avaient probablement sauvé dans les moments les plus sombres de ma vie. J'étais heureux d'avoir eu la possibilité de connaître quelqu'un comme lui.

– Promets-moi que tu ne m'oublieras pas une fois devenu millionnaire, Con.

– Ne sois pas idiot, Jax, dit-il en secouant la tête. Je serai *milliardaire*. Je finirai probablement par te racheter ton entreprise, mais je te ferai un beau chèque.

Je ricanai. Cela me semblait normal.

– Eh, les gars, attention, préparez-vous, dit Joy en se précipitant dans le jardin. Yoana et Kennedy sont en route pour rentrer.

Mon estomac était noué et je ne pus m'empêcher de rire en voyant Yoana au coin de la rue qui guidait Kennedy dont les yeux étaient bandés.

– Pourquoi ai-je une sensation de déjà-vu ? dit Kennedy en riant. Je sais déjà à quoi ressemble cette maison, Yoana. C'est vraiment nécessaire, le bandeau ?

– Absolument, répondis-je.

Kennedy se redressa.

– Jax ? Qu'est-ce que tu fais là ?

– On voulait te faire la surprise.

J'allai vers elle et l'embrassai sur les lèvres.

– Tu es prête ?

– Oui. Je n'attends que ça.

– Très bien, et n'oublie pas, si ça ne te plaît pas, c'est Connor qui a tout fait, dis-je pour plaisanter en dénouant le bandeau.

Kennedy poussa un petit cri étouffé en regardant autour d'elle.

– Oh, mon Dieu.

Les larmes lui vinrent aux yeux et lorsqu'elle vit les arbres et les papillons, elles commencèrent à couler. Avant de ruisseler sur ses joues quand elle découvrit le panneau et n'arrêtèrent plus de couler. Yoana fondit en larmes devant l'émotion de sa sœur et je faillis m'y mettre moi aussi, tellement le fait de la voir heureuse faisait bondir mon cœur.

– Ça te plaît ?

– Si ça me plaît ? Jax, c'est complètement fou. Je n'aurais jamais imaginé quelque chose d'aussi beau. Cela dépasse tout ce dont j'avais rêvé.

Je la pris par la main et la guidai pour la visite.

– Viens, je vais te montrer.

Je lui montrai un tas de petits détails auxquels elle n'aurait probablement pas prêté attention, mais j'étais excité et stressé et, putain, j'avais du mal à respirer.

Je la conduisis vers le parterre de pâquerettes et lui montrai les fleurs.

– Ce sont des pâquerettes spéciales. On dit que certaines ont le don de faire pousser des objets en leur sein.

Elle se mit à rire.

– Qu'est-ce que ça veut dire ?

– Regarde de plus près, peut-être que tu comprendras.

Elle me regarda en plissant les yeux et se baissa. Elle se mit à chercher parmi les fleurs ce qu'elle était censée trouver.

– Je ne trouve rien, dit-elle, perplexe.

– C'est parce que je l'ai déjà cueillie.

Elle se retourna et me vit, un genou en terre et une pâquerette à la main. Sur le dessus de la fameuse fleur se trouvait une bague avec un diamant, prête à être passée à son doigt.

Kennedy porta la main à sa bouche et poussa un petit cri.

– Jax…

– Kennedy, la première fois que je t'ai vue, j'ai su que tu étais unique. Un peu bizarre, bien sûr, mais c'est ce qui m'a fait tomber amoureux de toi.

Elle se mit à glousser entre ses mains tremblantes.

– Tu es la puissance même. Tu illumines mes journées. Ton amour répare les fêlures de mon cœur que je croyais définitivement brisé. Tu es ma meilleure amie, mon âme sœur et ma fleur préférée, et si tu m'y autorises, j'aimerais être celui qui te fera sourire jusqu'au dernier jour de ma vie. Veux-tu m'épouser ?

– Oui ! s'écria-t-elle en me relevant.

Elle se mit à me couvrir le visage de baisers, ce qui me fit rire.

– Tu dois me laisser te passer la bague au doigt, je crois.

– Ah oui, bien sûr.

Elle me tendit sa main et tout le monde applaudit autour de nous. C'était incroyable de constater à quel point ma vie avait changé. C'était comme si toutes les pièces du puzzle avaient repris leur place initiale et la tempête avait finalement laissé la place à des jours meilleurs.

Je savais que la vie apporterait son lot de difficultés, mais je savais aussi que je les surmonterais parce que j'étais entouré d'amour, d'amitié et de Kennedy. Elle était mon rayon de soleil, j'étais son clair de lune, et pour le reste de notre vie, nous n'oublierions jamais de danser sous la pluie.

Épilogue
Jax
Trois ans plus tard

– Oh là là, Kennedy. J'ai toujours su que vous étiez une personne hors du commun ! Je ne te l'ai pas dit la première fois que nous l'avons rencontrée, Kate ? Est-ce que je ne t'ai pas dit et redit à quel point je la trouvais extraordinaire ?

Louise se répandait en compliments devant la table à laquelle ma femme était assise.

Ma femme.

J'adorais le son de ce mot.

C'était amusant de voir Louise, ainsi que tout le monde en ville, s'extasier devant Kennedy à la signature à Havenbarrow de son dernier succès littéraire. Un peu plus de quinze mois plus tôt, Kennedy avait signé un contrat avec une grande société d'édition. Dès que son roman, *L'intruse,* était sorti en librairie, il avait connu un succès immédiat.

Kennedy pleura le jour où *Le Magazine d'Oprah* l'avait incluse dans sa liste des lectures à ne pas manquer. Elle avait failli vomir lorsqu'elle s'était retrouvée dans la liste des auteurs du *New York Times,* sur laquelle elle figurait depuis dix mois.

Sur l'insistance des habitants de la ville, elle avait accepté de faire une signature et les jumelles étaient les premières dans la file d'attente.

Alors que Kennedy aurait pu se montrer désagréable avec ces femmes qui avaient toujours été mauvaises avec elle, depuis le jour de son arrivée, elle n'en fit rien. Elle était gentille, aimable et reconnaissante. Parfois, je regrettais qu'elle ne soit pas aussi vache que moi, mais hélas, elle était solaire. Elle était mon soleil. J'étais tombé amoureux du soleil, et elle continuait de me réchauffer le cœur.

– Je vous remercie d'être venues, Mesdames, mais je crois que je vais devoir interrompre cette séance de signature, dit Kennedy en se levant.

Il y avait une file immense qui se prolongeait à l'extérieur des portes du café *Chez Gary*. Des grognements de protestation à l'idée que Kennedy s'en aille s'élevèrent de la file de personnes dont les livres n'avaient pas encore été signés.

Je la regardai en haussant les sourcils, surpris par son comportement.

– Je sais et je vous prie de m'excuser. Je ne manquerai pas de reprogrammer cette séance dès que j'en aurai la possibilité. C'est juste que je viens de perdre les eaux et, par conséquent, je pense que nous devons nous rendre à l'hôpital, expliqua-t-elle.

Ah, d'accord. C'était logique.

Je la regardai fixement sans réagir, l'espace de quelques secondes, avant que mon cerveau n'enregistre ce qu'elle venait de dire.

Ah !

D'accord !

C'était logique !

Nous allions avoir un bébé ! Enfin, elle allait avoir un bébé. C'était prévu que je l'emmène en voiture. L'emmener. Le pick-up. Les clés. Le bébé ! Oh, bon sang, je paniquais.

– Pas de panique, me dit Kennedy en venant vers moi, les mains sur le ventre.

– Panique ? Pourquoi je paniquerais ? Je ne panique pas ! Je cherche mes clés, c'est tout, dis-je en tapotant mes poches. Mes clés, mes clés, où sont mes clés…

– Les voilà, dit-elle en les agitant devant mon visage. C'est moi qui ai conduit pour venir ici, tu te rappelles ?

– Mais oui, bien sûr. D'accord, allons-y.

Je me ruai vers la porte d'entrée, la laissant derrière moi, jusqu'à ce que je me rende compte que j'avais laissé mon épouse, très enceinte, qui allait accoucher de façon imminente, derrière moi. Je rebroussai chemin tout aussi précipitamment.

– J'oubliais. Il faut que tu viennes avec moi.

Elle se mit à rire tout en contrôlant sa respiration.

– En effet, je pense que tu as raison.

Une fois arrivés à l'hôpital, tout se passa sans encombre. Sauf le moment où je tombai dans les pommes, mais on n'est pas obligés d'en parler.

Au bout de douze heures de travail éprouvant de la part de ma merveilleuse épouse, nous pûmes tenir notre merveilleuse fille dans nos bras.

Elizabeth Daisy Kilter.

Les noms de ma mère et de sa fille, bien sûr.

Elizabeth était l'incarnation de notre rêve, et lorsque je la tins dans mes bras pour la première fois, je sus que je ne pourrais plus jamais la lâcher.

– Elle est merveilleuse, dis-je en la berçant dans mes bras.

Je regardai mon épouse épuisée et l'embrassai sur le front.

– Tu es merveilleuse.

Tous les rêves que j'avais pu faire se réalisèrent ce jour-là. J'étais avec l'amour de ma vie, je regardais notre enfant dans les yeux, que demander de plus ? Je savais que chaque jour à venir serait une bénédiction, et je me promis que je ne le tiendrais jamais pour acquis. J'allais vivre chaque jour comme si c'était le dernier, ce qui voulait dire que je montrerais régulièrement à ma famille à quel point je les aimais.

Principalement à ma femme. Mon soleil. Ma meilleure amie.

Amis pour toujours.

Amoureux pour la vie.

***

Cinq ans plus tard

– Papa, je peux avoir une barre de Granola ? demanda Elizabeth alors que nous marchions dans les bois à l'issue de l'une de nos plus longues randonnées.

Le jour commençait à décliner, et nous adorions aller contempler le coucher de soleil depuis la décapotable que nous avions entreposée entre les arbres.

Le vieux véhicule jaune s'était orné de nombreux nouveaux dessins depuis que Kennedy et moi nous étions retrouvés quelques années auparavant. Joy y avait apporté sa contribution pour fêter son quatre-vingt-quinzième anniversaire le mois dernier. Nathan et Yoana avaient ajouté un dessin de leur adorable nouveau-né, Elijah, l'année passée. Et tout à fait récemment, nous avions demandé à Elizabeth de représenter son premier jour d'école.

Voir la voiture se couvrir de plus en plus de souvenirs était une des choses qui me faisaient le plus plaisir.

Nous nous installâmes tous les trois sur le siège arrière pour regarder la nuit tomber.

– Tu n'as pas déjà eu une barre de Granola ? demanda Kennedy en haussant un sourcil.

– Si, maman. C'est pour ça que j'ai demandé à papa, parce qu'il dit toujours oui, même quand tu as dit non, dit-elle comme si c'était une évidence.

Cette petite fille disait la vérité. J'avais beaucoup de mal à dire non à ma petite chérie. C'était à cause de ses yeux. Elle avait les yeux de sa mère.

– Eh bien, si on attendait que tu aies pris ton dîner pour ces Granola ? dit Kennedy.

Elizabeth piqua une crise, bien sûr, mais quand elle se rendit compte que nous ne céderions pas, elle poussa le plus gros soupir du monde.

– C'est dur d'être un enfant, gémit-elle.

– Je n'en doute pas, dis-je en la prenant sur mes genoux en riant. Ne t'en fais pas, un jour, tu seras une grande personne et tu mangeras autant de barres de Granola que tu voudras.

Ses yeux s'illuminèrent.

– C'est vrai ?

– Absolument.

– Même celles avec les pépites de chocolat ?

– Même celles-là, acquiesça Kennedy en l'embrassant sur le front.

Lorsque nous regardions le ciel nocturne et que la lune était visible, Elizabeth adorait la pointer du doigt.

– Elle est là ! Là ! C'est toi, là, papa ? C'est toi la lune ?

Je souris.

– Yep. Je suis la lune.

Elizabeth plissa les yeux.

– Et maman, c'est le soleil ?

– Exactement.

– Est-ce que cela veut dire que Daisy et moi pouvons être les étoiles ?

Mon cœur faillit bondir hors de ma poitrine. Les larmes montèrent aux yeux de Kennedy en même temps qu'un sourire apparut sur ses lèvres.

– Oui, ma chérie. Ta sœur et toi pouvez être les étoiles.

Tous les jours, nous parlions à Elizabeth des êtres qui nous étaient chers. Nous en parlions pour les garder vivants pour toujours, et cela me réchauffait le cœur de savoir qu'Elizabeth comprenait que même si certaines personnes disparaissaient, elles n'étaient jamais vraiment parties tant que nous les gardions présentes dans nos cœurs.

Ce soir-là, nos êtres chers étaient près de nous. Je les sentais dans le souffle du vent. Je sentais leur amour et leur protection chaque fois que je regardais le ciel.

Ce soir-là nous nous assîmes sous le ciel, et toutes les étoiles brillèrent très fort.

Première danse

Kennedy

Douze ans
Colonie de vacances deuxième année

– Tu veux faire quoi quand tu seras grand, Jax ?

Nous étions assis sur le ponton et nous regardions l'eau. Nous avions fait de ricochets jusqu'à ce qu'il n'y ait plus de cailloux à lancer, et maintenant nous étions assis, à nous ennuyer fermement. C'était un des jours qui ne passait pas à la colo, où il n'y avait pas grand-chose à faire. Au moins j'avais Jax avec qui ne rien faire, et ça, c'était déjà super.

De plus, j'avais réussi à faucher quelques esquimaux à la cantine, donc on avait toujours ça pour se faire plaisir.

Le ciel était très nuageux et je savais qu'un orage se préparait. J'étais tout excitée à cette perspective. J'adorais la pluie. Jax n'était pas trop fan des orages, mais je lui disais toujours qu'il finirait par aimer ça.

– Je ne sais pas. Je ne pense pas vraiment à l'avenir, répondit-il en léchant son esquimau. Et toi, qu'est-ce que tu veux faire ?

– Je crois que je veux écrire des livres. Je voudrais employer tous les grands mots que tu m'as appris. Je voudrais que mes livres soient si gros et si réussis qu'ils rendent les gens plus heureux en finissant de les lire. Je voudrais que les gens soient impatients à l'idée d'attendre un nouveau livre de moi. Et, et, et, chaque livre contiendra un mot que tu m'auras appris, et donc ce sera comme si tu faisais partie des livres, toi aussi.

Pendant un instant, je crus qu'il allait se moquer de moi et dire que mon rêve était idiot, mais Jax étant Jax, il resta calme tout en léchant rapidement son esquimau pour éviter qu'il coule sur ses mains. Puis il dit :

– Je lirai chacun de tes livres un million de fois.

Je souris.

– Hé, Jax ?

– Oui, Kennedy ?

– Est-ce qu'on sera toujours amis dans l'avenir ?

– Amis pour toujours, répondit-il.

– Et toujours.

Il posa sa main libre sur le ponton et je posai la mienne juste à côté. Son petit doigt effleura le mien et je le sentis jusque dans mon cœur.

J'aimais Jax Kilter, et un jour, je l'espérais, il m'aimerait, lui aussi.

Mais cela ne me préoccupait pas trop ce soir-là. Nous étions encore des enfants. Nous avions toute la vie pour tomber amoureux l'un de l'autre. Ce n'était pas obligé que ça arrive ce soir-là. Ce soir-là, tout ce que nous avions à faire, c'était de rester assis sur le ponton et d'attendre la pluie.

Quand elle commença à tomber, je me mis debout et entamai mes mouvements de danse désordonnés. Je sautais, me tortillais et je tournais sur moi-même. C'est alors que se produisit une chose incroyable.

Pour la première fois depuis que je le connaissais, Jax se mit à danser avec moi.

Remerciements

Ce roman est dédié à ma famille, ma tribu. Ils m'ont toujours soutenue dans les hauts et les bas de ma carrière et je ne serais pas où j'en suis sans leur amour et leur soutien.

Merci à ma super équipe d'éditrices. Caitlin, Ellie, Jenney et Jenn, vous me tirez d'affaire au quotidien.

Merci à ma précieuse équipe d'Action et de Recherches qui se surpasse pour m'aider. Mesdames, vous êtes les meilleures.

Merci à Hang Le pour cette superbe couverture qui me ravit. Je suis sidérée par ton talent.

Je dédie ce livre à mes agentes, Flavia et Meire. Je suis suffisamment lucide pour savoir que je ne serais pas où j'en suis sans votre amour et votre soutien.

À tous les lecteurs, lectrices, blogueurs et blogueuses qui sont toujours là pour moi, merci. Merci de continuer à me lire. Merci de m'adresser vos commentaires d'amour et de soutien. Merci d'être le soleil qui m'éclaire le jour où je me sens comme la lune. Ce monde est beau grâce à vous tous.

À bientôt.

B. Cherry

À propos de l'auteure

Brittainy Cherry est une auteure à succès dont le cœur est voué aux romans sentimentaux. Cherry est tombée amoureuse des mots à la naissance. Elle est sortie de l'université Carroll avec, en poche, une licence en arts du théâtre et un diplôme de Creative Writing. Elle adore prendre part à l'écriture de scénarios, jouer et danser, médiocrement, évidemment.

Brittainy Cherry vit à Milwaukee, Wisconsin, mais elle garde toujours à l'esprit la possibilité de voyager. Quand elle n'est pas occupée à courir partout ou à imaginer des histoires, elle joue probablement avec ses adorables animaux de compagnie.

Composition et mise en pages
Nord Compo à Villeneuve-d'Ascq